BASTEI
LÜBBE

Carlton Stowers

Blankes Entsetzen

Aus dem Amerikanischen
von Heinz Zwack

BASTEI
LÜBBE

BASTEI LÜBBE TASCHENBUCH
Band 14 386

1. Auflage: Juli 2000

Vollständige Taschenbuchausgabe

Bastei Lübbe Taschenbücher
ist ein Imprint der
Verlagsgruppe Lübbe

Deutsche Erstveröffentlichung
Titel der amerikanischen Originalausgabe: To the last Breath

Titelfoto: ZEFA
Umschlaggestaltung: QuadroGrafik, Bensberg
Druck und Verarbeitung:
Brodard & Taupin, La Flèche, Frankreich
Printed in France

ISBN 3-404-14386-8

Für Brandon,
der es eines Tages
erfahren möchte

Danksagung

Hartnäckig haben sich Verfasser von Sachbüchern seit Jahrzehnten der Herausforderung gestellt, das Unerklärliche zu erklären – einige mit mehr Erfolg als andere. Der Drang, unfaßbare Rätsel zu lösen – einem ebenso sinnlosen wie unvernünftigen Ereignis ein gewisses Maß an Sinn zuzuschreiben –, kann den Betreffenden manchmal sogar so weit zur Verzweiflung treiben, daß er sich ernsthaft versucht sieht, sich nach einer neuen und leichteren Tätigkeit umzusehen.

Ich weiß das: Ich habe es selbst erlebt. Das Buch, das jetzt vor Ihnen liegt, ist sozusagen ein hochkarätiger Beweis dafür.

Ich würde mich eines Versäumnisses schuldig machen, wenn ich nicht die Namen einiger Leute erwähnte, die mir nicht nur Erkenntnisse vermittelt und mich unterstützt haben, sondern zugleich auch die Hintertür bewacht und mich so an der Flucht gehindert haben. Die mir erwiesenen Gefälligkeiten, die Gastfreundschaft und der sanfte Druck waren grenzenlos.

Eine Behauptung, Sharon Couch, Detective Sue Dietrich, District Assistant Attorney Jeri Yenne von Brazoria County, Dr. Linda Norton und Annette Campise seien einfach nur außergewöhnlich starke und ihrer Arbeit ergebene Frauen, würde weder jeder einzelnen von ihnen noch allen zusammen gerecht werden. In Wahrheit würde dieses Buch überhaupt nicht existieren, wären da nicht ihr Mut und ihre bereitwillige, großzügige Unterstützung gewesen.

Außerdem sind jene zu erwähnen, die mir mit viel Geduld sowohl in juristischen wie auch medizinischen Angelegenheiten behilflich waren: District Attorney Jerome Aldrich von Brazoria County, Assistant County District Attorney Tony Latino, die Rechtsanwälte Joane

Chadderdon, Skip Cornelius und Sam Adamo; Dr. William Anderson, Dr. Hugh Burris, Dr. John Long, Dr. Gary Bender, Dr. Dorothy Kelley; Dr. Eduardo Bellas, Dr. Charles Petty, Dr. Cecil Wingo und Dr. John Bright; Police Chief Mike Merkel und die Officers Terry Earl, Howard Duckworth und Todd Arendell von der Polizeibehörde in Alvin.

Beobachtungen, Erinnerungen und Empfehlungen so vieler lieferten mir einzelne Stücke dieser Geschichte: Vince Campise, Sunny Bradley, Priscilla Campise, Gerald Philpott, Donna Kinsel, Donna Hunt, P. G. Walls, Robert Kubena, Charles Nawrocki, Bill Crider, Bill Gray und Paul Guaskow. Andere, die den Wunsch geäußert haben, anonym zu bleiben, werden hier nicht genannt, nichtsdestoweniger bin ich ihnen für ihre Unterstützung äußerst dankbar.

Die exzellente Arbeit von Journalistenkollegen hat es mir ermöglicht, in der Frühphase meiner Recherchen über wertvolle Hinweise zu verfügen. Steve McVicker von der *Houston Press;* Mike Drago von *Associated Press;* die Mitarbeiter des *Houston Chronicle:* Joe Stinebaker, Eric Hanson, Jerry Urban, Steve Olafson und Patti Muck; Marty Graham von der *Houston Post* und Kristie Watthuber vom *Alvon Advertiser* – sie alle haben in beachtlicher Weise über den Fall berichtet, und dann sollte ich wohl noch Ida M. Blanchettes *Babe on the Bayou* dankbar zunicken, einer bezaubernden Geschichte der ersten hundert Jahre der Stadt Alvin, Texas.

Daß Janet Wilkens Manus stets bereit ist, meilenweit über die traditionelle Funktion einer Literaturagentin hinauszugehen, war immer schon ein unermeßliches Plus in ihren Bemühungen. Und aufrichtiger Dank gebührt auch dem Herausgeber Charlie Spicer, daß er diesem Projekt bereitwillig ein Zuhause gegeben hat. Danke auch für die aufmunternden Worte und die Gesellschaft vor Gericht, die mir Dan Witt geleistet hat.

Und nichts von dem, was ich je geleistet habe und das auch nur einigermaßen wertvoll ist, wäre ohne Pat Stowers möglich gewesen: Frau, Freundin, hilfreiche Kritikerin und verdammt gute Fotografin.

Schließlich gab es da noch ein kleines Mädchen namens Renee – jeden Tag blickte es von einem Foto, das auf meinem Bücherregal stand, auf mich herab und war mir stumme Aufmunterung, wertvoller als ich das je werde erklären können.

Gesegnet sei die Kindheit, die mitten hinein in unseren groben Alltag ein Stück vom Himmel bringt …

Henri Frederic Anniel, *JOURNAL*

Wer das Kind an der Hand nimmt, greift der Mutter ans Herz.

Dänisches Sprichwort

Prolog

Oktober 1994

Die Scheinwerfer der kleinen Karawane, die sich auf der Interstate 90 nordwärts arbeitete, bohrten sich in die Abenddämmerung des schwülfeuchten Freitags. Während der Leichenwagen und die beiden ihn begleitenden Polizeifahrzeuge durch die Gemeinden von Subline, Rock Island und Eagle Lake an der Golfküste von Texas rollten, bewegten sie sich, als wären sie durch ein unsichtbares Band aneinander geknüpft. Die Passagiere in den Fahrzeugen, Beamte der Polizeibehörde von Alvin und ein Mitarbeiter des Bestattungsunternehmens, fuhren schweigend durch die Dämmerung, als wollten sie ihrer Ladung Respekt erweisen, und ihre Gesichter spiegelten das Grausige ihrer Aufgabe wider.

Seit sie den städtischen Friedhof am östlichen Rand der winzigen Ortschaft Hallettsville verlassen hatten, umgab sie diese bedrückende Atmosphäre.

Ihr Ziel war das Alvin Community Hospital, wo sie von zwei weiteren Polizeibeamten erwartet wurden, die zu einem ungewöhnlichen Wachdienst abkommandiert worden waren. Sie sollten an der Tür des Raums Wache halten, wo, wie man ihnen mitgeteilt hatte, über Nacht ein Sarg untergebracht werden würde. »Falls Sie austreten müssen«, hatte ein vorsichtiger Mitarbeiter der Staatsanwaltschaft der County ihnen gesagt, »dann tun Sie das bitte, bevor Sie Ihren Dienst beginnen. Sobald der Sarg abgeliefert worden ist und sich hinter der verschlossenen Tür befindet, verlassen Sie Ihren Posten nicht – unter keinen Umständen.«

Höchste Vorsicht also und Beachtung auch winzigster Einzelheiten – alles stand in Verbindung mit einem Vorgang, wie es ihn bisher noch nie gegeben hatte.

Zum ersten Mal, soweit man sich erinnern konnte, war in Brazoria County eine Leiche exhumiert worden. Ein Leichenbestatter war besorgt dabei gestanden – auch der Gerichtsbeschluß, den man ihm vorgelegt hatte, hatte an seinen unbehaglichen Gefühlen nichts ändern können, als Arbeiter das Grab geöffnet, den Sarg herausgehoben und ihn in den Laderaum des wartenden Leichenwagens gestellt hatten. Nie zuvor in den zehn Jahren, die er jetzt seinen Dienst am Tode verrichtete, war er Zeuge eines solchen Vorgangs gewesen.

Wie er so dagestanden hatte, hatte eine sanfte Brise die Zedern in der Nähe rascheln lassen und über den gepflegten, mit Grabsteinen übersäten Friedhof gewischt. Es war ihm gewesen, als würde er sich eine Videoaufzeichnung im Rücklauf ansehen und die bedächtigen Bewegungen einer Begräbnisfeier noch einmal erleben, die vor acht Monaten stattgefunden hatte – nur diesmal in umgekehrter Reihenfolge.

Während die Krankenhausangestellten in Alvin sich auf die Ankunft des Sarges vorbereiteten, fuhr eine Frau, Großmutter, Mitte Vierzig, sichtlich nervös, durch den wie immer dichten Verkehr von Houston zum Intercontinental Airport. Ihr Verstand arbeitete die ganze Zeit fieberhaft. Sie hatte sich für ein schlichtes Seidenkleid entschieden und ihr kastanienbraunes Haar im Nacken zu einem Knoten zusammengebunden. Wie unsinnig, dachte sie, solche Gedanken auf das Aussehen zu verschwenden. Trotzdem hielt sie es für wichtig, eine guten Eindruck zu machen, und hatte deshalb mehr Zeit für ihre Frisur und ihr Make-up verwendet, als sie das seit Monaten getan hatte – alles voll gespannter Erwartung, den Arzt aus Florida kennenzulernen, der bis jetzt nur eine angenehme Stimme am Telefon gewesen war.

Sie war zeitig von zu Hause weggefahren, um noch Gelegenheit zu haben, Geld aus einem Automaten zu holen. In ihrem letzten Telefonat mit dem Arzt hatte sie gesagt, er solle auf das Essen im Flugzeug verzichten und sich von ihr in eines der berühmten Steak-Restaurants Houstons einladen lassen. Dort könnten sie reden und besser miteinander bekannt werden, ehe sie ihn die letzten fünfundvierzig Meilen seiner Reise nach Alvin fuhr, wo ein Hotelzimmer für ihn reserviert war.

Als die Frau von der Interstate 45 in die Flughafenzufahrt einbog, begann es leicht zu regnen, und sie spürte, wie plötzlich eine beunruhigende Kälte sie durchfuhr. Dieses Gefühl war schon den ganzen Tag dagewesen, bislang noch in ihren Hinterkopf verdrängt, aber jetzt war es herausgebrochen. Sie bemerkte, wie ihre Knöchel weiß wurden, als ihre Hände sich um das Steuer ihres Pick-up krampften. Der Mann, dem sie gleich gegenübertreten würde, ein hochangesehener Gerichtsmediziner, würde *die* Frage beantworten, die sie bis in den Schlaf verfolgt und über lange Zeit hinweg auch jeden wachen Augenblick beschäftigt hatte. Jede Faser der Hoffnung, an die sie sich qualvoll geklammert hatte, hing an den medizinischen Fähigkeiten eines Menschen, den sie nicht einmal kannte, und dieses Bewußtsein machte ihr angst.

Sie kurbelte ihr Fenster herunter und atmete ein paarmal tief durch, versuchte in der frischen Nachtluft ruhiger zu werden, während sie auf den Flughafenparkplatz rollte.

Und tatsächlich lösten sich ihre Gedanken für einen Augenblick von der bevorstehenden Ankunft des Mediziners und wandten sich dem Sarg zu, der inzwischen bereits im Krankenhaus eingetroffen sein mußte.

Sie fühlte sich in ihrer Angst klein und zerbrechlich und spürte, wie ihr Selbstvertrauen schon von der Möglichkeit erschüttert wurde, einen auch nur winzig kleinen Fehler in ihrer Planung übersehen zu haben. Der Frau, die die Aufgabe übernommen hatte, den Pathologen abzuholen und dafür zu sorgen, daß er sein Ziel sicher erreichte, erschienen normalerweise belanglose Einzelheiten plötzlich wie Vorboten einer drohenden Katastrophe.

Als sie das Flughafengelände dann schließlich mit ihrem Gast verlassen hatte, hatte sie es irgendwie fertiggebracht, sich zu verfahren, obwohl sie die Stadt und das Netz von Freeways, das diese umgab, in allen Einzelheiten kannte. Erst als sie den Vorort Jersey City erreicht hatte, nahm sie wahr, daß sie die verkehrte Richtung eingeschlagen hatte. In dem Restaurant schließlich, nach einer in aller Ruhe eingenommenen Steakmahlzeit, führte die vom Kellner überreichte Rechnung zu der peinlichen Erkenntnis, daß sie nicht genug Bargeld bei sich hatte, um sie zu bezahlen. Daher mußte sie ihren Gast bitten, ihr auszuhelfen.

Kleinigkeiten, ohne Belang eigentlich, aber dennoch beunruhigend für jemanden, dessen Besorgnis mittlerweile an Paranoia grenzte.

Und das eigentlich Schwierige lag noch vor ihr. Am nächsten Tag, das ahnte die Frau, würde die Spannung ganz sicherlich Ausmaße erreichen, wie sie sie bisher noch nie erlebt hatte. Noch lange, nachdem sie dem Arzt vor seinem Hotel eine gute Nacht gewünscht hatte und nach Hause zurückgekehrt war, zählte sie die langsam verstreichenden Stunden in einer schlaflosen Mischung aus Angst und Hoffnung.

Schließlich fielen die grauen Vorboten des neuen Tages durch ihr Küchenfenster, und zu der angstvollen Beklemmung gesellten sich ganz reale körperliche Schmerzen hinzu. Ihr gesamter Körper schmerzte, als ob sich irgendein böses Virus eingeschlichen hätte.

Obwohl sie keineswegs religiös war, flüsterte sie ein Gebet, in dem sie um Kraft flehte.

Die Frau, die an ihrem Küchentisch sitzend auf den Sonnenaufgang des Samstags wartete, war nicht die einzige, die nervös den Ereignissen des Tages entgegenbangte.

In Alvin war auch ein erfahrener weiblicher Detective der Mordkommission äußerst angespannt, der Monate zuvor den Vorgesetzten darum gebeten hatte, einem bestimmten Fall zugeteilt zu werden. Die Frau hatte ihn schon lange aus der Distanz verfolgt.

An diesem Morgen nun war sie mit einem bedrückenden Gefühl der Angst aufgewacht. Sie konnte sich gar nicht mehr erinnern, wie oft sie bereits Zeugin der Nachwirkungen des Todes gewesen war, und hätte daher auf das, was vor ihr lag, eigentlich mehr als hinreichend vorbereitet sein müssen. Schließlich waren Blut und Verstümmelung zwar stets bedrückend, aber schon seit langem sozusagen Routinebestandteil ihres Berufs. Und das gleiche galt auch für die Teilnahme an Autopsien.

Aber der gerichtsmedizinischen Untersuchung einer exhumierten Leiche hatte sie bisher noch nie beigewohnt und ertappte sich dabei, wie ihr die Phantasie häßliche Bilder wie aus Horrorfilmen vorgaukelte. Der weibliche Detective vertraute zwar diese Besorgnis niemandem an, war aber voller Unruhe über das, was er zu sehen bekommen würde, wenn man den Sarg schließlich öffnete.

Nur das Wissen, daß dieser grausige Vorgang die letzte Chance dafür war, den Fall der Lösung zuzuführen, um die der Detective sich so hartnäckig und entschlossen bemüht hatte, würde ihm die nötige Kraft verleihen, diese Qual über sich ergehen zu lassen.

Eine halbe Stunde lang sogen unter sanftem Summen ein Luftreiniger und ein Deckenventilator den süßlich betäubenden Geruch aus dem Raum, in dem die Leiche auf einer Bahre aus vergilbtem Fiberglas lag. Das grelle Neonlicht spiegelte sich in den kahlen weißen Wänden, daß es beinahe weh tat, bis die Augen sich schließlich daran gewöhnt hatten. Auf einer Seite des Raums standen sterile Schränke mit Instrumenten, Kitteln und einer Vielzahl von Reinigungsflüssigkeiten. An der gegenüberliegenden Wand waren zwei Bottiche aus rostfreiem Stahl angebracht.

Die Jalousien vor dem kleinen Fenster an der Seite des Raums, wo der Mediziner seine Arbeit durchführen würde, waren heruntergelassen und ließen die Atmosphäre im Raum noch drückender erscheinen.

Es war kurz nach 10 Uhr, als er den letzten Schluck Kaffee aus dem Schaumstoffbecher nahm, damit auf einen Abfallbehälter in der Nähe zielte, traf, und dann der Frau, die ihn am Abend zuvor vom Flughafen abgeholt hatte, kurz zunickte. Sie zwang sich, mit einem nervösen Nicken darauf zu reagieren, und setzte sich auf eine Couch in dem Zimmer, um mit dem langen Warten zu beginnen. Der Gerichtsmediziner verschwand in dem Untersuchungsraum.

Der weibliche Detective merkte plötzlich, daß seine Hände zitterten und folgte dem Doktor wortlos.

Die nächsten viereinhalb Stunden sah die Frau dem Pathologen bei seiner Arbeit zu. Schließlich hatte sie Mühe, die Leiche noch länger anzuschauen und wandte nun ihre Aufmerksamkeit dem Mann zu, der über die Bahre gebeugt arbeitete. Sie studierte seine akribische Arbeitsweise: Er fotografierte, sondierte, nahm Einschnitte vor, fertigte Dünnschliffe an und hielt jede seiner Bewegungen und Ergebnisse fest, indem er in ein Tonbandgerät diktierte. Er sah trotz seines melierten Haars jünger als seine zweiundfünfzig Jahre aus. Die Hornbrille, die er trug, ließ sein rundes, freundliches Gesicht besonders gewissenhaft erscheinen, aber was sie am meisten beeindruckte, war die sanfte, bedächtige Art, mit der er seine Arbeit verrichtete.

Als er schließlich die Gummihandschuhe abstreifte, aufblickte und sie müde über die Brillenränder hinweg ansah, war es 14 Uhr 30.

»Detective«, sagte er, »Sie haben es jetzt mit einer Mordermittlung zu tun.«

1

Und so fing es an: mit warmer Sonne und den kühlen Wellen der Golfküste, die sanft an den Strand von Galveston klatschten. Überall war ansteckendes Gelächter zu hören, junge Stimmen, die meisten von Collegestudenten, die die berauschende Freiheit des alljährlichen Rituals feierten, das man als Spring Break *bezeichnet. Sie kamen zu den Bierpartys, um zu kiffen oder einfach bloß, um einmal die Freiheit von der elterlichen Überwachung, den Vorträgen in den Klassenzimmern oder den langweiligen Jobs zu Hause zu genießen.*

Sie betranken sich, wurden high, einer Menge von ihnen wurde übel, und ein paar wurden sogar verhaftet. Ein paar verliebten sich …

Früher einmal hatten die *Spring-Break*-Festivitäten von Galveston Island einzig und allein den Collegestudenten gehört – jungen Männern und Frauen, ledig und sorglos, die auf die Insel fuhren, um Daddys Geld auszugeben, mit den Anstecknadeln ihrer Studentenverbindung zu prahlen und für ein paar grandiose und nur dem Vergnügen gewidmeten Tage die Geheimnisse der Algebra oder des Schuldrechts beiseite zu legen. Aber im Frühjahr 1987 hatte sich der Karawane von Studenten der University of Texas und der SMU und selbst der streng bibelgläubigen Baylor University eine wachsende Zahl von Störenfrieden angeschlossen. Da waren die Kids von der High School, mit großen Augen und leicht zu beeindrucken. Mit der Legende von Sun, Fun and Sex waren sie aufgewachsen, die für sie gleichbedeutend mit *Spring Break* war, und sie konnten es einfach nicht abwarten, bis diese Zeit auch für sie gekommen war. Obwohl sie eher Zuschauer als Teilnehmer waren, konnte man sich darauf verlassen, daß sie zu Hause ihrer Phantasie freien Lauf lassen und damit prahlen würden, welchen Spaß sie gehabt hätten.

Dann gab es welche, die dem Alter nach aufs College gehörten, die aber keine Schule oder Universität besuchten, junge Leute, deren akademisches Leben mit dem Abschluß ihrer High-School-Zeit schlagartig zum Stillstand gekommen war. Sie arbeiteten in der Spätschicht der örtlichen Raffinerien oder in Schreibbüros, waren Teil einer Generation, die bereits der Sklaverei von Zwei-Dollar-Widerwärtigkeiten und den Hypotheken des Erwachsenentums verfallen war. Sie hatten angefangen, in größerer Zahl zu den Stränden von Galveston zu strömen und sich dort unter die Sigma-Nu- und Tri-Delta-Verbindungen zu mischen. Hier vergeudeten sie wertvolle Urlaubszeit oder verbrachten ›Krankfeiertage‹ mit Partys, in dem Versuch, die Freuden der Freiheit und des ungezügelten Vergnügens wieder für sich einzufangen.

In den Augen derjenigen, die die gesellschaftliche Struktur der alljährlichen Zusammenkünfte studierten, war jene letztere Gruppe Sammelbecken der traurigsten Kreaturen. Sie nannten sie die ›Möchtegerns‹, Außenseiter, die durch das Fenster einer verlorenen Jugend und verpaßter Chancen in diese Welt hineinspähten.

Michael Shane Goode, braungebrannt und athletisch gebaut – er zog es übrigens vor, wenn seine Freunde ihn Shane nannten –, hätte leicht als Collegestudent durchgehen können. Sein schwarzes Haar war mit dem Messer geschnitten, und obwohl er alleine an diesen Ort gekommen war, ohne eine feste Verabredung, bewegte er sich am Strand, als ob seine Anwesenheit ihren guten Grund hätte.

Tatsächlich war er weder Collegestudent, noch gab es irgendeinen speziellen Anlaß für sein Hiersein. Shane, ein Postzusteller aus Clear Creek, einem nahe gelegenen Vorort Houstons, verheiratet, aber von seiner Frau getrennt lebend, war mit dem Motorrad nach Galveston gekommen, in der Erwartung, dort wieder etwas Schwung in ein zunehmend langweilig gewordenes Leben zu bringen. Seit er 1979 die High School in Pasadena abgeschlossen hatte, war sein Leben ohne besondere Höhepunkte verlaufen: zwei Jahre, die er beim Militär verbracht hatte, die Ehe mit einer Freundin aus der High-School-Zeit, Vaterschaft, dann ein Job ohne Zukunft als Handelsvertreter für Westinghouse, ehe sein Dad ihm dabei behilflich gewesen war, eine Stelle bei der Post zu bekommen.

Shane Goode war die Fleisch gewordene Verkörperung des *Spring-Break*-Möchtegerns, jetzt am Strand unterwegs mit der Hoffnung, irgendwo Anschluß zu finden.

Annette Tollett andererseits hatte sich etwas widerstrebend einer Cousine angeschlossen, die bei ihr zu Besuch war. Sie hatte gedrängt, gemeinsam mit ihr von Houston aus hierher zu fahren, um sich einmal anzusehen, was es eigentlich mit diesem *Spring-Break*-Phänomen auf sich hatte. Annette war ein hübsches, brünettes Mädchen, groß, ziemlich scheu, jemand, der sich in größeren Menschenansammlungen im allgemeinen nicht wohlfühlte. Sie war geschieden und als Buchhalterin bei einer Autovermietung tätig und kam sich inmitten der Menschenscharen, die zu der legendären Insel an der Golfküste reisten, irgendwie deplaziert vor.

Schon ehe Shane Goode ein Gespräch mit ihr begonnen hatte, war ihm aufgefallen, daß ihr Gesicht auf liebenswerte Weise verletzbar wirkte. Und als er bemerkte, daß sie auf sein Interesse an ihr geschmeichelt reagierte, gefiel ihm das sehr. Sein Charme mochte ja schon ein wenig eingerostet sein, aber er funktionierte offensichtlich immer noch.

Bis der Tag zu Ende ging, hatte er sie mit Geschichten über seine Leistungen beim Militär unterhalten, ihre Vorbehalte bezüglich seiner bevorstehenden Scheidung besänftigt und sie nach ihrer Telefonnummer gefragt. Zu ihrer eigenen Überraschung hatte Annette sie ihm bereitwillig gegeben.

Als sie am Abend, von einer Art Schwindel erfüllt, zusammen nach Hause zurückkehrten, redeten sie und ihre Cousine ausführlich über das Phänomen der Liebe auf den ersten Blick.

Am Nachmittag des folgenden Tages rief Shane an, und sie sprachen bis tief in den Abend hinein. Bald kam er jeden Nachmittag nach der Arbeit vorbei, und sie gingen zusammen essen oder ins Kino, oder er lud sie zum Tanzen ein. Und dann fing er an, ihr mit solcher Regelmäßigkeit Rosen zu schicken, daß die zuvor gelieferten noch frisch waren, wenn das nächste Dutzend eintraf. Wenn sie das Haus verließ, um zur Arbeit zu fahren, fand sie häufig unter ihrem Scheibenwischer Zettel in seiner vertrauten Handschrift: ›... ich hoffe, Du hast einen schönen Tag ... nimm Dir Zeit, an mich zu denken ...‹

Zum ersten Mal in ihrem Leben machte jemand Annette auf altmodische Art den Hof, was sie sehr genoß. Ihre Beziehung zu diesem wohlerzogenen, lustigen, an ihr interessierten Mann war Lichtjahre von allem entfernt, was sie bisher erlebt hatte. Der Mann, von dem sie sich vor einem Jahr schließlich hatte scheiden lassen, war so gewalttätig geworden, daß sie eines Tages ausgezogen war und ihre einjährige Tochter mitgenommen hatte. Seine Brutalität hatte Annette mit tiefer Skepsis erfüllt, und sie hatte sich nicht vorstellen können, so bald wieder zu einem anderen Mann Vertrauen zu haben.

Aber Shane war ganz anders. Von ihm ging eine Art sanfter Wärme aus, die einfach entwaffnend wirkte. Er sprach mit so viel Liebe von seiner eigenen Tochter und versprach, alles menschenmögliche zu tun, damit seine Scheidung ihre Beziehung nicht belastete. Annette gefiel es, daß er ihr Kind jedesmal, wenn er sie besuchte, mit Aufmerksamkeiten überhäufte. »Ich liebe Kinder«, sagte er, und das konnte man sehen.

Selbst wenn Annette gewollt hätte – sie hätte keine Fehler an ihm finden können, davon war sie fest überzeugt. Im Gegensatz zu ihrem Ex-Ehemann war Shane kein Trinker und verbrachte die Nächte auch nicht in der Gesellschaft seiner Kumpel damit, von einem Striplokal in Houston zum nächsten zu ziehen. Shane hatte einen guten Job, den er offenbar sehr ernst nahm, und sprach optimistisch von der Zukunft, die er für sich geplant hatte. Mit einem Wort, er war wesentlich reifer als jeder andere Mann, dem sie bisher begegnet war.

Sie hatten sich drei Wochen lang beinahe täglich gesehen, bevor er sie das erste Mal küßte. Und selbst bei dieser Gelegenheit äußerte er eine Entschuldigung. Er wolle die Dinge nicht überstürzen, sagte er, wolle sie nicht verschrecken, indem er in ihrer Beziehung ein Tempo vorlege, das ihr vielleicht unangenehm sein könnte.

In Wahrheit verspürte Annette keinerlei Unbehagen. Sie hatte sich bereits in Shane Goode verliebt.

Im Mai zogen sie und die zweijährige Michelle aus ihrem Maisonette-Apartment in Shanes Wohnwagen in den nahe gelegenen Vorort Pasadena. Am Tag ihrer Ankunft wirkte er vor Aufregung fast benommen. »Es ist gut, wieder eine Familie zu haben«, sagte er.

Und bald begannen sie vom Heiraten zu reden.

Sharon Couch freute sich darüber, daß ihre Tochter wieder glücklich war. Das Funkeln, das sie so lange in Annettes Augen vermißt hatte, war wieder da, und die Lethargie, die sich nach ihrer gescheiterten ersten Ehe eingestellt hatte, hatte jetzt neuer Energie und Optimismus Platz gemacht. Sharon war selbst geschieden und nahm wie alle Eltern, denen ihre Kinder etwas bedeuten, am neuen Glück ihrer Tochter stillen Anteil. Dieses Glück war etwas, was sie und ihre Familie viel zu lang vermißt hatten.

In Wahrheit wußte Sharon recht wenig über jenen Mann, der so plötzlich in das Leben ihrer Tochter getreten war. Bei den seltenen Anlässen, zu denen sie ihn erlebt hatte, war er ihr geradezu bedrückend scheu vorgekommen, als das genaue Gegenteil des geselligen, vergnügten Menschen, als den ihn Annette geschildert hatte. Versuche, ihn in ein Gespräch zu ziehen, führten meist zu knappen Antworten. *»Shane, haben Sie sich schon entschieden, wo Sie Ihren Urlaub verbringen wollen?« »Das weiß ich noch nicht.« »Wie geht's Ihnen beruflich?« »Gut.«* Er schaute ihr fast nie in die Augen, selbst nicht in diesen kurzen, einseitigen Gesprächen. Letztendlich machte Sharon sich darüber lustig, daß ihr zukünftiger Schwiegersohn allem Anschein nach nur vom Boden ihres Wohnzimmers fasziniert war.

Doch beunruhigte sie sein Verhalten nicht sehr. Die persönlichen Eigenheiten anderer gingen sie schließlich nichts an. Es war mehr als genug, daß Shane allem Anschein nach Annette glücklich machte und sie gut behandelte, daß ihre Enkeltochter ihn mochte und sich schnell mit seiner Tochter angefreundet hatte. Als Annette dann bekanntgab, daß Shanes Scheidung ausgesprochen war und er sie gefragt habe, ob sie ihn heiraten wolle, war Sharon hoch erfreut. Wenn man Shane nur genug Zeit ließ, würde er sich ganz sicherlich auch für sie und den Rest der Familie erwärmen.

Die ersten echten Zweifel kamen in ihr auf, als das geplante Hochzeitsdatum im Oktober näher rückte. Annette hatte monatelang jede freie Minute mit Vorbereitungen auf das große Ereignis verbracht, ihr Hochzeitskleid ausgesucht, Brautjungfern ausgewählt und immer wieder die Liste der Leute überarbeitet, die eingeladen werden sollten.

Erst nachdem alle Details festgelegt und die Einladungen abgeschickt waren, bekam Shane Goode kalte Füße. Zwei Tage vor der Hochzeit erklärte er Annette, daß er einfach noch nicht dazu bereit sei.

»Ich liebe dich und will dich auch nicht verlieren«, sagte er, »aber es ist einfach noch zu früh, um zu heiraten. Wir müssen uns ganz sicher sein – alle beide –, weil ich möchte, daß wir immer zusammen bleiben. Wir sollten uns doch noch ein wenig Zeit lassen.«

Annette war über diese plötzliche Wendung sehr erstaunt. Wenn Shane sie so sehr liebte und ›immer mit ihr zusammen bleiben‹ wollte, warum machte ihm dann der Gedanke an die Ehe – und das war von Anfang an seine Idee gewesen – plötzlich solche Angst? Die Signale, die er ausgesandt hatte, waren bestenfalls verwirrend. Seit sie und Michelle bei ihm eingezogen waren, hatte er die ganze Zeit davon geredet, welche Freude ihm das Familienleben bereitete. Die Ergebenheit, mit der er Annette behandelte, war sogar von solchem Ausmaß, daß sie manchmal geradezu an Besessenheit grenzte.

War, was selten vorkam, einmal eine von Annettes Freundinnen zu Besuch und saß noch beim Kaffee, wenn Shane von der Arbeit nach Hause zurückkehrte, lief immer dasselbe Ritual ab. Er verschwand im Schlafzimmer und schmollte, bis die Besucherin schließlich gegangen war. Später dann erinnerte er Annette daran, wie wertvoll ihm doch die Zeit sei, die sie zusammen verbrachten. »Ich arbeite den ganzen Tag und denke die ganze Zeit an nichts anderes als daran, nach Hause zu kommen, um mit dir zusammen zu sein«, pflegte er zu sagen. »Es ist mir einfach zuwider, wenn jemand uns diese Zeit wegnimmt.« Annette hatte diese Art von

Eifersucht bisher noch nie erlebt und empfand sie zunächst als schmeichelhaft. Ihre Freundinnen zu vernachlässigen, um mehr Zeit mit dem Mann zu verbringen, den sie bald zu heiraten hoffte, schien ihr ein logischer und auch durchaus erstrebenswerter Tausch. Später, nachdem sie und Shane miteinander vertrauter geworden waren, würde immer noch genug Zeit für Freundinnen sein.

Aber Annettes Mutter, eine durch und durch vernünftige und bodenständige Frau, empfand die Sache mit der abgesagten Hochzeit als großes Problem. Sie hatte Angst, daß Shane vielleicht trotz seines Charmes und der Aufmerksamkeiten, mit denen er ihre Tochter überhäufte, nicht das war, was er zu sein vorgab. Zugleich wußte sie aber auch, daß es völlig sinnlos wäre, ihrer Tochter gegenüber derartige Andeutungen zu machen. Annette war blind verliebt, und mütterlicher Rat würde nur die Beziehung zwischen Mutter und Tochter, die schon durch so manche hartnäckig ausgetragene Meinungsverschiedenheit gezeichnet war, zusätzlich belasten.

Die Beziehungen zu ihren Kindern hatten Sharon eigentlich schon immer erstaunt. Annette, ihre Älteste, war von früher Kindheit an die Eigenwilligste gewesen, ruhig und fest entschlossen, ihren eigenen Weg zu gehen, dabei schnell bereit, gegen Vorschriften und mütterlichen Rat zu rebellieren. Ihr Sohn Steven dagegen war eher der unbeschwerte Typ und machte nie einen Hehl aus seiner Zuneigung.

Annette und ihre Mutter, das hatten Freunde häufig festgestellt, waren sich einfach zu ähnlich, um gut miteinander auszukommen.

Und so äußerte Sharon sich nicht weiter zu der Angelegenheit und fand sich damit ab, ihre Besorgnis für sich zu behalten. Ob sie freilich auch geschwiegen hätte, wenn ihr bekannt gewesen wäre, daß Shane es nach seiner Ankündigung, er sei zum Heiraten noch nicht bereit, abgelehnt hatte, die eingeladenen Gäste anzurufen und sie von der Änderung ihrer Pläne zu verständigen, ist recht unwahrscheinlich. Diese Aufgabe fiel der verlegenen und völlig verwirrten Annette zu.

Als die Familie zwei Monate darauf in Sharons Haus zum Thanksgiving-Dinner versammelt war, erklärte Annette ihrer Mutter, daß die Hochzeit jetzt wieder auf der Tagesordnung stehe.

»Wann?«

Es überraschte sie sehr, als Annette ihr mitteilte, daß sie am folgenden Tag stattfinden würde.

Anstelle der lang und ausführlich geplanten Feier mit Dutzenden von Freunden wurden Annette und Shane Goode am 27. November 1987 lediglich im Beisein von Sharon und Annettes Tochter Michelle getraut.

Sharon empfand es als eigenartig, daß aus Shanes Familie niemand anwesend war.

Die ersten Monate ihrer Ehe erlebten Shane und Annette als jenen Schwebezustand junger Paare, die ein neues Leben miteinander beginnen. Beide arbeiteten und lebten sparsam in der Hoffnung, bald aus dem Trailer in ein richtiges Haus ziehen zu können. Die kleine Michelle freute sich auf die Besuche von Shanes Tochter Tiffany. An den Wochenenden pflegte Sharon sich regelmäßig als Babysitter für das jung verheiratete Paar anzubieten, damit diese ein Kino besuchen oder abends zum Tanzen gehen konnten.

Was sie in diesen kurzen Phasen in der Gesellschaft ihrer Tochter und ihres neuen Schwiegersohns mitbekam, gefiel ihr. Die beiden wirkten glücklich und zufrieden und sahen voll Optimismus in die Zukunft.

Sharon ahnte nicht, daß in der jungen Ehe bereits

düstere Wolken aufzogen. Sie konnte nur Anzeichen einer glücklichen Beziehung erkennen und hörte nur positive Bemerkungen von einer Tochter, die ihr gegenüber meist recht wortkarg gewesen war und sich ihr auch in den banalsten Dingen des Alltagslebens nur widerstrebend anvertraut hatte. Annette, so wußte ihre Mutter, hatte seit früher Kindheit all ihre großen und kleinen Ängste immer mit sich selbst ausgetragen.

Zu den Details, die Annette ihrer Mutter verschwieg, gehörte auch ihre zunehmende Sorge über die Veränderungen, die sie in der letzten Zeit an Shane wahrgenommen hatte. Er konnte ohne äußeren Anlaß plötzlich in eine mürrische Stimmung verfallen, die manchmal tagelang anhielt, bis sie sich schließlich in Wutanfällen Luft machte. Annette fragte ihn in den Fällen wiederholt, was ihn bedrücke, nur um dann, wenn der Wutausbruch erfolgt war, zu hören, daß irgendein obskures, Tage, manchmal sogar Wochen zurückliegendes Ereignis die Ursache war. Sie mußte schnell erfahren, daß ihr Mann Dinge in sich aufstaute und schwären ließ, bis sie völlig außer Relation geraten waren und dann zur Explosion kamen. Wenn Annette ihm vorschlug, sich vorher auszusprechen, pflegte Shane das Gespräch abrupt zu beenden. Nachdem er gesagt hatte, was er sagen wollte, seine Wut aus sich hatte herausbrechen lassen, war die Diskussion zu Ende.

Und obwohl er sie nie körperlich mißhandelte, schien ihm diese mentale Grausamkeit regelrechten Spaß zu bereiten. Als ihr erstes gemeinsames Weihnachtsfest näher rückte, kam er eines Abends von der Arbeit mit einer großen, bunt verpackten Schachtel nach Hause. Er stellte sie mit großer Geste unter den Baum und versicherte Annette, daß sie wirklich überrascht sein würde, sobald sie die Schachtel öffnete. In ihrer Erregung konnte sie nur hoffen, daß der Sportsakko, die Hosen und die Krawatte, die sie als Geschenke für ihn ausgesucht hatte, zu dem, was er für sie gekauft hatte, auch im richtigen Verhältnis stehen würden.

Als sie am Weihnachtsmorgen voller Erwartung das Paket aufriß, mußte sie feststellen, daß es bloß ein Paar alte, schwarze Pumps enthielt, die Shane offensichtlich aus ihrem Kleiderschrank geholt hatte. Herzlich über seinen ›Spaß‹ lachend, sagte er, ihr verblüffter Gesichtsausdruck sei sogar noch besser als der seiner ersten Frau, als diese einmal eine Geschenkpackung geöffnet habe. Seiner Andeutung nach hätte sich eine Zuchtperlenkette darin befinden müssen. Was sie damals vorgefunden hatte, war jedoch nur eine billige Kaufhaus-Halskette gewesen.

Später, kurz vor Annettes Geburtstag redete Shane fast täglich davon. *»Dein Geburtstag steht bevor … nur noch ein paar Tage bis zu dem großen Tag … morgen ist Geburtstag …«* Diese dauernden Hinweise konnte sie nur als Anspielungen auf einen besonderen Plan verstehen, den er für diesen Anlaß geschmiedet hatte. Dann, als der Tag gekommen war, nahm derselbe Mann, der sie einst mit Blumen und Liebesbriefen überhäuft hatte, nicht mehr die kleinste Notiz davon. Es gab kein Geschenk, keinen romantischen Abend zu zweit. Nichts.

An einem anderen Abend, den sie in einem populären Country-and-Western-Tanzclub in Pasadena verbracht hatten, hatte alles gut angefangen – bis eine von Annettes Arbeitskolleginnen und deren Mann eintrafen. Annette hatte mit der Frau nur ein paar Minuten geredet, als Shane sich entschuldigte, um auf die Toilette zu gehen. Nachdem er längere Zeit nicht zurückgekommen war, fing Annette an, sich nach ihm umzusehen. Schließlich ging sie auf den Parkplatz, nur um dort festzustellen, daß sein Pick-up verschwunden war. Sie hatte keine andere Wahl, als peinlich berührt ihre

Freundin darum zu bitten, sie mit nach Hause zu nehmen.

Auf dem Stellplatz parkte der Pick-up, doch im Wohnwagen brannte kein Licht. Ihre Handtasche mit dem Schlüssel war im Wagen eingeschlossen, und sie mußte eine Zeitlang klopfen, bis Shane schließlich die Tür öffnete. Er erklärte ihr, daß er bereits zu Bett gegangen sei und ihr Klopfen nicht gehört habe.

Als Annette auf eine Erklärung für sein seltsames Benehmen drängte, zuckte er bloß die Achseln und meinte, ihm sei klar gewesen, daß sie sich lieber mit ihren Freunden unterhalten als den Abend mit ihm verbracht hätte, und deshalb sei er weggefahren.

Annette hatte ein so abwegiges, kindisches Verhalten noch nie erlebt und wußte nicht, wie sie damit umgehen sollte.

Schließlich gelangte sie zu der Entscheidung, die sie immer traf, wenn sie sich Schwierigkeiten gegenüber sah. Sie hoffte blindlings, daß das Problem sich wie durch Zauberei von selbst lösen würde, daß sich irgendeine Lösung wie im Märchen finden würde, irgendwann später, in der Zukunft.

Und bis dahin würde sie sich einfach alle Mühe geben, um ihren Mann glücklich zu machen.

2

In den Augen seiner Schwiegermutter war Shane Goode ein stiller, beinahe in sich gekehrter Mann – jemand, der sich in Gesellschaft anderer nie ganz wohlzufühlen schien. Das einzige Mitglied der Familie, mit dem er offenbar irgendwelche Gemeinsamkeiten hatte, war Annettes widerspenstiger Bruder Steven. Der

Junge litt sichtlich unter den Problemen des Teenageralters, hatte angefangen, mit Rauschgift herumzuexperimentieren, und versuchte, bei jeder sich bietenden Gelegenheit die Grenzen seiner Unabhängigkeit zu erproben. Er wirkte über die Aufmerksamkeit, die sein neuer Schwager ihm erwies, entzückt.

Für Shanes junge Frau aber schien aus dem warmherzigen, sanftmütigen Mann, in den sie sich verliebt hatte, ein launischer und herrschsüchtiger Pascha geworden zu sein. Freunden und Kollegen gegenüber legte er eine noch andere Persönlichkeit an den Tag – selbstbewußt bis an den Rand der Überheblichkeit, maß er seiner Tätigkeit als Briefträger und seiner Mitgliedschaft in der Nationalgarde eine völlig ungerechtfertigte Bedeutung zu. Im Beruf hatte er keinerlei Vorgesetztenfunktion, war aber schnell bei der Hand, die Leistung anderer zu kritisieren und unverlangte Ratschläge zu erteilen. Und während die meisten seiner Kameraden bei der Nationalgarde sich als ›Wochenendkrieger‹ betrachteten und ihre militärischen Verpflichtungen als Teilzeitaufgabe ansahen, lebte Goode in den Versammlungen und bei der Ausbildung sichtlich auf, genoß es, seine Drillichuniform anzuziehen, und versicherte allen, die ihm zuhören wollten, daß er ein überzeugter Patriot sei, bereit und willens, jederzeit, wenn der Ruf an ihn ergehen sollte, für sein Land in die Schlacht zu ziehen.

Er prahlte damit, daß er dazu ausgebildet sei, auch in der unzugänglichsten Umgebung zu überleben, hielt sich für einen begnadeten Scharfschützen und war im waffenlosen Nahkampf gut geschult. Und er wußte auch, wie er gerne betonte, auf welche Weise man tötete, ohne die geringsten Spuren zu hinterlassen.

Manchen Leuten erschien Michael Shane Goode ruhig, reserviert, nachdenklich und selbstsicher, andere empfanden ihn als einen verkrampften, zornigen jungen Mann, der sich ständig im Kampf mit seiner eigenen niedrigen Selbstachtung befand.

Zu jenen, die die dunkle Seite Shanes erlebt hatten, gehörte seiner erste Frau. Chandra Kaye Goode – von ihren Freunden und Freundinnen Kaye genannt – hatte ihn als Studentin an der Milby High School von Houston kennengelernt und sich sofort zu dem gutaussehenden Schüler der Abschlußklasse der benachbarten Pasadena High School hingezogen gefühlt. Schon nachdem sie nur wenige Male miteinander ausgegangen waren, war sie fest davon überzeugt, daß Shane der Mann war, den sie sich als Ehemann wünschte. Sie heirateten im Februar 1981, und in den darauffolgenden sechs Jahren wurde Kaye Goode eine der wenigen, die sämtliche seiner Gesichter zu sehen bekam. Seine ständig, in immer kürzeren Abständen wechselnden Stimmungen hatten sie zuerst erstaunt und machten ihr schließlich angst. Sein bösartiger Humor wurde immer unbegreiflicher.

Und dann waren da diese verrückten, abstoßenden Geschichten, die er so häufig erzählte.

Als Junge, so prahlte er zum Beispiel, hatte er sich im Sommer häufig einen besonderen Spaß daraus gemacht, in der Nachbarschaft herumstreunende Katzen einzufangen. Er grub dann Löcher in den Rasen des Hinterhofs und vergrub die Tiere so, daß nur noch der Kopf aus dem Boden heraussah. Und wenn er damit fertig war, enthauptete er sie mit Hilfe eines Motorrasenmähers.

Kaye wußte nie, wann sie solche Geschichten glauben sollte und wann nicht, aber der Eifer, mit dem Shane sie erzählte, jagte ihr kalte Schauer über den Rücken.

Schließlich gerieten sie und Shane an einem Abend Anfang März im Jahre 1987 in einen Streit, welcher derart ausuferte, daß es zu Gewalttätigkeiten kam. Sie standen auf dem Parkplatz eines Supermarkts und brüllten sich gegenseitig an. Shane schlug plötzlich seiner Frau mit der geballten Faust ins Gesicht. Als sie wegzurennen versuchte, packte er sie und riß ihr dabei einen Ohrring aus dem Ohr.

Erst als der Geschäftsführer des Ladens auf den Parkplatz gerannt kam und ankündigte, die Polizei zu rufen, trat wieder Ruhe ein. Der Marktleiter, ein muskelbepackter junger Mann, bestimmt fünfzig Kilo schwerer als Goode, funkelte diesen an und drohte ihm ›einen Tritt in seinen feigen Hintern‹ an, bis Kaye sich schließlich einschaltete und ihm versicherte, daß alles wieder unter Kontrolle sei.

Der Marktleiter sah widerstrebend zu, wie die beiden in ihren Wagen stiegen, und tippte dann, ehe Shane wegfahren konnte, an der Fahrerseite ans Fenster. Goode kurbelte es nur ein kleines Stück herunter, worauf der Marktleiter sich vorbeugte und ihn wieder böse anschaute. »Bring sie sofort in ein Krankenhaus, du Arschloch«, sagte er im Befehlston.

Shane Goode nickte immer noch, als er von dem Parkplatz rollte.

In der Notaufnahme des Pasadena Bayshore Medical Center diagnostizierten die Ärzte, daß Kayes linkes Trommelfell geplatzt war, und versorgten dann ihr immer noch blutendes rechtes Ohr.

Kaye erkannte, daß es Zeit war, dem Ganzen ein Ende zu machen. Nachdem sie eine Anzeige wegen Körperverletzung gemacht hatte, zogen sie und die dreijährige Tiffany in eine andere Wohnung. Und obwohl Shane sich tränenreich bei ihr entschuldigte und sie anflehte, zu ihm zurückzukehren, ihm noch einmal eine Chance zu geben, engagierte Kaye einen Scheidungsanwalt.

Bereits bevor die Scheidung ausgesprochen wurde, war Shane Goode wegen Körperverletzung zu einer einjährigen Strafe auf Bewährung verurteilt worden. Das Scheidungsgericht sprach Kaye nun das Sorgerecht für ihre Tochter zu und verurteilte ihren Ex-Ehemann zur Zahlung von monatlich 480 Dollar Unterhaltskosten für das Kind.

Dieses Urteil war für Goode vernichtend. Er machte sich mit Papier und Bleistift ein Bild von seiner kläglichen Finanzlage und stellte fest, daß sein monatliches Nettoeinkommen auf diese Weise auf nur 1.425 Dollar reduziert werden würde. Seine Ausgaben einschließlich Miete, Strom, Wasser, Autoversicherungen und Ratenzahlungen machten fast 1.700 Dollar aus.

Bald würde er, das wurde ihm schlagartig bewußt, in roter Tinte ertrinken.

Das meiste aus der Vergangenheit ihres Mannes blieb für Annette ein Geheimnis – oder wenn kein Geheimnis, dann zumindest durch die verschiedenen Versionen, die Shane ihr lieferte, von dunklen Schatten verhüllt. Das Scheitern ihrer Ehe gehe ganz auf das Konto seiner Ex-Ehefrau, beeilte er sich ihr klarzumachen. Kayes ständige Versuche, ihn am Zusammensein mit seiner Tochter zu hindern, seien, so deutete er an, bloß ein Überbleibsel von der Hölle, die sie ihm bereitet hatte, als sie Mann und Frau gewesen waren.

Annette glaubte Shane in ihrer Unschuld und betrachtete die Ex-Frau als das haßerfüllte, egoistische Wesen, das er ihr schilderte. Ihre Finanzlage war wegen der Belastung durch die Unterhaltszahlungen und Kayes scheinbar endlosem Bedarf an zusätzlichem Geld für Tiffanys Arztrechnungen oder sonstige unerwartete Ausgaben äußerst angespannt. Aber sie blieb noch erträglich, fand Annette.

Kurz nach ihrer Hochzeit hatten sie sogar einen neuen Pontiac Trans Am gekauft, der für Annette bestimmt war. Sie waren übereingekommen, daß die monatlichen Raten für das Auto von ihr getragen werden sollten.

Mit der Zeit wurde Shane freilich bewußt, daß auch ihr gemeinsames Einkommen ihm nicht den finanziellen Komfort liefern konnte, den er sich wünschte. Streitigkeiten über Geld wurden zur Routine. Shane kritisierte Annettes Ausgaben und forderte sie auf, eine Stellung zu suchen, die besser bezahlt wäre als ihre Tätigkeit als Buchhalterin. Sie erklärte daraufhin, daß ihre finanziellen Probleme am besten zu lösen seien, indem sie in Abendkursen an einer Schwesternhelferinnen-Ausbildung teilnähme – diesen Berufswechsel hatte sie sich schon lange gewünscht. Doch er sträubte sich dagegen. Die Vorstellung, daß man Geld ausgeben mußte, um Geld zu verdienen, war ihm fremd.

Shanes Ungeduld über seine sich verschlechternde Finanzlage wuchs, und er begann, nach schneller Abhilfe zu suchen.

Ehe er am Morgen des 20. Mai 1988 zur Arbeit fuhr, lud er seine Frau für den Abend des gleichen Tages zum Dinner und zum Tanz ein. Im Hinblick auf seine erst jüngst geäußerten Geldsorgen überraschte das Annette etwas, aber sie nahm bereitwillig an. Sie rief ihre Mutter an und fragte, ob sie bereit wäre, auf Michelle aufzupassen. Sie freute sich, als Sharon Couch bereitwillig zusagte. Es würde gut sein, einmal aus dem Haus zu kommen. Shane hatte sogar schon den Club ausgewählt, den sie besuchen wollten, ein schickes Lokal, das sich J. Larkins nannte und am Bayou ganz in der Nähe des NASA-Geländes lag.

Den Tag über ging Goode seiner Beschäftigung in ungewöhnlich guter Laune nach und verließ seine Arbeitsstätte am Nachmittag, um nach Hause zurückzufahren. Er blieb dort aber nur kurz, zog rasch seinen Jogginganzug an und fuhr dann zum Schulsportplatz in Pasadena hinüber, um dort zu trainieren.

Um 20 Uhr hatte er geduscht und sich umgezogen und drängte Annette und seine Stieftochter, sich zu beeilen. Er behauptete, am Verhungern zu sein.

Nach einem eiligen Abendessen bei Grandy's setzten sie Michelle ab und trafen kurz nach 21 Uhr bei J. Larkins ein. Obwohl am Eingang reichlich Parkplätze vorhanden waren, steuerte Shane den roten Trans Am auf einen der Stellplätze dicht am Bayou, fast hundert Meter vom Club entfernt. »Da ist die Chance geringer, daß irgendein Betrunkener uns anrempelt oder die Tür zerkratzt«, erklärte er, als er den Wagen absperrte, die Schlüssel in die Jackentasche steckte und Annette zum Eingang geleitete.

Es war ein angenehmer Abend. Die Band war gut und die Tanzfläche nicht zu überfüllt. Annette konnte sich gar nicht mehr erinnern, wann sie ihren Mann das letzte Mal so entspannt und unbeschwert erlebt hatte. Er sang mit und küßte sie mehrfach und schien ganz von der romantischen Atmosphäre im Club mitgerissen. Ganz wie in alten Zeiten, dachte Annette.

Um ein Uhr morgens schlenderten sie Arm in Arm zum Parkplatz und unterhielten sich lachend, und ihr Gelächter hallte in den dünnen Nebel, der vom Bayou hereingezogen war. Obwohl sie sehr wenig getrunken hatte, fühlte Annette sich von dem so angenehm verlaufenen Abend leicht beschwipst.

Aber plötzlich verstummte ihr Gelächter. Der Platz, an dem Shane den Wagen abgestellt hatte, war leer.

Goodes Stimmung schlug sofort um. Er ging wütend über den schwach erleuchteten Parkplatz, fluchte, fuchtelte mit den Armen. »Irgend so ein Mistkerl hat ihn gestohlen«, wiederholte er immer wieder. »Hat den verdammten Wagen gestohlen.« Annette stand wie benommen da, die Arme vor der Brust verschränkt und sah schweigend zu, wie ihr Mann sich erregte.

Das war auch das Bild, das sich dem Streifenbeamten Elbert Love von der Nassau Bay Police bot, als er auf seiner routinemäßigen Tour über den Parkplatz des Nachtclubs fuhr. An der abgelegenen Stelle am Bayou erfaßten seine Scheinwerfer einen jungen Mann, der mit den Händen winkte, um auf sich aufmerksam zu machen.

»Man hat mir meinen Wagen gestohlen«, rief Shane dem Beamten entgegen.

Officer Love nahm schnell die Beschreibung des Wagens auf, notierte die Zulassungsnummer und gab seinen Bericht über Funk an seine Einsatzleitung durch. Dann begann er mit einer auswendig gelernten Ansprache, die er allen Opfern von Autodiebstählen hielt. Wenn der Dieb den Wagen bloß für eine Spritztour gestohlen hatte, bestand durchaus die Möglichkeit, daß das Fahrzeug nach kurzer Zeit irgendwo verlassen aufgefunden wurde. »Die haben ihren Spaß, und dann geraten sie in Panik«, sagte er. Das war die optimistische Version. Wenn Profis am Werk gewesen waren – und Profis, so betonte er, seien von den sportlichen Trans Ams besonders angetan –, dann konnte es durchaus sein, daß Goodes Fahrzeug sich bereits in irgendeiner billigen Werkstatt befand, wo es umfrisiert wurde. Vielleicht war es auch bereits nach Mexiko unterwegs.

Immer noch sein Mißgeschick verwünschend, versicherte Shane dem Beamten, daß er den Wagen abgesperrt und keine Schlüssel im Wageninneren gelassen habe. Jetzt ergriff Annette zum ersten Mal das Wort und bestätigte die Aussage ihres Mannes.

Der Beamte schloß seine Ermittlungen ab, indem er sich Goodes Telefonnummer und Adresse notierte, und stellte dann eine abschließende Routinefrage: »Sir, wissen Sie, wieviel das Fahrzeug ungefähr wert ist?«

»Fünfzehntausend«, antwortete Shane.

»Wir setzen uns mit Ihnen in Verbindung«, sagte Officer Love.

Als Annette auf dem Rücksitz des Taxis saß, das sie nach Hause bringen würde, stellte sie erleichtert fest, daß die Wut, die ihr Mann auf dem Platz an den Tag gelegt hatte, offenbar inzwischen verflogen war. »Wir können jetzt nur abwarten«, erklärte er ihr mit einem Achselzucken und lächelte dann zum ersten Mal, seit sie den Club verlassen hatten.

Der Trans Am wurde nie aufgefunden. Sobald die Polizei ihm versichert hatte, daß es praktisch keine Hoffnung gebe, den Wagen wiederzubekommen, legte Goode seiner Versicherungsgesellschaft die Schadensmeldung vor. Der Scheck, den er von der Allstate-Versicherung erhielt, reichte nicht nur aus, den lästigen Wechsel über 12.000 Dollar bei der Bank zu tilgen, sondern verschaffte ihm noch zusätzliche 1.745 Dollar, die er auf sein Scheckkonto einzahlte.

Und anstatt über den Verlust traurig zu sein, äußerte Shane große Erleichterung darüber, daß der Trams Am und die damit in Verbindung stehenden Ratenzahlungen jetzt der Geschichte angehörten.

Shane machte sich nie die Mühe, Annette die Wahrheit zu sagen. Er hatte ihren jüngeren Bruder Steven, wie dieser später erklären würde, dazu veranlaßt, den Wagen an jenem Abend von dem Parkplatz vor dem Nightclub zu stehlen. Steven seinerseits verkaufte ihn an einen Bekannten, der mit heißen Autos handelte, und teilte sich dann den Gewinn mit seinem Schwager.

Shane Goode würde dieses Vorgehen später leugnen. Für den Augenblick jedoch hatte er seine finanziellen Probleme gelöst.

Sharon Couch, der daran lag, daß die zweite Ehe ihrer Tochter ein Erfolg wurde, blieb auf Distanz. Wenn man sie darum bat, war sie jederzeit bereit, sich um Michelle zu kümmern, und sie lud auch Shane und Annette gelegentlich zum Abendessen zu sich ein. Sharon achtete ansonsten aber sehr darauf, sich nicht in das Privatleben der jungen Leute einzumischen.

Abgesehen von gelegentlichen spontanen Bemerkungen Shanes über die Einkaufsgewohnheiten seiner Frau, Bemerkungen, die er gewöhnlich in halb spaßhaften, halb sarkastischem Ton vorbrachte, erhielt Sharon keine Hinweise darauf, daß sich in der Beziehung Spannungen aufgebaut hätten.

Sie war hoch erfreut, als Annette erzählte, daß sie schwanger sei. Und die Tatsache, daß Shane und Annette sich dazu entschlossen hatten, aus dem engen Trailer in ein Haus zu ziehen, das sie in Pasadena gemietet hatten, schien ihr ein positiver Schritt nach vorn.

An dem für den Umzug angesetzten Wochenende bot Sharon gleich ihre Hilfe an. Obwohl Annette schwanger war, schleppte sie den ganzen Tag Möbel und schwere Schachteln, ohne daß Shane erkennen ließ, daß ihn das gestört hätte. Sharon dagegen hatte ihre Tochter wiederholt bedrängt, das Aus- und Einladen der schweren Gegenstände ihr und ihrem Schwiegersohn zu überlassen. Erst als Annette etwas gereizt erklärte, daß sie sich ganz hervorragend fühle, ließ Sharon das Thema fallen. Sie wußte, daß ihre Tochter sich auf das geräumige und bequemere Haus freute und dadurch aufgeputscht war. Sie brannte darauf, den Umzug hinter sich zu bringen. Und deshalb beschloß Sharon, ihr ohne viele Worte die schwereren Lasten abzunehmen.

Doch nur wenige Wochen später rief Annette ihre Mutter in Tränen aufgelöst an und erzählte, daß sie eine Fehlgeburt gehabt habe.

In Sharons Mitgefühl mit ihrer Tochter mischte sich sofort eine ungeheure Wut auf Shane. Indem er so gleichgültig zugelassen hatte, daß Annette sich während des Umzugs überanstrengte, hatte er erheblich zu der Fehlgeburt beigetragen – das stand für sie fest. Sharon war es einfach unmöglich, ihren Schwiegersohn zu mögen.

Bald entdeckte sie auch Anzeichen dafür, daß die Ehe keinen guten Verlauf nahm. Michelles vollkommen harmlosen, kindlichen Äußerungen entnahm sie, daß ihre Mutter und Shane immer häufiger miteinander stritten. »Die schicken mich immer auf mein Zimmer, wenn sie böse aufeinander sind«, sagte sie, »aber ich kann sie trotzdem schreien hören.«

Erst im Herbst des Jahres 1988 hatte Shane sich widerstrebend damit einverstanden erklärt, daß Annette wieder zur Schule ging, um sich dort für den Schwesternberuf ausbilden zu lassen. Völlig im Einklang mit seiner Angewohnheit, für seine üblen Spielchen besondere Tage auszusuchen, wartete er bis zum Vorabend von Annettes Semesterprüfung, um ihr mitzuteilen, daß er sich mit Auszugsgedanken trage. Die einzige Erklärung, die er dafür hatte, war: »Diese Scheißehe war ein großer Fehler.«

Wie nicht anders zu erwarten, schnitt Annette daraufhin bei der Prüfung schlecht ab und erzielte ein Ergebnis, das sie nur knapp vor dem Durchfallen bewahrte. Am Tag darauf entschuldigte Shane sich bei ihr, daß er sie beunruhigt habe.

Doch sein grausames Spiel war nicht vorüber. Eine Woche später, am Morgen des Thanksgiving-Tages, stritten sie wieder. Schließlich stürmte er aus dem Haus und knallte die Tür hinter sich zu. Er fuhr zum Haus seiner Tante, wo seine Familie sich zu dem traditionellen Truthahnessen versammelt hatte. Annette rief dort an und flehte unter Tränen, er möge nach Hause zurückkommen und sie abholen. Shane weigerte sich. »Ich weiß einfach nicht, was das alles soll«, erwiderte er. »Ich glaube, am besten ist es, ich ziehe aus.«

Annette verbrachte den Feiertag einsam, quälte sich mit Gedanken über die Situation, in die sie geraten war, halb von Selbstmitleid und der Überzeugung erdrückt, daß sie die Probleme verursacht hatte, die nun ihren Ehemann dazu brachten, sie verlassen zu wollen. Als Shane spät am Abend zurückkam und so tat, als ob überhaupt nichts vorgefallen sei, war Annette diejenige, die sich entschuldigte. Die Schule sei eine größere Belastung gewesen, als sie zunächst erwartet hatte, erklärte sie. Sie würde ihm eine aufmerksamere, bessere Frau sein. Alles würde besser werden, versprach sie, wenn er ihr nur die Chance gab, es ihm zu beweisen.

Als Shane sich von seinem Entschluß nicht abbringen ließ, griff sie in ihrer Verzweiflung zu einer anderen Taktik. Wenn er schon so fest entschlossen sei, auszuziehen, welchen Schaden würde es dann bereiten, wenn er seinen Auszug wenigstens erst nach den Feiertagen vornehmen würde. »Auf diese Weise hat Michelle wenigstens schöne Weihnachten«, bettelte sie.

An den Türrahmen gelehnt, die Hände tief in den Hüfttaschen seiner Jeans vergraben, ließ Shane sich ihren Vorschlag durch den Kopf gehen und zuckte schließlich die Achseln. »Na schön«, erwiderte er. »Warum auch nicht?«

Annette spürte eine Welle der Erleichterung darüber, daß sie für sich und ihre Ehe etwas Zeit gewonnen hatte, und machte sich sofort daran, ein idyllisches Zuhause zu schaffen, mit Hilfe dessen sie Shane zum Bleiben überzeugen könnte. Sie sorgte dafür, daß das Haus makellos sauber war, kochte ihm seine Lieblingsmahlzeiten und schmiedete Pläne für die Festtagsdekoration.

An einem Freitagmorgen, eine Woche vor Weihnachten, mußte sie den Zahnarzt aufsuchen, weil sich bei ihr eine schmerzhafte Zahnfistel entwickelt hatte. Shane erklärte sich bereit, sie zu begleiten; man hatte ihr nämlich angekündigt, daß eine kieferorthopädische Behandlung erforderlich sein würde und sie wegen der notwendigen Spritzen im Anschluß daran besser nicht selbst fahren sollte.

Von der Tortur halb benommen, konnte Annette sich kaum daran erinnern, wie sie aus der Praxis des Zahnarztes nach Hause gekommen war, und auch nicht daran, wie ihr Mann sie ins Bett gebracht hatte.

Shane deckte sie zu, gab ihr einen Kuß auf die Stirn und forderte sie auf, ein wenig zu schlafen, während er die Schmerzmittel besorgen würde, die der Zahnarzt verschrieben hatte. Im Verlauf des Nachmittags wachte Annette einige Male aus ihrem benommenen Zustand auf und rief nach ihrem Mann, stellte aber jedesmal fest, daß er noch nicht zurückgekehrt war. Die Fahrt in den Drugstore hatte von kurz nach Mittag bis beinahe 18 Uhr abends gedauert.

Am folgenden Montag fuhr Annette zum Postamt und ihr wurde klar, wo die Ursache dafür lag.

Unter der Post fand sie auch einen Umschlag mit einem Mietvertrag für eine Ein-Zimmer-Wohnung, die Shane gemietet hatte. Der Vertrag trug das Datum des vergangenen Freitags.

Als Shane von der Arbeit nach Hause kam, saß sie tränenüberströmt mit dem Mietvertrag in der Hand auf der Couch. »Warum?« wollte sie wissen. »Und warum jetzt?«

»Hey, darüber haben wir doch schon geredet, hast du das vergessen?« herrschte er sie an. »Ich habe dir doch gesagt, daß ich ausziehe. Verdammt noch mal, ich hatte gedacht, du hättet das begriffen.«

Annette zog die Knie an die Brust, vergrub das

Gesicht in den Armen und stieß ein gequältes Stöhnen aus, das aus finsteren, verborgenen Tiefen zu dringen schien. Ihre Schultern zuckten krampfartig, während sie unkontrolliert schluchzte.

Plötzlich bemerkte sie zu ihrer Überraschung, daß Shanes Hand sanft ihren Nacken massierte. Seine Stimme klang beruhigend, fast träumerisch, als er ihr zuredete, doch mit Weinen aufzuhören. »Es ist Weihnachten«, sagte er beschwichtigend. »Laß uns einen Baum kaufen.«

Mit diesen wenigen Worten ging es in Annettes bewegtem Leben plötzlich wieder aufwärts. Und noch ehe der Abend vorbei war, hatten sie, Shane und Michelle einen Weihnachtsbaum ausgewählt, auf einem der vielen Plätze, wo süß duftende Fichten und Zedern nur darauf warteten, an den Festtagen ein Heim zu verschönern. Ohne äußerliche Spuren des Alptraums erkennen zu lassen, der gerade hinter ihnen lag, wanderte die junge Familie anschließend durch die Geschäfte eines Shopping-Centers, um Lichter und Christbaumschmuck zu kaufen. Annette wählte sorgfältig jede einzelne bunte Kugel und jeden Porzellanengel aus in der stillen Hoffnung, daß diese Dekoration am Weihnachtsbaum einen neuen Anfang signalisieren möge.

Der Weihnachtsbaum schließlich, der in den frühen Morgenstunden fertig geschmückt vor ihnen stand, war der schönste, den Annette je gesehen hatte. Sie schalteten das Licht aus, und dann saßen sie und Shane stumm in ihrem dunklen Wohnzimmer und erfreuten sich an dem warmen Glitzern und Funkeln der Tanne.

Doch am Tag nach dem Fest sollte der Traum ein Ende haben. Während seine Frau und seine Stieftochter unterwegs waren, packte Shane Goode seine Sachen und verließ das Haus. Bei ihrer Rückkehr fanden Annette und Michelle nur den kahlen Baum, ohne die neu gekauften Lichter und Kugeln, vor.

Shane Goode war offenbar der Ansicht, daß der Schmuck, da er ihn ja schließlich bezahlt hatte, auch ihm gehörte.

Annettes Verwirrung ging schnell in tiefe Depressionen über. Sie fand keinen Schlaf und nahm nur dann etwas zu sich, wenn ihre Tochter Michelle oder ihre Mutter ihr zuredeten und sie warnten, sie könne schwer krank werden. Ihre Umgebung begriff nicht, daß sie sich mit aller Kraft dagegen sträubte, ihren Mann als das zu sehen, was er war. Deshalb brachte sie nicht die Kraft auf, sich einfach von ihm zu lösen.

Annette hatte die ganze Schuld für das Scheitern ihrer Ehe auf ihre eigenen Schultern geladen, blind dafür, daß der eigentliche Schuldige Shane war. Sie ignorierte seine teils subtile, teils offenkundige Grausamkeit, weil sie ihn immer noch sehr liebte.

3

Einige Historiker behaupten, daß es zu Anfang keinerlei logische Gründe dafür gab, daß die Stadt Houston überhaupt existierte, geschweige denn gedieh. Die Region verfügte nur im beschränkten Maße über Bodenschätze oder sonstige Voraussetzungen. Die im Sommer herrschende schwüle Hitze, die ausreiche, um einem das Gehirn zum Kochen zu bringen, sorge dafür, daß in dieser Gegend nie in größerem Maße Getreide oder sonstige Bodenfrüchte wachsen wird. Auf übel riechendem Sumpfgebiet erbaut, wuchs die Stadt fünfzig Meilen landeinwärts vom Golf von Mexiko entfernt – zu weit vom Meer, um je eine Chance zu haben, aus dem Überseehandel Nutzen ziehen zu können. Selbst als eine Anzahl weitblickender Stadtväter auf die Idee kam, eine Anleihe aufzulegen, um einen riesigen Kanal graben zu lassen und damit gewissermaßen den Golf landeinwärts nach Houston zu bringen, hielten viele dies für finanziellen Aberwitz, für etwas noch Verrückteres als den Plan, einen Graben zu ziehen, der sich Panamakanal nannte.

Doch das Houston-Projekt hatte mit dem dickköpfigen Optimismus seinen Lauf genommen, für den die Stadt später berühmt werden sollte. Houston lief sozusagen in ein neues Zeitalter vom Stapel, gleichsam auf der Überholspur, und auf dem besten Wege, eine der wohlhabendsten, dichtest bevölkerten Städte der Vereinigten Staaten zu werden. Millionäre bauten in River Oaks und Bellaire Paläste, während Dockarbeiter und Raffinerieangestellte sich in durch Siedlungsprojekte, Apartments und Trailerparks wuchernden Vorstädten wie Channelview, Galena Park und Pasadena niederließen.

Houston mochte vielleicht anfänglich eine Stadt ohne ästhetischen Reiz oder gesellschaftlichen Charme gewesen sein, dafür war sie aber durch die Anwesenheit von reichlich Geld gesegnet. Wer Millionär werden wollte, für den war Houston der richtige Ort, um hier den Grundstock zu legen. Wer bereits Millionen besaß und noch mehr haben wollte, für den waren die Chancen, die sich dort boten, endlos. Auf dem Höhepunkt seines Booms war Houston eine Stadt der Träume.

Sehen wir darüber hinweg, daß die Verbrechensrate schwindelnde Höhen erreichte, politische Skandale zum Alltag gehörten und der Gestank aus den Bayous und die Hitzewellen im August dafür sorgten, daß die meisten Bewohner die meiste Zeit recht reizbar waren. Was das Räderwerk von Houston am Laufen hielt, war Geld, und nichts als Geld.

Diejenigen, die es nicht hatten, verbrachten viel Zeit mit dem Streben nach einer Beförderung, der Suche nach einer lukrativen Investition, einer glücklichen Erbschaft oder in vielen Fällen mit irgendwelchen illegalen Machenschaften, die es ihnen auf irgendeine Art ermöglichten, Anteil am Reichtum zu nehmen.

In dieser Atmosphäre waren Shane und Annette Goode aufgewachsen. Und dies war, wie ihre Freunde recht schnell vermuteten, auch die Ursache ihrer Trennung. Wie für so viele junge Paare, die sich verzweifelt danach drängten, mit einem auf Dosenbier ausgelegten Budget Wein zu trinken, war die Romantik und waren die hohen Erwartungen des Ehelebens schnell den allgegenwärtigen Enttäuschungen gewichen, die in Houston regelmäßig wie eine schwarze Seuche Familien zerstörten.

Doch für Annette war die Erklärung nicht so einfach.

In den Wochen nach Shanes Auszug lief ihr Leben wie mechanisch ab: Sie sorgte für ihre Tochter, arbeitete, besuchte weiterhin ihre Abendkurse und gab die ganze Zeit die Hoffnung nicht auf, daß irgendein geheimer Zauber ihren Mann doch noch veranlassen könnte, zu ihr zurückzukehren. Ihre Liebe zu Shane und ihre Abhängigkeit von ihm überdeckten all den Schmerz, den sein grausames Verhalten ihr zugefügt hatte. In ihrem selektiven Gedächtnis waren nur die guten Erinnerungen von Belang, und deshalb nahm sie bereitwillig die Schuld für seine Entscheidung, sie zu verlassen, auf sich.

Ein Monat verstrich, bis er schließlich anrief. Ohne lange Vorrede oder Erklärung oder gar Entschuldigung sagte er Annette, daß er gern rüberkommen würde. »Ich habe nachgedacht«, meinte er. »Vielleicht sollten wir uns zusammensetzen und reden.«

Annette stimmte ängstlich besorgt zu.

Als sie dann am Küchentisch saßen, führten Shane und Annette ein zunächst vorsichtig tastendes Gespräch. Beide fühlten sich nach Shanes langer Abwesenheit unbehaglich. Shane war schließlich derjenige, der dem Gespräch über Trivialitäten ein Ende machte. »Du hast mir gefehlt«, sagte er.

Damit löste er in seiner von ihm verlassenen Frau eine Flut von Gefühlen aus. Er habe ihr auch gefehlt, antwortete sie. Ohne ihn sei alles so schwierig: die Rechnungen, die sie aus ihrem bescheidenen Gehalt zu bezahlen versuchte, der ständige Druck, der auf einer alleinerziehenden Mutter laste: Ständig müsse sie bemüht sein, die Anforderungen an ihrem Arbeitsplatz zu erfüllen, zugleich Kurse zu besuchen und sich trotzdem um Michelle zu kümmern. Doch das Schwierigste, so erklärte sie, sei für sie, den Grund seines Weggehens zu begreifen. Was habe sie denn so Unrechtes getan? Warum habe er sich so strikt geweigert, ihr auch nur den leisesten Hinweis darauf zu geben, was seiner Ansicht nach die Probleme in ihrer Beziehung ausgelöst habe? Die Fragen sprudelten förmlich aus ihr heraus, ein ehrliches, verzweifeltes Flehen um Verständnis, das ihnen möglicherweise beiden helfen würde, einen neuen Anfang zu machen.

Shanes Gesichtsausdruck veränderte sich, wurde zunehmend mürrischer, während er ihr zuhörte, und er verschränkte schließlich die Arme vor der Brust. Dann schüttelte er langsam den Kopf und stand auf. »Ich hatte daran gedacht, wieder einzuziehen«, sagte er, »ehe du angefangen hast, so daherzureden.«

»Wie denn?« erwiderte Annette. »Mein Gott, Shane, ich versuche doch bloß, dir klarzumachen, wie es hier steht. Ich gebe mir alle Mühe, das alles zu begreifen. Was mache ich denn falsch? Bitte, das mußt du mir sagen.«

Er stand jetzt vor ihr und war sichtlich drauf und dran, das Haus wieder zu verlassen. »Deine beschissene Einstellung ist es«, sagte er und funkelte sie dabei böse an. »Ich werde nicht zurückkommen.«

Noch bevor er die Haustür erreicht hatte, liefen Annette die Tränen über das Gesicht. Shane Goode hatte wieder eine seiner Szenen aufgeführt und sich zum Sieger erklärt.

Eine Weile später, im Februar 1989 mußte sich Annette eingestehen, daß sie sich die Miete für das Haus nicht länger leisten konnte. Sie lagerte ihre Möbel ein und zog mit Michelle zu ihrer Mutter. Sharon Couch drohte der tiefe Schmerz, den sie in den Augen ihrer Tochter las, das Herz zu brechen.

In den darauffolgenden Monaten stand Sharon immer wieder nachts auf, wenn sie es nicht mehr ertrug, in der Finsternis gegen die Schlaflosigkeit anzukämpfen. Sie saß dann allein auf der Terrasse hinter dem Haus, während drinnen ihre Tochter und ihr Enkelkind schliefen. Sharon trug das ganze Leid mit sich allein aus und versuchte sich an eine Zeit zu erinnern, in der ihr Leben nicht von Angst und Leid geplagt worden war.

In jenen Nächten, wenn die Dunstglocke über Houston hing und alles erstickte und selbst die Sterne am Himmel verschmierte, rang Sharon mit sich und versuchte sich darüber klar zu werden, welche Fehler sie als Mutter und Ratgeberin wohl gemacht hatte. Und ehe sie dann ins Haus zurückkehrte, um einen letzten Versuch zu unternehmen, doch noch einzuschlafen, sammelte sie jedesmal erneut ihren ganzen Mut und ihre Entschlossenheit, um nach vorn zu blicken. Nur so würde sie ein Mindestmaß an Kontrolle über sich behalten, und nur auf diese Weise würde vielleicht eines Tages das Glück wieder in ihrem Haus einziehen.

Sharon Couch war sich dessen nicht bewußt, aber sie

war eine Frau von bemerkenswerter Kraft und Entschlossenheit.

Jahre waren vergangen, seit ihre eigene Ehe mit einem griechischen Nachtclub-Entertainer in einer Scheidung geendet hatte. Sie hatte sich vor der Aufgabe gesehen, allein zwei kleine Kinder großzuziehen, während deren Vater weiterhin von Stadt zu Stadt und von Kontinent zu Kontinent zog, weil ihm seine Musikerlaufbahn mehr bedeutete als die Familie. Im Laufe der Jahre hatte er nur ganz selten Kontakt zu den Kindern aufgenommen, um sich nach ihnen zu erkundigen oder seine Vaterpflichten wahrzunehmen.

Selbst als seine Tochter und sein Sohn älter wurden und anfingen, Fragen nach ihm zu stellen, hatte er sich weiterhin ferngehalten. Er hatte wieder geheiratet und sich schließlich in Florida niedergelassen. Es war geradezu, als ob er jenen Teil seines früheren Lebens, in dem es eine Frau und Kinder gegeben hatte, völlig ausradiert hätte.

Die Geburt Michelles hatte Annette als eine Gelegenheit betrachtet, erneut zu versuchen, wenigstens eine Art Beziehung zu ihrem Vater herzustellen, den sie kaum kannte. Als sie ihn aber zu Hause anrief, um ihm zu erzählen, daß er Großvater geworden sei, zeigte er keinerlei Interesse, das Baby zu sehen.

Sharon hatte erst, als bei den Kindern die aufrührerische Teenagerzeit begonnen hatte, wirklich bedauert, daß es in der Familie keine erwachsene männliche Person gab. Während sie erlebte, wie die von ihr aufgestellten Regeln und Vorschriften mißachtet wurden und ihre Versuche, Disziplin herzustellen, jämmerlich scheiterten, spürte sie, wie alter Zorn aufs neue in ihr emporstieg. Wäre der Vater der Kinder bei ihr geblieben, hätte er vielleicht mithelfen können, Probleme abzuwenden, die immer größer wurden und bei denen Sharon nur hilflos zusehen konnte.

Die ständigen Reibereien zwischen Sharon und Annette führten dazu, daß ihre Tochter sich mehr bei ihren in der Nähe wohnenden Großeltern als zu Hause aufhielt. Aber die eigentlichen Sorgen bereitete der junge Steven seiner Mutter.

Im Frühjahr 1986, kurz vor seinem 16. Geburtstag, leistete er sich einen Streich, der wesentlich schwerwiegendere Folgen haben sollte, als sich das irgend jemand hätte ausmalen können.

An einem Nachmittag im Mai, als Sharon noch bei der Arbeit war, luden Steven und ein Freund zwei Mädchen aus ihrer Clique ein, um Musik zu hören – und mit ihnen Marihuana zu rauchen, wie Steven es seit einer Weile regelmäßig tat.

Im Verlauf der improvisierten Party gingen die beiden Mädchen auf die Toilette, und Steven nutzte die Gelegenheit, die Wagenschlüssel aus der Handtasche eines der Mädchen zu nehmen. Er ging nach draußen und legte sie unter den am Bordstein parkenden Wagen auf den Boden. Darauf kehrte er kichernd ins Haus zurück und rief Mark Adams*, einen seiner Freunde, der in der Nähe wohnte, an und forderte ihn auf, den Wagen abzuholen.

»Kommt gar nicht in Frage, Mann«, lautete die Antwort des jungen Mannes zuerst.

Steven lachte seinen Freund aus. »Hey, das ist doch cool«, sagte er. »Das soll doch bloß ein Witz sein.«

Das Mädchen, dem das Auto gehörte, fand daran nichts Komisches. Als sie und ihre Freundin gehen wollten und bemerkten, daß der Wagen verschwunden war, bekam sie einen hysterischen Anfall. Eine Freundin holte sie schließlich ab. Steven gab sich alle Mühe,

* Der Name wurde geändert

beunruhigt zu blicken, bis sie außer Sichtweite waren, und brach dann in schrilles Gelächter aus. Sein Freund hatte Angst, der Streich könnte möglicherweise unangenehme Folgen haben. Er wollte damit nichts zu tun haben und fuhr nach Hause.

Später am Abend, als der Marihuana-Dunst sich verzogen hatte, saß Steven vor dem Haus auf der vorderen Veranda, als Mark im Wagen des Mädchens vorfuhr. Unter großem Gelächter und begleitet von lauter Musik, die aus dem Radio dröhnte, begannen sie ihre abendliche Spritztour.

Sie waren erst ein paar Häuserblocks weit die Zufahrtsstraße hinuntergefahren, die zu einer Autobahn führte, als Mark an einer roten Ampel anhielt. Weder achtete er auf den schwarzen Abschleppwagen, der in einer Unterführung parkte, noch sah er die Gestalt aus dem Truck springen und auf sie zu rennen.

Noch ehe sie wieder starten konnten, fing der junge Mann – der Freund des Mädchens, dem der Wagen gehörte – an zu schreien: »Hey, das ist der Wagen von meiner Freundin … ihr Arschlöcher, ihr habt den Wagen von meiner Freundin.«

Mark, der am Steuer saß, drehte sich um und sah den Jungen näher kommen. Er konnte auch das Messer erkennen, das er in der Hand hielt. Wie erstarrt – und von den anderen Fahrzeugen am Weiterfahren gehindert –, blieb ihm nur noch, sich vom Fenster wegzuducken, als der wütende Verfolger mit dem Messer auf ihn einstach. »Wir müssen hier verschwinden!« schrie Steven.

Mark legte schnell den Gang ein und raste an mehreren anderen Verkehrsteilnehmern vorbei, die darauf warteten, daß die Ampel auf Grün schaltete. Er schoß die Zufahrtsstraße hinunter. Im Rückspiegel konnte er sehen, daß der schwarze Abschleppwagen bereits die Verfolgung aufgenommen hatte.

»Wer zum Teufel ist dieser Typ?« fragte er. »Der spinnt doch.«

Steven, dessen Gesicht alle Farbe verloren hatte, sagte nichts.

Die Verfolgungsjagd setzte sich über den Zubringer fort und schlängelte sich dann durch ein Wohngebiet, bis Mark bei dem Versuch, eine scharfe Kurve zu nehmen, die Kontrolle über das Fahrzeug verlor. Der Wagen schlitterte in einen Abflußgraben, und seine Räder gruben sich in den Schlamm. Mark und Steven sprangen heraus und rannten in den Schutz der Dunkelheit, ließen den Wagen einfach zurück.

Erst in den frühen Morgenstunden wagten die verängstigten und erschöpften jungen Leute den Park in der Nähe zu verlassen, wo sie sich versteckt hatten, und machten sich auf den Weg nach Hause.

Doch damit sollte der Alptraum für sie noch nicht vorüber sein. Am Nachmittag darauf blickte Mark von seiner Arbeit in einem Supermarkt auf, wo er den Kunden und Kundinnen die Lebensmitteleinkäufe in Tüten verpackte, und schaute in dasselbe wütende Gesicht, das er am Abend zuvor an der Ampel gesehen hatte. Ohne auf die Kundin zu achten, die Mark bediente, baute der Besucher sich an der Kasse auf und funkelte Mark an. »Warum hast du den Wagen meiner Freundin gestohlen?«

Mark gab sich alle Mühe, ruhig zu bleiben, schüttelte den Kopf und zwang sich zu einem Lächeln. »Ich weiß nicht, wovon du da redest«, erwiderte er. »Wer bist du denn?«

Der Teenager sagte, er heiße Rodney Richards.

»Tut mir leid, Mann, ich weiß nichts von einem gestohlenen Auto«, sagte Mark und wandte sich wieder den Lebensmitteleinkäufen der Kundin zu.

Richards rührte sich nicht von der Stelle. »Einen Dreck weißt du«, sagte er. »Heb dein Hemd hoch.

Gestern nacht habe ich den Mistkerl verletzt, der am Steuer saß. Und er hat dir verdammt ähnlich gesehen.« Damit streckte er die Hand aus, riß Marks Hemd auf und war überrascht, dort keine Wunde zu sehen.

Als der Marktleiter ihn nach draußen brachte, schüttelte Richards den Kopf. Er war sicher, dem Jungen in dem Wagen eine Stichwunde zugefügt zu haben. Er hatte jedoch nicht bemerkt, daß sein Klappmesser nicht funktioniert hatte. Es war wieder zusammengeklappt, als es den Fahrersitz getroffen hatte.

Fast eine Woche später wandte sich Richards Wut gegen Steven.

Sharon Couch war gerade von der Arbeit nach Hause gekommen, als das Telefon klingelte. Sie hörte, wie ihr Sohn sagte: »Ich hatte nichts damit zu tun. Wozu rufst du mich an? Sie hat doch ihren Wagen zurückbekommen, oder?« Und dann vernahm sie die ihr nur zu gut vertraute Wut in seiner Stimme. »Hör zu, komm doch einfach rüber, dann erledigen wir das. Aber keine Messer und keine Kanonen – bloß du und ich, okay?«

Sharon hörte Rodney Richards drohende Antwort nicht. »Ich weiß, daß du in dem Wagen warst«, sagte er leise und mit kehliger Stimme. »Du und dein Kumpel, ihr habt das getan, und das werdet ihr mir beide büßen. Darauf kannst du dich verlassen.« Mit diesen Worten legte er auf.

Steven stand noch ein paar Augenblicke lang beim Telefon und legte schließlich den Hörer auf.

»Was ist denn?« wollte seine Mutter wissen. »Steven, was geht hier vor?«

»Der spinnt.«

»Wer?«

Doch Steven wiederholte bloß, was er gesagt hatte, so als ob er ihre Frage nicht gehört hätte. »Der Typ spinnt.«

So sehr seine Mutter auch drängte – mehr sagte er nicht. Erregt und nervös ging Steven im Haus auf und ab und rief ein paar Freunde an. Und bei jedem Gespräch äußerte er sich in gleicher Weise über den Geisteszustand des Jungen, mit dem er vorher telefoniert hatte.

Bei Einbruch der Dunkelheit sagte er schließlich seiner Mutter, daß er kurz weggehen würde. »Bleib im Haus, Mom«, rief er, als er auf die vordere Veranda hinaustrat.

Sharon machte sich inzwischen Sorgen, daß ihr Sohn in Gefahr sei, und flehte ihn an, zu Hause zu bleiben.

»Geh einfach ins Haus zurück«, schrie er. Doch was sie in seiner Stimme hörte, war nicht Zorn oder Wut, sondern nackte Angst.

Von der Veranda aus schaute sie zu, wie ihr Sohn mit schnellem Schritt die Ogden Street bis zur Kreuzung hinunterging, wo ein Wagen parkte. Mit zusammengekniffenen Augen in die Dunkelheit spähend, sah Sharon eine Gestalt aus dem Wagen steigen und auf ihren Sohn zugehen. Was sie nicht sehen konnte, war, daß Rodney Richards eine Pistole aus seinem Stiefel gezogen hatte, damit auf Steven zielte und schließlich feuerte. Ihre Hände flogen hoch, und sie schrie, als sie den Schuß hörte und registrierte, wie Richards in seinen Wagen sprang und davonbrauste. Steven, der die Kugel an seinem Ohr hatte vorbeipfeifen hören, rannte ins Haus zurück.

Sobald er sicher im Haus war, wählte Sharon die 911. »Jemand hat gerade auf meinen Sohn geschossen«, schrie sie ins Telefon. Ihre Hände zitterten dabei so heftig, daß sie Mühe hatte, den Hörer zu halten.

In einer Stadt, wo Morde im Vorbeifahren und Auftragskiller an der Tagesordnung waren, wo man für ein paar Joggingschuhe der richtigen Marke sein Leben verlieren konnte und wo die enttäuschte Mutter einer verschmähten Kandidatin um den Posten eines Cheerleaders sich dazu entschloß, einen Auftragskiller zu engagieren, um die Rechnung mit dem Jury-Vorsitzenden zu begleichen, hätte das, was an der Ogden Street passiert war, nicht einmal den Weg in die Zehn-Uhr-Nachrichten gefunden.

»Ma'am«, fragte der Polizeibeamte am Telefon, »ist Ihr Sohn verletzt worden? Brauchen Sie eine Ambulanz?«

»Nein.«

»Wissen Sie, wie die Person heißt, die auf ihn geschossen hat?«

»Nein, das weiß ich nicht.«

»Konnten Sie sein Autokennzeichen feststellen?«

»Nein.«

»Dann fürchte ich«, sagte der Beamte mit leidenschaftsloser Stimme, »können wir nicht viel tun.« Obwohl Sharon ihre Adresse angab, tauchte niemals ein Streifenwagen vor dem Haus der Familie Couch auf.

Seine Mutter konnte ihm zureden, wie sie wollte, Steven war durch nichts dazu zu bewegen, den Diebstahl des Autos zuzugeben, der den drohenden Telefonanruf und die Schüsse ausgelöst hatte. »Hey, das war einfach bloß so – wegen gar nichts«, sagte er. »Denk dir nichts dabei.«

»Wer ist denn der Junge, der auf dich geschossen hat?«

Steven zuckte die Achseln. »Rodney heißt der Typ. Der spinnt. Aber das ist ja jetzt vorbei.«

Doch damit täuschte er sich. Der achtzehnjährige Rodney Richards hatte sich nun auf Steven fixiert und dabei nur ein einziges Ziel – Rache dafür, daß Steven den Wagen seiner Freundin gestohlen hatte.

Und er ließ die nächsten eineinhalb Jahre nicht locker.

An einem Abend im August 1987 fuhr Steven mit Annette und Michelle zu einem Supermarkt in der Nähe, weil seine Schwester vorhatte, dort Geld aus einem Automaten zu holen. Annette war gerade zum Wagen zurückgekehrt, als ein junger Mann aus einem alten Pick-up sprang und auf ihren Wagen zu rannte.

Er beugte sich hinein und sah auf den Rücksitz, wo Steven saß, und sagte: »Du bist doch Steve, oder?«

Noch ehe Steven antworten konnte, zog Richards ein Messer aus der Hüfttasche und fing an zu schreien: »Verdammter Wichser, du hast meiner Freundin das Auto gestohlen ...«

Annette zog erschreckt und instinktiv ihr Kind an sich und ließ hastig den Wagen an. »Los«, brüllte Steven. »Sieh zu, daß wir hier wegkommen.« Noch während er das schrie, hatte Annette bereits den Rückwärtsgang eingelegt und ließ den fluchenden Richards auf dem Parkplatz stehen.

Erst als sie sicher waren, daß niemand sie verfolgte, brach Annette das Schweigen und sah ihren jüngeren Bruder im Rückspiegel an. »Was sollte das denn?« wollte sie wissen.

»Nichts.«

Annette schwieg, bis sie die Einfahrt zum Haus ihrer Mutter erreicht und den Motor abgeschaltet hatte. Dann drehte sie sich zu Steven um und verlangte eine klare Antwort. »Wir steigen jetzt so lange nicht aus, bis du mir gesagt hast, was da läuft«, sagte sie.

Nachdem sie ihm eine Weile zugesetzt hatte, vertraute ihr verängstigter Bruder ihr die Folge von Ereignissen an, die mit seiner vom Marihuana umnebelten Idee, das Auto zu stehlen, ausgelöst worden war.

»Das ist doch albern«, meinte Annette. »Kannst du denn nicht mit ihm reden und das in Ordnung bringen? Vielleicht solltest du zur Polizei gehen.«

Steven kauerte sich auf dem Rücksitz zusammen und schüttelte den Kopf. »Der Typ spinnt«, sagte er.

Annette hielt ihr Versprechen, ihrer Mutter nichts zu sagen, erzählte aber Shane, was passiert war und was ihr Bruder ihr anvertraut hatte. Shane Goodes Reaktion darauf war von beunruhigender Gleichgültigkeit. Er schien das Ganze eher noch spaßig zu finden.

Richards fuhr unterdessen fort, Steven unter Druck zu setzen. Immer wieder gab es Anrufe, und wenn Steven dann den Hörer abnahm, sagte eine inzwischen vertraute Stimme im drohenden Tonfall: »Ich mach' dich fertig«, und legte schnell wieder auf.

Mitte Januar 1988 wurde Sharon vom Knallen eines Schusses geweckt, dem das Klirren einer zersplitterten Fensterscheibe folgte. Sie rannte ins Wohnzimmer und sah, daß das Fenster unmittelbar hinter der Couch zersprungen war.

Sie eilte sofort in Stevens Schlafzimmer und fand ihn dort wach und zitternd auf der Bettkante sitzend vor. Obwohl sie den Namen nicht aussprachen, wußten beide, daß Rodney Richards der Schütze gewesen sein mußte.

Steven war jetzt soweit, daß er seiner Mutter beichtete, was den ganzen Alptraum ausgelöst hatte, in den sie mithineingezogen worden war.

Sharon rief erneut die Polizei an. Und wieder erklärte man ihr, daß irgendwelche Ermittlungen völlig aussichtslos seien, solange sie keinerlei Beweismittel vorlegen konnte. Als die nächsten drei Monate ohne weitere Zwischenfälle verstrichen, verspürte sie einige Erleichterung und hoffte, daß die ganze Geschichte jetzt endlich vorbei und vergessen war, daß Richards Wut sich gelegt hatte.

Aber das war nicht der Fall.

Steven saß eines Nachmittags im Frühling mit ein paar Freunden auf der Veranda vor dem Haus, als Richards plötzlich draußen auf dem Fußweg auftauchte. Er hielt ein Messer in der Hand. Steven, der ihn entdeckt hatte, eilte sofort ins Haus, während die anderen Rodney dazu zu überreden versuchten, möglichst schnell zu verschwinden. Sie warnten ihn, daß die Polizei bereits alarmiert sei. Schließlich machte er, ohne ein Wort gesagt zu haben, kehrt und ging langsam weg.

Einen Monat später erhielt Sharon während der Arbeit den Anruf eines Mannes, der sich als Polizeibeamter aus Houston zu erkennen gab. Er erklärte, er sei mit Ermittlungen in einem Fahrzeugdiebstahl befaßt, der ihrem Sohn zur Last gelegt werde.

Erstaunt, daß die Polizei nach so langer Zeit noch Interesse an dem Fall zeigte, schilderte sie ihre vorangegangenen Anrufe bei den Behörden und sagte, daß sie damals auf keinerlei Reaktion gestoßen sei. »Und«, meinte sie schließlich, »hat denn das Mädchen nicht ihren Wagen noch am selben Tag zurückbekommen?«

Die Äußerungen des Anrufers wurden jetzt zusehends konfuser, bis Sharon schließlich argwöhnte, daß sie gar nicht mit einem Polizeibeamten sprach. »Sir«, fragte sie höflich, »würden Sie mir bitte die Nummer Ihrer Dienstplakette nennen?« Im gleichen Augenblick brach die Verbindung ab.

Eine Woche später klopfte es spätabends an der Tür. Sharon öffnete und stand Rodney Richards gegenüber. Seine Augen waren glasig, und er lächelte verkniffen. »Ich möchte Steven sprechen«, sagte er.

Obwohl sie den großen, schlaksigen jungen Mann, der im gelben Schein ihrer Terrassenbeleuchtung vor ihr stand, noch nie gesehen hatte, wußte Sharon sofort, wer er war.

»Ich weiß, daß er hier wohnt«, sagte Rodney.

Sharon vergewisserte sich verängstigt, ob der Riegel der Gittertür vorgeschoben war. »Er ist nicht zu Hause«, erwiderte sie und erwähnte dabei nicht, daß sich ihr Sohn schon seit beinahe einer Woche in New Orleans aufhielt, um dort Freunde zu besuchen. »Er ist verreist.«

Richards nickte, machte aber keine Anstalten zu gehen. Unmittelbar bevor Sharon die Tür schloß, meinte er: »Wissen Sie, er hat den Wagen meiner Freundin gestohlen. Das hätte er nicht tun sollen. Und dafür krieg' ich ihn noch. Das können Sie ihm sagen.«

Sharon knallte die Tür zu und sperrte schnell ab. Den Rest der langen Nacht über saß sie allein in ihrem Wohnzimmer, und die eisige Welle von Angst, die über ihr zusammengeschlagen war, ließ ihre Zähne klappern. Dieser unsinnige Rachefeldzug widersprach jeglicher Logik und jeglicher Erklärung, aber ihr war bewußt, daß die Sache sehr ernst war. Sie wußte, daß etwas Schreckliches passieren würde, wenn sie sich nicht nach Hilfe umsah, um das Problem zu lösen, ehe es noch weiter eskalierte. Aber wo? Hilfe von wem?

Das einzige, was sie sicher wußte, war, daß das, was Steven vor längerer Zeit gesagt hatte, stimmte: Dieser junge Mann, der sie terrorisierte, mußte geistig verwirrt sein.

Ob es nun an der ständigen Bedrohung durch Richards lag oder an dem Rauschgift, das er immer häufiger nahm – jedenfalls fing Stevens Verhalten an, Sharon wachsende Sorgen zu bereiten. Der lächelnde, freundliche Junge, den sie zum Teenager hatte heranwachsen sehen, wurde in zunehmendem Maße mürrisch, unfreundlich und unzugänglich. Er war selten zu Hause und trieb sich häufig mit neuen Freunden herum, die er ihr nie vorgestellt hatte.

Irgendwie war es ihr ein Rätsel, daß das einzige Familienmitglied, zu dem er offenbar Kontakt hatte, ihr Schwiegersohn war. Früher waren sich Steven und

Shane keineswegs nahegestanden, aber in jüngster Zeit steckten sie häufig zusammen.

Stevens besorgte Mutter konnte nicht wissen, daß aus der Beziehung zu seinem Schwager schließlich die Beteiligung an Shane Goodes Plan, sich sein Auto stehlen zu lassen, erwachsen würde.

Und sie hatte auch keine Ahnung davon, daß ihr Sohn seit einer Weile eine Waffe mit sich herumtrug. »Zu meinem Schutz«, erklärte er seinen Freunden.

Am Abend des 12. Juni 1988, nicht einmal ein Monat, nachdem Shane und Annettes Trans Am von dem Parkplatz vor J. Larkin verschwunden war, mußten Steven und ein Mädchen in seiner Begleitung an einer roten Ampel anhalten. Sie waren unterwegs zu einem anderen Paar, mit dem sie gemeinsam eine Party besuchen wollten. Da es sich dabei um einen besonderen Anlaß handelte, hatte die Großmutter des Mädchens für Steven einen Lincoln Town Car gemietet.

Während sie darauf warteten, daß die Ampel umschaltete, hielt Rodney Richards in seinem Pick-up neben ihnen an, kurbelte das Fenster herunter und fing wieder an, ihnen seine inzwischen bereits vertrauten Anschuldigungen entgegenzuschreien.

Steven ignorierte ihn zuerst, sah aber schließlich zu Richards hinüber und schrie: »Ich habe diesen Scheiß jetzt gründlich satt.«

»Arschloch«, erwiderte Rodney. »Du hast meiner Freundin den Wagen …«

Steven ließ ihn nicht ausreden. »Mir reicht es jetzt wirklich«, sagte er. »Fahr mir nach, dann bringen wir das in Ordnung.« In dem Augenblick schaltete die Ampel auf Grün, und Steven brauste davon. Rodney fuhr hinterher.

Ein Stück weiter bog Steven in einen Supermarkt-

Parkplatz ein und stieg schnell aus. Als er sah, daß sein Verfolger ganz in der Nähe ebenfalls anhielt, forderte er seine Begleiterin auf: »Mach den Kofferraum auf.«

»Warum?« fragte sie. »Was ist denn los?«

»Drück einfach den Knopf im Handschuhfach«, rief er. »Los jetzt. Tu es.«

Noch ehe er die Hinterseite seines Wagens erreicht hatte, bog der Pick-up ab und schoß auf ihn zu. Steven konnte gerade noch rechtzeitig wegspringen, ehe der Wagen das Heck des Lincoln rammte.

Plötzlich war die Hölle los. Stevens Begleiterin schrie hysterisch auf.

»Du verrücktes Arschloch«, schrie Steven Rodney an.

Und der schrie zurück: »Mistkerl … Mistkerl … Mistkerl. Jetzt habe ich dich.«

Steven näherte sich vorsichtig dem Kofferraum des Wagens, als er sah, wie Rodney sich vorbeugte und in das Handschuhfach seines Pick-ups griff.

Steven war überzeugt, daß der andere eine Waffe herausholen wollte, und zog seinerseits eine Schrotflinte aus dem Kofferraum. Er feuerte auf das Beifahrerfenster des Pick-up.

Die Scheibe zersplitterte, und Fetzen von der Sitzpolsterung flogen herum. Rodney sprang mit einem Satz aus dem Wagen und rannte weg, quer über die Straße auf ein Dairy Queen zu. Als er den Bürgersteig erreicht hatte, blieb er stehen und drehte sich um. Steven feuerte einen zweiten Schuß ab, und Rodney griff sich an den Leib, ehe er auf dem Pflaster zusammensackte.

Während Steven vergeblich versuchte, den beschädigten Lincoln wieder in Gang zu bringen, hatte sich bereits eine Menschenmenge versammelt. »Ich hab' gerade einen erschossen«, flüsterte er mit ungläubig klingender Stimme. »Herrgott, ich habe ihn gerade erschossen.«

Erst früh am nächsten Morgen erfuhr Sharon Couch von dem tragischen Vorfall. Steven hatte einen Freund angerufen, der ihn und seine Freundin abgeholt hatte, und hielt sich jetzt versteckt.

In dem Augenblick, in dem Sharon seine Stimme am Telefon hörte, wußte sie, daß etwas nicht stimmte. Sie spürte, wie ihr die Beine den Dienst versagten, als ihr Sohn ihr erzählte, was geschehen war.

»Vielleicht ist er nicht tot«, meinte sie schließlich.

Steven sagte nichts. Sein Schweigen schien eine kleine Ewigkeit zu dauern. »Mom, er ist tot«, erklärte er dann. »Ich habe jemanden dorthin geschickt, und der hat gesagt, daß ein Laken über der Leiche lag.«

Sharon Couch wurde es schwarz vor Augen. Sie hielt sich an der Wand fest und hatte angst, die Beine würden unter ihr wegrutschen.

»Du lieber Gott«, schrie sie, und ihr qualvoller Schrei hallte durch das leere Haus.

4

Für Sharon Couch, die jetzt alle Mühe hatte, mit den Problemen ihres Sohnes zu Rande zu kommen, schienen die Eheprobleme von Annette und Shane plötzlich bei weitem nicht mehr so bedeutend. Nichts, was sie bisher erlebt hatte, hatte sie auf eine derartige Krise vorbereitet, und sie kam sich in ihrer Hilflosigkeit wie gelähmt vor. Die Stimme Stevens am Telefon klang nicht länger wie die des stets zum Widerspruch bereiten, aufsässigen Teenagers, der ständig beweisen mußte, daß er ein Mann war. Vielmehr klang sie nun wieder wie die eines verängstigten, verwirrten Jungen, der sich nichts sehnlicher wünschte, als daß seine Mutter alles in Ordnung brachte.

Sharon wußte, daß das ans Unmögliche grenzte. Obwohl er ihr nicht sagen wollte, wo er sich versteckt hielt, blieb Steven mit ihr in Verbindung und beichtete ihr allmählich das ganze Ausmaß dieser jetzt beinahe zwei Jahre andauernden Fehde mit Rodney Richards. Es gelang ihm, seiner Mutter zu vermitteln, daß er tatsächlich Angst um sein Leben gehabt hatte. Er sagte ihr, er sei ganz sicher, daß Rodney in der Nacht, in der er selbst den tödlichen Schuß aus der Schrotflinte auf ihn abgegeben hatte, bewaffnet gewesen war.

Sharon nahm Verbindung mit einem Rechtsanwalt auf, der Steven riet, sich sofort den Behörden zu stellen. Er hielt die Chance für recht gut, daß die Staatsanwaltschaft ihm Notwehr zubilligen würde. Aber als sie ihrem verängstigten Sohn diesen Vorschlag machte, sträubte sich der und meinte, er müsse erst darüber nachdenken.

Ein Ermittlungsbeamter der Mordkommission suchte schließlich sie auf, um nach Steven zu fragen. Sharon erklärte wahrheitsgemäß, daß sie keine Ahnung habe, wo ihr Sohn sein könnte. Ihr Versuch, dem Detective die Folge von Ereignissen zu erklären, die zu der Schießerei geführt hatten, schien ihn wenig zu interessieren.

Sharon blieb nichts anderes übrig, als ihrem Sohn weiterhin zuzureden, sich zu stellen. »Sag mir doch bloß, wo du bist«, flehte sie ihn an, »dann hole ich dich ab und fahre mit dir zum Polizeirevier. Ich habe mit einem Anwalt gesprochen ...«

Seit Tagen hörte sie in Stevens Stimme zum ersten Mal neue Kraft, als sei seine Entschlußstärke wieder erwacht. »Ich will keinen Anwalt«, sagte er, »ich gehe nicht in den Knast.«

Aber innerhalb weniger Tage veränderte sich sein Tonfall. »Ich will das einfach hinter mich bringen«, verkündete er seiner Mutter gegenüber. »Ich bin so müde.«

Er werde sich stellen, versprach er, aber zuerst brauche er noch etwas Zeit, um sich alles durch den Kopf gehen zu lassen.

Doch bald überlegte er es sich wieder anders.

Steven hatte seinen Vater in Florida angerufen, und sie hatten sich gemeinsam einen Plan ausgedacht: Er würde sich nach Griechenland absetzen und dort in der Küstenstadt Thessaloniki in einem Apartment wohnen, das seinem Vater gehörte. Dessen Familienangehörige hatten sich bereit erklärt, sich um ihn zu kümmern.

Der von Angst und Sorge erfüllten Sharon schien der Plan zunächst nicht sehr aussichtsreich. Schließlich konnte Steven ja nicht den Rest seines Lebens auf der Flucht und in Verstecken verbringen. Er würde in einem fremden Land, wo er unter lauter Fremden leben mußte, nicht glücklich werden. Und die Vorstellung, daß er als Siebzehnjähriger praktisch völlig auf sich allein gestellt so weit weg sein würde, bereitete ihr große Sorge.

Aber Steven war Vernunftgründen nicht zugänglich.

Schließlich fand Sharon sich mit dem Unvermeidbaren ab und gab dem Plan ihren Segen. In einer Hinsicht kann es sogar zu meinem Vorteil sein, dachte sie, wenn Steven außer Landes ist. Der Anwalt nämlich, mit dem sie gesprochen hatte, hatte ihr zu verstehen gegeben, daß die Verteidigung ihres Sohnes 25.000 Dollar kosten würde. Und ehe er den Fall überhaupt in Angriff nahm, verlangte er eine Vorauszahlung von 10.000 Dollar. So viel Geld aufzubringen, würde einige Zeit in Anspruch nehmen.

Trotzdem wollte sie Steven vor seiner Abreise sehen, wollte ihn in die Arme nehmen, wollte ihm sagen, daß sie ihn liebe und ihm noch einmal zureden, sich das alles zu überlegen. Eine kleine Familienzusammenkunft war geplant, und sie setzte ihm zu, er müsse daran teilnehmen, und wenn es nur für ein paar Minuten wäre. Niemand von den dort Anwesenden habe von seinen Problemen gehört, versicherte sie ihm. Und die Wahrscheinlichkeit sei sehr gering, daß die Polizei, selbst wenn sie nach ihm suchte, jede Familienzusammenkunft in einer Stadt von der Größe Houstons überwachen würde.

Ein Freund fuhr Steven zu dem abgelegenen Park, wo das Treffen stattfand, und während die Frauen auf den Betontischen selbstgekochtes Essen ausbreiteten und die Männer herumstanden und plauderten, trafen sich Sharon Couch und ihr Sohn unter einer mächtigen Eiche und umarmten sich.

Sich immer wieder nervös umsehend, hörte er zu, wie sie ihm versprach, irgendwie das Geld aufzutreiben, um einen Anwalt damit zu bezahlen. Sobald sie das geschafft hätte, würde sie mit ihm Verbindung aufnehmen, und er könnte dann zurückkehren und sich der Anklage stellen.

Steven, der blaß und viel dünner wirkte, als sie ihn in Erinnerung hatte, nickte zustimmend und umarmte sie dann nochmals. »Ich muß jetzt gehen«, sagte er dann.

Das sollte für fast ein Jahr das letzte Mal sein, daß Sharon Couch ihren Sohn zu Gesicht bekam.

Für Annette wurde das Leben im Haus ihrer Mutter unterdessen immer unerträglicher. Zwar machte auch sie sich um Steven Sorgen, aber in ihren Augen gab es nichts, was sie hätte tun können, um das Problem in irgendeiner Weise zu lösen oder die Situation auch nur zu verbessern. Und außerdem war sie weiterhin intensiv mit ihren eigenen Problemen befaßt, war bemüht, ihr Leben wieder irgendwie in den Griff zu bekommen und über ihre Gefühle für Shane hinwegzukommen.

Wenn ihr das gelingen sollte, würde sie ausziehen müssen.

Wenigstens ihre Ausbildung fing an, sich zu lohnen. Sie bekam eine Anstellung als Chemieassistentin in einer Pharmazeutikfirma in Clear Lake, einem Vorort von Houston, und schaffte es bis Anfang Dezember, genug Geld zu sparen, um sich eine kleine Wohnung in der Nähe ihrer Arbeitsstelle zu mieten.

Es war ein schwieriges Jahr gewesen, aber allmählich verspürte Annette neuen Optimismus.

Der Abend dämmerte bereits, als sie ihre letzten Habseligkeiten in einem Karton verpackt hatte. Sie ging gerade zur Tür, um diesen in ihrem Wagen zu verstauen, da klingelte das Telefon.

»Was machst du gerade?« Es war Shane, und seine Stimme klang locker und vergnügt. Niemand hätte seinem Tonfall entnehmen können, daß er ein paar Monate lang nicht mit ihr gesprochen hatte.

Annette atmete tief durch, ehe sie antwortete. »Ich bin gerade im Weggehen«, sagte sie.

»Oh, tut mir leid. Ist's recht, wenn ich später anrufe?«

»Ja, freilich.«

Eine Woche sollte verstreichen, bis sie wieder von ihm hörte. Ihre Arbeit und der Umzug in die neue Wohnung hatten sie völlig in Anspruch genommen und Shanes Anruf aus ihrem Bewußtsein verdrängt. Diesmal hatte sie keine Ausrede, um dem Gespräch mit ihm aus dem Weg zu gehen.

»Ich höre, du bist nach Clear Lake umgezogen«, fing er an. Mit dieser Äußerung bestätigte er ein Gefühl, das Annette schon einige Wochen lang hatte. Obwohl sie Shane nie tatsächlich gesehen hatte, ließ sie der Eindruck nicht los, daß er sie beobachtete, ihr Kommen und Gehen aus der Ferne überwachte. Sie wußte, daß ihre Mutter ihm nichts von dem Umzug gesagt hatte. Und ihre Telefonnummer war nicht neu, sie hatte sie aus ihrem Zimmer bei Sharon mitgenommen. Annette war überzeugt, daß Shane ihr bei einer ihrer zahlreichen Umzugsfahrten gefolgt war. Wie hätte er sonst wissen können, daß sie jetzt in Clear Lake wohnte?

Dennoch verlief das Gespräch in recht angenehmen Bahnen. Shane erkundigte sich nach Michelle und setzte hinzu, daß er und Tiffany sie vermißten, dann redete er über seine Arbeit und den Dienst bei der Nationalgarde und daß er damit in letzter Zeit recht beschäftigt gewesen sei. Auch schien er daran interessiert, wie sie in ihrer Ausbildung vorankam. Als Annette ihm von ihrer neuen Stellung erzählte, gratulierte er.

Während des ganzen Gesprächs wartete Annette gespannt darauf, den wahren Grund für seinen Anruf zu erfahren. Hatte er nach der verstrichenen Zeit schließlich beschlossen, das Scheidungsverfahren einzuleiten? Wartete er nur den richtigen Augenblick ab, um ihr das zu sagen? Sie erwog kurz, ihn einfach zu fragen, entschied sich aber dann dagegen. Und sie fragte ihn auch nicht, ob er sie beobachtet habe.

»Ich wollte nur mal hallo sagen und hören, wie es dir geht«, meinte er, ehe er auflegte. Dann saß Annette ein paar Minuten lang in ihrem neuen Eßzimmer und ließ sich die Unterhaltung noch einmal durch den Kopf gehen. Da waren keine Wutausbrüche gewesen, keine Drohungen, keine Schuldzuweisungen, nicht der leiseste Hinweis darauf, daß er wieder irgendeine Bosheit im Sinn hatte. Es war einfach nett gewesen. Shane hatte genau wie der Mann geklungen, den sie vor einer Zeit, die ihr wie eine Ewigkeit vorkam, am Strand von Galveston kennengelernt hatte.

Doch sie war fest entschlossen, diesmal kein Risiko einzugehen. Sie liebte ihren Mann immer noch und gab sich hie und da Phantasievorstellungen hin, daß sie ihre Differenzen beilegen und wieder als Familie zusammenkommen würden. Doch im Laufe der Zeit hatten sich solche Gedanken immer seltener eingestellt, und Annette war mittlerweile imstande, die Probleme der Vergangenheit nüchterner zu sehen. Und dabei war ihr klargeworden, daß es trotz der geheimen Hoffnungen, die sie hegte, keinen Weg gab, wieder zu einem gemeinsamen Leben zurückzufinden.

Statt dessen konzentrierte Annette sich voll darauf, für sich und ihre Tochter ein neues Leben aufzubauen. Sie hatte auf der Schule und an ihrem Arbeitsplatz Freundschaften geschlossen und einige Freundinnen gelegentlich am Wochenende zum Abendessen eingeladen, denen sie ihr neues Zuhause vorstellen wollte. Wenn sie ausging, dann im allgemeinen in der Gesellschaft von Schulfreundinnen oder kleinen Grüppchen von Kollegen aus der Firma.

Das Geld war immer noch knapp, und ihre Arbeit und die Schule belasteten sie manchmal bis an den Rand der totalen Erschöpfung. In letzter Zeit war da auch noch die ständige Sorge um das Schicksal ihres jüngeren Bruders, der sich nun in Griechenland versteckt hielt. Aber alles in allem war Annettes Leben nicht mehr so kompliziert wie zuvor. Selbst ihre Mutter, mit der sie sich an jedem Wochenende traf, stellte fest, daß sie nun häufiger lächelte.

Shane hatte nicht wieder angerufen, und Annette zog trotz der nagenden Sorge, er könnte sie immer noch beobachten, ernsthaft in Erwägung, eine der zahlreichen Einladungen ihrer Arbeitskollegen zum Abendessen oder zu einem Kinobesuch anzunehmen.

Am Valentinstag 1989 bereitete sie für einen Arbeitskollegen namens Jeff, mit dem sie sich seit einer Weile gelegentlich traf, das Abendessen. Obwohl sie ihm erzählt hatte, daß sie von ihrem Mann getrennt lebte, und auch betont hatte, daß sie nicht daran interessiert sei, eine feste Beziehung aufzubauen, war Annette mit ihm ein paarmal im Kino gewesen oder auch mit ihm und ein paar anderen Kollegen nach der Arbeit auf einen Drink in ein Lokal eingekehrt.

Seine Einladung zum Abendessen am Valentinstag hatte sie mit dem Gegenvorschlag beantwortet, bei sich zu Hause für sie zu kochen.

Jeff hatte Annette Blumen und Michelle ein paar bunte Luftballons mitgebracht.

Er war erst kurze Zeit da, als es an der Tür klingelte. Annette öffnete und fand Shane auf ihrer Veranda vor. Er lächelte und wartete nicht, bis sie ihn zum Eintreten aufforderte, sondern ging einfach an ihr vorbei in die Wohnung hinein.

Annette stellte Jeff ihren von ihr getrennt lebenden Mann vor und wußte nicht recht, wie sie mit der Situation umgehen sollte. Sie eilte deshalb zurück in die Küche, wo sie sich mit den Essensvorbereitungen beschäftigte. Während Jeff im Wohnzimmer blieb und mit Michelle spielte, folgte Shane Annette und baute sich an der Küchentheke neben dem Herd auf.

Sie fuhr fort, das Essen zuzubereiten, und er plauderte liebenswürdig mit ihr, erkundigte sich, wie es ihr ergangen sei, und lobte Einrichtung und Dekoration ihrer Wohnung.

Nach einer Weile entschuldigte sich Annette bei ihm und ging ins Wohnzimmer zurück, um sich im Flüsterton bei ihrem Gast zu entschuldigen. »Ich will ihn dazu bringen, daß er geht«, sagte sie mit einem Achselzucken, das ihre Überraschung über Shanes Auftauchen ausdrücken sollte.

Auch Jeff fühlte sich unbehaglich. »Vielleicht müßt ihr beide miteinander reden«, meinte er. »Vielleicht sollte ich gehen.«

Der Gedanke, mit Shane allein gelassen zu werden, machte Annette angst. »Nein«, widersprach sie in fast flehentlichem Ton. »Ich habe ihn schon gebeten, zu verschwinden.«

Jeff schlug vor, eine Weile auf die Terrasse zu gehen, damit sie unter vier Augen mit Shane reden könne.

Als Annette daraufhin in die Küche zurückkehrte, gab sie sich weniger gastfreundlich. »Shane«, sagte sie, »ich muß das Essen fertig machen. Und wie du ja siehst, habe ich einen Bekannten zu Besuch. Was willst du?«

Shane hob unschuldig die Schultern. »Du fehlst mir«, antwortete er.

Annette sah ihn nur wortlos an. »Bitte geh jetzt«, sagte sie schließlich.

Der unbehagliche Besuch hatte beinahe eine Stunde gedauert. Als Annette schließlich das Essen servierte, nahm Jeff es abgesehen von einem gelegentlichen höflichen Kompliment zu ihrer Kochkunst schweigend zu sich. Nachdem er ihr beim Abräumen geholfen hatte, sagte er, er würde jetzt lieber gehen. »Ich glaube nicht, daß es eine gute Idee ist, hierherzukommen, solange ihr beide noch damit beschäftigt seid, miteinander ins reine zu kommen«, meinte er.

»Das werden wir nicht«, wandte Annette ein.

Jeffs Lächeln konnte seine Enttäuschung darüber, wie der Abend verlaufen war, nicht verbergen. »Oh, vielleicht doch«, erwiderte er.

Annette war mehr denn je davon überzeugt, daß Shane sie ständig beobachtete. Sie wußte nicht, daß er ihren Verdacht bestätigt hatte, indem er an diesem Tag beim Eintreffen ihres Gastes ein Stück weiter unten an der Straße geparkt und gesehen hatte, wie sie Jeff ins Haus ließ. Shane hatte sie tatsächlich seit Monaten von Parkplätzen in der Nähe aus oft beobachtet und war in einem gewissen Abstand hinter ihr hergefahren, wenn sie von der Arbeit nach Hause kam oder zur Schule fuhr. Von einem für seine Zwecke günstigen Aussichtspunkt gleich um die Ecke hatte er sie, in seinem Pick-up sitzend, auch belauert, wie sie ihre Habseligkeiten aus dem Haus ihrer Mutter in die neue Wohnung brachte. Ihre Adresse war ihm schon lange, bevor sie sie ihm mitgeteilt hatte, bekannt.

Warum das alles? War er eifersüchtig? Paßte es ihm nicht, daß seine Frau sich mit anderen Männern traf? Oder handelte es sich um das Anfangsstadium irgendeines bösen Racheplans? Eines seiner geheimen Spielchen? Oder steckte einfach bloß Neugierde dahinter? Shane selbst hätte einige Mühe gehabt, darauf eine zufriedenstellende Antwort zu geben.

Es sollte so weit kommen, daß Annettes Telefon jeweils wenige Minuten nach ihrer Rückkehr von der Arbeit klingelte. Jedesmal war es Shane; mal um zu fragen, wie ihr Tag gewesen sei, mal um ihr irgendeine Belanglosigkeit zu erzählen, die er untertags bei der Arbeit erlebt hatte.

Die Gefühle, die solche Gespräche in ihr auslösten, verwirrten Annette. Der Schmerz, den er ihr mit seinen grausamen Scherzen und seinen zornigen Wutausbrüchen zugefügt hatte, hatte zwar nachgelassen, sich aber noch nicht ganz gelegt. Inzwischen hatte sich in ihrem Leben ohne ihn eine Art geruhsame Zufriedenheit eingestellt, doch verschwand diese gleich wieder mit seinen Versuchen, ständig mit ihr in Verbindung zu treten. Sie war zwar bemüht, sich an sein Verhalten und seine Bösartigkeit in den Wochen vor ihrer Trennung zu erinnern, aber die leere Einsamkeit, die sie seit dem Tag empfunden hatte, an dem er ihr Leben verlassen hatte, überschattete diese Erinnerungen schnell.

Annette liebte ihren Mann trotz allem immer noch und war bereit, das Vergangene zu vergessen, wenn sich damit das Familienleben wiederherstellen ließ, das sie sich so verzweifelt wünschte. Sie ertappte sich dabei, wie sie nach subtileren Gründen für den schlechten Start ihrer Ehe suchte. Vielleicht, so überlegte sie, waren die Probleme, die Shane aus dem Scheitern seiner ersten Ehe mit sich herumtrug, noch nicht ganz gelöst. Vielleicht würde es schon ausreichen, einfach ein wenig mehr Zeit verstreichen zu lassen.

»Ich weiß auch nicht«, vertraute Annette ihrer Mutter an, »aber ich habe das Gefühl, wenn ich ihm gar keine Chance gebe, werde ich später nicht sagen können, daß ich alles versucht habe, um meine Ehe zu retten.«

Bald war es soweit, daß Shane Annette regelmäßig besuchte und manchmal auch bei ihr übernachtete. Nachdem er das eine oder andere Wochenende in ihrem Haus verbracht und häufig auch Tiffany mitgebracht hatte, damit sie mit Michelle spielen konnte, gab Annette ihm einen Schlüssel zu ihrer Wohnung.

Shane Goode war in ihr Leben zurückgekehrt und versicherte ihr immer wieder, daß es ein großer Fehler gewesen sei, sie zu verlassen. Ihre Probleme, das räumte er freimütig ein, lägen ganz auf seiner Seite. Er zeigte sich fest davon überzeugt, daß es diesmal mit ihnen klappen würde, wenn sie ihm nur noch einmal eine Chance gäbe.

Das Jahr 1990 rückte heran, und beide sahen sich vor die Entscheidung gestellt, ihre jeweiligen Mietverträge zu verlängern. Sie fingen sogar an, laut zu überlegen, ob sie wieder zusammenleben sollten. In Anbetracht der Tatsache, daß Annettes Wohnung ganz nahe bei ihrer Arbeitsstätte und der Schule lag, faßten sie schließlich den Entschluß, daß Shane aus seinem Apartment in Pasadena ausziehen und sie in Clear Lake ihr gemeinsames Leben neu beginnen würden.

Und eine Weile sah es tatsächlich so aus, als würde alles gutgehen. Eine lockere Regelmäßigkeit aus Arbeit, einem gelegentlichen Kinobesuch am Wochenende oder einem Abendessen mit den Kindern bei McDonald's oder Pizza Hut stellte sich ein. Beide hatten auch eigene Interessen, denen sie ohne Druck durch den anderen nachgingen: Shane seine Nationalgarde, Annette ihre Abendkurse. Sie vermieden es, alte Probleme erneut durchzuhecheln, und lebten ganz in der Gegenwart. Beide schienen den festen Wunsch zu haben, Vergangenes ruhen zu lassen.

Shanes Launenhaftigkeit stellte sich erst wieder ein, als in den Nachrichten ständig vom Golfkrieg und der Operation ›Wüstensturm‹ die Rede war. Annette hatte für seine Besorgnis durchaus Verständnis, denn es waren Gerüchte aufgekommen, daß seine Einheit vielleicht eingezogen werden würde. Und in dem Maße, wie die militärischen Aktionen sich steigerten, nahmen auch Shanes Launen zu. Wenn Annette mit ihm darüber reden wollte, blockte er ab. »Darüber möchte ich nicht sprechen«, sagte er nur.

Am Abend des 27. November kamen Shane und Annette von einem Abendessen zurück, mit dem sie ihren Hochzeitstag gefeiert hatten, und schalteten die Zehn-Uhr-Nachrichten ein. Annette saß auf der Couch, und Shane hatte es sich auf dem Boden bequem gemacht, und beide hörten die neuesten Berichte aus dem Nahen Osten an.

Ihre Frage war völlig harmlos und eigentlich nur eine Fortsetzung des angenehmen Gesprächs, das sie im Lokal geführt hatten: »Hast du schon gehört, ob du auch einrücken mußt?«

Unvermittelt sprang Shane auf und funkelte sie böse an. »Weshalb mußt du eigentlich dauernd an mir herumnörgeln?« schrie er.

»Ich habe doch gar nicht genörgelt …«

»Einen Dreck hast du.«

Annette war von dem plötzlichen Stimmungsumschwung wie vom Blitz gerührt. Sie brachte kein Wort heraus und fragte sich, was eigentlich daran auszusetzen ist, wenn eine Frau Sorge darüber äußert, daß ihr

Mann sich vielleicht einer Gefahr aussetzen muß.

Jetzt schüttelte Shane den Kopf und musterte sie angewidert. »Das klappt einfach nicht«, sagte er.

»Wovon redest du?«

»Das hast du doch gehört«, fuhr er sie an. »Du und ich. Es klappt nicht mit uns.« Und mit diesen Worten ging er zur Tür.

Annette hatte ihren Platz auf der Couch nicht verlassen. »Du gehst weg?« sagte sie ungläubig und benommen.

»Das darfst du laut sagen.«

Sie stand auf und ging schnell zur Tür, versperrte ihm den Weg. Aber diesmal wollte sie damit nicht etwa Zeit gewinnen, bis er sich beruhigt hatte. Sie wollte ihm auch nicht Gelegenheit geben, sich für seinen Ausbruch zu entschuldigen, oder ihn bitten, doch zu bleiben.

»Laß den Schlüssel da«, sagte Annette. »Und komm nie wieder.«

Einen Augenblick lang wirkte Shane überrascht, sagte aber nichts. Er löste den Haustürschlüssel von seinem Schlüsselbund und ließ ihn in ihre ausgestreckte Hand fallen.

Sie schloß die Hand um den Schlüssel, sah ihn an und nahm Zuflucht bei einer inneren Stärke, von der sie gar nicht gewußt hatte, daß sie sie besaß. »Du hast recht«, sagte sie und trat zur Seite. »Es klappt nicht mit uns.«

Bis nach dem Ende der Weihnachtsfeiertage hörte Annette nichts von Shane und stellte angenehm überrascht fest, daß die neuerliche Trennung keine Depressionen in ihr ausgelöst hatte. Vielleicht habe ich es endlich geschafft, dachte sie, vielleicht gelingt es mir diesmal, ein neues Leben anzufangen. Erfahrung darin habe ich ja weiß Gott genug.

In diesen Tagen sollte sie eine Prüfung in ihrem Schwesternkurs ablegen. Sie war bereits spät dran und hatte es eilig, fertig zu werden. Ergebnis der Hektik war, daß sie in der Dusche ausglitt und stürzte. Ein stechender Schmerz durchbohrte sie, und es dauerte ein paar Minuten, bis sie schließlich unter dem warmen Wasserstrahl aufstehen und ans Telefon hinken konnte.

Nach Luft ringend, rief sie ihre Mutter an und bat sie herüberzukommen, um sie in die Notaufnahme zu fahren.

Die Röntgenaufnahmen im Krankenhaus zeigten, daß Annette sich einen Wirbel angeknackst hatte. Der Arzt erklärte ihr, daß sie zwar eine Weile Schmerzen haben würde, es sich aber nur um eine ungefährliche Verletzung handle, die auch schnell heilen würde. Bevor er sie der Röntgenstrahlung aussetzte, hatte er ihr jedoch vorgeschlagen, routinemäßig einen Schwangerschaftstest durchführen zu lassen.

»Wann hatten Sie Ihre letzte Periode?« fragte der Arzt.

Annette wußte es nicht genau und erklärte, daß sie unter unregelmäßigen Menstruationsblutungen leide.

Schon unter dem Einfluß des schmerzstillenden Mittels stehend, das man ihr gegeben hatte, versuchte Annette etwas halbherzig, den Test als Zeitvergeudung abzulehnen. Sie wollte bloß nach Hause, sich hinlegen und schlafen, bis die Schmerzen aufhörten.

Der Arzt lächelte und ging nicht auf ihre Bitte ein. »Es dauert bloß ein paar Minuten«, versicherte er ihr.

5

Die Nachricht, daß sie schwanger sei, löste erneut eine tiefe Verwirrung in ihren Gefühlen aus. Einerseits war da die freudige Erregung über die überraschende Mitteilung, daß sie bald ein weiteres Kind bekommen würde; andererseits war die Aussicht beunruhigend, künftig als alleinerziehende Mutter für zwei Kinder sorgen zu müssen.

Es gab Tage, an denen Annette ihre Gedanken einzig und allein auf die Geburt des Babys konzentrierte und die Vorfreude jede Sorge über die physische wie finanzielle Belastung verdrängte, die damit ohne Zweifel einhergehen würde. Schon jetzt liebte sie das winzige Leben, das in ihr heranwuchs. Und dann gab es wieder düstere Zeiten, erfüllt mit nackter Angst vor der Zukunft. Sie würde versuchen müssen, ihre Ausbildung fortzusetzen, ihre Arbeitsstelle zu behalten und zugleich auch die Mutter zu sein, die sie zu sein wünschte.

Sie mußte einfach die Dinge auf sich zukommen lassen. Irgendwie würde sie es schon schaffen, davon war sie fest überzeugt.

Annette wartete mehrere Wochen, bis sie schließlich Shane anrief, um ihn von ihrer Schwangerschaft in Kenntnis zu setzen. »Ich rufe nicht an, um dich um irgend etwas zu bitten, und ich will auch nicht, daß wir noch einmal versuchen, wieder zusammenzusein«, sagte sie. »Ich denke nur, daß du es wissen solltest. Nicht mehr und nicht weniger.«

Obwohl Shane zunächst erstaunt die Neuigkeit aufnahm, daß er erneut Vater werden sollte, versicherte er ihr, daß er sie auf jede ihm mögliche Weise unterstützen werde. »Vielleicht soll ich herüberkommen«, meinte er zunächst, »damit wir alles besprechen können.« »Es tut mir wirklich leid, daß ich mich so daneben benommen habe«, fuhr er fort. »Ich weiß nicht, was da über mich gekommen ist –«

Annette fiel ihm schnell ins Wort. »Shane«, sagte sie, »ich habe dich wirklich nur angerufen, um dir zu sagen, wie die Situation ist. Ich möchte nicht, daß du zurückkommst.«

»Aber meinst du nicht …«

»Ich *möchte* nicht, daß du zurückkommst.«

Diesmal herrschte einige Augenblicke Stille, ehe er antwortete. »Okay, ich verstehe. Aber ich möchte dir helfen.«

Im Februar warnte der Arzt Annette vor Schwierigkeiten, die in den restlichen Monaten ihrer Schwangerschaft auftreten könnten. Im Augenblick sehe zwar alles gut aus, meinte er, aber ihren Untersuchungen sei zu entnehmen, daß zusätzliche Vorsichtsmaßnahmen erforderlich seien. Er riet ihr, die Arbeitsbelastung drastisch zu reduzieren und sich, wenn möglich, beurlauben zu lassen. Zudem gab er ihr weiter den dringlichen Rat, bis nach der Geburt die Teilnahme an ihren Abendkursen stark einzuschränken. Ruhe, so erklärte er ihr, sei die beste Gewähr dafür, daß sie ihr Baby austragen und schließlich ein gesundes Kind zur Welt bringen werde. Außerdem halte er es für sinnvoll, während des zweiten und dritten Schwangerschaftsdrittels eine Anzahl von Vorsorgetests an ihr vorzunehmen.

Annette wurde bewußt, daß dies eine teure Schwangerschaft werden würde. Obwohl sie sich fest vorgenommen hatte, ihn nicht einzuschalten, würde sie die Hilfe von Shane benötigen.

An einem Spätnachmittag im Februar fuhr sie zu seinem Apartment. In einem kurzen Telefonat hatte Shane sie eingeladen, doch zu ihm zu kommen, um ›über alles zu sprechen‹; sie sah diesem Zusammentreffen mit einigem Bangen entgegen. Seit Monaten hatte sie ihn nicht mehr gesehen und kämpfte trotz aller gegenteiligen Behauptungen gegenüber Freunden und Familie, daß ihre Ehe endgültig gescheitert sei, immer noch insgeheim mit den Gefühlen, die sie dem Vater ihres ungeborenen Kindes entgegenbrachte.

Wie sollte sie es verstehen, daß er bisher immer noch nicht die Scheidung eingereicht hatte? Hegte etwa auch er Hoffnungen, ihre Differenzen könnten irgendwie beigelegt werden und Annette und er wieder ein gemeinsames Leben aufnehmen? Sie wußte nur eines sicher: Es fiel ihr sehr schwer, einfach damit aufzuhören, ihn zu lieben, und ihre ständigen Wunschvorstellungen zu verdrängen, eine Familie zu haben.

Der Shane Goode, der ihr gegenübertrat, als sie in seiner Wohnung eintraf, war freilich ein ganz anderer als der sanftmütige, besorgte Mensch, mit dem sie telefoniert hatte. Statt dessen sah sie sich Shane dem Manipulator gegenüber: zuerst glatt und leise, dann plötzlich bösartig und laut.

Wenn sie ihn wirklich liebte, sagte er, würde sie abtreiben. Noch ein Kind konnte nur ein zusätzliches Hindernis bedeuten und sie für immer der Chance berauben, sich erneut gemeinsam ein Leben und eine Zukunft aufzubauen. »Schau«, sagte er, »ich gebe mir wirklich alle Mühe, ganz ehrlich zu dir zu sein. Ich möchte nicht, daß du dieses Baby bekommst – und ich glaube, du möchtest es auch nicht.«

»Nun, du irrst dich«, erwiderte Annette kühl. »Du irrst dich sogar gewaltig.« Sie studierte ein paar Augenblicke lang stumm seine Gesichtszüge, und plötzlich wurde ihr klar, wo die wahren Gründe seiner Einladung an sie lagen. »Willst du mir etwa sagen, daß wir wieder zusammensein könnten, wenn ich das Baby abtreibe, und daß dann alles wunderbar sein würde?«

»Ich hatte nur gedacht –«

»Und wenn ich das nicht tue, dann ist Schluß?«

Der Zorn und die Wut, die in der Luft lagen, waren

beinahe zum Greifen. Als Annette aufstand, um zu gehen, ließ Shane jede Zurückhaltung fallen und explodierte förmlich. Er hatte erkannt, daß er es nicht geschafft hatte, seine Frau umzustimmen. Er biß die Zähne zusammen, und Annette konnte sehen, wie seine Halsmuskeln hervortraten. »Wenn du dieses Baby bekommst«, schrie er, »dann will ich nichts damit zu tun haben. Ich will es nie sehen. Ich will dich nicht sehen. Soweit es mich angeht, könntest du genausogut von einem anderen schwanger sein. Verdammt noch mal, damit ist es mir wirklich ernst! Wenn *du* es haben willst, dann kannst *du* es haben.«

Annette hatte solche Ausbrüche schon früher erlebt, und trotzdem war sie wieder entsetzt darüber, wie plötzlich diese brutale, grausame Seite seines Wesens zu Tage getreten war. Sie öffnete wortlos die Tür und eilte zu ihrem Wagen.

Auf dem Nachhauseweg ließ sie die Auseinandersetzung noch einmal wie einen Film vor sich ablaufen, schlug dann mit der Hand aufs Steuer und stieß eine Verwünschung aus. Doch ihre Wut galt nicht etwa Shane Goode, sondern sie war wütend über sich selbst und die Tränen, die ihr unkontrolliert über die Wangen liefen.

Sie konnte sich nicht erinnern, sich jemals in ihrem Leben so allein und verzweifelt gefühlt zu haben. Shane würde ihr also finanziell nicht behilflich sein.

Und deshalb suchte Annette an dem einzigen Ort Zuflucht, von dem sie wußte, daß man sie ihr ohne zu zögern und ohne Fragen gewähren würde. Sie und Michelle sagten ihrer Wohnung ade und zogen wieder bei Sharon Couch ein. Für Sharon war das eine willkommene Ablenkung von der quälenden Sorge um das Schicksal ihres Sohnes, der ein Flüchtlingsdasein führte.

Stevens Briefe nach Hause waren seit seiner Ankunft in Thessaloniki voll von Selbstmitleid und Widerwillen gegen das Leben, das er dort führte. Ein Onkel hatte für ihn einen Job als Schweißerlehrling gefunden – eine Tätigkeit, für die er nicht das geringste Interesse aufbrachte. Die Sprachbarriere machte ihm zu schaffen, und er war einsam. Ich bin jetzt bereit, in die Vereinigten Staaten zurückzukehren, schrieb er, und mich dort den Behörden zu stellen.

Sharon war besorgt, daß die Mittel, die sie aufgebracht hatte, nicht dafür ausreichen würden, ihm die notwendige anwaltliche Hilfe zu verschaffen, wollte aber zugleich endlich eine Klärung seiner Lage. Gleichzeitig quälte sie die Angst, man könne ihn wegen Mordes verurteilen.

Sie schrieb ihm zurück, daß es am besten sei, wenn er seine augenblicklichen Lebensumstände noch eine Weile ertragen würde, wenigstens so lange, bis sie über genügend Geld verfügte, um einem ordentlichen Anwalt einen Vorschuß zu bezahlen.

Doch die Briefe ihres Sohnes klangen immer verzweifelter, und Sharon gelangte zu dem Entschluß, ihn persönlich zu besuchen. Gemeinsam könnten sie dann darüber reden, welche Möglichkeiten sich ihm boten. Von der geradezu paranoiden Angst gequält, daß die Polizei von Houston sie überwachte, um auf diese Weise ihren Sohn zu finden, buchte sie keinen Direktflug nach Griechenland, sondern flog vielmehr von Houston über Istanbul nach Athen. Von dort nahm sie einen Zug nach Norden, nach Thessaloniki.

In der Stadt eingetroffen, hörte sie ihm zu, wie er sein Leid schilderte, sich eindringlich nach Familie und Freunden zu Hause erkundigte und über seine bedrückenden Lebensumstände klagte. Für Sharon waren die paar Tage, die sie mit ihrem Sohn verbrachte, schier herzzerreißend, und ihm nicht helfen zu können bedrückte sie mehr als alles, was sie bisher erlebt hatte.

Immerhin hatte sie, bevor sie die Rückreise in die USA antrat, eines erreicht: Steven erklärte sich widerstrebend bereit, noch eine Weile in Griechenland zu bleiben, und klammerte sich dabei an das Versprechen seiner Mutter, ihn sofort zurückkehren zu lassen, sobald die erforderlichen Vereinbarungen mit einem Anwalt getroffen waren.

Tatsächlich hatte sie bereits mit einem hochangesehenen Anwalt in Houston Verbindung aufgenommen, als sie wenige Tage nach ihrer Reise eines Nachts einen Anruf eines Vertreters der Staatsanwaltschaft erhielt. Danach wurde Steven im Korydallos-Gefängnis in Athen festgehalten; man warf ihm vor, aus Amsterdam Haschisch ins Land gebracht zu haben.

Sharons Stimmung sank auf einen neuen Tiefpunkt, und wieder bereitete sie eine Reise nach Griechenland vor, diesmal um der Verhandlung gegen ihren Sohn beizuwohnen. Erst als sie an einem der wohl kältesten Tage dieses griechischen Winters im Gericht eingetroffen war, erfuhr sie, daß der Vorsitzende Richter des Verfahrens etwas angeboten hatte, was dem in den USA üblichen *Plea Bargain* entsprach: Wenn Steven sich schuldig bekannte, die illegalen Drogen, die in seinem Apartment beschlagnahmt worden waren, selbst genommen zu haben – und sich bereit erklärte, das Land sofort zu verlassen –, würde seine Strafe auf Bewährung ausgesetzt werden.

Steven bedurfte keines Zuredens, um dem zuzustimmen. Während die entsprechenden Papiere ausgefüllt wurden, traf seine Mutter bereits alle Maßnahmen für ihre Rückkehr in die Vereinigten Staaten.

»Selbst wenn ich zu Hause ins Gefängnis muß«, äußerte er sich ihr gegenüber, »ist das immer noch besser, als hier eingesperrt zu sein. Ich bedaure so sehr, daß ich überhaupt hierhergekommen bin.«

Während sie in Amsterdam auf ihren Anschlußflug warteten, wurde Stevens Name über Lautsprecher ausgerufen. Er meldete sich und erfuhr über die Vermittlung, daß ein dringendes Telefonat auf ihn warte. Er war überrascht, daß jemand wußte, wo er sich befand, und fürchtete, bei den griechischen Behörden könnte ein Stimmungswandel eingetreten sein. Am Telefon hörte er jedoch die Stimme seines Vaters, der von seinem Haus in Florida aus anrief. Stevens Onkel hatte ihn über die jüngsten Entwicklungen informiert und ihm den Flugplan seines Sohnes durchgegeben.

Außer Hörweite seiner Mutter brachte Steven einige schwache Einwände vor und sagte schließlich: »Okay, ich werde es versuchen«, ehe er vernahm, wie am anderen Ende abrupt aufgelegt wurde.

Mit niedergeschlagener Miene ging er zu der Bank, auf der Sharon wartete.

»Das war Dad«, sagte er.

»Dein Vater hat hier angerufen?«

Steven nickte. »Ich kann nicht zurück«, sagte er, kaum lauter als ein Flüsterton.

»Was redest du da? Steven, was ist passiert?«

»Er sagt, das Ganze sei eine schlechte Idee; er sagt, man wird mich ins Gefängnis stecken.«

»Das wissen wir nicht«, wandte Sharon ein. »Dafür gib es doch Anwälte. Die, mit denen ich geredet habe, sagen, die Aussicht sei sehr gut, daß …«

Steven hob beide Hände und zuckte die Achseln. Mit Argumenten war ihm jetzt nicht beizukommen. »Dad hat einen Cousin in Deutschland, bei dessen Familie ich bleiben kann. Am Schalter liegt ein Ticket für mich bereit.«

Jetzt liefen Sharon die Tränen über das Gesicht, und sie spürte, wie sie vor Wut zu zittern begann. Sie brachte vor Aufregung kein Wort heraus, aber dafür gingen ihr tausend Fragen durch den Kopf. Wie konnte sein Vater so etwas vorschlagen? Was gab ihm das Recht, sich hier einzumischen und Dinge zu veranlassen, die doch keine Lösung waren?

Als sie alleine im Flugzeug saß und nach Houston zurückflog, weinte Sharon immer noch voller Angst vor der unsicheren Zukunft und dem, was sie ihr bringen würde.

Eigentlich ist es jetzt höchste Zeit, daß mir endlich einmal etwas Positives widerfährt, dachte sie.

Und dieses freudige Ereignis vollzog sich am 27. August 1991, als Katherine Renee Goode geboren wurde. Sharon wich nicht von der Seite ihrer Tochter im Kreißsaal, als ein Kaiserschnitt vorgenommen wurde. Sie hielt den Atem an, als sie merkte, daß es dem Arzt Schwierigkeiten bereitete, den winzigen neuen Erdenbürger aus dem Mutterleib zu holen. Als ein kleines Beinchen auftauchte, biß sie sich auf die Lippen. Der Arzt bemühte sich, vorsichtig den winzigen Oberkörper zu drehen, und Sharon mußte sich sehr zurückhalten, um nicht laut zu schreien, er solle aufpassen, um den Rücken des Babys nicht zu verletzen.

Schließlich war die traumatische Prozedur abgeschlossen, und Sharon hielt ihre schöne, gesunde Enkeltochter in den Armen, während die Pflegeschwester sie badete. Erleichtert war sie, plötzlich so glücklich wie seit langer Zeit nicht mehr. Wenig später meinte die stolze Großmutter, es habe fast den Anschein gehabt, als ob die kleine Renee, die jetzt so friedlich in ihren Armen lag, gar nicht habe zur Welt kommen wollen.

Renees Geburt umgab etwas, das an Zauber grenzte. Die liebevolle Aufmerksamkeit, mit der Mutter und Großmutter die Kleine überschütteten, verdrängte schnell die düsteren Wolken, die über der Familie lasteten. In den Tagen unmittelbar nach der Rückkehr ihrer Tochter aus dem Krankenhaus hatte Sharon kaum Zeit, sich um das Wohlergehen ihres Sohnes in der Fremde zu sorgen, und auch Annette kam gar nicht dazu, über den abwesenden Vater ihres zweiten Kindes nachzugrübeln.

Der zerbrechliche Säugling hatte in seiner ganzen Unschuld allein durch seine Anwesenheit wieder Hoffnung und Zuversicht in ihr Leben gebracht.

Sechs Wochen darauf reichte Annette die Scheidung von dem Mann ein, der nicht einmal wußte, daß seine Tochter inzwischen zur Welt gekommen war. Sie war mittlerweile wieder zu Kräften gekommen und fest entschlossen, ihr Leben in Zukunft so gut zu gestalten, wie sie nur konnte.

Das Familiengericht von Harris County, ein Säulenbau mit Glasfassade am östlichen Rand der Innenstadt von Houston gelegen, bildet den idealen Aussichtspunkt, um die schier endlose Promenade des Leids dieser Stadt zu beobachten. Durch seine weiten Hallen hasten Dutzende gut gekleideter Anwälte, jeder mit einem Aktenkoffer in der Hand, und ihre Stimmen mischen sich ineinander, während sie mit ernst blickenden Mandanten ihre Strategie für Scheidungen und Sorgerechtskämpfe durchgehen. In seinen kleinen, grell beleuchteten Sitzungszimmern enden Ehen und ändern sich Leben dramatisch wie am Fließband. Gefühlsregungen sind jenen vorbehalten, die hier zum ersten Mal erscheinen, Ehemänner und -frauen, die darüber verärgert oder unglücklich sind, daß das Gericht ihr Kommen angeordnet oder Richter Urteile gefällt haben, die ihren Wünschen nicht entsprechen.

Von dem Foyer an der Franklin Street aus kann man das beeindruckende Gerichtsgebäude von Harris

County sehen, wo Verfahren wegen Vergewaltigung, Mord, bewaffnetem Raub und Betrug verhandelt werden. An der gegenüberliegenden Ecke befindet sich das Gebäude mit den Büros der Staatsanwaltschaft; unmittelbar daneben steht das mehrstöckige Bezirksgefängnis, beherrscht durch ein ständiges Kommen und Gehen in dem Netz von Tunnels und Gängen, die es mit den Hallen, in denen seinen Insassen der Prozeß gemacht werden wird, verbinden.

Alles in allem eine sehr zweckmäßige Anordnung, die Anwälten, Vollzugsbeamten und interessierten Prozeßbesuchern eine Art juristischen Supermarkt unter einem Dach bietet.

Shane Goode dazu zu bewegen, sich dort einzufinden, damit das von Annette angestrengte Scheidungsverfahren stattfinden konnte, war keine leichte Aufgabe gewesen.

Für Joanne Chadderdon, Annettes Anwältin, erwies sich bereits der schlichte Vorgang, ihm die Vorladung zuzustellen, als langwierige Suche. Goode, so stellte sich heraus, war aus seinem Apartment in Pasadena ausgezogen und hatte sorgfältig darauf geachtet, keine Nachsendeadresse zu hinterlassen. Und obwohl Chadderdon erfahren hatte, daß er zu einer neuen Freundin gezogen war, konnten weder sie noch der von ihr beauftragte Ermittler einen Bekannten oder ein Familienmitglied dieser Freundin finden, die bereit gewesen wären, ihren Namen oder Adresse zu liefern.

Mehrere Besuche in dem Postamt, wo Goode tätig war, hatten sich ebenso als fruchtlos erwiesen. Als verfügte er über eine Art instinktiven Radar, war er jedesmal nur Minuten vor Eintreffen der Scheidungspapiere buchstäblich vom Erdboden verschwunden. Einige Tage fuhr Chadderdons Beauftragter sogar die Zustellroute ab, für die Goode zuständig war, schaffte es aber nicht, dem schwer faßbaren Postzusteller zu begegnen.

Schließlich, nach drei Monaten dieses Katz-und Maus-Spiels, erteilte der Richter Chadderdon die Erlaubnis, Shane Goode in Abwesenheit vorzuladen, das heißt die Papiere und eine gerichtliche Anordnung seinem Arbeitgeber zur Weiterleitung an Shane zuzustellen.

Chadderdon, die schon sehr früh in ihrer juristischen Laufbahn die Vorstellung, es gebe neben all den komplizierten auch ›leichte‹ Scheidungen, ins Reich der Phantasie verbannt hatte, konnte erkennen, daß sich diese wohl als das genaue Gegenteil erweisen würde.

Es war schließlich Januar 1992 geworden, als die Anwälte und ihre Mandanten an separaten Tischen ihre Plätze einnahmen und sich einem müde wirkenden Richter gegenübersahen, der über die Sache 91-5130-7 befinden würde – diese Nummer hatte man Annettes Scheidungsbegehren zugeteilt.

Hauptzweck der Anhörung, so lautete Chadderdons Erklärung an Annette, sei es, von Shane Unterhaltszahlungen für das Kind zu verlangen. In Anbetracht der Tatsache, daß Renees Vater sich zu keinerlei finanzieller Unterstützung bereit erklärt und in den fünf Monaten seit der Geburt auch nicht das geringste Interesse an seiner Tochter gezeigt hatte, sollte es da keine Probleme geben, versicherte sie ihrer Mandantin.

Annette saß schweigend da und starrte nach vorn, ohne zu Shane hinüberzusehen, während ihre Anwältin das Bild eines Ehepartners malte, der in einem geordneten Angestelltenverhältnis tätig war und sich weigerte, die allerprimitivste elterliche Verantwortung auf sich zu nehmen. Dieselbe Argumentation hatte sie in zahllosen anderen Fällen gegen nicht unterhaltswillige Väter benutzt, und der Richter hatte diese Argumentation fast Wort für Wort wohl schon tausendmal gehört.

Aber was dann folgte, ließ Annette schließlich doch zu Shane hinüberblicken, wobei sich ihre Augen vor Schock und Zorn weiteten.

»Wenn Sie erlauben, Euer Ehren«, sagte dessen Anwalt, »mein Mandant hat eine gute und vernünftige Erklärung dafür, daß er keinen Beitrag zum Unterhalt des fraglichen Kindes geleistet hat …«

Von diesem Punkt an hörte Annette die Worte des Anwalts, als drängen sie aus einem tiefen finsteren Tunnel zu ihr. »… Euer Ehren, mein Mandant erklärt in aller Offenheit, daß er nicht der biologische Vater dieses Kindes ist … er stellt die Vaterschaft an Katherine Renee Goode in Abrede …«

Man konnte sehen, wie die Schultern des Richters etwas nach vorn sanken, denn ihm wurde bewußt, daß dieser Fall nicht so schnell erledigt sein würde, wie er das gehofft hatte. Nachdem er die Einlassungen beider Anwälte gehört hatte, verharrte er stumm auf der Richterbank. Dann wies er in einem Tonfall, der keinen Zweifel an seinem Mißfallen über die unerwartete Verzögerung aufkommen ließ, Shane an, sofort mit provisorischen Unterhaltszahlungen in Höhe von 400 Dollar pro Monat zu beginnen. Unterdessen sollten beide Parteien des Verfahrens – einschließlich des fraglichen Kindes – Bluttests vornehmen lassen, mit deren Hilfe festgestellt werden konnte, ob Shane Goode der Vater war oder nicht.

Das kaum wahrnehmbare Lächeln, das über Shanes Gesicht huschte, verschwand schnell, als der Richter anordnete, daß er für die Kosten des Testverfahrens aufkommen müsse.

Mitte März bestätigte ein Bericht der Roche Biomedical Laboratories, daß Shane Goode tatsächlich Renees Vater war. Und wenige Tage vor Weihnachten wurde schließlich endgültig die Scheidung ausgesprochen.

Doch damit sollte nicht das letzte Wort gesprochen sein. »Wenn ich schon Unterhaltszahlungen leisten soll«, erklärte Shane Goode wütend seinem Anwalt, nachdem er das Ergebnis des Vaterschaftstests erfahren hatte, »dann will ich verdammt noch mal auch Besuchsrechte haben.«

Annette war erleichtert darüber, daß das Verfahren endlich beendet war, und sah in der Forderung ihres Ex-Ehemanns nicht mehr als ein Bemühen, sein Gesicht zu wahren. Weshalb sollte er nach vierzehn Monaten völligen Desinteresses an seinem Kind jetzt plötzlich Besuchsrechte erhalten wollen? Hatte er nicht sogar mit großem Aufwand zu beweisen versucht, daß Renee gar nicht sein Kind war?

»Ich habe das schon einige Dutzend Male erlebt«, versicherte Joanne Chadderdon ihrer Mandantin. »Er tut das nur, um sich auf die einzige Art und Weise, die ihm noch bleibt, an Ihnen zu rächen.«

Chadderdon glaubte nicht, daß Goode sich auf wundersame Weise in einen besorgten Vater verwandeln würde. Ihre Sorge galt vielmehr der Frage, wie gewissenhaft er seine monatlichen Zahlungen leisten würde. In der Zeit, in der er zu provisorischen Unterhaltszahlungen verpflichtet gewesen war, waren die Schecks immer in letzter Minute und auch nur in den ersten beiden Monaten eingetroffen. Dann waren sie ohne jede Erklärung plötzlich eingestellt worden. Erst als Chadderdon einen Antrag wegen Mißachtung des Gerichts einbrachte, nahm Goode die Zahlungen wieder auf. Der Richter hatte daraufhin angeordnet, daß die Unterhaltszahlungen zweimal monatlich automatisch von seinem Gehalt abgezogen und auf Annettes Konto überwiesen werden sollten. Chadderdon war durchaus bewußt, daß Goode ein schlauer Patron war, und sie hoffte insgeheim, daß er nicht irgendwelche Mittel und Wege finden würde, um seine Einkünfte beiseite zu schaffen und sich auf diese Weise aus seinen Verpflichtungen Annette gegenüber herauszustehlen.

Zunächst machte Annette sich wenig Gedanken über diese Möglichkeit. Sie glaubte, sicherlich etwas naiv, ihr Ex-Ehemann stehe vor der schlichten Wahl, die Unterhaltszahlungen zu leisten oder ins Gefängnis zu wandern – eine Entscheidung, die ihm nicht schwerfallen sollte. Und die Wahrscheinlichkeit, daß Shane tatsächlich jemals den Wunsch verspüren würde, sich am Leben seiner Tochter zu beteiligen, schien ihr gering. Falls er zu einem zukünftigen Zeitpunkt Interesse zeigen sollte, würde sie sich dann damit auseinandersetzen.

Worauf es jetzt ankam, war einzig und allein die Tatsache, daß Shane Goode ganz offiziell aus ihrem Leben entfernt war.

6

Sharon Couch saß in einer Ecke ihres Wohnzimmers auf einem wuchtigen Polstersessel und betrachtete die unsicheren Versuche ihrer achtzehn Monate alten Enkeltochter, einen Salto zu schlagen. Renee kicherte entzückt, sichtlich mit ihren aufknospenden athletischen Fähigkeiten zufrieden, und rannte dann in einen anderen Teil des Hauses, um dort Spielzeug zu suchen, das sie zeigen wollte.

Sie gab sich sichtlich Mühe, ihre Zuschauer zu beeindrucken.

Shane Goode saß auf der Couch. Erst vor einer halben Stunde war er endlich seiner Tochter vorgestellt worden.

Annette war überrascht gewesen, als er angerufen

und den Wunsch geäußert hatte, Renee kennenzulernen. Das Scheidungsurteil räumte ihm zwar das Recht auf zwei Besuche pro Monat ein, aber während der ersten beiden Monate nach dem Urteilsspruch hatte er keinerlei Interesse an der Ausübung seiner Elternrechte gezeigt. Tatsächlich hatte er die erste Gelegenheit dazu verstreichen lassen und sich an jenem Wochenende statt dessen entschieden, nach Dallas zu reisen, um dem alljährlichen Footballspiel in der Cotton Bowl beizuwohnen. Annette war mehr denn je überzeugt gewesen, daß Shane auch weiterhin kein Interesse daran zeigen würde, sein Kind zu sehen.

Und dann war er plötzlich da, von seiner Tochter Tiffany begleitet, und gab weder eine Erklärung noch eine Entschuldigung für sein bisheriges Verhalten ab.

Annette machte der Besuch nervös. Er rief in ihr eine Mischung aus neu entfachtem Ärger und Enttäuschung wach, als ihr bewußt wurde, daß sie immer noch eine Bindung zu ihrem Ex-Ehemann empfand. Während sie neben Shane auf der Couch saß und plauderte und die Kinder das Wohnzimmer in eine Mischung aus Zirkus und Tanzveranstaltung verwandelten, gab sie sich alle Mühe, sich ihre Gefühle nicht anmerken zu lassen. *Du mußt freundlich sein … lächeln … um der Kinder willen*, redete sie sich immer wieder gut zu.

Sharon, die stumme Beobachterin des Geschehens, spürte, wie alte Erinnerungen in ihr wachgerufen wurden: an ihre eigene Scheidung; an die Unmöglichkeit, sie Kindern zu erklären, die ihren Vater nur selten zu Gesicht bekamen; an den sinnlosen Wunsch, daß die Dinge sich irgendwie anders entwickelt hätten. Mit 46 Jahren begann sie sich gerade mit der Tatsache abzufinden, daß Scheidungswunden nie völlig heilen – zwar überleben ihre Opfer und entwickeln sich weiter, aber die Wunden tragen sie doch immer mit sich herum.

Sie wußte, daß Annette und Shane noch zu jung

waren und die Wunde, die ihr Bruch geschlagen hatte, zu frisch, als daß sie hätten in die Zukunft blicken können. Mit der Zeit, und wenn sie sich Mühe gaben, würden die schmerzlichen Erinnerungen vielleicht verblassen. Möglicherweise waren die haßerfüllten Bemerkungen und die bitteren Lügen, die ihr ehemaliger Schwiegersohn ausgesprochen hatte, nur die zornigen Schreie eines Mannes gewesen, den der Wunsch seiner Frau, sich scheiden zu lassen, tief verletzt hatte. Sharon war durchaus bereit, hier zugunsten Shanes gewissen Zweifeln Platz einzuräumen. Sie hatte das Gefühl, es um ihrer Enkeltochter willen tun zu müssen.

Das Ende ihrer eigenen Ehe hatte im Leben ihrer Kinder eine Leere hinterlassen, die sie ihrer Enkeltochter gern ersparen wollte. Annette würde die Kraft finden müssen, Shane in ihrer beider Leben etwas Raum zu gewähren.

Vielleicht, so dachte sie, ist dieser von Gespanntheit erfüllte Besuch, der hier abläuft, der erste Schritt dazu.

Wenn dies zutraf, dann war es ein sehr tastender. In weniger als einer Stunde waren Shane und Tiffany wieder draußen. Renee, immer noch voller Energie, war mit Michelle in ihr Zimmer gegangen, wo sie spielten, während Annette und ihre Mutter in der Stille, die sich über das Wohnzimmer gelegt hatte, zusammensaßen.

Schließlich schüttelte Annette langsam den Kopf. »Er hat sie nicht einmal berührt«, sagte sie. »Sie nicht umarmt, sie nicht geküßt. Er hat nicht einmal versucht, sie aufzuheben und sie an sich zu drücken. Nichts.« Aus ihren Worten klang tiefe Enttäuschung.

Es war, als hätte Renee auf ihre unschuldige Art die Bedeutung des Vorgangs erkannt, dessen Hauptperson sie war, und sich alle Mühe gegeben, ihren Vater mit ihren kindlichen Kräften – mit Akrobatik, Tanz, Spielsachen – für sich einzunehmen.

»Es war gerade, als ob sie das Gefühl gehabt hätte,

sie müsse ihm etwas bieten«, meinte Annette. »Ich hatte gedacht, seine Anwesenheit würde mich zornig machen. Aber in Wirklichkeit hat sie mich nur tieftraurig gemacht.«

Sharon stand auf und ging zu ihrer Tochter hinüber, legte ihr den Arm über die Schultern. »Ich weiß«, sagte sie. »Mir war genauso zumute. Vielleicht funktioniert es das nächste Mal besser.«

Sharon bemerkte, wie ihre Tochter bei dieser Andeutung auf einen weiteren Besuch Shanes bleich wurde und wie ihre Muskeln sich verspannten.

Was an der Golfküste von Texas als Frühling gilt, ist eine kurze Pause zwischen der durchdringenden Kälte des Winters und der schwülheißen Feuchte des Sommers. Die Leute legen ganz instinktiv einen anderen Gang ein. Mit dem Ende der Footballsaison ist schnell das übliche Scheitern der Oilers, die nicht einmal auf Schnupperweite an die Super Bowl herangekommen sind, vergessen, und die »Fachleute« in den Bars schalten auf hoffnungsvolle Diskussionen über die Baseballkünste der Astros um. In den Vororten Bellaire und River Oaks räumen die Frauen widerstrebend ihre Pelze in den Schrank und konzentrieren sich darauf, eine gleichmäßige Bräune zu erhalten. Golfplätze und Joggingbahnen füllen sich mit Möchtegern-Athleten, die darauf erpicht sind, zusätzliche Pfunde wegzuschwitzen, die sie sich in der Untätigkeit der kalten Jahreszeit zugelegt haben. Selbst die weniger Wohlhabenden verfallen dem Geist der Jahreszeit und kümmern sich um ihre Rasenflächen und Büsche, die plötzlich vom herbstlichen Braun in saftiges Smaragdgrün umgeschlagen sind. Barbecue-Grills werden abgestaubt und Blumen gepflanzt. Es ist eine Zeit für neue Anfänge.

Wieder dachte Annette darüber nach, aus dem Haus ihrer Mutter auszuziehen und ein eigenes Leben zu beginnen. Eine Arbeitskollegin, ebenfalls auf der Suche nach einer neuen Wohnung, hatte ihr den Vorschlag gemacht, die Kosten eines Apartments zu teilen. Sie und Annette kamen gut miteinander aus. Zudem mochte sie auch Annettes Kinder und bot sich sogar an, Michelle und Renee an den Abenden zu beaufsichtigen, an denen Annette den weiterführenden Abendkurs besuchte.

Annette hoffte zwar immer noch, sich eines Tages wieder eine Wohnung in Clear Lake leisten zu können, aber der Gedanke, wenigstens für einen bestimmten Zeitraum gemeinsam ein Apartment zu nehmen, begeisterte sie. Das würde ein weiterer Schritt hin zu der Unabhängigkeit sein, die sie für sich und die Mädchen wünschte.

Obwohl Sharon wußte, daß ihr die Kinder fehlen würden, freute sie sich über den Eifer ihrer Tochter, sich wieder auf eigene Beine zu stellen. Sie war auch angenehm davon überrascht, welche Reife Annette an den Tag legte, wenn Shane gelegentlich vorbeikam, um Renee zu besuchen. Erstaunlicherweise war ihm und nicht Annette während dieser kurzen, aber herzlichen Besuche eine gewisse Verlegenheit anzumerken.

»Mir gefällt es nie«, hatte Annette ihrer Mutter gestanden, »aber ich kann damit leben.«

Annette blickte mit einiger Hoffnung in ihre Zukunft. Sie hatte ihre Kinder, ihre Arbeit und ein neues Zuhause. Selbst Shanes gelegentliches Eindringen in ihr Leben konnte sie mit einem Mindestmaß an Beklemmung ertragen. Schließlich war er Renees Vater. Und wie sie besser als die meisten wußte, war die Beziehung eines jungen Mädchens zum Vater äußerst wichtig.

Obwohl ihr nicht ganz wohl dabei gewesen war,

hatte sie sich sogar einverstanden erklärt, daß Shane Renee einmal abends in das Haus seiner Eltern im nahe gelegenen Alvin mitnahm. »Sie muß ihre Großeltern kennenlernen«, hatte er argumentiert. Gelegentlich erklärte er sich freiwillig bereit, an Abenden, wenn Annette Kurs hatte, auf Michelle und Renee aufzupassen.

Das unbehagliche Gefühl, das Annette früher vor jeder Begegnung mit ihrem Ex-Ehemann empfunden hatte, legte sich allmählich. Der damit verbundene Druck schien verschwunden zu sein, und sie dachte jetzt nur noch an Shane, wenn er anrief, um die häufiger werdenden Besuche bei seiner Tochter zu verabreden.

Annettes eigener, neuer Bekanntenkreis hatte sich ausgeweitet, und es gehörte jetzt auch ein junger Mann namens Vince Campise dazu, ein Segelbootmechaniker, den ihr der Freund ihrer Mitbewohnerin vorgestellt hatte. Die vier gingen gelegentlich gemeinsam Pizza essen, grillten in einem der öffentlichen Parks oder schauten ein Video an, und Annette hatte, auch wenn sie noch nicht zu einer festen Beziehung bereit war, Spaß an der entspannten Atmosphäre, die bei solchen gemeinsamen Unternehmungen herrschte.

Shane Goode wohnte unterdessen mit einer neuen Freundin zusammen, die mit ihm im gleichen Postamt tätig war. Oberflächlich betrachtet sah es so aus, als hätten er und Annette endlich Frieden geschlossen und gingen ihrer getrennten Wege, nur durch das gemeinsame Interesse an einem Kind verbunden, das fast zwei Jahre alt war. Doch bald sollte diese Situation sich ändern.

Eines Mittwoch abends, nach dem Unterricht, fuhr Annette zum Apartment ihres Ex-Ehemanns, um dort die Mädchen abzuholen. Sie begrüßten sie fröhlich, während Annette ihre Spielsachen und Renees Windeltasche an der Tür in Empfang nahm.

Shane folgte ihr bis zur Straße und stand dann mit den Händen in den Hosentaschen da, während sie Renee auf ihrem Kindersitz anschnallte. »Geht's dir gut?« fragte er sie.

»Prima«, erwiderte Annette.

Sie saß bereits hinter dem Steuer, als er weiterredete. »Ich habe dir etwas in die Windeltasche getan«, sagte er.

Annette dachte auf der Nachhausefahrt kaum darüber nach, sondern lauschte dem fröhlichen Geplapper ihrer Kinder. Stunden später, nachdem sie sie zu Bett gebracht hatte, erinnerte sie sich an Shanes Bemerkung. Sie hoffte, es wäre eine vorgezogene Unterhaltszahlung, fand aber statt dessen einen an sie adressierten Brief in Shanes vertrauter Handschrift.

»Jedesmal, wenn ich Dich sehe«, stand in dem Schreiben, »möchte ich Dich am liebsten in die Arme nehmen und an mich drücken.« Annette las ungläubig weiter. »Während der Scheidung war alles so schrecklich ... aber das liegt ja jetzt alles hinter uns. Ich habe jetzt ein viel besseres Gefühl, was mich und uns angeht ...« Shane ergoß sich endlos in Erinnerungen über vergangene, schöne Zeiten, nahm alle Schuld für die unangenehmen Ereignisse der Vergangenheit auf sich und beendete den Brief, indem er ihr erneut seine Liebe gestand.

Annette starrte den Brief stumm und wie benommen an. Schließlich griff sie nach dem Hörer und wählte Shanes Telefonnummer.

»Ich habe deinen Brief gelesen«, sagte sie.

»Und?«

»Shane, seitdem ist eine Menge Wasser ins Meer geflossen. Zuviel. Ich will damit nichts zu tun haben. Ich komme damit einfach nicht zurecht.«

Sie war überrascht, wie sanft seine Antwort klang. Er widersprach ihr nicht, und es kam auch nicht zu dem erwarteten Wutausbruch. »Ich verstehe«, sagte er. »Wirklich. Ich wollte nur, daß du weißt, wie ich über dich denke.«

Was er verschwieg, war, daß die Frau, mit der er zusammenlebte, ihn zum Verlassen der Wohnung aufgefordert hatte.

Am Ende des Sommers hatte Annette sich erneut eine Wohnung in Clear Lake gemietet, diesmal fest entschlossen, daß dies der letzte Umzug auf ihrer vagabundenhaften Reise von einem Wohnwagen in ein gemietetes Haus über diverse Apartments und das Haus ihrer Mutter sein würde. Es war an der Zeit, seßhaft zu werden.

Shanes Brief hatte mittlerweile die ganze Unbefangenheit wieder zerstört, die sie während seiner sporadischen Besuche bei Renee empfunden hatte. Obwohl er ihr mitteilte, daß er in eine eigene Wohnung im nahe gelegenen Pasadena gezogen sei, lehnte sie mit Nachdruck seine wiederholten Angebote ab, sich weiterhin um die Kinder zu kümmern, solange sie am Mittwochabend den Kurs besuchte. Wegen der Entfernung zu ihrem neuen Zuhause, so erklärte sie Shane, könne ihre Mutter die Mädchen nicht mehr so oft sehen und habe deshalb angeboten, sich dann um sie zu kümmern.

Gleichzeitig schlug Annette vor, zu den strukturierten Besuchsplänen zurückzukehren, die ursprünglich in dem Scheidungsurteil vorgesehen waren. Sie wies darauf hin, daß sie beide viel zu beschäftigt seien – sie mit ihrer Arbeit und der Schule und er mit seinem Dienst bei der Post und der Nationalgarde –, so daß seine Angewohnheit, spontan aufzutauchen, allen Beteiligten Probleme bereitete. Unerwähnt ließ sie ihre Angst, daß die Besuche in Shanes Apartment für ihre Tochter zur Belastung wurden. Jedesmal wenn Renee von einem derartigen Besuch zurückkehrte, saß das sonst fröhliche, ja beinahe überschwengliche Kind ein paar Stunden stumm herum und zeigte keinerlei Interesse, mit seiner Schwester oder seinen Spielsachen zu spielen. Es benötigte einige Zeit, bis es schließlich zu seinem normalen Verhalten zurückfand.

Annette war zwar durch den Gerichtsbeschluß gebunden, war aber auch entschlossen, ihre Tochter Shanes Gesellschaft nur so wenig wie möglich auszusetzen, zumindest solange, bis Renee positivere Reaktionen zeigte.

Sharon Couch freute sich auf die jetzt häufigeren Besuche ihrer Enkelkinder. Ihre fröhlichen Stimmen und unschuldigen Wünsche lenkten sie von ihren endlosen Sorgen ab.

Vor einigen Monaten war ihr Vater gestorben, so daß sie die Sorge um ihre Mutter plagte. Und dann war da noch ihr Sohn, der ihre Gedanken die meiste Zeit beschäftigte.

Stevens Aufenthalt in Deutschland war nur von kurzer Dauer. Eines Tages hatte er Sharon angerufen und ihr gesagt, daß er nach Houston zurückkehren wolle. Sie konnte ihm erzählen, daß sie inzwischen einen Anwalt engagiert hatte, der nur auf seine Ankunft warte. »Er sagt, es ist sehr wichtig, daß du dich selbst stellst«, erklärte Sharon. »Er möchte nicht, daß du verhaftet wirst.«

»Okay«, stimmte ihr Sohn zu. »Ich komme nach Hause.«

Als sie die Pläne für seine Rückkehr besprachen, fühlte Sharon sich unbehaglich – die Rolle des Mitverschwörers lag ihr nicht. Steven nämlich hatte den Vorschlag gemacht, bei der Rückkehr einen Umweg einzuschlagen, um damit die Gefahr zu reduzieren, gleich von

Beamten der Einwanderungsbehörde in Gewahrsam genommen zu werden. Er würde also nicht direkt den Internationalen Flughafen von Houston anfliegen, sondern einen Flug von München nach Montreal buchen. Hier würde er Freunde treffen, die ihn mit dem Auto über die kanadische Grenze nach Detroit bringen könnten. Von dort aus würde er einen Inlandsflug nehmen.

Wenige Tage, nachdem Steven zu Hause angekommen war, trafen er und seine Mutter sich mit seinem Anwalt, der ihn zur Polizei begleitete, wo er sich nach langer Verzögerung der Festnahme stellte.

Der Optimismus seines Anwalts sollte schnell eine Enttäuschung erfahren, denn die Anklagebehörde lehnte es ab, über einen *Plea Bargain* zu verhandeln oder von vornherein einer Verringerung des Strafmaßes zuzustimmen. Sie war fest entschlossen, es zu einer Verhandlung vor einem Geschworenengericht kommen zu lassen. So wurde Steven der Prozeß gemacht, und er wurde wegen Mordes zu einer zehnjährigen Haftstrafe verurteilt.

Annette teilte den Kummer ihrer Mutter um Steven und litt unter der Vorstellung, daß man ihn ins Gefängnis schicken würde. Aber außer moralischer Unterstützung und gelegentlichen Besuchen konnte sie nur wenig tun. Jedesmal nach ihren Besuchen in der Strafanstalt war sie tief deprimiert und suchte bald nach Vorwänden, um nicht in das Gefängnis von Harris County fahren zu müssen, wo er auf die Überstellung an die Strafvollzugsbehörde von Texas wartete.

Ihre eigenen, weiterhin anhaltenden Probleme belasteten sie emotional schon stark genug. Der auf einem schwachen Fundament ruhende Waffenstillstand mit Shane hatte sein Ende gefunden, nachdem Renee zum ersten Mal bei ihrem Vater übernachtet hatte. Annette gab deutlich zu verstehen, daß sie künftig mit spontanen Besuchen nicht mehr einverstanden sei.

Die wirtschaftliche Belastung aus Unterhaltszahlungen an seine erste Frau und jetzt auch an Annette hatten Shane dazu veranlaßt, sein Apartment aufzugeben und zu seinem Vater und seiner Stiefmutter nach Alvin zu ziehen. Bald darauf schon hatte er sein planmäßiges Besuchsrecht für das Wochenende dazu benutzt, Renee an einem Freitag nachmittag abzuholen, um sie bis Samstag mittag nach Hause zurückzubringen.

Annette hatte Renee zuerst nicht gehen lassen wollen und sogar ihre Anwältin um Rat gefragt, ob es irgendeine Handhabe gegen einen so ausgedehnten Besuch gäbe. Joanne Chadderdon hatte daraufhin erklärt, Shane könne, wenn sie seinen Wunsch ablehne, bei Gericht Beschwerde einlegen und diese damit begründen, daß sie sich nicht an die Festlegungen des Scheidungsurteils halte. »Man nennt das Mißachtung des Gerichts«, erläuterte die Anwältin, »und er würde damit wahrscheinlich durchkommen.« Sie redete ihrer Mandantin zu, den Besuch zu erlauben, sofern sie nicht Sorge habe, ihr Kind könne in ihrer Abwesenheit in körperlicher Gefahr sein.

»Machen Sie sich deshalb Sorgen?«

»Nein«, hatte Annette eingeräumt. Außerdem würden Shanes Eltern und Tiffany ja auch dort sein.

Nachdem Renee nach Hause zurückgekehrt war, änderte sich Annettes Einstellung freilich auf dramatische Weise.

Da Renee immer Schwierigkeiten hatte, in einem fremden Bett zu schlafen, hatte Annette Shane am Samstag gefragt, ob er Mühe gehabt habe, sie zum Einschlafen zu bringen. Ja, hatte er an ihrer Haustür stehend gesagt, während er Renees Spielsachen und eine Tasche mit Windeln in den Flur legte. Er habe sie schließlich schlagen müssen, um sie dazu zu bringen, im Bett zu bleiben.

Annette wurde wütend. »Du hast sie geschlagen?

Shane, verdammt noch mal, ein zweijähriges Kind in einem fremden Haus, in dem es zum ersten Mal übernachtet und wahrscheinlich Todesängste aussteht.«

»Sie hatte keinen Anlaß, Angst zu haben.«

»Und es gibt keinen Anlaß – keinen irgendwie gearteten Anlaß – ein Kind in einer solchen Situation zu schlagen«, schrie Annette zurück, ehe sie die Tür zuknallte.

Zwei Wochen später, als ihr Vater wieder vor der Tür stand, klammerte Renee sich weinend an ihre Mutter und schüttelte heftig den Kopf. Sie wollte nicht mitgehen. Ihre Reaktion überraschte selbst Annette. Ihre Tochter war immer gern Auto gefahren, hatte Freude daran gehabt, mit jedem Besucher ›Atta-Atta‹ zu gehen. Daß sie sich jetzt so sträubte, paßte einfach nicht zu ihr.

»Sie will nicht«, sagte Annette. »Und ich werde sie nicht zwingen.«

Shane versuchte gar nicht erst, seinen Zorn zu verbergen. »Sie wird damit fertigwerden müssen«, konterte er. »Ich bin ihr Vater, und sie wird sich daran gewöhnen müssen.«

Widerstrebend erklärte Annette sich schließlich mit einem kurzen Besuch von ein paar Stunden bereit, während dessen sie Eis essen und im Park spielen sollte. Sie setzte Renee ins Auto, gab ihr einen Kuß und sagte ihr, daß sie sich in ein paar Stunden wiedersehen würden. Renees trauriger Blick bereitete ihr großen Kummer.

Bei ihrer Rückkehr war Renee wiederum ein paar Stunden sichtlich bedrückt und nicht zum Reden zu bewegen. Annette wußte, daß sie irgendwie einen Weg finden mußte, um ihre Tochter vor diesen Besuchen zu schützen, die sich ganz offenkundig als traumatische Erlebnisse erwiesen.

Sie war überzeugt, daß Shane vor Gericht gehen

würde, wenn sie ihm den Zugang zu Renee verweigerte, andererseits konnte sie über die Belastung, die diese Unternehmungen bedeuteten, nicht einfach hinwegsehen.

Beim nächsten Anruf ihres Ex-Ehemanns beschrieb sie erneut, wie Renee auf die Besuche bei ihm reagierte, und hoffte, daß er Verständnis zeigen und Renee Zeit lassen würde, um sich an die Situation anzupassen. »Es ist einfach nicht richtig, sie zu zwingen«, meinte Annette.

»Niemand zwingt sie etwas zu tun«, erwiderte Shane ärgerlich. »Sie ist schließlich auch meine Tochter.«

Annette wußte, daß jeder Einwand vergebens war, ließ aber nicht locker. »Hör zu, ich fühle mich einfach unbehaglich, wenn man sie zu etwas zwingt, was sie nicht will. Das macht ihr angst.«

»Dann laß doch Michelle mitkommen. Wenn ihre Schwester dabei ist, fühlt sie sich bestimmt wohler, oder?« Er würde auch Tiffany abholen, mit der Michelle gern zusammen war, und dann würden die drei Kinder miteinander spielen können.

Sie wußte, daß das eine plausible Lösung für das Problem war, und gab schließlich widerstrebend ihre Zustimmung.

Wahrscheinlich hätte sie diese verweigert, wenn sie gewußt hätte, welche Sorgen Shane zur gleichen Zeit seiner ersten Frau bereitete.

Ein Anwalt hatte für Kaye Goode nicht nur den Antrag gestellt, die Unterhaltszahlungen anzuheben, die Shane bezahlen mußte, sondern zugleich auch eine drastische Einschränkung der Besuchsrechte verlangt. Kaye war in zunehmendem Maße beunruhigt, weil ihre achtjährige Tochter nach Wochenendbesuchen bei Shane immer sehr bedrückt wirkte.

Sie erfuhr, daß er Tiffany hie und da erlaubt hatte, Kleidung zu tragen, die eher für eine Erwachsene gedacht war, und Make-up aufzulegen. Und dann hatte er sie in einen Nachtclub mitgenommen, wo man sie tanzen gesehen hatte.

Ebenso wie Annette war Kaye Goode durch das Scheidungsurteil gezwungen, Tiffany ihren Vater besuchen zu lassen. Selbst als die Besuchsrechte eingeschränkt wurden und ein längeres Zusammensein künftig nicht mehr zuließen, reichte das nicht aus, Kaye vollkommen zu beruhigen.

Shane versicherte unterdessen lauthals allen, daß die Sorgen von Tiffanys Mutter unbegründet seien. Was war schon dabei, wenn er Tiffany gelegentlich abends mit in ein Lokal genommen hatte, um ein wenig Spaß zu haben? Daran war nichts Abartiges. Abartig war vielmehr, so beklagte er sich wütend, daß man seine monatliche Unterhaltszahlung für Tiffany auf 480 Dollar angehoben hatte. Er mußte jetzt über die Hälfte seines Einkommens an seine Ex-Ehefrauen bezahlen.

Den ersten Hinweis auf die Probleme, die zwischen Shane und seiner ersten Frau aufgekommen waren, erhielt Annette aus einer Bemerkung Michelles, nachdem sie und Renee von einem ihrer Besuche zurückkehrten.

»Shane hat ein Tonbandgerät«, sagte Michelle. »Er wollte Renee dazu bringen, daß sie hineinspricht.«

»Was sollte sie sagen?« wollte Annette wissen.

»Er wollte, daß sie sagt, daß sie bei ihm leben möchte«, berichtete Michelle. Als sie den Ausdruck plötzlicher Wut im Gesicht ihrer Mutter sah, fügte sie schnell hinzu: »Aber Renee hat immer nur ›Nein‹ gesagt.«

Annette rief Shane an, um ihn zur Rede zu stellen, doch er versicherte ihr sofort, daß Michelle sich geirrt habe. Ja, so gab er zu, sie hatten mit einem Tonbandgerät gespielt. Er habe versucht, die Mädchen dazu zu bringen, einige Sätze zu sagen. Aber Tiffany, nicht Rene, sei diejenige gewesen, die er zu überreden versucht habe, auf Band zu sprechen, daß sie gern bei ihm leben wolle. Er sei überzeugt, daß Kaye alles in ihrer Macht Stehende unternehme, um seine Tochter gegen ihn aufzuhetzen.

»Sie sorgt nicht so für Tiffany, wie sie das sollte, und deshalb habe ich beschlossen, sie vor Gericht zu bringen«, sagte er. »Sie ist leider keine so gute Mutter wie du.«

Erst am Silvesterabend 1993/94 gelang es Shane, seine früheren Ehefrauen dazu zu überreden, daß seine Töchter die Nacht bei ihm verbringen durften. Kaye war erleichtert darüber, daß Shane wieder zu seinen Eltern gezogen war, was sicherstellte, daß ihr Kind auch von anderen Erwachsenen beaufsichtigt wurde. Sie hatte sich schließlich damit einverstanden erklärt, daß Tiffany den Silvesterabend im Hause der Goodes verbrachte, aber erst nachdem Shane ihr versprochen hatte, daß sie das Kind am Neujahrsmorgen abholen könne.

Tiffany hatte Annette angerufen und gefragt, ob Michelle und Renee auch ins Haus der Goodes kommen dürften. Nachdem sie eine Weile ganz nach Kinderart auf Annette eingeredet hatte, übernahm schließlich Shane das Telefon. »Ich weiß, daß das alles recht kurzfristig kommt«, sagte er, »aber wir hätten sie wirklich gerne hier.«

»Silvesterabend, und du hast keine Pläne?« fragte ihn Annette scherzhaft tadelnd.

»Keine Pläne«, bestätigte Shane. »Also, dürfen sie kommen?«

Zuerst zögerte Annette. In den letzten Tagen war sie

recht beunruhigt gewesen, weil Renee im Wohnzimmer gestürzt war. Eines Abends war sie auf ihrem Dreirad durch das Wohnzimmer gekurvt und hatte, um damit ihre große Schwester zu beeindrucken, »ein Radi« versucht. Die Folge war ein Sturz auf den Couchtisch und eine Wunde am Kopf. Ein unverzüglicher Besuch in der Notaufnahme des Clear-Lake-Humana-Krankenhauses führte zu der Erkenntnis, daß keine Gehirnerschütterung vorlag, nur eine kleine Platzwunde, und die mußte nicht einmal genäht werden. Trotzdem hatte Annette Renee ein paar Tage lang besorgt beobachtet, ehe sie überzeugt gewesen war, daß ihrem Baby nichts fehlte.

Wie der Arzt ihr erklärt hatte, waren Unfälle dieser Art für Kinder ganz normal. Denselben Vortrag hatte sie ein paar Monate zuvor bei einem ähnlichen Anlaß in der Notaufnahme zu hören bekommen. Michelle hatte damals versehentlich die Autotür geschlossen, ohne auf Renees Finger zu achten. Und in beiden Fällen hatte man ihr versichert, daß ihre Tochter ein völlig gesundes Kind sei. Trotzdem war Annette noch sehr vorsichtig, was Renee betraf.

Anfang der Woche hatten ein paar Freunde in Alvin Annette und Vince zum Abendessen und zu einer ruhigen Neujahrsfeier eingeladen. Sie hatten zunächst abgelehnt, sich dann aber anders entschieden, als ihnen klargeworden war, daß das Haus ihrer Freunde nur ein paar Meilen vom Haus der Goodes entfernt lag. »Okay«, erklärte Annette daher schließlich, »ich bringe sie gegen acht vorbei.«

»Prima«, erwiderte Shane. »Sag den Mädchen, daß ich mich auf sie freue.«

»Acht Uhr«, wiederholte sie und wollte gerade auflegen, als sie hörte, wie er ihren Namen aussprach. »Annette ...«

»Ja?«

»Ich wollte dir bloß ein glückliches neues Jahr wünschen«, sagte er. Sie gab sich große Mühe, seinen intimen Tonfall zu überhören.

Ihr Ex-Ehemann wußte schon eine Weile von ihrer Beziehung zu Vince. Sie hatte die beiden bei einem von Shanes Besuchen in ihrer Wohnung einander vorgestellt. Doch Shane hatte sich überraschenderweise jeglicher privater Verhöre enthalten, selbst als er bemerkt hatte, daß Vince einen großen Teil seiner Zeit in Annettes Wohnung verbrachte. Abgesehen von einem beiläufigen Hallo und ein paar Minuten Small talk verhielt er sich, wenn er Renee abholte, weiter so, als ob es in Annettes Leben keinen anderen Mann gäbe.

Und das war ihr ganz recht. Sie hatte sich Vince, lange bevor aus ihrer Freundschaft mehr geworden war, bezüglich ihrer gescheiterten, früheren Beziehung anvertraut. Er wußte von den Schwierigkeiten, die sie mit Shane gehabt hatte, wußte, welche Angst sein unberechenbares Verhalten und seine plötzlichen Wutausbrüche verursachten. Und obwohl ihm Goode von Anfang an unsympathisch gewesen war, hatte er Annette versprochen, daß er nichts tun oder sagen würde, das zusätzliche Probleme auslösen könnte. Aber nur solange, wie Shane Goode sie und ihre Kinder anständig behandelte. Wenn nicht, daran ließ er keine Zweifel, würde er sich an nichts gebunden fühlen.

Annette wußte sein Verständnis zu schätzen. »Shane«, so versicherte sie ihm, »ist durchaus imstande, den geringsten Zwischenfall aufzubauschen und einen erbitterten Kampf um das Sorgerecht für Renee auszulösen.« Sie war überzeugt, daß er das nicht etwa aus Liebe zu seiner Tochter tun würde, sondern nur, um sich an ihr zu rächen und ihr neuen Schmerz zuzufügen. Shane Goodes Bosheit spottete jeder Erklärung, das stand für sie fest.

Und aus diesem Grund hütete Annette ein Geheimnis, das sie niemandem anvertraute. Sie und Vince hatten unter strikter Geheimhaltung geheiratet und niemandem davon erzählt – nicht ihren Freunden, nicht ihrer Mutter, nicht einmal Michelle – so groß war die Angst vor Shanes Reaktion.

Irgendwann, so überlegte sie, muß seine Wut, die immer dicht unter der Oberfläche lauert, sich einmal legen. Schließlich und endlich wird er zu der Erkenntnis gelangen, daß da einfach keine Liebe mehr vorhanden ist, die man neu entfachen kann, wird das akzeptieren und von mir lassen. Erst dann, so hatte sie sich bemüht, Vince zu erklären, würde sie es wagen, ihre Heirat bekanntzugeben.

Einige von Annettes engsten Freundinnen wunderten sich unterdessen über die seltsame Beziehung, die weiterhin zwischen ihr und Shane bestand. Teils waren sie der Meinung, daß Annette sich noch nicht ganz mit der Tatsache abgefunden hatte, daß sie geschieden waren, und immer noch auf eine Versöhnung hoffte. Nur wenige zogen die Möglichkeit in Betracht, daß vielleicht Shane derjenige war, der nicht loslassen wollte, und nicht Annette.

Vince wußte nur, daß ihre Ängste ernst zu nehmen waren. Und anstatt mit Fragen in sie zu drängen, unterstützte er sie aus ganzem Herzen und erklärte sich mit ihrer Bitte um Geheimhaltung einverstanden, die man unter anderen Umständen sicherlich für seltsam gehalten hätte.

Sie waren am Neujahrsmorgen 1994 kurz nach 2 Uhr zu Hause eingetroffen und wollten gerade zu Bett gehen, als das Klingeln des Telefons einen eisigen Schauder des Schreckens durch Annettes Körper jagte.

Sie meldete sich schnell und hörte Michelles Stimme.

»Mommy«, sagte ihre Tochter, »mit Renee stimmt etwas nicht.«

»Was ist denn los?«

»Sie ist so komisch ... und sie hat Fieber.«

»Wo ist Shane?«

»Der hat weggemußt«, erklärte Michelle.

Jetzt mischte sich Zorn in Annettes Sorge. »Laß mich mal mit Großmutter oder mit Opa sprechen.«

Shanes Eltern seien im Schlafzimmer, im hinteren Teil des Hauses, erfuhr sie. »Shane hat uns gesagt, daß wir sie nicht wecken dürfen«, erklärte Michelle.

»Ich komme sofort«, sagte Annette. »Sag Renee, ich komme so schnell es geht.«

Als Annette im Haus der Goodes eintraf, machte sie sich nicht einmal die Mühe, ihre ehemaligen Schwiegereltern, die immer noch tief schliefen, davon zu unterrichten, daß sie Renee und Michelle mitnahm. Sie wollte bloß ihre Kinder und so schnell wie möglich hier weg.

Zu ihrer Erleichterung waren Renees Unruhe und ihr Fieber bloß auf eine leichte Infektion im Ohr zurückzuführen. Während Vince sie nach Hause fuhr, lag sie in den Armen ihrer Mutter, wimmerte noch einmal kurz und schlief dann ein.

Da sie jetzt wußte, daß Renee nichts Ernsthaftes fehlte, fragte Annette Michelle, was denn eigentlich an dem Abend vorgefallen sei.

Shane hatte kurz nach ihrer Ankunft einen Anruf erhalten und war weggefahren. Er hatte den Kindern erklärt, daß einer seiner Freunde Probleme mit dem Auto habe und er ihm helfen wolle. Die Mädchen hatten die strikte Anweisung erhalten, im Haus zu bleiben und ihre Großeltern unter keinen Umständen zu stören.

Während sie durch die Nebelschwaden fuhren, die die ersten Morgenstunden des neuen Jahres begrüßten, starrte Annette eine Weile stumm vor sich auf die Straße. Und bald war auch Michelle eingeschlafen.

Sie waren schon beinahe in Clear Lake eingetroffen, als sie sich zu Vince herumdrehte und ihn mit einem Ausdruck der Entschlossenheit im Gesicht ansah, wie er ihn noch nie zuvor an ihr gesehen hatte. »Jetzt reicht's«, sagte sie.

Es war Zeit, ihrer Anwältin einen Besuch abzustatten, Zeit, sich endlich zu wehren.

7

Annette saß in Joanne Chadderdons Büro und schilderte den Vorfall in einem so gemessenen, kontrollierten Ton, daß die Anwältin überrascht war. Vor ihr, flankiert von einer mit Diplomen bedeckten Wand und Stapeln juristischer Bücher, saß eine junge Frau mit einem klaren Ziel. Da waren keine Spur von Hysterie und auch keine hektischen Bitten, ihr unverzüglich zu helfen, wie sie der Anwältin so häufig unterkamen.

Annette, so fand sie, war seit ihrer ersten Begegnung ganz erheblich gereift.

Chadderdon hörte sich ruhig Annettes Bericht an über Shanes Anruf am Neujahrstag mit seiner fadenscheinigen Entschuldigung dafür, die Kinder in der Nacht allein gelassen zu haben. Sie pflichtete dann ihrer Mandantin darin bei, daß sein Verhalten ihre Empörung rechtfertigte.

»Unglücklicherweise«, erklärte die Anwältin, »hat er sich aber in keiner Weise strafbar gemacht. Es waren Erwachsene im Hause – seine Eltern –, formal haben wir also keine Grundlage für den Vorwurf, er habe die Kinder unbeaufsichtigt gelassen.«

Annette fuhr ungerührt mit ihren Beschwerden fort: daß Shane Renee geschlagen habe, um sie zum Schlafen zu zwingen, seine unregelmäßigen Besuche, die Sache mit dem Tonbandgerät und, was sie am meisten beunruhigte, Renees bedrücktes Verhalten nach jedem Besuch bei ihrem Vater. »Irgend etwas an ihrer Beziehung stimmt einfach nicht«, betonte Annette mit Nachdruck.

Chadderdon ahnte, worauf ihre Mandantin anspielte, schwieg jedoch und wartete ab, daß Annette es selbst aussprach: »Ich weiß nicht, ob er sie sexuell belästigt oder was sonst, aber irgend etwas ist da einfach nicht in Ordnung.«

»Selbst wenn das zuträfe, können wir ohne Beweis nichts unternehmen«, erklärte Chadderdon.

Und ebensowenig konnte Annette, so wie die Dinge standen, Shane auf legale Weise daran hindern, Renee zu besuchen. »Er brauchte Sie bloß anzuzeigen«, sagte sie, »und nach allem, was Sie mir bisher über den Kerl erzählt haben, würde ihm das das größte Vergnügen bereiten.«

»Und was ist, wenn er sie mißbraucht?«

»Das ist eine ganz andere Geschichte«, räumte Chadderdon ein. Sie gab Annette den Rat, ihre Tochter vor ihrem nächsten Besuch bei ihrem Vater gründlich zu untersuchen. Im Anschluß daran sollte sie Renee gleich wieder zu einem Arzt bringen. »Zumindest sind Sie dann nachher beruhigt.«

Der jungen Frau, die ihr gegenübersaß, war die Enttäuschung anzusehen. Ihre Anwältin, die in solchen Problemen über reichlich Erfahrung verfügte, hatte ihr nur eine schwache Hoffnung anbieten können, daß ihr Problem vielleicht gelöst werden würde.

Annette schickte sich schon zum Gehen an, als ihr

noch einfiel, daß ihr Ex-Ehemann mit den vom Gericht angeordneten Zahlungen auf ihr Studentendarlehen in Rückstand geraten war.

Chadderdon lächelte und machte sich auf dem Block, der vor ihr lag, eine Notiz. »Das ist eine Sache«, erklärte sie, »in der ich etwas unternehmen kann.«

Während die Januartage verstrichen, wartete Annette, von Qualen erfüllt, auf Shanes nächsten Anruf. Die Angst wurde zu ihrem ständigen Begleiter, ein brennender Schmerz in ihrer Magengrube, der sich einfach nicht lösen wollte. Sie legte sich fieberhaft einen Vorwand nach dem anderen zurecht, um ihr Kind nicht aus dem Haus lassen zu müssen, irgendeine Möglichkeit, um Renees Sicherheit und Unbeschwertheit zu gewährleisten. Doch nichts, was ihr einfiel, war dazu geeignet, das Unvermeidliche mehr als nur aufzuschieben. Shane, so war ihr bewußt, hatte das Gesetz auf seiner Seite, einen mächtigen, gnadenlosen Verbündeten, über den sie inzwischen sehr verstimmt war. Annette fing an, die Beweggründe von Müttern zu begreifen, die einfach mit ihren Kindern untertauchten – sie versteckten, außer Reichweite jener brachten, die ihnen Schaden zufügen konnten. Wenn solche Gedanken durch ihren Kopf gingen, schloß sich ihnen stets eine Aufwallung von Trotz und Zorn an. Warum in drei Teufels Namen sollte sie zulassen, daß Shane und seine kindischen Bösartigkeiten sie aus der Umgebung ihrer Freunde und ihrer Familie vertrieb? Weg von dem Zuhause und dem neuen Leben, das sie und Vince gerade für sich und die Kinder aufbauten?

Sie würde die Kraft finden müssen, um sich ihren Feinden – dem Ärger und der Paranoia – gewissermaßen auf eigenem Platz zu stellen und sie zu besiegen.

Am Samstag, dem 22. Januar, klingelte das Telefon,

und als Annette abhob, hörte sie wieder die vergnügte, ein wenig aufgedreht klingende Stimme von Shanes Tochter Tiffany. »Daddy hat gesagt, daß wir heute abend eine Kissenparty machen dürfen«, sagte sie. »Dürfen Michelle und Renee kommen? Bitte ...«

Annette verlangte, Shane zu sprechen. »Ich habe keine Lust, wieder mitten in der Nacht einen Anruf zu bekommen«, sagte sie.

Shane ging nicht auf den kühlen Tonfall seiner Ex-Ehefrau ein. »Die Mädchen werden großen Spaß haben«, sagte er. Außer Tiffany, Michelle und Renee würde auch noch seine zehnjährige Nichte, Christine, dabei sein, die bei keinem Elternteil leben konnte und nun bei ihren Großeltern wohnte.

»Und du wirst da sein?«

»Hey, großes Ehrenwort«, sagte Shane. »Ich hol' die beiden gegen halb sieben ab, einverstanden?«

Ehe er eintraf, gab Annette den Mädchen zu essen, badete Renee und untersuchte sie gründlich nach irgendwelchen Kratzern oder blauen Flecken, die sie sich auf ganz normale Weise beim Spielen hätte zuziehen können. Damit erfüllte sie die Empfehlung ihrer Anwältin, vergewisserte sich, daß die Entzündung am Ohr sich gelegt hatte, daß es keine Rötungen im Rachenbereich gab, keine Reizungen der Genitalien und kein Fieber.

Eine tiefe Traurigkeit überkam Annette, als sie diese Untersuchung durchführte und die Vorbereitungen für die Übernachtung der Mädchen traf. Michelle freute sich darauf, mit Tiffany zusammenzukommen, das wußte sie, aber Renee zeigte nicht die geringste Begeisterung für den bevorstehenden Besuch. Annette war es zutiefst zuwider, sie an einen Ort zu schicken, wo sie nicht sein wollte und wo ein Mensch sich um sie kümmern würde, der ihr offensichtlich Angst bereitete.

Während sie die rote Jeans und den Pullover mit

dem Blumenmuster herauslegte, die Renee tragen sollte, zog Annette Michelle beiseite: »Ich möchte, daß du Spaß hast«, sagte sie, »aber du wirst auch ein wenig auf deine kleine Schwester aufpassen müssen. Okay?«

Michelle nickte.

»Und falls Shane weggeht«, fügte ihre Mutter hinzu, »dann rufst du mich sofort an.«

»Ganz bestimmt«, versprach Michelle.

Wenige Minuten später waren sie draußen, bauten Renees Kindersitz in Shanes Pick-up ein und verstauten die Reisetaschen der beiden Kinder. Annette drückte ihre Töchter an sich und half ihnen dann beim Einsteigen. Als sie Renee anschnallte, gab sie zuerst ihr einen Kuß und dann auch Michelle einen. »Mommy hat euch lieb«, sagte sie.

Schon bevor Shanes schwarzer Pick-up um die Ecke gebogen war, merkte Annette, daß ihr Tränen über die Wangen strömten. Sie war eine Weile am Bordstein gestanden, als Vince aus der Wohnung kam und den Arm um sie legte. »Es ist ja nur für die eine Nacht«, sagte er. »Es passiert ihr bestimmt nichts.«

Doch so sehr er sich auch bemühte – Annette ließen die Sorgen nicht los. Die ganze Nacht hindurch ging sie von einem Zimmer zum anderen und suchte nach irgendwelchen Dingen, mit denen sie sich beschäftigen konnte. Sie erwog, bei den Goodes anzurufen und sich zu vergewissern, daß alles in Ordnung war, entschied sich dann aber dagegen. Alle Versuche von Vince, sich mit ihr zu unterhalten, endeten damit, daß Annette wieder in Tränen ausbrach und ihre Hände so zitterten, daß sie nicht einmal die Tasse Tee halten konnte, den er ihr gemacht hatte.

Die ersten Anzeichen der Morgendämmerung waren schon sichtbar, als die Erschöpfung sie schließlich überwältigte. »Leg dich doch hin, und ruh dich ein wenig aus«, redete ihr Mann ihr zu.

Vince war zwar mit den Ängsten vertraut, die seine Frau jedesmal durchmachte, wenn die Kinder bei Shane waren, aber so aufgeregt hatte er Annette noch nie erlebt. Es war gerade, als ob sie einen sechsten Sinn gehabt hätte, daß etwas Unerwartetes passieren würde, äußerte er später einem Freund gegenüber.

Annette hatte sich schließlich ins Bett gelegt und war in einen unruhigen Halbschlaf gesunken, als sie hörte, wie das Telefon klingelte und Vince abnahm. Sie war noch nicht ganz wach, hatte sich noch nicht einmal aufgesetzt, da stand er bereits in der Schlafzimmertür, sein Gesicht war bleich wie das eines Gespensts.

»Mit Renee stimmt etwas nicht«, sagte er. Seine Stimme zitterte, und er hatte Mühe, die wenigen Worte über die Lippen zu bringen.

Annette sprang sofort auf und rannte an ihm vorbei zum Telefon im Flur, wo sie Michelles verängstigte Stimme hörte.

»Sie atmet nicht, Mommy. Irgend etwas stimmt nicht mit ihr.«

Annette fuhr sich mit der Hand an die Stirn und verzog das Gesicht, als habe ihr jemand einen Hieb in die Magengrube versetzt. »Du großer Gott, nein«, stöhnte sie. Dann versuchte sie, um Fassung ringend, sich auf Michelle zu konzentrieren. »Liebes, wer ist dort? Wo ist Shane? Gib mir irgendeinen Erwachsenen. Bitte … schnell … beeil dich …«

Sie hörte, wie der Hörer laut krachend gegen etwas stieß – vermutlich die Theke in der Küche der Goodes –, als Michelle loslief, um einen Erwachsenen zu holen, der mit ihr sprechen konnte.

Annette versuchte sich ein Bild von dem Geschehen im Haus der Goodes zu machen. Wenn ihr das gelungen wäre, hätte sie sehen können, wie ihr Ex-Ehemann sich im Wohnzimmer über Renee beugte, während sein aus dem Schlaf gerissener, halb benommener Vater wie unter Schock daneben stand. Shanes Mutter war im Schlafzimmer geblieben, weil sie noch unter Medikamenteneinfluß stand und das Bett nicht verlassen sollte.

Endlose, qualvolle Sekunden verstrichen, bis Annette wieder Michelles leise Stimme hörte. »Niemand will ans Telefon gehen«, sagte sie und fing dann an zu weinen. »Mommy, da sind Sanitäter im Haus … die sagen, daß sie tot ist.«

Später erinnerte Annette sich nicht an die hektischen fünfundvierzig Minuten der Fahrt von Clear Lake nach Alvin, auch nicht an die hektisch kreisenden roten Lichter oder das lähmende Gefühl, daß die Meilen viel zu langsam an ihnen vorbeizogen.

Seit Michelles Anruf befand sie sich in einer Art Schockzustand. Während sie sich hastig Jeans und ein T-Shirt überstreifte, stieß sie Verwünschungen aus und schluchzte dann vor Wut. »Er hat ihr etwas angetan«, schrie sie Vince immer wieder an. »Das weiß ich. Das weiß ich.«

Die einzelnen Ausbrüche unterbrachen Augenblicke unerklärlicher Ruhe. Als sie schließlich fertig angezogen war und sich einen Augenblick beruhigt hatte, drängte Vince darauf, loszufahren. Sie gingen gerade zur Haustür hinaus, als die Wut wieder in ihr emporstieg. Annette riß sich von ihrem Mann los und machte kehrt, um in Richtung Schlafzimmer zurückzulaufen.

»Wo willst du hin?« fragte Vince.

»Meine Pistole holen.«

Ihr Großvater hatte ihr seine .357 Magnum gegeben, als sie nach Clear Lake gezogen waren, denn er war besorgt gewesen, daß sie eines Tages Schutz brauchen könne. Sie hatte zwar immer Angst vor der Waffe gehabt und nie gelernt, damit umzugehen, war aber jetzt fest entschlossen, sie mitzunehmen. »Ich bringe dieses Schwein um«, schrie sie.

Vince hatte alle Mühe, sie dazu zu überreden, die Waffe zu Hause zu lassen.

Sie bogen in die Meadowview Street, wo die im allgemeinen friedliche Atmosphäre des Viertels hektischer Aktivität gewichen war. Vor dem Haus der Goodes drängten sich Polizeifahrzeuge und eine Ambulanz. Mehrere Leute liefen im Garten vor dem Haus herum, und auf der vorderen Veranda hatte ein uniformierter Beamter Stellung bezogen.

Annette lief auf das Haus zu, doch sofort trat ihr der Beamte in den Weg. »Tut mir leid, Ma'am. Da darf niemand –«

»Da drinnen ist mein Baby«, rief sie.

Der Beamte, sichtlich vom flehenden Tonfall der jungen Frau bewegt, deutete auf die offene Haustür. »Dort hinein«, sagte er.

Ihre Bewegungen wurden unwillkürlich langsamer, als sie das Kinderzimmer betrat. Es war geradezu, als ob mit einem Mal sämtliche ihrer Muskeln die Funktion eingestellt hätten und ihre Beine zu schweren Gewichten geworden wären, die sich nur mit größter Anstrengung bewegen ließen.

Shane saß auf dem Boden und wandte ihr den Rücken zu. Er wiegte sich leicht vor und zurück. In beiden Armen hielt er den leblosen Körper Renees, eingehüllt in ein weißes Laken.

Annettes schmerzerfüllter Schrei hallte durch das Haus, als sie zu dem Zweier-Sofa ging und daneben niederkniete. »Gib sie mir«, sagte Annette. »Gib mir mein Baby.«

Shane fuhr fort, sich langsam hin und her zu wiegen, als hätte er sie nicht gehört, und sein kalter, tränenloser

Blick war starr auf eine Wand gerichtet. Als seine Exfrau ihre Bitte wiederholte und beide Hände ausstreckte, war seine einzige Reaktion darauf, die Schultern etwas nach vorn sinken zu lassen und den Rhythmus seines Vor- und Zurückwiegens zu beschleunigen. »Sie ist tot«, sagte er schließlich.

Bis zu diesem Augenblick hatte Annette überhaupt nicht wahrgenommen, wie viele Menschen in dem Raum versammelt waren. Da waren Polizeibeamte, Angehörige des Notarztteams, die Kinder, ihr Schwiegervater und Vince. Niemand sagte etwas.

Schließlich war es Annette, die das Schweigen brach. Ihr wütender Blick richtete sich auf einen Beamten der Polizei von Alvin, und sie schüttelte langsam den Kopf. »Noch vor ein paar Stunden war sie völlig gesund«, stammelte sie. »Was werden Sie jetzt unternehmen?«

Der Beamte gab keine Antwort, und so stand sie langsam auf und bewegte sich auf ihn zu. »Hier stimmt etwas nicht. Hier ist etwas im Gange.«

Und dann explodierte das ganze angestaute Leid und die Wut in ihr, und sie fing an zu schreien, bewegte sich ziellos im Raum, als suche sie hektisch nach etwas, was sie aus diesem Alptraum herausführen könnte, blieb dann schließlich stehen und deutete mit ausgestrecktem Finger auf Shane. »Er hat meinem Baby etwas angetan. Es war kerngesund … verstehen Sie denn nicht? Sehen Sie das denn nicht? *Er hat ihr etwas angetan …*« Jetzt schien der Beamte aus seiner Starre zu erwachen, griff nach ihrem Arm. »Ma'am«, sagte er, »ich verstehe ja, daß Sie erregt sind. Aber wenn Sie sich nicht beruhigen, muß ich Sie bitten, den Raum zu verlassen.«

Annette sah ihn mit aufgerissenen Augen an und schüttelte dann ungläubig den Kopf. Was hier ablief, konnte doch nicht die Realität sein – das war doch bloß ein schrecklicher Traum, ihre Phantasie, die ihr dieses grausame Bild vorspiegelte. Sie schrie wieder, bis ihr schließlich die Stimme überkippte und sie nur noch ein qualvolles Flüstern herausbrachte. »Das ist mein Baby. Mein süßes, schönes Baby«, sagte sie.

Shane saß immer noch auf dem Boden und wiegte das tote Kind in den Armen, bis Officer Terry Earl, der erste Polizeibeamte, der in dem Haus eingetroffen war, Annette bat, mit ihm nach draußen zu gehen, damit er ihr ein paar Fragen stellen könne.

Draußen auf der Veranda gab sie sich alle Mühe, sich zusammenzureißen, um auf diese Weise den Beamten besser überzeugen zu können, daß ihr Verdacht begründet war. »Das Ganze«, fing sie an, »läuft schon eine ganze Weile.«

Während sie redete, kam Detective Howard Duckworth hinzu und hörte sich mit seinem Kollegen die Vorwürfe an, die die leiderfüllte Mutter gegen ihren Ex-Ehemann vorbrachte. Alle in Alvin, die ihn kannten, sprachen ihn mit seinem Spitznamen Bodie an, und er galt als der beste Rauschgiftermittler in der kleinen Polizeigruppe der Gemeinde. An diesem Sonntag freilich war es sein Schicksal, im Revier Dienst gehabt zu haben, als der Anruf hereinkam – und deshalb war er für die Ermittlungen im Zusammenhang mit dem Tod des kleinen Mädchens verantwortlich.

Die beiden Beamten beendeten ihre Befragung erst, als sie sicher waren, daß Annette einigermaßen die Fassung wiedergewonnen hatte. Earl ging schließlich ins Haus und forderte Shane auf, mit ihm in ein anderes Zimmer zu kommen, um dort die Ereignisse des vorangegangenen Abends zu schildern.

Annette folgte ihm ins Haus, um Michelle dabei zu helfen, ihre Sache zusammenzuholen. An der Tür drehte sie sich um und sah, wie die Leute von der

Ambulanz Renees reglosen Körper, der auf einem Laken lag, hochhoben, um ihn in die Leichenhalle zu bringen. Einen Augenblick lang hatte sie das Gefühl, gleich ohnmächtig zu werden.

Renee trug immer noch die Hose und den Pullover, die sie ihr am Nachmittag zuvor angezogen hatte, und Annette spürte, wie eine neue Welle von Traurigkeit über ihr zusammenschlug. Sie hatte der Kleinen ihr Lieblingsnachthemd mitgegeben, und Shane hatte sich nicht einmal die Mühe gemacht, dafür zu sorgen, daß sie sich umzog.

Sie kämpfte mit aller Kraft gegen den Drang an, zu ihrem Baby zu rennen, die Kleine aufzuheben und an sich zu drücken. Für sie stand fest, daß sie sich hier am Schauplatz eines Verbrechens befand. Deshalb war es so wichtig – machte sie sich klar –, daß sie nichts tat, wodurch sie irgendwelches Beweismaterial durcheinanderbringen könnte. Alles würde benötigt werden, um zu beweisen, daß Renees Tod kein Unfall gewesen war.

Erst nachdem sämtliche Befragungen durchgeführt und die Leiche der Kleinen dem Gerichtsarzt übergeben worden war, kehrte Detective Duckworth in das Polizeirevier von Alvin zurück, um dort seinen Bericht aufzusetzen.

Nach den bisher gewonnenen Erkenntnissen hatte er den Eindruck, daß die Ereignisse, die dem tragischen Tod von Katherine Renee Goode vorausgegangen waren, sich in ihrer Harmlosigkeit in der Hälfte aller Häuser der Gemeinde hätten abspielen können. Laut Aussage Shanes stellte sich ihm die Lage so dar:

Kurz nach dem Eintreffen der Mädchen hatte Carolyn Goode telefonisch Pizza bestellt und sich dann in ihr Schlafzimmer begeben. Sie hatte am Nachmittag eine Kieferoperation über sich ergehen lassen und deshalb noch starke Schmerzen. Von daher wollte sie früh zu Bett gehen und es ihrem Stiefsohn überlassen, sich um die jungen Gäste zu kümmern.

Shane beaufsichtigte die Kinder den ganzen Abend über, während diese Verstecken spielten oder vor dem Fernseher saßen und Marshmallows knabberten und Limonade tranken. Kurz nach elf hatte er die Mädchen aufgefordert, zu Bett zu gehen. Michelle hatte den rosa Schlafsack ausgerollt, den sie mitgebracht hatte, und ihn über das Zweiersofa gelegt. Tiffany hatte sich für die Couch entschieden, und Christine hatte ihr Kissen und ihre Decke auf einem Lehnsessel ausgebreitet, den sie besonders mochte. Shane legte mitten im Zimmer eine Schlafdecke für Renee auf den Boden und half ihr, die Schuhe auszuziehen. Tiffany bot an, Renee die Windeln zu wechseln.

Kaum daß alle ihre Plätze eingenommen hatten, war Renee wieder aufgestanden, hatte sich zu ihrer Schwester auf das Sofa gelegt und sich kichernd an sie gekuschelt.

Als Shane darauf bestand, daß sie sich wieder auf die Decke legte, hatte sie eine Schnute gezogen und verlangt, ebenso wie ihre ältere Schwester einen Schlafsack zu bekommen. Daraufhin hatte Shane seinen alten, olivgrünen Militärschlafsack aus einem Wandschrank geholt und ihn auf dem Boden für sie ausgebreitet.

Die Kleine war immer noch aufgekratzt und wollte nicht mit Spielen aufhören, war ständig in Bewegung gewesen und hatte mit den älteren Mädchen geflüstert. Sie wollte eine von ihnen überreden, den Fernseher wieder einzuschalten.

Um sie zu beruhigen, hatte Shane sich neben sie auf den Boden gelegt. Da sie weiterhin unruhig herumzappelte, hatte er sie schließlich auf seine Brust gelegt, wo sie ein paar Minuten lag, bis sie schließlich einschlief.

Als auf diese Weise endlich Ruhe eingetreten war, hatte Shane sich in sein eigenes Schlafzimmer zurückgezogen. Er hatte kurz vor 1 Uhr morgens noch einmal nach den Mädchen gesehen und festgestellt, daß für Christine offenbar der Sessel doch nicht bequem genug war und sie deshalb ihr eigenes Zimmer aufgesucht hatte. Er hatte sich davon überzeugt, daß sie schlief, und war in sein Schlafzimmer gegangen.

Im Laufe der Nacht war Carolyn Goode, von dem eingenommenen Schmerzmittel etwas benommen, aufgewacht und ins Bad gegangen, um einen Schluck Wasser zu trinken, hatte aber nicht daran gedacht, nach den Kindern zu sehen. Auch ihr Mann, der von der Spätschicht im Postamt um 2 Uhr 30 zurückgekehrt war, hatte das nicht getan. Er war vielmehr in die Küche gegangen, hatte seine Thermoskanne auf die Theke gestellt, ein Glas Eistee getrunken, geduscht und war zu Bett gegangen.

Michelle hatte sich bei der Befragung daran erinnert, daß sie in der Nacht »irgendwelcher Lärm« geweckt hätte. Die Digitaluhr des Videorecorders hatte 3 Uhr 30 angezeigt. Tiffany, so erinnerte sie sich, schlief auf der Couch, und Renee lag auf dem Boden auf der Seite. Dann war sie selbst schnell wieder eingeschlafen.

Erst um 8 Uhr 30 war Michelle wieder aufgewacht, geweckt von einem Zeichentrickfilm im Fernsehen. Tiffany hatte vor dem Fernseher auf dem Boden gesessen. Sie hatte bereits erfolglos versucht, Renee zu wecken, und war jetzt froh, daß Michelle wach war. Sie hatte vorgeschlagen, eine Schale Cornflakes aus der Küche zu holen.

Auch Michelles Versuche, ihre kleine Schwester zu wecken, hatten sich als vergeblich erwiesen. Renee, die gewöhnlich einen leichten Schlaf hatte und vom leisesten Geräusch oder der geringsten Berührung aufwachte, hatte jetzt auf dem Bauch gelegen und nicht reagiert. Michelle, selbst noch nicht ganz wach, hatte sich über sie gebeugt und wahrgenommen, daß eine dunkle Flüssigkeit über ihre Wange rann.

Verängstigt hatte sie nach Tiffany gerufen. »Renee läuft etwas aus dem Mund«, sagte sie. »Sie wacht nicht auf.«

»Geh Shane holen«, hatte Tiffany sie aufgefordert.

Shane rannte eilig aus seinem Schlafzimmer, kniete sich neben das Baby, rief seinen Namen, versuchte es wachzurütteln und forderte dabei Tiffany auf, ihm einen feuchten Lappen aus dem Badezimmer zu bringen.

Während er Renee das Gesicht abwischte, sagte er Tiffany, sie solle den Notarzt anrufen. »Gib ihnen die Adresse, und sag ihnen, daß sie nicht atmet«, sagte er. »Die sollen sich beeilen.«

Von diesen Erwachsenenpflichten, die plötzlich auf ihr lasteten, beunruhigt, erfüllte Tiffany tapfer die Anweisung ihres Vaters und fand sich plötzlich in der Rolle des Vermittlers, der Instruktionen und Fragen der Einsatzleiterin der Ambulanz weitergeben mußte. »Sie sagt, du sollst ihre Atemwege frei machen«, rief sie aus der Küche.

Shane nickte. »Das habe ich schon getan.«

»Daddy, sie will wissen, ob du die Mund-zu-Mund-Beatmung vornehmen kannst.«

»Nein«, sagte er.

»Sie hat gesagt, daß die Ambulanz unterwegs ist.«

Als Tiffany in das Zimmer ihrer Großeltern trat, um ihnen zu berichten, was vorgefallen war, konnte sie in der Ferne bereits das Heulen der Sirenen hören. »Mit Renee ist etwas passiert«, sagte sie. »Etwas ganz Schlimmes.«

Donald Goode, den Tiffanys verängstigte Stimme sofort hellwach hatte werden lassen, forderte seine

Frau auf, im Schlafzimmer zu bleiben, und rannte in den vorderen Teil des Hauses. Er kam gerade rechtzeitig in den Flur, um die Tür zu öffnen, als die Sanitäter dort laut und eindringlich klopften.

Binnen weniger Minuten freilich war klar, daß jede Hilfe zu spät kam. Renees Körper war kalt und zeigte keinerlei Lebenszeichen. Es hatte sogar bereits Leichenstarre eingesetzt.

Sie war schon seit einiger Zeit tot, vielleicht seit mehreren Stunden.

Detective Duckworth saß über seinen Schreibtisch gebeugt und ließ die tragische Folge von Ereignissen noch einmal Revue passieren. Er mußte sich darüber klarwerden, welche Informationen er in den Bericht aufnehmen wollte, den sein Vorgesetzter am kommenden Morgen lesen würde. Er wußte, daß Beobachtungen von Äußerlichkeiten manchmal ebenso wichtig wie die Aussagen der Befragten waren.

So würde in dem Bericht zu lesen sein, daß Shane Goode während des Verhörs erwähnt hatte, Renee habe sich den Kopf am Kopfteil seines Bettes gestoßen, als sie am frühen Abend darauf herumgetollt hatte. War der dabei erlittene Schlag so heftig gewesen, daß er am Ende ihren Tod hatte verursachen können? Goode hatte sich mit Nachdruck verteidigt, er habe nachgesehen und keinerlei Hinweise auf eine Platzwunde oder eine Prellung feststellen können. Vielmehr hätte Renee bereits wenige Augenblicke danach wieder vergnügt weitergespielt. Ist es möglich, fragte sich Duckworth, daß ein scheinbar so belangloser Stoß zum Tode des Kindes geführt hat? Das war etwas, was der Leichenbeschauer würde feststellen müssen.

Und was war von den erbitterten Anschuldigungen Annette Goodes zu halten? Der Kriminalbeamte hatte derlei in all den Jahren, in denen er die Ermittlungen in zahllosen privaten Auseinandersetzungen führte, häufig zu hören bekommen. In solchen Situationen, von Wut und Schmerz aufgeputscht, kam es oft dazu, daß Mann und Frau solche wütenden Beschuldigungen ausstießen. Er konnte Annette den Schmerz nachfühlen, hatte aber den Großteil ihrer Äußerungen als übertrieben abgetan.

Trotzdem war an ihrem Ex-Ehemann etwas Ungewöhnliches gewesen. Es war nichts, was der Detective in seinen Bericht aufnehmen konnte, nur das Gefühl, daß der Mann, den er befragt hatte, wesentlich ruhiger gewesen war, als das eigentlich in einer solchen Situation zu erwarten gewesen wäre. Auch der Streifenbeamte, Terry Earl, hatte Verwunderung darüber geäußert, daß der Vater keine einzige Träne vergossen hatte, nicht einmal, wie er dagesessen war mit dem toten Kind in seinen Armen.

Duckworth hatte während seiner Ermittlungen im ganzen Haus eine geradezu beunruhigende Kälte verspürt. Donald Goode war mit vor der Brust verschränkten Armen dagestanden und hatte kein Wort gesagt, während die Leute von der Ambulanz ihre Arbeit verrichteten. Er hatte darauf beharrt, daß seine immer noch von ihm ins Schlafzimmer verbannte Frau keine Informationen liefern könne, und der Polizei nicht erlauben wollen, mit ihr zu sprechen.

Da Duckworth bezweifelte, daß sie Licht in die Ereignisse würde bringen können, hatte er sich zum Abwarten entschlossen und sich vorgenommen, sie erst dann zu befragen, wenn die Dinge sich etwas beruhigt hatten.

Aber von all dem abgesehen gab es nichts, was die Alarmglocken hätte schrillen lassen, die erfahrene Ermittler oft hören und die sie dazu drängen, nach versteckten Erkenntnissen zu suchen.

Dennoch war der Besuch in der Meadowview Street 1830 einer der belastendsten in Duckworth' ganzer Polizeilaufbahn.

Aus den zehn Jahren, in denen er bei der Polizei tätig war, hatten sich in seiner Erinnerung zahllose Todesszenen angesammelt – Unfälle auf dem Highway, Morde, Selbstmorde. Alle hatten irgend etwas Einmaliges an sich, und doch bestand oft auch eine Ähnlichkeit, die ihn manchmal noch Tage nach einer Ermittlung plagte. Der Tod machte für ihn nur selten Sinn. Daß er aber ein unschuldiges Kind ereilen konnte, gehörte zu den Geheimnissen, die er wohl nie, auch nicht mit noch soviel Erfahrung, würde enträtseln können.

Das Bild von Renee Goodes reglosem Körper, der dort vor ihm auf dem Boden gelegen hatte, würde sich für alle Zeiten in sein Bewußtsein einbrennen.

8

Nach einer Theorie von Dr. Charles Fisher, dem Direktor des Schlaflabors im Mount Sinai Hospital von New York, ist der Traum ein Phänomen, das die Möglichkeit bietet, jede Nacht auf ungefährliche Weise und ganz heimlich wahnsinnig zu sein. Sharon hatte nie von dieser Theorie gehört und sie deshalb auch nie für sich in Erwägung gezogen, obwohl sie in den vergangenen Monaten regelmäßig im Schlaf gestört worden war. Die verbreiteten nächtlichen Geräusche – Hundegebell in der Ferne, Äste, die vom Wind bewegt wurden und am Dach entlangscharrten – weckten Sharon mit absoluter Sicherheit auf. Und dann waren da diese qualvollen Träume – eher Alpträume – von ihrem Sohn und den endlosen Schwierigkeiten, denen er ausgesetzt war. Manchmal waren die Träume wirr, und sie konnte sich am nächsten Morgen nicht mehr an sie erinnern; andere waren so realistisch, daß sie ruckartig aufwachte und von schrecklichen Vorstellungen geplagt stundenlang wach lag und zur Decke starrte.

Angenehm waren ihre Träume nur selten.

Doch etwas wie das, was ihren Schlaf gegen 4 Uhr morgens an jenem Sonntag unterbrach, hatte sie noch nie erlebt. Es war eher eine physische Wahrnehmung als ein Traum, etwas ohne Gesicht und ohne eine Handlung.

Das Atmen machte ihr plötzlich Mühe, und sie spürte, daß etwas auf sie herunterdrückte. Sie nahm etwas Weiches wahr an ihrem Hals, das einen Druck ausübte, der es ihr zunehmend schwerer machte, ihre Lungen mit Atem zu füllen.

Sie wachte keuchend auf und schnappte hektisch nach Luft, sog die süße Nachtluft in ihrem abgedunkelten Zimmer in sich hinein. Es vergingen ein paar Minuten, bis sie wieder normal atmen konnte. Sie wußte, daß sie nicht gleich wieder Schlaf finden würde, schlüpfte deshalb in ihren Bademantel und ging in die Küche, um Wasser für Kaffee aufzusetzen.

Sie und Gary Meaux, mit dem sie sich seit einer Weile häufiger traf, hatten vor, sich im Verlauf des Vormittags zum Brunch zu treffen. Wenn sie jetzt schon etwas früher anfing, konnte sie den überfälligen Hausputz erledigen, ehe sie sich mit ihm in seiner Wohnung traf.

Gary, der im nahe gelegenen Port Arthur aufgewachsen war, hatte Sharons Leben wieder ins Gleichgewicht gebracht. Sie hatte die Bekanntschaft des ruhigen, in sich gekehrten Buchhalters 1979 gemacht, als sie im Medical Center del Oro, einer Reha-Klinik in Houston, als Abteilungsleiterin in der Datenverarbeitung tätig gewesen war. Als Sharon ihn näher kennenlernte, fand sie heraus, daß sich hinter seinem eher scheu wirkenden Wesen eine amüsante Persönlichkeit mit Sinn für Humor verbarg, und das war etwas, was sie dringend brauchte.

Während ihrer ohne jeglichen Zeitdruck eingenommenen Mahlzeit erwähnte sie ihr nächtliches Erlebnis. »Das war ein unheimliches Gefühl«, sagte sie und wechselte dann gleich das Thema, um auf ihre Einkaufspläne zu sprechen zu kommen. Renee, die jetzt in einem Maße wuchs, das ihre Mutter ebenso wie ihre Großmutter verblüffte, brauchte neue Schuhe, und Sharon hatte sich angeboten, sie zu kaufen.

In einem Kaufhaus in der Nähe freilich, in dem sie ein Paar gefunden hatte, das ihr zusagte, kamen Sharon Zweifel, ob sie es einfach kaufen sollte, ohne daß ihre Enkeltochter diese Schuhe anprobierte. »Ich komme morgen mit Renee noch einmal hierher«, beschloß sie.

Nachdem sie diese Entscheidung getroffen hatte, trödelten sie den Rest des Vormittags und des frühen Nachmittags herum, ehe sie in Garys Apartment zurückkehrten.

Er saß an seinem Computer und wollte gerade eine neue Software ausprobieren, die er bei ihrem Bummel durch die Stadt gekauft hatte, als das Telefon klingelte. Sein Gesicht nahm einen überraschten Ausdruck an, und dann drehte er sich zu Sharon um und hielt ihr den Hörer hin. »Es ist Annette«, sagte er.

Gleich darauf sah er, wie Sharon totenbleich wurde, und hörte ihren entsetzten Aufschrei. Sharon schüttelte ungläubig den Kopf. Gary stand auf und trat neben sie aus Angst, sie könnte ohnmächtig werden.

»Wo bist du?« fragte sie. Und dann: »Wir kommen gleich hinüber.«

Sie reichte Gary das Telefon zurück und stand ein paar Augenblicke lang mit herabhängenden Schultern da, während ihr die Tränen in die Augen traten.

»O Gott«, sagte sie und schüttelte wie benommen den Kopf. »O Gott, nein.«

Gary legte ihr den Arm um die Schultern. »Sharon, was ist denn? Was ist denn passiert?«

Sie vergrub ihr Gesicht an seiner Brust und schluchzte, verlor völlig die Fassung. Ihre Antwort bestand aus kaum artikulierten Tönen, die aus ihrer Kehle drangen, aber Gary verstand, was sie sagte, und es überlief ihn eiskalt. Er schloß seine Arme noch fester um sie.

»Renee ist tot«, hatte sie gesagt.

Garys Wohnung war nur eine kurze Strecke von Annettes Haus entfernt, und doch kam ihnen die Fahrt endlos vor. Sharon, immer noch bleich und erschüttert, starrte mit glasigen Augen zum Fenster hinaus und schien die Fragen gar nicht zu hören, die Gary ihr im Auto wiederholt gestellt hatte. »Bist du auch sicher?« fragte er. »Was ist passiert?«

An der Tür trat ihnen eine sichtlich unter Schock stehende junge Frau mit ausdruckslosem Gesicht entgegen. Erschöpft und ohne Make-up, wirkte Annette plötzlich um Jahre gealtert.

»Wo warst du denn?« fragte sie ihre Mutter. »Ich versuche schon seit Stunden, dich zu erreichen.« Ihre Stimme klang bittend wie die eines Kindes. Dann fing sie an zu weinen.

Im Laufe der nächsten Stunden pendelten Annettes Gefühle ständig zwischen stummer Verzweiflung und schriller Empörung. Ihre Mutter tastete langsam und vorsichtig nach Antworten auf die zahlreichen Fragen, die sie hatte. Wie? Wann? Warum? Annette starrte abwechselnd auf den Boden und schloß dann wieder die Augen, als wolle sie sich vor dem Schrecklichen verstecken, das in ihr Leben eingedrungen war. Sie berichtete von dem Anruf Michelles am frühen Morgen, wie sie dann zum Haus der Goodes gerast war und dort ihr Kind tot vorgefunden hatte, in ein Laken gehüllt und in Shanes Armen.

Dann blickte sie auf und starrte wie gebannt ins Leere, und heiße Wut stieg in ihr auf, als sie Shane erwähnte. »Er hat ihr etwas angetan«, sagte sie. »Ich weiß, daß er meinem Baby etwas getan hat.« Dann wandte sich ihre Wut den Polizeibeamten zu, von denen sie das Gefühl hatte, daß sie sie nicht wie eine Mutter, sondern wie einen Eindringling behandelten.

Sharon hörte sich den zornerfüllten Bericht ihrer Tochter an und fühlte sich hilflos wie nie zuvor in ihrem Leben. Erst als Annette sich schließlich beruhigt hatte und den Kopf an das Sofa lehnte – offenbar hatte sich der Adrenalinschub gelegt und die Erschöpfung eingesetzt –, fragte sie vorsichtig: »Soll ich mich um das Begräbnis kümmern?«

Annette nickte kaum merklich und fing wieder zu weinen an. Diesmal kamen die Tränen nur langsam, und ihre Hysterie schien sich gelegt zu haben.

Die Beruhigungsmittel, die sie eingenommen hatte, zeigten Wirkung.

Sharon Couch verspürte eine seltsame Ruhe in sich, als Gary sie an jenem Abend nach Hause fuhr. Im Laufe der letzten Stunden war in Annettes Wohnung ein ständiges Kommen und Gehen von Freunden und Verwandten gewesen. Sharon hatte gemerkt, wie es sie drängte, da herauszukommen, weg von allem und jedem, das sie an die schreckliche Wahrheit erinnerte, von der sie doch wußte, daß sie sie irgendwann akzeptieren mußte. Selbst in dem Wissen, daß Vince da sein würde, um auf Annette aufzupassen, verspürte Sharon Schuldgefühle wegen dieses überwältigenden Drangs, einfach fortzugehen, vor der alptraumhaften Tragödie wegzurennen. Vielleicht würde der scharfe, stechende Schmerz der Wirklichkeit allein schon dadurch abstumpfen, daß sie eine gewisse Distanz zwischen sich und ihre zutiefst bekümmerte Tochter und die Geschichte, die sie ihr erzählt hatte, legte. Sie empfand die Verantwortung einer Mutter, ihrer Tochter beizustehen, und doch brauchte sie Zeit, um zuerst zu sich selbst zu finden und dann das Geschehen irgendwie verarbeiten zu können.

Der Vorwand, den sie sich selbst gegeben hatte und der es ihr erlaubte, das Haus zu verlassen, hörte sich logisch und vernünftig an. Sie bot an, Michelle mit zu sich nach Hause zu nehmen, damit die Kleine etwas Ruhe fand und von all der Anspannung und den Tränen wegkam, die sie ständig an das erinnern mußten, was sie beim Aufwachen erlebt hatte.

Und Sharon mußte auch anfangen, Renees Begräbnis zu organisieren.

Während Gary durch die Straßen fuhr, dachte Sharon über die bitteren Andeutungen nach, die Annette gemacht hatte. Ihre Tochter war ohne jeden Zweifel fest davon überzeugt, daß Shane Goode irgendwie für den Tod seiner eigenen Tochter verantwortlich war. Sie hatte überhaupt nicht auf den sanften Hinweis ihrer Mutter reagiert, daß das Gesetz eine Autopsie vorsah, und war auch nicht auf ihren Vorschlag eingegangen, doch wenigstens zu warten, bis der Gerichtsarzt seine Untersuchung abgeschlossen hatte, ehe sie jemandem die Schuld zuwies. Es mußte eine vernünftigere, befriedigendere, weniger bedrückende Erklärung geben als das, was Annette andeutete. Kein Mann, so gleichgültig er auch sein mochte, war imstande, ganz bewußt einem unschuldigen Kind das Leben zu nehmen.

Doch Annettes Antwort war wie Galle, die aus den Tiefen ihrer Seele hervorbrach. »Er hat das getan«, wiederholte sie. »Ich kenne ihn.«

Für Sharon Couch war der Gedanke unvorstellbar.

Mit ihrer Schwester Carol, die sie noch aus Annettes Wohnung angerufen hatte, saß sie bis tief in die Nacht hinein zusammen und redete. Und immer wieder kehrte das Gespräch zu derselben quälenden Frage zurück: Wie konnte es sein, daß ein so gesundes, so lebhaftes Kind jetzt plötzlich tot war? Noch vor wenigen Tagen war Renee in ihrem Haus gewesen, hatte gelacht, gespielt – der Inbegriff von Lebendigkeit.

Sharon dachte an den kleinen Unfall, den Renee im Dezember mit ihrem Dreirad im Wohnzimmer gehabt hatte. Kann es sein, fragte sie sich, daß vielleicht ein Blutpfropfen unentdeckt geblieben ist und zum Tode des Kindes geführt hat? Carol, die bei einem Chirurgen in Houston als Verwaltungsassistentin arbeitete, meinte, daß vielleicht ein plötzlicher Anfall die Ursache gewesen sein könnte. Doch in Wirklichkeit rätselten beide lediglich herum und suchten vergebens nach einer Antwort.

Im Leben gibt es nur wenige Aufgaben, die mehr belasten, als das Begräbnis eines geliebten Menschen vorzubereiten. Denn in einer Situation, in der einem auch die einfachsten geistigen Aufgaben unglaublich schwerfallen, werden immer wieder Entscheidungen abgefordert. Sharon hatte das Gefühl, sich in einem Körper zu bewegen, aus dem jegliche Energie abgeflossen war; sie klammerte sich an die vage Hoffnung, daß das, was sie tat, vielleicht alle wieder einem Zustand von Ruhe und Frieden näherbringen würde. Doch tief im Herzen, dort, wo absolute Ehrlichkeit herrscht, verborgen und keinem anderen zugänglich, wußte sie, daß es nie mehr so sein würde, wie es einmal gewesen war.

Annette hatte sich damit einverstanden erklärt, daß die Begräbnisfeierlichkeiten im nahe gelegenen Hallettsville und die Beisetzung dann im Familiengrab auf dem Städtischen Friedhof stattfinden sollten. Sharon fragte sie, ob sie ein Kleid für Renee kaufen solle, aber Annette hatte sich dafür entschieden, ihr Kind in einem dunkelblauen Pullover und einer Cordhose beisetzen zu lassen – Weihnachtsgeschenke Sharons. »Ich möchte, daß sie so aussieht, wie sie im Leben war, ganz wie Renee«, sagte Annette. Sie würde sogar die Lieblings-Baseballmütze ihrer Tochter mitbringen und sie ihr mit der Häschendecke und dem weißen Plüschbären, ohne den man Renee nur selten zu sehen bekommen hatte, in den Sarg legen.

Gary hatte gefragt, ob er einen Rosenkranz in den Sarg legen dürfe.

Am Montagmorgen fuhr er Sharon und Carol nach Hallettsville, wo sie einen Sarg auswählten, sich mit einem Priester verabredeten und dann den Ablauf des kurzen, schlichten Gottesdienstes besprachen, den Annette gewünscht hatte. Das Begräbnis wurde für Dienstagnachmittag angesetzt, nachdem die Obduktion abgeschlossen sein würde.

Am schwierigsten hatte sich die Entscheidung hinsichtlich Shanes erwiesen. Annettes Wut auf ihren Ex-Ehemann hatte sich in keiner Weise gelegt, und sie beharrte nach wie vor hartnäckig darauf, daß er nicht an der Beerdigung teilnehmen dürfe. Trotzdem kämpfte Sharon mit der moralischen Verpflichtung, die sie empfand, ihn in die Pläne einzuweihen. Schließlich sprach sie mit ihrer Schwester darüber.

»Mir scheint«, sagte Carol, »daß er ein Recht darauf hat, dabeizusein. Trotz aller Differenzen, die er und Annette miteinander hatten, war Renee schließlich auch seine Tochter.« Doch während sie noch argumentierte, räumte sie ein, daß sie Annettes Reaktion beim Anblick Shanes fürchtete.

»Trotzdem denke ich, solltest du ihn anrufen«, riet sie.

Für Sharon war das kurze Telefonat bedrückend. Sie

konnte in Shanes Stimme nichts wahrnehmen, was darauf hindeutete, daß er ähnliche Qualen wie sie litt. Nein, sagte er, er habe keine Ahnung, was Renees Tod verursacht hatte. An dem Abend habe sie auf ihn einen völlig gesunden Eindruck gemacht. Seine Stimme hatte etwas Weinerliches an sich, was Sharon widerwärtig fand.

Sie wechselte schnell das Thema und sagte ihm, was sie für die Beerdigung geplant hatten. »Annette ist ziemlich aufgeregt«, fuhr sie fort und erklärte Shane, daß ihre Tochter ihn bei dem Begräbnis nicht dabei haben wolle. »Shane, bitte versteh mich richtig, ich finde, du hast jedes Recht, daran teilzunehmen. Aber ich hoffe und bete darum, daß wir vermeiden können, daß es zu einer unangenehmen Szene kommt.«

Er verstand ihre Sorge, und zum ersten Mal war in seinem Tonfall ein Anflug von Gefühl zu bemerken, als er von seiner Tochter sprach. »Ich will sie sehen«, sagte er. »Meinst du, ich sollte vielleicht früher kommen und vor dem Gottesdienst weggehen?«

Sharon erklärte ihm erleichtert den Weg zu dem Bestattungsinstitut.

Carol stand ein Stück entfernt im Zimmer und wartete darauf, daß ihre Schwester den Hörer auflegte. »Wie hat er geklungen?« fragte sie.

Sharon überlegte einen Augenblick, was sie sagen sollte. »Kalt«, erwiderte sie schließlich. »Sehr kalt.«

Zuerst fiel Sharon, als sie am frühen Montagabend die kleine Kapelle des Bestattungsinstituts betrat, diese absolute Stille auf. Ihre Schritte wurden von dem dicken Teppich verschluckt, ihr Atem schien von den vertäfelten Wänden widerzuhallen, als sie auf den Sarg zuging. Sie hatte darauf bestanden, daß der Bestattungsunternehmer sie verständigte, sobald er mit den

Vorbereitungen fertig war, damit sie die letzten Augenblicke allein mit ihrer Enkeltochter verbringen konnte. Bald würden Familienangehörige eintreffen, und dann würde das bedrückende Zeremoniell beginnen, bei dem alle an der aufgebahrten Leiche vorbeigingen. Doch jetzt brauchte sie Zeit, um sich alleine von dem Kind zu verabschieden, das so winzig und unschuldig in dem mit Seide ausgeschlagenen Sarg lag.

Fast eine Stunde lang hielt sie ihre stumme Leichenwache und rief sich schöne Erinnerungen ins Gedächtnis, die vor ihrem inneren Auge wie wertvolle Schnappschüsse vorbeizogen. Da waren zwei Geburtstage gewesen, drei Weihnachtsfeste, ein paar Besuche auf Spielplätzen und eine Menge Lächeln und Umarmungen und Küsse. Sharon wollte sich an sie alle erinner, wollte sie so unaustilgbar markieren, daß auch noch soviel verstreichende Zeit sie nie auslöschen konnten. Und für den Augenblick fand sie tatsächlich Erleichterung, konnte die häßlichen Fragen und bitteren Vorwürfe verdrängen, die ihr Bewußtsein so vergiftet hatten, seit sie von Renees Tod gehört hatte.

Dann traf Annette ein, und die einsame Leichenwache nahm ein Ende. Als die tief traurige Mutter den Sarg sah, war die ganze Fassung, die sie im Laufe des Tages aufgebaut hatte, wie weggewischt. Sie schluchzte und wollte ihre Tochter in die Arme nehmen, sie an sich drücken. Sharon kostete es nicht wenig Mühe, sie zu beruhigen, und es dauerte eine Weile, bis die beiden Frauen stumm Arm in Arm dastanden und sich gemeinsam dem Leid und der Trauer hingaben.

Da war noch etwas, was Sharon Annette sagen mußte und was deren Beklemmung sicherlich steigern würde. Annette wollte, daß Renee getauft wurde, und Sharon hatte darüber mit dem lutherischen Priester gesprochen, der den Gottesdienst abhalten sollte. Mit flehentlichen Bitten hatte sie ihm klarzumachen versucht, wieviel dieser Wunsch ihrer Tochter bedeutete und wie tröstlich es für sie sein würde, wenn er ihm nachkäme. Doch er hatte keinen Zweifel daran gelassen, daß die Regeln der Kirche eine Taufe von Toten eindeutig untersagten.

»Wäre es denn dann möglich«, hatte Sharon gefragt, »vor dem Begräbnis irgendeine Art von Zeremonie vorzunehmen? Gibt es denn gar nichts? Für meine Tochter ist das sehr wichtig.«

Schließlich hatte der Priester sich widerstrebend bereit erklärt, die Kirchenoberen anzurufen, um zu hören, was ihm vielleicht erlaubt werden würde. Schließlich willigte er ein, unmittelbar vor der Beerdigung einen kurzen Segen und ein Gebet für das Kind zu sprechen. An diesem Teil der Feier sollte nur die unmittelbare Familie teilnehmen.

Sharon hatte, seit sie der Kindheit entwachsen war, die Vielzahl von Regeln und Vorschriften der kirchlichen Institutionen mit einigem Unverständnis betrachtet. Sie hielt sich für eine Christin, war aber schon seit Jahren nicht mehr regelmäßig zur Kirche gegangen. Die Einstellung des Priesters und die Hartnäckigkeit, mit der er seinen Standpunkt vertrat, gaben ihr keinen Anlaß, daran künftig etwas zu ändern.

Die Nachricht, daß Renee nicht getauft werden konnte, steigerte Annettes Leid. Sie hatte dafür gesorgt, daß Michelle getauft wurde, als sie erst ein Jahr alt war, und war vor zwei Jahren der Kirche der Mormonen beigetreten. Nach der Trennung und schließlichen Scheidung von Shane war allerdings ihr Glaube erschüttert worden, und ihre Kirchenbesuche waren zunehmend unregelmäßig geworden. Nun machte sie sich Vorwürfe: Warum hatte sie ihre persönlichen Probleme nicht so weit beiseite geschoben, um für das Seelenheil ihres Babys zu sorgen?

Jetzt saß Annette in einer Bank der nur schwach

beleuchteten Kapelle und sagte einige Minuten lang gar nichts. Schließlich stand sie auf, atmete tief durch und wandte sich zur Tür. Auf halbem Weg dorthin blieb sie stehen, drehte sich um und warf einen letzten Blick auf den Sarg. »Meinst du, daß sie in den Himmel kommt?« fragte sie.

Sharon griff nach der Hand ihrer Tochter und drückte sie. »Honey, sie ist bereits dort. Keine Frage.«

Und damit traten sie gemeinsam in die kühle texanische Nacht hinaus, jede von der zerbrechlichen Stärke der anderen zehrend und beide voller Angst vor dem Tag, der vor ihnen lag.

Shane Goode traf ein paar Minuten nach Mittag in der Kapelle ein; er trug einen anthrazitfarbenen Anzug und wurde von seinem Vater und seinem Bruder begleitet.

Sharon hatte ihrer Tochter und den anderen Familienangehörigen – die sich in dem Farmhaus auf dem Land versammelt hatten, das der Familie früher einmal als Wochenendhaus gedient hatte –, erklärt, daß sie früher wegfahren müsse, um sich um die letzten Vorbereitungen zu kümmern. So befand sie sich bereits in der Kapelle, als ihr Ex-Schwiegersohn eintraf.

Er war bleich und ging zögernd auf Renees Sarg zu. Sharon war überzeugt, daß er geweint hatte. Sie schaute zu, wie er ein paar Minuten mit starrem Blick vor dem Sarg stand. Es sah so aus, als ob seine Hände zitterten, und Sharon war überzeugt, daß ihm die Zähne klapperten. Schließlich legte Shanes Vater seinem Sohn die Hand auf die Schulter und schob ihn in eine Bank. Als Shane dort Platz genommen hatte, stützte er das Kinn auf beide Hände und wiegte sich langsam vor und zurück, dabei strömten ihm Tränen über die Wangen.

Der junge Mann, der da wenige Schritte von seiner

Tochter entfernt in der winzigen Kapelle saß, war nicht der kalte, fast gleichgültige Shane Goode, mit dem Sharon telefoniert hatte. Sein ganzes Verhalten war das eines Vaters in tiefem Leid. *Vielleicht,* dachte sie, *hat Renee ihm wirklich etwas bedeutet.*

Sharons Sorge hinsichtlich eines möglichen Konflikts zwischen Shane und ihrer Tochter wuchs, je länger er blieb. Gelegentlich erhob er sich und trat zu dem Sarg. Bald traf die Freundin seines Bruders ein und dann Shanes erste Frau Kaye, die Tiffany mitgebracht hatte.

Sie haben ein Recht darauf, redete Sharon sich immer wieder zu. Renee hat auch ihnen gehört. Aber – bitte, lieber Gott – laß sie weggehen, ehe Annette eintrifft.

Ein Gefühl großer Erleichterung überkam sie, als Shane schließlich die Kapelle verließ und zum Parkplatz ging. Sharon, die in der Kapelle kein Wort zu ihm oder seiner Familie gesagt hatte, folgte Shane zu seinem Wagen, wo er stehengeblieben war und die Hand auf die Tür gestützt hatte. Sie legte ihm die Hand auf die Schulter und bedankte sich bei ihm für das Verständnis, das er zeigte.

»Ich möchte mit Annette sprechen«, sagte er.

»Shane«, erwiderte sie, »das ist jetzt kein guter Zeitpunkt. Sie ist erregt und –«

»Sie denkt, daß ich etwas damit zu tun hatte.« Wieder schluchzte er auf.

Sharon schüttelte den Kopf; sie wunderte sich selbst über das Mitgefühl, das sie ihrem ehemaligen Schwiegersohn entgegenbrachte. »Ich bin sicher, daß das etwas war, was niemand hätte verhindern können. Niemand hat Schuld. Vielleicht wird sich alles aufklären, wenn wir einmal den Autopsiebericht haben.«

»Ich verstehe bloß nicht, wie …«

»Im vergangenen Dezember ist Renee ausgerutscht

und hat sich den Kopf angeschlagen«, sagte Sharon, bemüht, etwas Tröstliches zu sagen. »Ich weiß nicht, aber das könnte ja vielleicht etwas damit zu tun haben.«

Goode hob den Kopf und sah Sharon zum ersten Mal in die Augen. »Wann?«

»Ich weiß es nicht genau. Irgendwann vor Weihnachten. Die Röntgenaufnahmen haben gezeigt, daß da nichts Ernstes war.«

Shane hatte jetzt aufgehört zu weinen und starrte einfach ins Leere, als wäre er plötzlich tief in Gedanken. Auf der anderen Seite des Parkplatzes sah er, wie Annettes Bruder, dem man gegen Stellung von Kaution die Teilnahme an der Beerdigung erlaubt hatte, aus einem Auto stieg und zu ihm herübersah.

»Ich gehe jetzt besser«, sagte er, und schon war in seiner Stimme wieder jene Kälte, die Sharon so zu schaffen machte. Noch lange nachdem sein Wagen verschwunden war, stand sie allein vor dem Bestattungsinstitut, über seine Reaktion erstaunt und überzeugt, daß sie ihm etwas erzählt hatte, was er bisher noch nicht gewußt hatte.

Die Sympathie, die sie noch Augenblicke zuvor für ihn empfunden hatte, wurde schnell von einem Gefühl verdrängt, mit dem sie sich gar nicht wohl fühlte. Doch war jetzt weder die Zeit noch der Ort, um solchen Zorn zu empfinden.

Der Gottesdienst, dem die schließlich vereinbarte Segenszeremonie voranging, an der nur Annette, Michelle und Sharon teilnahmen, war kurz. In der kleinen, mit Blumen dekorierten Kapelle saßen die unmittelbaren Familienangehörigen und ein paar Freunde. Zu denjenigen, die lautlos in den Raum schlüpften und sich ebenso lautlos wieder entfernten und für deren

Anwesenheit nur eine Unterschrift im Gästebuch Zeugnis ablegte, gehörte Shane Goodes Mutter. Sie hatte seit langer Zeit keinen Kontakt mehr zu ihrem Sohn, auch nicht zu ihrem Ex-Ehemann nach seiner zweiten Heirat. Sie hatte von Renees Tod aus den Todesanzeigen in der Zeitung erfahren.

Der Priester sprach von dem besonderen Interesse, das Gott den Kindern entgegenbringt, und versicherte der Trauergemeinde, daß, während sie sich noch der Trauer hingab, im Himmel eine glorreiche Aufnahme und Vereinigung stattfinde. Dann erklang Dolly Partons klagendes *I Will Always Love You*, ein Gebet schloß sich an, und die Trauernden zogen langsam an dem Sarg vorbei.

Auf dem angrenzenden Friedhof peitschte eine plötzliche Windböe über das blaue Segeltuchzelt, das über der Grabstätte aufgebaut war, als die Träger den Sarg in die Erde ließen.

Annettes Haar, das bei ihrem Eintreffen so perfekt frisiert gewesen war, wurde ihr ins Gesicht geweht und klebte an ihren feuchten Wangen fest.

»Wiedersehen, Baby«, sagte sie. »Mommy hat dich lieb.«

9

Gegen Ende des 19. Jahrhunderts verließ ein Mann namens Alvin Morgan, ein Unternehmer aus Louisiana, dessen Wesen zu gleichen Teilen von unbändiger Wanderlust und visionärem Weitblick geprägt war, seine Heimat. Er überschritt die Staatsgrenze an dem Präriegebiet von Texas südlich von Houston, mit dem Ziel, an den Ufern des Mustang Bayou eine Stadt zu gründen. Die Leitung der Santa Fe Railroad benötigte eine Wasserstelle für ihre Dampflokomotiven, und Morgan hatte schnell erkannt, daß dort in Kürze mehr gebraucht werden würde als nur ein hölzerner Wasserturm und eilig errichtete Verladepferche für das Vieh. Es würden sich durchaus Möglichkeiten für umfangreichere wirtschaftliche Aktivitäten ergeben. Um den ortsansässigen Viehzüchtern entgegenzukommen, die es leid waren, ihren Bedarf im weit entfernten Houston und Galveston zu kaufen, eröffnete er in einem umgebauten Güterwaggon einen General Store und verkaufte dort Kleidung, Lebensmittel, Whiskey und Tabak. Die kleine Gemeinde wuchs und mit ihr Alvin Morgans Vermögen – und sein Ansehen. Schließlich hatte die Ansiedlung eine Größe erreicht, die es nach Ansicht ihrer Einwohner nötig machte, daß sie einen Namen erhielt. Die Ehre der Namensgebung fiel ihrem Gründer zu: Alvin.

Die Anfänge des Städtchens glichen also denen vieler Pioniergemeinden in Texas. Und in ihrer hundertjährigen Geschichte ist auch außer gemächlichem Wachstum, einigen katastrophalen Hurrikans und einer legendären Feuersbrunst – alles Ereignisse, die die hartnäckigen Bewohner der Stadt jeweils nur zum Wiederaufbau und zu einem neuen Anfang veranlaßten – nur wenig Bemerkenswertes hervorzuheben.

Inzwischen hat die Bevölkerung die Zahl von 16.000 Einwohnern erreicht, und viele von ihnen betrachten die Tatsache, daß Alvin den Baseball-Superstar Nolan Ryan hervorgebracht hat, als die größte Leistung des Städtchens.

Die Interstate 45 hat den Ort für NASA-Angestellte, die ihre Kinder nicht gerade in Houston heranwachsen lassen wollen, zu einem attraktiven Standort gemacht. Alvin, das wie Hunderte anderer texanischer Gemeinden in der Nähe der blühenden Metropole liegt, hat aus der Gewerbetätigkeit der Großstadt großen Nutzen gezogen, sich dabei aber den Charme und den Reiz einer Kleinstadt erhalten. Noch immer veranstalten dort die Kirchen ihre Zusammenkünfte, bei denen jeder jeden kennt, ihre Wohltätigkeitsbasare, die Rebekah Lodge und die Kiwanis treffen sich, und wenn an den Freitagen die geliebten Alvin-Yellowjackets auf dem Football-Feld ihre Schlachten bestreiten, pilgert die halbe Stadt in das High-School-Stadion. Sogar ein College gibt es für diejenigen, die ihre akademischen Weihen nicht auswärts erlangen wollen.

Und ganz in der Tradition von Gemeinden dieser Größe halten sich in Alvin auch nur wenige Geheimnisse.

Die Nachricht von der Tragödie, die sich an der Meadowview Street ereignet hatte, verbreitete sich schnell und war noch vor der Meldung in der wöchentlichen Ausgabe des *Alvin Journal* bereits in der ganzen Stadt bekannt.

Die Reaktion darauf verwunderte keinen. In Coffee Shops und Cafeterias, bei Elternversammlungen und sonstigen Zusammenkünften unterhielten sich die Menschen mit leiser Stimme über das schreckliche Ereignis. Die Eltern drückten ihre Kinder ein wenig fester an sich, schauten öfter als gewöhnlich im Kinderzimmer nach ihnen und lauschten nachts den willkommenen Lauten eines gleichmäßigen Atems ihrer Schutzbefohlenen.

Bei den Freunden und Nachbarn der Familie Goode warf der tragische Tod Renees die beunruhigende Frage auf, wieviel Schmerz und Leid eine Familie eigentlich ertragen konnte.

Carolyn und Donald Goode hatten jeweils Kinder aus einer vorangegangenen Ehe: Sie drei Jungen und ein Mädchen, er fünf Söhne.

1977, sie hatten damals in Pasadena gelebt, war

Carolyns zehnjährige Tochter Barbara schwer verletzt worden. Das Auto, in dem sie saß, war mit einem Stier zusammengestoßen, der auf eine Farmstraße geraten war. Bei dem Aufprall war sie mit solcher Gewalt durch die Windschutzscheibe geschleudert worden, daß der Beamte, der am Unfallort eintraf, Glassplitter aus ihrem Mund entfernen mußte, damit sie überhaupt atmen konnte. Sie lebte nach dem Unfall noch sechs Wochen, ehe sie am Vorabend des 16. Geburtstags ihres Stiefbruders Shane verstarb.

Dann, 1991, als die Goodes in Bryan lebten, ereignete sich eine zweite Tragödie. Carolyns zweiunddreißig Jahre alter Sohn Ernest beging Selbstmord. Offenbar hatte ihm die Trennung von seiner Frau so zugesetzt, daß er sich im Garten an einem Baum erhängte, wo sein Vater dann seine Leiche entdeckte.

Und jetzt war die Enkeltochter der Goodes tot.

Am späten Vormittag des 23. Januar klingelte bei Sharon Couch das Telefon, und als sie abhob, hörte sie ihre Tochter Annette hysterisch weinen. Da Annette, wie es schien, in den Tagen nach der Beerdigung ihre Gefühle wieder erstaunlich gut in den Griff bekommen hatte, beunruhigte dieser Ausbruch sie sehr. Bis dahin hatte Annette bedrückt und manchmal abwesend gewirkt, ansonsten aber erstaunliche Stärke an den Tag gelegt. Nach der Beerdigung hatte man sie nicht mehr weinen sehen, gerade, als ob ihre Tränen versiegt wären.

Doch der Ausbruch, den Sharon jetzt am Telefon miterlebte, ließ befürchten, daß die ganze innere Kraft ihrer Tochter sich ebenso schnell verflüchtigt hatte wie der morgendliche Nebel Houstons, den die Sonne praktisch binnen Sekunden wegbrennt.

»Ich … ich habe gerade mit Detective Duckworth telefoniert«, sagte Annette. Dann mußte sie innehalten und tief durchatmen, um ein Mindestmaß an Fassung zurückzugewinnen, ehe sie weiterreden konnte. »Er hat mir gesagt … er hat mir gesagt, er habe gerade die vorläufigen Ergebnisse der gerichtsärztlichen Untersuchung bekommen … und … und … die sagen, Renee sei an einer Lungenentzündung gestorben.« Jetzt klang ihre Stimme zornig. »Lungenentzündung«, wiederholte sie, als würde sie etwas widerwärtig Schmeckendes ausspucken. »Sie war kerngesund, als ich sie an jenem Abend dorthin brachte. Nicht einmal die Nase ist ihr gelaufen. Ich habe, ehe sie weggegangen ist, ihre Temperatur gemessen. Wie in Gottes Namen kann man sich in ein paar Stunden eine Lungenentzündung zuziehen? Mutter, es ist unmöglich …«

»Das denke ich auch«, erwiderte Sharon. Ihr Gesicht rötete sich beim Sprechen. »Hast du die Durchwahl des Detectives?«

Minuten später mußte Bodie Duckworth zum zweiten Mal an diesem Morgen eine Anruferin beruhigen, deren Erregung sich steigerte, je länger das Gespräch dauerte.

»Ich würde gern wissen, wer aus dem Büro des Gerichtsarztes Ihnen diese Information gegeben hat«, forderte Sharon.

»Ma'am, das darf ich so lange nicht weitergeben, bis das Ergebnis offiziell bestätigt ist. Ich kann Ihnen lediglich sagen, daß diese Information sehr verläßlich ist. Ich hatte gedacht, Ihre Tochter würde gern wissen, was –«

Doch Sharon ließ ihn nicht weiterreden und fiel ihm ins Wort: »Hören Sie, ich bin kein Arzt, aber Sie und ich wissen beide, daß ein Kind mit Lungenentzündung nicht im Haus herumläuft und spielt und Pizza ißt und herumtobt, wie meine Enkeltochter das an jenem Abend getan hat.«

»Man hat mir gesagt, es sei Flüssigkeit in der Lunge gewesen«, meinte der Detective.

»Und das bedeutet automatisch Lungenentzündung?« erregte sich Sharon, ohne sich bewußt zu sein, daß sie förmlich ins Telefon brüllte.

Erst als sie sich wieder etwas gefaßt hatte, erwähnte sie Annettes Behauptung, daß Renee vielleicht mißbraucht worden sei.

»Gibt es darauf Hinweise?« fragte sie.

Detective Duckworth gab nicht gleich Antwort. Ihm gegenüber hatte Annette Goode diesen Verdacht nicht erwähnt. »Warum hat man mir das nicht gesagt?« wollte er schließlich wissen.

»Ich sage es Ihnen ja jetzt«, erwiderte Sharon.

Noch während er den Hörer auflegte, beschloß der Detective, Shane Goode anzurufen und ihn zu bitten, aufs Revier zu kommen.

In den Tagen darauf wurde es zur Gewohnheit, daß Sharon ihre Tochter anrief und ihr die spärlichen Informationen weitergab, die sie von der Polizei und dem gerichtsmedizinischen Institut erhalten hatte. Inzwischen gelang es Annette nicht mehr, ihre Wut zu zügeln, die sie gegenüber all jenen empfand, die offenbar keinerlei Interesse an der wahren Todesursache Renees zeigten. Sie war nicht in der Verfassung, über Dinge wie Autopsie-Ergebnisse zu diskutieren, so daß es ihrer Mutter zufiel, hier den Dingen auf den Grund zu gehen.

In den letzten Monaten hatte Sharon in dieser Hinsicht einiges Geschick entwickelt. Während der Vorbereitung von Stevens Prozeß hatte sie eng mit einem Privatdetektiv zusammengearbeitet, der Beweismaterial für die Verteidigung ihres Sohnes sammelte. Der bedächtige P. G. Walls war ein hochgewachsener, hagerer Mann, der zwanzig Jahre lang in der Polizeibehörde von Houston tätig gewesen war, ehe er seine eigene Privatdetektei eröffnet hatte. Sharon hatte ihm mit ihren unermüdlichen Recherchen nach Adressen und Telefonnummern wertvolle Zeit erspart und ihm die Ermittlungen so sehr erleichtert, daß er ihr nach der Verurteilung Stevens eine Stelle als Ermittlerin angeboten hatte. Sharon hatte das Angebot angenommen und war, von Walls unterstützt, lizenzierte Privatdetektivin geworden.

Noch mehr als Sharons Eifer und Gründlichkeit hatte Walls ihre Willensstärke beeindruckt, die sie während der Verhandlung gegen ihren Sohn an den Tag gelegt hatte. Sie hatte kein einziges Mal auch nur im entferntesten in Erwägung gezogen, irgendwelche juristischen Schlupflöcher zu suchen, durch die sich Steven möglicherweise der Strafe hätte entziehen können. Ihr einziger Wunsch war gewesen, daß die juristischen Institutionen ihn fair behandelten.

Walls hatte in seiner ganzen Laufbahn nur wenige Menschen kennengelernt, die so klar denkend und vernünftig an ihre Arbeit herangingen wie Sharon, und er bewunderte sie deshalb.

Zwar hatte er sie im allgemeinen nur mit recht banalen Aufgaben wie Dokumentenrecherchen betraut, aber indem sie ihn bei seinen Ermittlungsarbeiten beobachtete, hatte sie doch eine ganze Menge gelernt. Daß sie freilich diese neu gewonnenen Erfahrungen im Dienste der eigenen Familie würde nutzen können, hätte sie sich nie träumen lassen.

Das Beschaffen von Namen potentieller Zeugen zur Entlastung Stevens war sehr anstrengend gewesen. Und gerade deshalb war ihr bewußt, daß es sie noch sehr viel mehr Mühe kosten würde, die Wahrheit über den Tod ihrer Enkeltochter ans Licht zu bringen.

Sie besuchte nun häufig die örtliche Bibliothek und las dort medizinische Artikel von Ärzten, die sich auf den Tod von Säuglingen spezialisiert hatten. Auf diese

Weise stellte sie eine Liste von Fachleuten zusammen, mit denen sie systematisch Verbindung aufnahm. Jedem, der an ihren Fragen Interesse zeigte, schilderte sie die Umstände von Renees Tod detailliert und gab die knappen Informationen aus dem Autopsiebericht weiter, die sie sich bei wiederholten Anrufen bei dem zuständigen Pathologen beschafft hatte. Einige von ihnen waren recht mitfühlend gewesen und hatten sogar einer gewissen Verwunderung Ausdruck gegeben. Sie sammelte umfangreiches Material über den sogenannten »Plötzlichen Kindstod« – *SIDS, Sudden Infant Death Syndrome,* wie die Ärzte ihn nannten. Der Begriff steht für eine Art Pauschaldiagnose, wenn keine eindeutige Erklärung gefunden werden kann. Doch keiner der Ärzte, mit denen sie sprach, konnte mehr sagen, als sie selbst schon wußte: Es war in der Tat äußerst selten, daß ein offensichtlich gesundes zweijähriges Kind im Schlaf starb.

Sharon hörte nun ihrer Tochter aufmerksamer zu. Falls sich Annettes wütende Anschuldigungen tatsächlich als unbegründet erweisen sollten, war es wichtig, daß sie dies rasch herausfand. Aber bis es soweit war, würde sie sich an die goldene Regel ihres Lehrmeisters halten: sich ihre Unbefangenheit zu bewahren und ihre persönlichen Gefühle soweit wie möglich in den Hintergrund zu stellen.

»Wenn dir noch etwas einfällt – irgend etwas – das wichtig sein könnte«, forderte Sharon ihre Tochter auf, »dann schreib es auf, und gib es mir.« Außerdem schlug sie Annette vor, unbedingt mit ihrem Ex-Ehemann ein Gespräch zu führen und sich ein einigermaßen klares Bild über die Ereignisse jener Nacht zu verschaffen, in der Renee gestorben war.

Es sollte bis zur zweiten Februarwoche dauern, die in jenem Jahr besonders kalt war, bis Annette schließlich die Kraft für dieses Gespräch aufbrachte. Sie nutzte eine ausstehende Unterhaltszahlung als Vorwand, Shane anzurufen.

»Wie geht es dir?« hatte Shane gefragt, nachdem er ihr versichert hatte, erst vor wenigen Tagen den entsprechenden Scheck zur Post gebracht zu haben. Annette hätte ihn am liebsten angeschrien. *Wie es mir geht? Mein Baby ist tot, du Arschloch. Wie glaubst du wohl, daß es mir geht?* Doch sie blieb ruhig und gefaßt und lenkte das Gespräch vorsichtig auf das Thema von Renees Tod. Auf dem Tisch vor ihr stand ein eingeschaltetes Tonbandgerät und wartete nur darauf ... ja, worauf eigentlich? Einen plötzlichen Aufschrei der Schuld? Ein jämmerliches Flehen um Vergebung?

Nein, sagte er, er habe keine neueren Nachrichten von den Gerichtsmedizinern. »Ich kann einfach nicht glauben, daß die so lange brauchen.«

»Shane, hat sich Renee in jener Nacht irgendwie seltsam oder ungewöhnlich verhalten?«

»Nein, sie hat ganz gesund gewirkt und ist herumgerannt und hat nicht einmal Theater gemacht, als sie ins Bett gehen sollte. Ich verstehe das einfach nicht. Einer von diesen Typen, die angerufen haben, hat gesagt, es könnte vielleicht eine schwere Bronchialinfektion oder dergleichen gewesen sein. Ich weiß nicht, ob die nicht bloß rumrätseln. Ich weiß es einfach nicht.«

»Du hast sie in der Nacht nicht husten hören oder so etwas?«

»Ich war in meinem Zimmer, aber die Kinder waren mit ihr zusammen. Das hätte doch jemand gehört.«

»Ich verstehe das einfach nicht«, sagte Annette, ehe sie das Thema wechselte. »Hattest du irgendeine Versicherung für sie? Du weißt ja, Mutter hat sich um die Beerdigung und alles gekümmert, und ich denke, die Rechnung dafür wird ziemlich hoch werden. Fünftausend Dollar vielleicht.«

»Mhm, darüber habe ich auch schon nachgedacht«,

meinte er. »Ich muß mit deiner Mom sprechen. Wir hatten doch da eine Police bei meinem Arbeitgeber. Ich denke, es läuft auf zweitausend hinaus oder so.«

Seine Stimme wurde weicher. »Weißt du, ich kann mir gar nicht vorstellen, das alles so zu regeln und zu organisieren, wie deine Mom das getan hat. Ich hatte schon Mühe genug, die Blumen zu bestellen und zum Begräbnis zu gehen und so.« Er würde ihre Mutter anrufen, sagte er, um ihr zu danken und um über die Kosten für die Bestattung mit ihr zu sprechen.

Einen Augenblick lang trat Stille ein, ehe er fortfuhr: »Ich kann mir gut vorstellen, wie dir zumute ist«, meinte er dann. »Ich denke die ganze Zeit an sie, und dabei war ich bei weitem nicht soviel mit ihr zusammen wie du.«

Annette kämpfte mit den Tränen. »Ich kann dir sagen, es gibt nichts Schlimmeres.«

»Ich weiß«, erwiderte er.

»Hast du ihren Kindersitz noch?«

»Ja, der liegt in meinem Zimmer.«

»Und Michelle möchte wissen, ob du ihren Schlafsack hast ...«

»Ich bring' dir die Sachen rüber, bald.«

Sie war erleichtert, als Shane das Gespräch wieder auf die Nacht zurücklenkte, in der Renee gestorben war.

»Als die das letzte Mal anriefen«, sagte er, »hatten sie immer noch irgendwelche Tests vor. Die Auswertung von einigen steht, immer noch aus.«

»Überprüfen die auch, ob sie vielleicht etwas geschluckt hat, was sie nicht sollte?«

»Die Sorge hatte ich zunächst auch«, antwortete er. »In der Küche liegen eine ganze Menge Medikamente und solches Zeug herum. Ich hatte mich gefragt, ob sie vielleicht davon etwas erwischt hat. Aber das steht alles viel zu hoch, als daß sie herangekonnt hätte. Ich kann mir einfach nicht vorstellen ...«

Annette spürte, wie ihr langsam der Geduldsfaden riß. Von der beiläufigen Art, in der er redete – so als würde er über den Tod eines Fremden sprechen und nicht von ihrem eigenen Fleisch und Blut –, wurde ihr ganz schlecht. »Sobald sie einmal eingeschlafen war, ist sie gewöhnlich nicht aufgewacht«, meinte sie. »Hattest du Schwierigkeiten, sie zu Bett zu bringen?«

»Nein, eigentlich nicht. Ich habe mich zu ihnen gelegt, bis alle eingeschlafen waren.«

»Ist sie als letzte eingeschlafen, oder …«

»Ich glaube, sie war die erste«, sagte er. »Die anderen haben sich noch irgendeinen Film im Fernsehen zu Ende angesehen.«

»Und niemand hat sie husten hören? Oder gesehen, wie sie sich in die Bettdecke verwickelt hat oder so etwas?«

»Nichts. Alles war in Ordnung. Aber die Ärzte sagen bloß immer, es muß eine Art Infektion der Atemwege gewesen sein.«

»Ich verstehe das nicht«, sagte sie, fast am Ende ihrer Kräfte. Sie hörte, wie Shane sie aufforderte, es ihn wissen zu lassen, wenn der Scheck eintraf. »Und«, fügte er hinzu, »grüß Michelle von mir.«

»Wiedersehen, Shane«, sagte sie und zwang sich, den Hörer sanft aufzulegen. Erst dann stieß sie einen gellenden Schrei aus. Sie hatte auf irgendeine Andeutung von echter Reue gehofft, auf ein wenn auch noch so kleines Anzeichen, daß er Schmerz oder Schuld empfand. Und davon hatte sie die ganze Zeit in seiner Stimme nichts vernommen.

Erst nachdem sie sich die Bandaufzeichnung ihres Gesprächs ein paarmal vorgespielt hatte, fiel ihr schließlich etwas auf. Sie hatte nur auf das gehorcht, was er *gesagt* hatte, und ganz übersehen, was er *nicht gesagt* hatte.

»Shane hat dir alles, was an jenem Abend geschehen

ist, einigermaßen detailliert geschildert«, sollte Annette später ihrer Mutter sagen, »und dabei hat er gesagt, da sei nichts gewesen, was schließlich zu dem furchtbaren Ereignis geführt hat. Er war sich da ganz sicher.

Aber du erinnerst dich doch, wie die Polizei uns erzählt hat, er habe ihnen erklärt, Renee habe sich den Kopf gestoßen, als sie auf seinem Bett herumhüpfte? Davon hat er uns gegenüber nichts erwähnt.«

Und der Grund dafür war, das stand für sie zweifelsfrei fest, daß dieser kleine Unfall nie geschehen war.

Sharon brauchte dringend Abwechslung. Von den Problemen ihrer Kinder verzehrt, hatte sie schon seit Monaten das Gefühl, als würde ihr eigenes Leben ihr entgleiten. Der Prozeß gegen Steven und die Verurteilung wegen Mordes, mit dem er geendet hatte, hatten ihr so zugesetzt, daß sie für eine ganz kurze Zeit, die ihr nachher selbst Angst gemacht hatte, sogar an Selbstmord gedacht hatte. Sie hatte die Furcht und die Verzweiflung in den Augen ihres Sohnes gesehen, als der Richter ihn zu einer zehnjährigen Gefängnisstrafe verurteilt hatte, und der Schmerz, der ihr dabei durch das Herz gezuckt war, war qualvoller gewesen als alles, was sie je für möglich gehalten hätte.

Bis dann Renee gestorben war.

Und jetzt kam zu dem neuen Schmerz noch die Unsicherheit, was eigentlich die Todesursache gewesen war. Ihrem Gefühl nach waren die vorläufigen Schlüsse, die der Gerichtsarzt gezogen hatte, absurd, kaum mehr als ein bürokratischer Versuch, einen weiteren Fall zu den Akten legen zu können und sich mit dem nächsten zu befassen. Gleichzeitig brachte sie es einfach nicht fertig, sich Annettes unverrückbare Überzeugung zu eigen zu machen, daß Shane irgendwie für den Tod der Kleinen verantwortlich war. Soviel Böses ging einfach Lichtjahre über ihr Begriffsvermögen hinaus. Annette, so befürchtete sie, stand am Rande eines Nervenzusammenbruchs und war unter der ganzen Last des Leides paranoid geworden.

In den letzten Wochen hatte Annette angefangen, neue Horrorgeschichten aus ihrer Ehe mit Shane auszugraben.

Sie erzählte, wie sie einmal in einen Tierladen gegangen waren und dort zwei junge Kätzchen gesehen hatten, zu denen sie sich sofort hingezogen fühlte. Shane, so erzählte sie, hatte sie ihr als vorzeitiges Geburtstagsgeschenk gekauft, und sie hatte die beiden Tierchen Crystal und Sugar genannt. Als sie dann größer wurden, hatte Sugar angefangen, auf Shane mit einer unerklärlichen Abneigung zu reagieren. Sie hatte jedesmal gefaucht, wenn Shane versuchte, sie aufzuheben, und ihn einige Male sogar gekratzt. Obwohl Sugar Annettes Liebling war, hatte sich in Shane schnell unverhohlener Haß gegenüber der Katze aufgestaut.

»Eines Tages kam ich von der Arbeit nach Hause«, erzählte Annette ihrer Mutter, »und da war Sugar verschwunden. Ich habe überall nach ihr gesucht, bin durch sämtliche Straßen unserer Umgebung gefahren und habe ihren Namen gerufen. Schließlich kam Shane herein, und ich fragte ihn, ob er sie gesehen hätte. Er sah mich bloß mit einem bösartigen Grinsen an und zuckte die Achseln. ›Du wirst sie nicht finden‹ war alles, was er dazu zu sagen hatte.

In dem Augenblick wußte ich, daß er meine Katze umgebracht hatte. Sugar lag irgendwo in einem Müllcontainer. Bloß, weil er sie nicht mochte.«

Außerdem war sie auch fest davon überzeugt, daß Shane ihr nach wie vor nachspionierte und gelegentlich seinen Pick-up auf einem Parkplatz in der Nähe ihrer Wohnung abstellte, um sie beim Kommen und Gehen zu beobachten. Sie gab zu, daß sie ihn nie konkret gesehen hatte, war aber sicher, daß es sich um seinen Pick-up handelte. Als Sharon andeutete, daß sie sich auch irren könne, blieb Annette hartnäckig. Dieser Pick-up war kaum mit einem anderen zu verwechseln. Sie hatte das schwarzlackierte Fahrzeug unzählige Male gesehen und kannte das Nummernschild mit dem Emblem der Nationalgarde und das Fallschirmjägerabzeichen auf dem Heckfenster nur zu gut. Das war Shanes Pick-up, selbst wenn sie ihn nicht hinter dem Steuer hatte sitzen sehen. Aus irgendeinem Grund fuhr der Mann, von dem sie überzeugt war, daß er ihr Baby getötet hatte, fort, sie zu beobachten.

Sharon wurde das alles allmählich zuviel. In der Hoffnung, wenigstens für kurze Zeit einmal nichts von all den Fragen und Anschuldigungen zu hören, plante sie eine Reise zur Farm der Familie in Hallettsville. Sie hatte Renees Grab seit der Beerdigung nicht mehr besucht und wollte das jetzt nachholen. Kathy McCall, eine Bekannte, mit der sie vor Jahren in einer Bank in Houston zusammengearbeitet hatte, nahm ihre Einladung an, mit ihr zusammen ein Wochenende auf dem Lande zu verbringen.

Obwohl die saubere, fast süße Brise, die von der Golfküste hereinwehte, belebend und die ländliche Stille eine willkommene Abwechslung zur ständigen Hektik der Stadt war, schaffte Sharon es nicht ganz, ihre Sorgen zu verdrängen. Sie hatten sie auf der zweieinhalb Stunden dauernden Fahrt begleitet und lasteten jetzt voll auf ihr, als sie allein auf dem Friedhof stand, die Hand über die Augen gelegt, um sie vor der Mittagssonne zu schützen, und auf das Grab ihrer Enkeltochter hinabblickte. Als Kathy dann am Nachmittag merkte, welche Mühe ihre Freundin sich gab, ihre Bedrücktheit zu verbergen, lächelte sie und legte Sharon die Hand auf die Schulter. »Vielleicht hilft es dir, wenn du darüber redest«, meinte sie.

Mehr Aufmunterung brauchte Sharon nicht. Die beiden Frauen saßen stundenlang auf der Veranda und sahen den Eichhörnchen zu, die in den Ästen herumtobten, und wie die Küstenbrise die Blumen beifällig dazu nicken ließ. Sharon vertraute Kathy ihre Besorgnis über die Hartnäckigkeit an, mit der Annette darauf beharrte, daß jemand dem Kind bewußt ein Leid zugefügt hatte. Sie beklagte die scheinbar oberflächliche Einstellung der Polizei und das Schneckentempo, mit dem allem Anschein nach bei der Gerichtsmedizin gearbeitet wurde.

»Weißt du«, sagte sie, »es ist wirklich verrückt, wie man sich auf irgendeine Kleinigkeit fixieren kann und sie einfach nicht los wird, bis sie zu etwas angewachsen ist, das schon fast real ist.«

»Was denn?« wollte Kathy wissen.

»Die haben gesagt, bei dem Versuch der Mädchen, Renee zu wecken, habe sie auf dem Bauch gelegen, den Kopf auf einem Kissen. Das macht mich stutzig. Sie hat nie so geschlafen. Es war schon unmöglich, sie als Baby dazu zu bringen, auf dem Bauch zu liegen. Sie schlief immer auf dem Rücken.«

Und dann, als ob ihre Gedanken eine andere Bahn eingeschlagen hätten, lächelte sie. »Ich habe sie kurz vor Weihnachten hierher mitgenommen. Ich erinnere mich noch genau, wie sie sich ständig im Bett herumgewälzt hat, mich gestoßen hat und sich auf mich gedreht. Ich bin ein paar Mal aufgewacht und mußte sie wieder auf ihre Bettseite hinüberschieben. Also stand ich schließlich auf und tat das, was ich früher auch immer getan habe. Ich machte uns ein Lager auf dem Boden und häufte Kissen ringsherum auf, damit sie im Schlaf nicht wegrollen konnte. Da stand nun dieses große, bequeme Bett, und wir beide schliefen auf dem Boden in unserer kleinen Kissenfestung.«

Sharon nickte beim Reden ständig, und ein leichtes

Lächeln spielte um ihren Mund. »Das war damals richtig schön.«

Schließlich war es beinahe dunkel geworden, bis sie ihren ganzen Kummer von der Seele geredet und damit gewissermaßen ein Requiem für Renee abgehalten hatte.

Danach saßen die beiden Frauen eine Weile schweigend da und schauten zu, wie die Abenddämmerung heraufzog. Der Abend brachte eine willkommene Abkühlung und den stetigen Chor der unsichtbaren nächtlichen Bewohner der Umgebung.

»Ich kenne da jemanden, mit dem du vielleicht reden solltest«, sagte Kathy schließlich. Sie hatte in all den Jahren ihrer Freundschaft nie erwähnt, daß ihr Bruder ein hochdekorierter Deputy im Sheriffbüro in Orlando, Florida war. Er hatte seine Ausbildung in der FBI-Akademie in Quantico absolviert und sich einen Ruf als Experte für Serienmörder erworben. Häufig wurde er von den Ermittlungsbehörden im ganzen Land als Berater herangezogen. »Vielleicht hat er einen Vorschlag«, meinte sie.

Sharon konnte sich zunächst nicht vorstellen, wie jemand, der Hunderte von Meilen entfernt lebte, zu irgendwelchen neuen Erkenntnissen gelangen sollte. Wie konnte man von ihm erwarten, daß er die Fragen einer völlig Fremden beantwortete, wo diese Fragen inzwischen doch schon zu völlig sinnlosen Rätseln verkommen waren.

»Sprich einfach mit ihm«, ermunterte Kathy sie.

Schließlich nickte Sharon. Warum nicht? Sie war bereit, alles zu versuchen.

Riggs Gay war überrascht und erfreut darüber, die Stimme seiner Schwester Kathy zu hören, als er sich am Telefon meldete. Nach ein paar Minuten Familienklatsch schilderte Kathy ihrem Bruder kurz den Grund ihres Anrufs und übergab dann Sharon das Telefon.

Gay versicherte ihr mehrmals, daß sie ihn keineswegs belästige, und betonte sogar, daß genau das Gegenteil der Fall sei. Was sie ihm da erzähle, sei für ihn sehr interessant.

Erst als sie ihm alle Einzelheiten, die ihr aus den Ermittlungen bekannt waren, und auch die ersten Ergebnisse der Gerichtsmedizin mitgeteilt hatte, begann er damit, ihr Fragen zu stellen.

»Wonach ich jetzt frage«, sagte er, »sind Dinge, die Sie in Erfahrung bringen müssen, falls Sie das nicht bereits getan haben; Dinge, die vielleicht darauf hindeuten, daß irgend etwas möglicherweise tatsächlich nicht mit rechten Dingen zugeht.«

Sharon war er sofort sympathisch. Seine zwar geschäftsmäßig, aber freundlich klingende Stimme ließ auf echtes Interesse deuten. »Ich verstehe«, antwortete sie.

Unter den von ihr geschilderten Umständen, so fuhr er fort, sei statistisch betrachtet die Wahrscheinlichkeit groß, daß ihre Enkelin entweder an einer Vergiftung oder an Asphyxie gestorben sei – Erstickung. »Dort müssen Sie anfangen«, erklärte er und setzte dann zu einer Reihe von Fragen an, von denen er nicht erwartete, daß sie sie schon beantworten konnte:

Hatte der Gerichtsmediziner in Renees Augen irgendwelche Hinweise auf Petechien gefunden – winzige Blutgerinnsel, nicht größer als eine Nadelspitze, wie sie im allgemeinen bei Erstickungstod auftreten?

War der Schlafsack, auf dem das Kind gelegen hatte, als Beweismaterial sichergestellt worden, und waren irgendwelche Flüssigkeitsproben darauf überprüft worden?

Hatte man die Matratze und die Bettlaken aus Shanes Zimmer sichergestellt und überprüft?

Waren toxikologische Tests vorgenommen worden? Hatte man vaginale und anale Abstriche gemacht? Gab es Fotos von dem Kind in dem Zustand, wie die Polizei es aufgefunden hatte?

Riggs Gay redete nicht so wie die Ärzte, sondern wie ein geschulter Mordermittler. Ohne von der langjährigen Praxis abgebrüht zu sein, war es stets seine Art gewesen, zunächst das Schlimmste anzunehmen, also bei jedem Todesfall erst einmal nach Spuren von kriminellem Verhalten zu suchen. Die moderne forensische Technik erlaubte es heutzutage, einen entsprechenden Verdacht recht schnell aufzulösen und damit Ruhe herzustellen. Ärzten und Ermittlern wurde dadurch viel Zeitvergeudung erspart.

»Ich werde diese Fragen stellen«, versprach Sharon.

»Wenn Sie darauf eine Antwort bekommen«, erwiderte Gay, »würde ich gern wieder von Ihnen hören.«

Ein paar Tage später fuhr Shane Goode von seinem Arbeitsplatz zum Polizeirevier von Alvin, um sich dort mit Detective Duckworth zu treffen. Er erwartete, endlich über die Ergebnisse aus der gerichtsmedizinischen Untersuchung informiert zu werden.

Statt dessen mußte er erneut dieselben Fragen beantworten, die man ihm unmittelbar nach Renees Tod gestellt hatte. Duckworth erklärte Shane, das sei notwendig, um ganz sicherzugehen, daß er nichts übersehen hatte, was sein Abschlußbericht enthalten mußte. »Reine bürokratische Routine«, sagte er.

In Wirklichkeit wollte er sich Shane Good noch einmal ansehen – sich ein Bild von seinem Verhalten und seiner Körpersprache machen. Er hoffte dabei, daß ihm das Gespräch darüber Klarheit geben würde, ob der Mann, mit dem er es zu tun hatte, möglicherweise ein Geheimnis verbarg.

Sie redeten etwa eine halbe Stunde, und Goode beantwortete ohne große Gefühlsregung Fragen, die sich auf die letzten Stunden im Leben seiner Tochter bezogen. Dabei lösten sich seine Augen nur selten von dem Boden vor seinen Füßen.

Schließlich griff Duckworth über seinen Schreibtisch nach einer Porzellantasse. »Möchten Sie einen Schluck Kaffee?« fragte er.

»Nein, danke.«

Der Detective versicherte seinem Besucher, daß sie praktisch fertig seien, entschuldigte sich dann bei ihm und ging in den Flur hinaus. Dort blieb er ein paar Sekunden stehen, die leere Tasse in der Hand, und blickte auf die zusammengesunkene Gestalt an seinem Schreibtisch zurück. Shane starrte immer noch auf den Boden.

Irgend etwas an diesem Kerl stimmt nicht, dachte der Detective.

10

Die Fassade des roten Ziegelbaus am Old Spanish Trail 1800 von Houston ziert eine mit kräftigen Lettern beschriftete Tafel, die das Gebäude unter den gerichtsmedizinischen Büros der ganzen Nation hervorhebt. Es trägt die Bezeichnung ›Joseph A. Jachimczyk Forensic Center of Harris County‹ und ist eines der wenigen unter Denkmalschutz stehenden Regierungsgebäude, das den Namen der Person trägt, die auch noch zum aktuellen Zeitpunkt die Arbeiten dort leitet. Das Gebäude ist erfüllt von der düsteren Geschichte der Stadt, und ein Großteil davon ist in der langen Amtszeit Jachimczyks geschrieben worden. Unmittelbar südlich davon befindet sich das Ben Taub Hospital, dessen an ein Labyrinth erinnerndes und nicht klimatisiertes Kellergeschoß einst als Leichenhalle der County diente. Man brachte die Leichen der Berühmten wie die der Berüchtigten hierher.

Seit der in Harvard ausgebildete Jachimczyk 1957 dort seine Tätigkeit aufnahm, hat er Autopsien vieler berühmter Bürger und Bürgerinnen der Stadt überwacht. Da war der wie ein Einsiedler lebende Milliardär Howard Hughes, der während eines Rückflugs in die Vereinigten Staaten verstarb. Jachimczyk war derjenige, der den Skeptikern den Beweis lieferte, daß es sich bei der von ihm untersuchten Leiche tatsächlich um die des legendären Hughes handelte. Und auch beim mysteriösen Tod der in Gesellschaftskreisen sehr bekannten Joan Hill, Dressurreiterin der Weltklasse und Frau des erfolgreichen Schönheitschirurgen Dr. John Hill, war es der nach Exhumierung der Leiche von Jachimczyk durchgeführten Autopsie zuzuschreiben, daß Mrs. Hills Ehemann schließlich als ihr Mörder entlarvt werden konnte. Jachimczyk hatte ferner die gerichtsmedizinischen Ermittlungen in den grausigen Serienmorden durchgeführt, die von Dean Corll und Elmer Wayne Henley verübt worden waren. Und mit jeder Schlagzeile, jedem Fernsehauftritt und jedem Interview mit einem True-Crime-Autor wuchs sein Ruf.

Zahlreiche Anekdoten legten darüber hinaus Zeugnis für die recht eigenwillige Art ab, in der er sein Amt ausübte. Die County-Kommissare – dafür verantwortlich, die Arbeitsweise und die Ausgaben des gerichtsmedizinischen Büros zu überwachen – wurden nur äußerst selten konsultiert. Allerdings beklagten sie sich darüber auch kaum. Als einer der prominentesten und hochbezahlten Beamten auf der Gehaltsliste der County (mit einem Jahresgehalt von 150.000 Dollar) hatte sich der Mann, dessen Amtsführung sie überwachen mußten, trotz seiner Kleinwüchsigkeit zu einer geradezu übermenschlich großen Gestalt entwickelt. Immer war er mit Seersucker-Anzügen bekleidet, die zu einer Art Markenzeichen für ihn geworden waren, wozu er stets eine farbenprächtige Schleife trug. Er konnte charmant oder frostig sein, ganz wie die jeweilige Situation es erforderte. Jachimczyk wurde häufig als »intellektuell furchteinflößend« geschildert und verstand es, bei seinen Mitarbeitern Respekt, bei den Geschworenen, vor denen er als Zeuge auftrat, ungeteilte Aufmerksamkeit und bei seinen Feinden feuchte Handflächen erzeugende Angst hervorzurufen. Besserwisserische Kritik an seiner Amtsführung pflegte er mit einer ganz besonderen Art an selbstbewußter Arroganz wegzufegen, die bei denen, die so vermessen waren, sich zu Wort zu melden, einen tiefen Eindruck hinterließ.

Sein Büro, so betonte er, wenn jemand Zweifel an seinem Etat oder der Effizienz seines aus sechs Mitgliedern bestehenden Pathologenstabes äußerte, führte jährlich zwischen 2.500 und 3.000 Autopsien durch.

»Dr. Joe«, wie er in den Korridoren des Gebäudes am Spanish Trail genannt wurde, führte sein Amt mit militärisch anmutender Disziplin und wurde dabei von seinem Chefermittler, Cecil Wingo, unterstützt. Wingo war zwar kein Arzt, erschien aber stets am Tatort in einem weißen Labormantel und war unter Kollegen und auch bei der Polizeibehörde für seine aufbrausende Art bekannt. Für die meisten war Cecil Wingo ganz eindeutig so etwas wie ein stellvertretender Kommandant der Gerichtsmedizin von Harris County.

Vor diesem Hintergrund wurde 1994 die Autopsie von Katherine Renee Goode angeordnet – eine von 863, die die Pathologen von Harris County in jenem Jahr durchführten. Die Leichen stammten aus vierzehn umliegenden Countys.

Brazoria County, die über keinen eigenen Gerichtsmediziner verfügte, hatte schon seit Jahren einen Vertrag mit dem Gerichtsmedizinischen Institut von Harris County. Danach mußte diese alle erforderlichen Leichenbeschauen an ihren Bewohnern für ein Honorar von 900 Dollar pro Untersuchung durchführen.

Der Auftrag zur Privatautopsie 94-058 – der an Renee Goode – wurde Dr. Eduardo Bellas zugeteilt, einem gebürtigen Kubaner, der vor zwanzig Jahren in die Vereinigten Staaten eingereist und sogleich Mitarbeiter von Jachimczyk geworden war.

In den letzten Jahren – Jachimczyk näherte sich seinem siebzigsten Geburtstag und hatte gelegentlich Andeutungen fallen lassen, daß er vorhabe, in den Ruhestand zu treten – wuchs Dr. Bellas heimliche Hoffnung, daß vielleicht er eines Tages die Position des obersten Gerichtsmediziners einnehmen würde.

Am Nachmittag des 31. Januar galt freilich seine ganze Aufmerksamkeit der winzigen Gestalt, die in einem der vier Autopsieräume des Instituts vor ihm lag. In ein über dem Untersuchungstisch aus rostfreiem Stahl angebrachtes Mikrofon sprechend, begann er die Leiche zu beschreiben: »... ein gut genährtes, gut entwickeltes, weibliches Kind weißer Hautfarbe, älter wirkend als das angegebene Alter von zwei Jahren ... fünfunddreißigeinhalb Zoll lang – sechsundzwanzig Pfund schwer – Kopf mit blondem, acht Zoll langem Haar bedeckt ... braune Augen ... Zähne in gutem Zustand ...«

Hinweise auf eine Verletzung entdeckte er nirgends.

Anschließend nahm er sorgfältig einen Y-förmigen Einschnitt in der Brust des Kindes vor und untersuchte systematisch die inneren Organe, betrachtete sie, wog anschließend das Herz, das Gehirn, die Nieren, die

Leber und die Bauchspeicheldrüse. Die Lungen, stellte er fest, waren mit Flüssigkeit gefüllt.

Erst als er die Trachaea (Luftröhre) und die Bronchien untersuchte, fiel ihm etwas auf, das er für ungewöhnlich hielt. Er fand dort große Mengen von blutigem Schaum. Und dazu fand er im Mandelbereich Hinweise auf Geweberisse. Unter Berücksichtigung des Schaums und der Kongestion (Blutandrang) in den Lungen deutete das darauf hin, daß der Tod des Kindes wahrscheinlich auf Ersticken zurückzuführen war.

Einen Verdacht auf das Vorliegen eines Gewaltverbrechens ließ dies jedoch nicht in ihm aufkommen. Und so vermerkte Dr. Bellas in seinem Bericht: »Ich bin der Auffassung, daß Ursache und Todesart der verstorbenen Katherine Renee Goode ungeklärt sind.«

Dieses Ergebnis verblüffte Sharon Couch, und zwar in einem solchen Maße, daß es ihr zunächst sogar die Energie raubte, die es brauchte, um wütend zu werden. Das ängstliche Warten, die immer wieder vorgebrachten Bitten und das angestrengte Bemühen, Geduld zu bewahren, waren ergebnislos geblieben. Sie würde nie begreifen können, weshalb die Autopsieergebnisse erst *nach* der Beerdigung ihrer Enkeltochter zur Verfügung gestellt werden konnten. Die hoch ausgebildeten Fachleute einer Behörde, die mit einem Jahresetat von über drei Millionen Dollar ausgestattet war, hatten ihr ganzes Wissen, die modernste Technik und die neuesten Prüfmethoden eingesetzt und … nichts gefunden.

Dr. Bellas' Bericht hatte keine einzige der Fragen beantwortet, die sie jetzt bereits bis in den Schlaf verfolgten. Und es hatten sich sogar noch weitere Fragen hinzugesellt:

Welchen Schluß konnte man aus seiner Erklärung ziehen? Wie konnte man zulassen, daß das Wort »unbestimmt« den Tod eines menschlichen Wesens ohne auch nur das geringste Maß von Gewißheit einfach abtun durfte?

Allmählich baute sich ihre Wut wieder auf und bezog sich jetzt auch auf die gesamte Bürokratie des Justizsystems. Immer wenn sie das Gerichtsmedizinische Institut angerufen hatte – und das war sehr häufig der Fall gewesen –, um endlich die Todesursache ihrer Enkeltochter zu erfahren, waren ihre Anrufe routinemäßig nicht etwa zu Dr. Bellas, sondern zu Cecil Wingo weitergeleitet worden. Er hatte ihr wieder und wieder versichert, daß die Ergebnisse bald zur Verfügung stehen würden, und sie höflich um Geduld gebeten. Es sei wichtig, so erklärte er, daß sämtliche Testresultate ordnungsgemäß abgeschlossen würden, ehe eine offizielle Feststellung getroffen werden konnte. Dr. Bellas, so beteuerte Wingo, sei ein äußerst gründlicher Pathologe. Sharon war zwar durch die ständigen Verzögerungen verstimmt, hatte sich aber doch durch die knappen Informationen, die Wingo ihr im Laufe der Zeit hatte zukommen lassen, und seinem Versprechen, daß sämtliche ihrer Fragen bald beantwortet werden würden, vertrösten lassen.

Ob das auch der Fall gewesen wäre, wenn sie gewußt hätte, wie das Gerichtsmedizinische Institut bei den Autopsien an den Kindern von Claudette Kibble, einer jungen Mutter aus Houston, vorgegangen war, darf allerdings bezweifelt werden.

Im August 1986 wurde eine Ambulanz zum Haus der Kibbles im Nordosten von Houston geschickt, wo man ihren siebzehn Monate alten Sohn bewußtlos aufgefunden hatte. Die Mutter erklärte, daß der Kleine während des Badens einen Anfall bekommen habe. Beim Eintreffen im Krankenhaus wurde das Kind für tot erklärt, und man überwies die Leiche in das Büro des Gerichtsmediziners. Die Untersuchung hier ergab, daß es tatsächlich an einem epileptischen Anfall gestorben war.

Die Autopsie war von Dr. Bellas durchgeführt worden.

Im Laufe der nächsten vier Jahre wurden zwei weitere Kibble-Kinder in der Leichenhalle eingeliefert, die ebenfalls Anfälle erlitten hatten, bei denen nur ihre Mutter Zeugin gewesen war. In einem der beiden Autopsieberichte wurde als Todesursache wiederum »Epilepsie« aufgeführt, im anderen stand »unbestimmt«, de facto also die Feststellung, daß keine weiteren Ermittlungen erforderlich seien.

Darüber erzürnte Mitarbeiter der Kinderschutzbehörde enthüllten, daß jedes der drei Kinder einen anderen Vater hatte, was die Wahrscheinlichkeit eines genetischen Alptraums drastisch reduzierte. Dennoch beharrte das Gerichtsmedizinische Institut auf seinen Darlegungen. Als die Staatsanwaltschaft von Harris County, argwöhnisch geworden aufgrund der Ähnlichkeit der drei Todesfälle, Ermittlungen in Gang setzte, stieß sie auf dieselbe sture Reaktion. Ein Staatsanwalt leitete dem Gerichtsmedizinischen Institut von San Antonio die Ausarbeitung über eines der Kibble-Kinder weiter, woraufhin ihm mitgeteilt wurde, daß das dortige Institut den Tod als Mord oder Totschlag klassifiziert hätte.

Erst nachdem eine in Tränen aufgelöste Claudette Kibble ihrer Mutter gestand, daß sie die Kinder ermordet hatte – sie hatte eines erstickt und die anderen ertränkt –, und Anklage erhoben wurde, änderte das Gerichtsmedizinische Institut von Harris County schließlich seinen Befund und gelangte zu dem Schluß, daß es sich in jedem einzelnen der drei Fälle um Mord gehandelt habe.

Sharon ließ sich ihre Verzweiflung anmerken, als sie in dem Ferngespräch mit Orlando das Riggs Gay gegebene Versprechen erfüllte, ihm die Ergebnisse der Gerichtsmedizin zugänglich zu machen. Sie schilderte ihm ein Telefongespräch, das sie zu guter Letzt doch noch mit Dr. Bellas geführt hatte.

Sie versicherte Riggs, daß sie jede einzelne der von ihm vorgegebenen Fragen gestellt habe, und räumte ein, daß diese nicht sonderlich interessiert aufgenommen worden seien.

»Er hat gesagt, die Autopsie sei völlig negativ verlaufen«, berichtete sie. »Es gab keine Hinweise auf irgendwelche physischen Schäden und keine Petechien in ihren Augen.«

»Wenn der Tod durch Ersticken langsam genug erfolgt«, erwiderte Gay, »kann es auch keine geben.« Er wollte unter keinen Umständen falsche Hoffnungen bei ihr wecken, daß es vielleicht eine definitivere Antwort geben könnte. Aber die Begleitumstände des Todes, die sie ihm beim letzten Gespräch geschildert hatte, waren mehr als nur interessant gewesen – nämlich ausgesprochen beunruhigend.

Er fragte, ob sie eine Kopie des Autopsieberichtes und Kopien irgendwelcher Fotos besorgen könne, die von den Ermittlungsbeamten an dem Morgen im Haus der Goodes aufgenommen worden waren.

Die Vorstellung, Bilder von Renee anschauen zu müssen, wie sie tot auf dem Boden des Kinderzimmers lag, ließ es ihr eisig über den Rücken laufen. »Ich denke schon«, meinte sie.

»Es wäre schön, wenn Sie sie mir schicken würden«, sagte Gay. »Es gibt hier jemanden in Orlando, dem ich sie gern zeigen möchte.« Und dann fügte er warnend hinzu: »Es ist aber durchaus möglich, daß ich mit all dem nur Ihre Zeit vergeude, das müssen Sie wissen.«

Sharon fiel ihm ins Wort. Niemand, der Interesse an

ihrer Suche nach Wahrheit äußere, vergeude ihre Zeit. »Ich schicke Ihnen die Unterlagen, sobald es geht«, versprach sie und schrieb sich die Adresse auf, die er ihr nannte.

Ihre Besorgnis über den Tod ihrer Enkeltochter hatte sich jetzt zu einer Art fixen Idee entwickelt.

In den folgenden Tagen wichen Sharons Gedanken nur selten von ihrer Aufgabe ab. Sie nahm regelmäßig Kontakt zur Polizei von Alvin auf und war fest entschlossen, die Ermittlungen voranzutreiben. Mit Hilfe ihrer Schwester, die für sie in ärztlichen Fachblättern recherchierte, machte sie eine kanadische Pathologin ausfindig, die sich mit ungeklärten Todesfällen von Kindern befaßte, und rief sie an. Nachdem die Ärztin sich die Geschichte angehört hatte, die Sharon inzwischen perfekt und ohne zu stocken vortragen konnte, erklärte sie sich einverstanden, die bei der Autopsie angefertigten Gewebeabstriche anzusehen, falls man sie ihr schickte. Sharon informierte Detective Duckworth über das Gespräch, gab ihm die Telefonnummer der Pathologin und bat ihn eindringlich, mit ihr Verbindung aufzunehmen.

Einige Wochen verstrichen, bis Sharon schließlich die Geduld verlor und wieder in Kanada anrief, nur um zu erfahren, daß die Abstriche nie dort angekommen waren.

Das war der Augenblick, wo Sharon anfing, sich mit der Tatsache abzufinden, daß die Polizei die aktive Ermittlungsarbeit an dem Fall praktisch eingestellt hatte. Der Bericht des Gerichtsmediziners hatte ihnen den Abschluß geliefert, den sie brauchten.

Detective Duckworth, der Auseinandersetzungen aus dem Weg gehen wollte und auch überzeugt war, daß alle Ermittlungsmöglichkeiten ausgeschöpft waren, wandte sich wieder dem Rauschgiftressort zu und hörte auf, ihre Anrufe zu erwidern. Wenn sie mit Leuten im Gerichtsmedizinischen Institut sprach, erklärten diese mit Nachdruck, daß nichts mehr zu tun sei.

Bei einem ihrer abschließenden Gespräche mit Cecil Wingo versuchte dieser ihr aufs neue zu erklären, daß »negative Autopsien« gar nicht so selten seien. Der Tod, so fuhr er fort, komme manchmal auf die unglaublichste Art. Und damit sprach er ein paar Theorien an, die beinahe komisch hätten klingen können, wenn sie das alles nicht so wütend gemacht hätte.

Es bestand die Möglichkeit, so meinte er, daß irgendwie winzige Staubpartikel aus dem Schlafsack, in dem sie geschlafen hatte, in Renees Atemwege eingedrungen waren und ihren Tod verursacht hatten, oder, so führte er weiter aus, es gab da einen seltenen Fall, der von den Philippinen gemeldet worden war: Dort hatte ein Kind einen schrecklichen Traum gehabt und war im Schlaf buchstäblich zu Tode erschreckt.

Von all solchen Absurditäten abgesehen war die Botschaft, die er ihr vermittelte, eindeutig: Es war Zeit, aufzugeben, Zeit, das Nicht-Hinnehmbare hinzunehmen.

Doch dies war eine Botschaft, die Sharon ignorierte. Wenn weder die Experten der Polizei noch der Gerichtsmedizin ihr helfen wollten, würde sie eben ihren Fall an die Öffentlichkeit tragen. Sie sollte bis nach Dallas reisen müssen, ehe sie schließlich Gehör fand. Dort zeigten Funktionäre einer gemeinnützigen Organisation, die sich ›Texanischer Bund für verschwundene und ausgenutzte Kinder‹, ›Texas Rangers‹ nannte, Interesse an ihrer Geschichte und erklärten sich bereit, ihre neue Idee zumindest in begrenztem Umfang finanziell zu unterstützen.

Bald brachten Sharon und Annette Flugblätter in den Fenstern von Geschäften in ganz Alvin und umliegenden Vororten Houstons an. Sie suchten täglich Shopping-Center auf, sprachen mit den Leitern der einzelnen Läden und trugen ihren Fall vor. Nach einer Weile begrüßte das Foto der lächelnden Renee Gäste, die Fast-Food-Restaurants, Lebensmittelgeschäfte, Wäschereien und Videoverleihe betraten. Der Text auf dem Plakat war ganz simpel: Jeder, der irgendwelche Informationen hinsichtlich des Todes von Renee Goode besaß, sollte Sharons Telefonnummer wählen.

Bald erschien dieser Text auch auf zwei Plakattafeln in Alvin. Eine davon stand an der Fernstraße, die nach Houston führte, die andere an der Gordon Street – der Hauptdurchgangsstraße von Alvin –, Ecke Meadowview Street, nur wenige Querstraßen vom Haus der Goodes entfernt.

Obwohl Sharon es niemandem eingestanden hätte, wußte sie sehr wohl, daß die Aussicht gering war, daß irgendein Fremder Informationen über Renees Tod besaß. Andererseits würden die Plakate und Anschlagtafeln Shane Goode und seine Familie ständig daran erinnern, daß die Angelegenheit noch nicht abgeschlossen war.

Ende März erschien Donald Goode, Shanes Vater, auf dem Polizeirevier und verlangte, sichtlich ungehalten, nach Detective Duckworth. Seine Familie werde belästigt, erklärte er. Es gebe ständig Anrufe, wobei die Anrufer jedesmal auflegten, wenn sich jemand meldete. Kaum ein Morgen vergehe, an dem er nicht Exemplare des Flugblatts mit Renees Bild in seinem Garten finde. Und dann war da diese verdammte Plakattafel, an der er und seine Frau täglich vorbei mußten.

Goode war fest davon überzeugt, daß die Polizei hinter dem Druck steckte, den man auf ihn und seine Familie ausübte, und ließ sich nicht davon abbringen, eine formelle Beschwerde einzureichen. Seine Frau, so erklärte er, leide an zu hohem Blutdruck, und der Streß mache das Problem nur noch schlimmer.

»Sir«, erwiderte Duckworth, »ich versichere Ihnen, daß die Polizei weder mit irgendwelchen Telefonaten noch Flugblättern etwas zu tun hat. Und auch nicht mit Plakattafeln.«

»Da steht aber doch die Nummer der Polizei drauf«, wandte Goode ein.

»Das ist richtig«, sagte der Detective, »aber wir haben trotzdem nichts damit zu tun.«

»Dann muß es Annette sein«, sagte Goode. »Und wahrscheinlich ihre verrückte Mutter.«

Duckworth behielt für sich, daß er Goodes Verdacht teilte, und bemühte sich statt dessen, ihn zu beruhigen. Er schilderte ihm die Ermittlungen, die seit ihrem letzten Zusammentreffen stattgefunden hatten. Er erzählte ihm, daß der Gerichtsarzt Probleme gehabt hatte, die Todesursache festzustellen, und sprach auch von dem Ärger und der Enttäuschung, die aus solchen Fällen entstehen.

»Ihnen ist sicher bewußt«, sagte er schließlich, »daß es Leute gibt, die immer noch der Ansicht sind, daß Ihr Sohn irgendwie für den Tod des kleinen Mädchens verantwortlich ist.«

»Ja, das weiß ich.« Goode hatte sich inzwischen beruhigt und sagte nichts von Shanes Verhalten, das Carolyn und ihn in letzter Zeit ziemlich beunruhigt hatte. Bei den seltenen Gelegenheiten, wenn seine Frau Renees Tod gegenüber ihrem Stiefsohn erwähnt hatte, hatte sich dessen Gesicht sofort zornig gerötet, und er war dann jedesmal aus dem Zimmer gestürmt.

Donald Goode starrte den Detective ein paar Sekunden lang wortlos über dessen Schreibtisch hinweg an. »In dem Punkt habe ich mir auch so meine Gedanken gemacht«, sagte er schließlich.

Und damit war er nicht allein.

Sunny Bradley, eine 30 Jahre alte, geschiedene Frau, die im selben Postamt wie Shane als Schalterangestellte tätig war, hatte Renees Tod so zugesetzt, daß sie an der Beerdigung teilgenommen hatte. Dabei wußte sie, daß sie weder Shane noch Annette willkommen war.

Sie und Shane hatten acht Monate zusammengelebt – bis einer seiner üblichen Feiertags-›Scherze‹ zu einem abrupten Ende ihrer Beziehung geführt hatte. In den Monaten, die dem Bruch vorangegangen waren, hatten sie sogar vom Heiraten geredet, und er hatte angedeutet, daß sie zu Weihnachten mit einem Verlobungsring rechnen könne. Zu aufgeregt, um das für sich zu behalten, hatte Sunny ein paar Freundinnen an ihrer Arbeitsstätte davon erzählt. Doch einige Zeit später mußte sie dann auf Nachfragen zugeben, daß kein Ring unter dem Baum gelegen hatte und daß alle Gespräche über eine bevorstehende Eheschließung ein plötzliches Ende gefunden hatten.

Shanes Verhalten war ihr schließlich so auf die Nerven gegangen, daß sie ihn gebeten hatte, seine Sachen aus ihrer Wohnung zu entfernen. Im Rückblick fragte sie sich jetzt, weshalb sie das nicht schon viel früher getan hatte. Obwohl sie sich für eine starke Frau hielt, hatte sie sich von ihm manipulieren lassen. Sie hatte regelmäßig über seine ständigen Lügen hinweggesehen und auch Shanes manchmal äußerst seltsames Verhalten einfach nicht zur Kenntnis genommen. Erst nachdem sie ihn aus ihrem Leben entfernt hatte, hatte sie sich den Mann, den zu heiraten sie einmal in Betracht gezogen hatte, etwas näher angesehen und auch seine dunkle Seite wahrgenommen: den Shane Goode nämlich, der sich häufig in eine Phantasiewelt zurückzog, aber jedesmal zornig wurde, wenn sie andeutete, daß das der Fall sei; den Shane Goode, der ständig Geldsorgen hatte, obwohl seine Telefonrechnung einmal in einem einzigen Monat 300 Dollar an

Gebühren für Sexnummern aufwies. Schließlich war da noch seine Reaktion auf den Tod Renees gewesen. Als sie das Thema bei der Arbeit angesprochen hatte, tat er es schnell ab, so als handelte es sich um jemanden, mit dem ihn überhaupt keine Blutsbande verbanden.

Kurz nach der Beerdigung Renees hatte Joanne Chadderdon Kontakt mit Annette aufgenommen und ihr mitgeteilt, daß »eine Frau namens Sunny Bradley« angerufen und den Wunsch geäußert habe, mit ihr zu sprechen. »Sie hat gesagt, es sei wichtig«, erklärte die Anwältin. »Kennen Sie sie?«

»Nein«, erwiderte Annette, »aber ich weiß, um wen es sich handelt.«

Sie sagte allerdings nicht, daß sie nicht das geringste Interesse daran hatte, mit einer von Shanes alten Freundinnen zu sprechen.

11

In den Wochen, die dem Begräbnis folgten, wuchs in Sunny der Wunsch, mit Annette Verbindung aufzunehmen. Sie hatte sich inzwischen damit abgefunden, daß Annette wohl ihren Anruf nicht erwidern würde, und schrieb ihr deshalb einen Brief, dem sie ein kleines Geschenk beilegte. Sie hoffte, daß es der trauernden Mutter gefallen würde.

Sunny konnte nicht wissen, daß Annette inzwischen eine eigene Wohnung bezogen hatte, und adressierte den Brief daher an Sharon Couch.

Sharon überlegte nach Eintreffen des Päckchens ein paar Tage lang, ob sie es an ihre Tochter weiterleiten sollte. Annettes Gefühle waren noch durcheinander, und da sie wußte, daß Sunny eine Beziehung mit Shane gehabt hatte, fürchtete sie, der Inhalt des Päckchens, was immer es auch sein mochte, könnte Annette noch mehr aufregen.

Schließlich öffnete sie das Päckchen selbst.

Was sie darin vorfand, war ein bewegender, von Mitgefühl erfüllter Brief einer Mutter an eine andere. Sunny beschrieb ihre Gefühle für ihren eigenen Sohn und ihre eigene Tochter und daß sie sich einfach nicht vorstellen könne, eines von ihren Kindern zu verlieren. Sie schrieb weiter, sie habe Renee kennengelernt, als Shane sie und Tiffany auf einen kurzen Besuch mit in ihre Wohnung gebracht habe.

»Ich lege diesen Zeilen ein Paar Ohrringe bei, mit denen Renee gespielt hat, als sie hier war«, schrieb sie. Sie hatten auf ihrem Eßtisch gelegen, und Renee hatte gleich versucht, sie sich anzustecken. Sunny hatte ihr geholfen, hatte sie vor einem Spiegel hochgehoben, damit sie sich selbst sehen konnte, und hatte dann zugesehen, wie die Kleine strahlend im Zimmer herumgetanzt war und dabei immer wieder den Kopf bewegt hatte, um die silbernen Ohrringe zu präsentieren. »Renee hatte sie mit nach Hause nehmen wollen«, schrieb Sunny weiter, »aber das habe ich nicht erlaubt. Jetzt wünschte ich, ich hätte es getan. Ich dachte, Sie hätten den Schmuck vielleicht gern.«

Sie schloß mit der erneuten Bitte, Annette solle sie anrufen, und dann noch mit einer Bemerkung, die Sharon aus dem Brief förmlich ansprang:

Sunny befürchtete wie Annette, daß Shane vielleicht etwas mit dem Tod seiner Tochter zu tun haben könnte.

Eine Weile saß Sharon da, hielt die Ohrringe in der Hand und baute vor ihrem inneren Auge ein Bild der vergnügten Renee auf, wie sie die Ohrringe trug und damit herumtanzte. Doch nach einer Weile kehrten ihre Gedanken wieder zu dem Brief zurück. Man merkte einfach, daß er von Herzen kam, eine Geste wahren

Mitgefühls war, die sie Annette nicht vorenthalten wollte. Aber was war davon zu halten, daß Sunny Shane im selben Licht wie Annette sah? Konnte es sein, daß sich hier einfach nur der gemeinsame Groll zweier Frauen wegen einer gescheiterten Beziehung entlud? Waren die Gefühle der beiden Frauen für Shane wirklich so vom Haß überschattet, daß sie sich ihren Verdacht nur einbildeten?

Obwohl Sharon stets bemüht war, Annette zu unterstützen, hatte sie sich immer wieder daran erinnert, daß eine vernünftige Suche nach der Wahrheit nur dann möglich war, wenn man überhastete Schlußfolgerungen vermied. Und aus genau diesem Grund hatte sie stets zugunsten Shane Goodes gezweifelt. Immer wenn sie spürte, wie sie in ihrer Entscheidung schwankend wurde, stellte sie sich die Frage nach dem Motiv. Diese, so hatte ihr Lehrmeister P. G. Walls ihr erklärt, sei die allerwichtigste bei jeder Art von Ermittlung.

Und auf diese Frage hatte sie keine befriedigende Antwort.

Die drei Frauen saßen im Wohnzimmer von Sharons Haus, und alle fühlten sich zunächst sichtlich unbehaglich.

Nachdem Annette den Brief gelesen hatte, hatte sie Sunny angerufen und im Laufe eines kurzen, angenehm verlaufenen Gesprächs den Vorschlag gemacht, sich zu treffen. Shane hatte in der Zeit mit Sunny zusammengelebt, in der er und Annette wegen des Vaterschaftstests stritten. Nun hoffte Annette, daß Sunny vielleicht einige ihrer Fragen hinsichtlich seiner Einstellung Renee gegenüber würde beantworten können.

Zunächst schilderte Sunny mit sichtlichem Zögern Gespräche, die sie mit Shane geführt hatte, und versicherte Annette dabei wiederholt, daß nichts von dem, was sie sagte, dazu bestimmt war, sie zu verletzen. »Ich bin nur der Meinung, daß das Dinge sind, die Sie wissen sollten«, erklärte sie.

Annette mochte sie sofort. Die geradlinige Art gefiel ihr, mit der Sunny auf ihre Fragen antwortete. Die Frau, die ihr hier gegenübersaß, hatte eine so entwaffnende Ehrlichkeit an sich, die schnell eine Atmosphäre gegenseitigen Vertrauens entstehen ließ.

Sunny erzählte, daß Shane ihr in jener Zeit von Renees Geburt erzählt hatte. Zu dem Zeitpunkt kannte er freilich weder den Namen des Kindes, noch wußte er, ob es ein Junge oder ein Mädchen war. »Wenn er von ihr sprach, dann immer nur von ›Annettes Kind‹«, sagte sie.

Annette schüttelte bloß den Kopf und äußerte sich dazu nicht.

»Er war richtig wütend«, fuhr Sunny fort. »Er hat mir gesagt, er hätte versucht, Sie zu einer Abtreibung zu überreden.« Das Baby, so schloß sie, mußte zu der Zeit schon ein paar Monate alt gewesen sein, aber Shane hatte klar erkennen lassen, daß er nichts damit zu tun haben wollte.

»Als das Gericht ihn zwang, den Vaterschaftstest durchführen zu lassen«, sagte sie, »war er wirklich sauer. Er hat gesagt, seiner Ansicht nach sei es ungerecht, daß er für den Unterhalt des Kindes bezahlen sollte.

Ich erinnere mich daran, daß ich ihn mehrmals gefragt habe, ob er jetzt die Testergebnisse schon abgeholt habe, aber er hatte da jedesmal irgendwelche Ausreden. Eines Nachmittags, nachdem ich ihm in der Sache eine ganze Weile zugesetzt hatte, sagte er schließlich, er würde jetzt zu seinem Rechtsanwalt gehen und die Ergebnisse abholen. Aber als ich nach Hause kam, sagte er, es hätte zu heftig geregnet, und er habe deshalb beschlossen, die Fahrt noch etwas aufzuschieben. Ich fragte ihn dann, weshalb er nicht einfach das Telefon nahm und sich erkundigte, und sofort stürmte er einfach aus dem Haus.«

Die Ergebnisse der Tests und die vom Gericht angeordneten Unterhaltszahlungen, so erinnerte sie sich, hatten ihn zornig gemacht. »Er sagte, wenn er schon Unterhaltszahlungen leisten müsse, würde er auch das Besuchsrecht am Wochenende verlangen – nur, um Sie zu ärgern.«

Am meisten schien Shane darüber beunruhigt, daß er möglicherweise seinen Pick-up würde verkaufen müssen, um Geld aufzutreiben. Aber schließlich war er zu seinem Vater gegangen, der sich bereit erklärt hatte, ihm 5.000 Dollar zu leihen.

Sunny erinnerte sich, daß Shane sich während der ganzen Zeit über irgendwelche finanziellen Nöte beklagt hatte. Sie hatte getan, was sie konnte, ihn sogar mit ihrem Versicherungsvertreter in Verbindung gebracht, der ihm bei der Autoversicherung zu einer Ersparnis von 500 Dollar verhalf.

Es sei nicht leicht gewesen, mit ihm zusammenzuleben, erklärte sie, ohne danach ausdrücklich gefragt worden zu sein.

Als Annette das hörte, lächelte sie das erste Mal, denn ihr war dabei eine Frage durch den Kopf gegangen, die sie sich selbst so oft gestellt hatte: Warum ist diese Frau so lange bei ihm geblieben?

Die gleiche Frage stellte sich, ohne sie auszusprechen, Sharon Couch, eine stumme Beobachterin des Gesprächs, allerdings in bezug auf beide Frauen, die da in ihrem Wohnzimmer saßen.

Sunny beschäftigte ihr Gespräch mit Annette noch Tage nach ihrem Zusammentreffen. Sie ertappte sich dabei, wie sie Annettes Fragen und Antworten wie einen Film vor sich ablaufen ließ, in der Hoffnung, dabei etwas Unausgesprochenes zu entdecken, das ihr irgendwie guttun würde.

Sie hatte sich bemüht, so ehrlich wie möglich zu sein. Annette hatte sie gefragt, wie sie bei dem einen Mal, wo sie Shane und Renee zusammen gesehen hatte, deren Beziehung empfunden habe. Sunny war noch einmal zu der Anekdote mit den Ohrringen zurückgekehrt. »Während sie herumtanzte und mit den Ohrringen prahlte«, sagte sie, »ist sie auf Tiffany zugerannt und hat ihr einen Kuß gegeben. Und dann kam sie zu mir und gab mir auch einen Kuß. Aber als Shane einen haben wollte, ignorierte sie ihn einfach.«

Ob sie wisse, ob Shane vielleicht eine Lebensversicherung auf Renee abgeschlossen habe?

Sie glaubte, er habe sich auch um eine Krankenversicherung bemüht, war sich dessen aber nicht sicher.

Einige Tage nach ihrem Treffen mit Annette erinnerte sich Sunny an eine Nachricht, die vor Monaten für Shane auf dem Anrufbeantworter der Wohnung hinterlassen worden war. Der Anrufer hatte sich als ein Vertreter der State-Farm-Versicherungsgesellschaft zu erkennen gegeben und gesagt, er »komme auf die Police zurück, nach der er sich erkundigt habe, und brauche die exakte Schreibweise des Namens seiner Tochter.«

Auf ihre Frage hin hatte Shane das Thema schnell gewechselt und erklärt, er überlege, ob er eine Krankenversicherung für Renee abschließen sollte, ein Kind, mit dem er, wie er häufig erklärt hatte, nichts zu tun haben wollte.

Schließlich wählte Sunny die Nummer der State Farm.

»Guten Tag«, sagte sie zu dem Angestellten, der ihr Gespräch entgegennahm. »Hier spricht Sunny Bradley. Ich werde in Kürze Shane Goode heiraten – er hat eine Police bei Ihnen –, und ich würde mich gern über zusätzlichen Versicherungsschutz informieren.«

Während sie telefonierte, war sie bemüht, ihren Tonfall beiläufig klingen zu lassen. »Wir sind dabei, unsere Familien zusammenzulegen«, erklärte sie, »und deshalb würde ich gern denselben Versicherungsschutz für meine Kinder haben, den er für die seinen hat. Könnten Sie mir bitte den Betrag nennen?«

Der Versicherungsangestellte sagte, es würde nicht mehr als eine Minute dauern, um die entsprechenden Daten im Computer aufzurufen.

»Ja«, sagte er tatsächlich nach höchstens einer Minute, »da haben wir es. Ihr Verlobter hat Lebensversicherungspolicen auf Tiffany Goode und Renee Goode.«

»Für wieviel?«

»Für je fünfzigtausend Dollar«, erwiderte der Mann.

Sunnys nächster Anruf galt Annette.

Abends rief Annette dann ihre Mutter an, um auch sie ins Bild zu setzen. Ihrer Stimme war keine Überraschung anzumerken. »Mutter«, fragte sie trotzig, »wer läßt sich für ein achtzehn Monate altes Kind, das er nie auch nur zu Gesicht bekommen hat, eine Lebensversicherungspolice über fünfzigtausend Dollar ausstellen?«

Sharon Couch war einen Augenblick lang sprachlos.

Jetzt hatten sie das Motiv entdeckt, das ihnen bisher verborgen geblieben war.

12

Für Detective Bodie Duckworth hatte der Fall – und er fragte sich manchmal, ob man ihn überhaupt als einen solchen bezeichnen durfte – keine Handhabe, womit man ihn anpacken konnte, keine richtigen Signale, die es ihm erlaubt hätten, ihnen zu folgen. Seit jenem Morgen im Januar, als er das Haus der Goodes betreten hatte, hatte es nichts gegeben, was in irgendeiner Weise auf den Tod Renee Goodes als möglichen Mord hingewiesen hätte. Und hatte das Untersuchungsergebnis des Gerichtsmediziners nicht schließlich und endlich seine Entscheidung bestätigt, das Haus nicht als Tatort eines Verbrechens zu betrachten?

Er mußte sich selbst eingestehen, daß ihn die ständig zunehmende Feindseligkeit beunruhigte, mit der Sharon Couch und ihre Tochter ihm begegneten, aber das war nicht das erste Mal, daß er solche Vorwürfe und solche Ressentiments erlebte. Er hatte schon mehrmals die Erfahrung gemacht, daß sich Angehörige eines Opfers in eine ähnlich zwanghafte Haltung hineinsteigerten. Auch in anderen Fällen hatten unrealistische Erwartungen nach irgendeiner magischen Lösung verlangt, die ihrem Schmerz ein Ende bereiten sollten. Duckworth empfand Mitgefühl wegen des Verlustes, den sie erlitten hatten, sah aber nichts in ihren Behauptungen, das ihm irgendwelche substantiellen Hinweise geliefert hätte.

Natürlich bereitete Shane Goode ihm Unbehagen, aber das allein bot ihm keine Handhabe für eine Verhaftung. Wer in Gottes Namen sollte denn einen Mord planen und dann auch durchführen, wenn nicht weniger als sechs potentielle Zeugen im Haus waren? Es ergab einfach keinen Sinn. Trotzdem hatte ihn das Gespräch, das er mit Shane geführt hatte, so verunsichert, daß er Jeri Yenne, eine Staatsanwältin von Brazoria County, angerufen und um Rat gebeten hatte. Doch sie ließ allenfalls vordergründiges Interesse erkennen. Ob es irgendwelche Hinweise auf ein Motiv gäbe, hatte sie gefragt. Vielleicht eine hohe Lebensversicherung, die auf das Kind abgeschlossen worden war. Duckworth hatte erklärt, daß er derlei nicht gefunden habe.

Vielleicht, so hatte sie schließlich vorgeschlagen, könnte man die Angelegenheit damit aus der Welt schaffen, indem man Goode dazu überredete, sich einem Lügendetektortest zu unterziehen.

Als Duckworth Shane darum gebeten hatte, hatte dieser sich sofort einverstanden erklärt, war aber dann nicht erschienen. Er hatte später angerufen und erklärt, es habe Probleme mit seinem Auto gegeben. Noch zwei weitere Male hatte Duckworth den Test angesetzt, aber Goode war nie aufgetaucht. Er sei es leid, so erklärte er schließlich dem Detective, immer wieder dieselben Fragen zu beantworten. »Ich würde doch niemals meinem Kind etwas zuleide tun«, argumentierte er, und damit war das Thema Lügendetektor für ihn erledigt.

Auch der Kriminalbeamte hatte die Angelegenheit schließlich als endgültig abgeschlossen abgelegt. Selbst wenn Shane Goode sich dem Lügendetektortest unterziehen und sich dabei als Lügner erweisen sollte – welchen Nutzen würde das dann schon bringen? Es gab keinerlei Beweise und auch keine Vorfälle in seiner Vergangenheit, die darauf hingedeutet hätten, daß er zu einer so unvorstellbaren Tat fähig wäre. Das einzige, was existierte, war der Bericht eines Gerichtsmediziners, der besagte, daß nicht mit Sicherheit festgestellt werden könne, wie das Opfer gestorben sei.

Um zu beweisen, daß jemand sich einer Straftat schuldig gemacht hat, muß zunächst einmal festgestellt werden, daß eine Straftat überhaupt begangen worden ist. Und diesen ersten wichtigen Schritt habe der Bericht des Gerichtsmediziners praktisch blockiert.

Also: Fall abgeschlossen, ehe er überhaupt in Angriff genommen worden war.

Immerhin hatte Duckworth mit verschiedenen Ärzten gesprochen, die ihm Sharon genannt hatte, und dabei die Möglichkeit in Betracht gezogen, einen zweiten Satz Gewebeproben aus der Autopsie herstellen und ihnen zusenden zu lassen. Er hatte von diesem Vorhaben dann Abstand genommen, als er erfuhr, daß die Kosten für jeden Satz Proben 637 Dollar betragen würden und daß der Etat seiner Behörde für solche Ausgaben keine Mittel vorsah. Und um die Wahrheit zu sagen: Was konnte jemand, der Tausende von Meilen entfernt war, schon entdecken, was der Arzt, der die Autopsie durchgeführt hatte, nicht entdeckt hatte? Die ganze Angelegenheit war nicht viel mehr als eine wachsende Liste von Fragen ohne Antworten; Andeutungen und Vorwürfe, ohne auch nur den Hauch irgendwelcher sie begründender Fakten. Duckworth hatte das Gefühl, er würde versuchen, Quecksilber in der Hand zu behalten.

Jetzt war da diese neue Andeutung, Goode habe möglicherweise seine Tochter ermordet, um Geld von einer Versicherung zu kassieren – und diese Andeutung hatte eine weitere Runde wütender Vorwürfe und bohrender Fragen ausgelöst.

Detective Duckworth war deshalb erleichtert, als er hörte, daß sein Vorgesetzter ihn an eine neu aufgestellte Gruppe von Rauschgiftfahndern in Galveston County ausgeliehen hatte. Er nahm den neuen Auftrag bereitwillig an in der festen Überzeugung, daß er die Ermittlungen des ungeklärten Todes von Renee Goode so weit getrieben hatte, wie es ihm nur möglich gewesen war.

Es bedarf wohl keiner besonderen Erwähnung, daß Sharon Couch diese Ansicht in keiner Weise teilte.

Ohne zu wissen, daß Duckworth den Fall nicht mehr bearbeitete, nahm sie mit ihm Verbindung auf, um sich nach dem Testverfahren zu erkundigen, das an dem Schlafsack durchgeführt werden sollte, in dem Renee in der Nacht ihres Todes gelegen hatte. Nach ihrer Kenntnis war der Schlafsack an das Gerichtsmedizinische Labor der Abteilung für Öffentliche Sicherheit geschickt worden, um dort nach irgendwelchen Spuren von Körperflüssigkeiten untersucht zu werden.

Duckworth hatte ihr den Eindruck vermittelt, er weiche ihr aus, als er sagte, er habe bis jetzt noch keine Untersuchungsergebnisse erhalten. Sharon hatte daraufhin das Gespräch schnell beendet.

Wie es inzwischen nach Kontakten mit der Polizei von Alvin fast die Regel geworden war, verbrachte sie den Rest des Tages wütend und schlecht gelaunt. In ihrer Verzweiflung rief sie schließlich P. G. Walls an. Wenn jemand ihr einen Tip geben konnte, dann der Mann, der ihr dabei behilflich gewesen war, den Beruf des Privatdetektivs zu ergreifen.

»Die tun überhaupt nichts«, beklagte sie sich bei ihrem Mentor. »Ich habe gebettelt, ich bin wütend geworden, ich habe versucht, ihnen Informationen zu liefern, aber nichts wirkt. Denen ist einfach alles egal.«

Walls hörte ihr zu und hatte sogleich eine recht klare Vorstellung davon, was da im Gange war. »Das klingt, als wären die dabei, die Akte auf Eis zu legen«, sagte er.

Sharon blieb einen Augenblick sprachlos und gab damit zu erkennen, daß die Antwort sie verwirrt hatte. »Was heißt das, ›auf Eis legen‹?« fragte sie.

»Das heißt, daß sie die Unterlagen ganz hinten in irgendeine Aktenschublade legen, und dann vergißt jeder, daß es sie überhaupt gibt«, erklärte Walls. Er wußte, daß es im ganzen Land buchstäblich Tausende solcher Fälle gab, Fälle, die vom Massenmord bis zum kleinen Diebstahl reichten. Sie wurden routinemäßig als »nicht aktiv« gekennzeichnet und abgelegt, während die Ermittlungsbeamten neuen, leichter lösbaren Straftaten nachgingen. Die einzige Chance, daß ein »auf Eis gelegter« Fall wieder in Angriff genommen wurde, bestand darin, daß der Täter ein Revier betrat und es fertigbrachte, dort jemanden zu finden, der sich Zeit nahm, sein Geständnis anzuhören.

Sharon war nicht bereit, es dazu kommen zu lassen. »Können wir jemand anderen einschalten? Was ist mit den Texas Rangers? Oder könnte es etwas bringen, mit dem Büro des Generalstaatsanwalts Verbindung aufzunehmen?«

»Lassen Sie mich zuerst einmal in Alvin anrufen«, beruhigte Walls sie, »und mal hören, was dort los ist.«

Einen Verbündeten hatte Sharon in ihren Bemühungen – einen Mann, den sie nie persönlich kennengelernt hatte: den Pathologen in Florida, mit dem Riggs Gay sie in Verbindung gebracht hatte. Bei ihrem ersten Telefongespräch mit Dr. William Anderson in Orlando hatte der Pathologe Zweifel geäußert, daß Renee eines natürlichen Todes gestorben sei. Seine Ansicht, so warnte er sie, sei allerdings nicht viel mehr als eine professionelle Vermutung. Um mehr zu sagen, würde er Fotos der Autopsie sehen und die Gewebedünnschliffe unter seinem eigenen Mikroskop betrachten müssen. Er wies sie darauf hin, daß Gerichtsmediziner nach einem gewissen Zeitraum – im allgemeinen sechs Monate nach einer Autopsie – normalerweise die Gewebeproben vernichteten – die Zeit drängte also.

»Ich werde sie Ihnen besorgen«, versprach Sharon, ohne dabei zu bedenken, daß sie keine Ahnung hatte, wie in einem solchen Fall zu verfahren war.

»Das könnte teuer werden«, warnte Dr. Anderson, »und am Ende kommt vielleicht nichts Neues heraus.«

»Ich werde Ihnen die Proben besorgen«, wiederholte Sharon.

In den nächsten Tagen führte sie eine ganze Anzahl an Telefonaten, zuerst mit dem Gerichtsmedizinischen Institut von Harris County – wo man ihr sagte, daß es einer gerichtlichen Anordnung bedürfe, um das verlangte Material freigeben zu können – und anschließend mit dem Büro des Staatsanwalts von Brazoria County. Sharon wurde dabei mit Assistant District Attorney Jeri Yenne verbunden, der sie ihren Wunsch erklärte und die sie bat, die erforderliche gerichtliche Anordnung schnell zu erlassen. »Zuerst muß ich mit dem Doktor sprechen, der die Fotos und die Gewebeproben haben möchte«, antwortete ihr Yenne. »Ich würde mich gern etwas eingehender darüber informieren, was hier im Gange ist. Bitte veranlassen Sie, daß er mich vor fünf Uhr anruft.«

Sharon spürte in Yennes Stimme diese kühle Geschäftsmäßigkeit, die ihr inzwischen so vertraut geworden war. Wieder hatte sie sich mit aller Kraft zurückhalten müssen, um nicht einen wütenden Erguß gegen die gefühllose bürokratische Gleichgültigkeit des ganzen Systems loszulassen.

»Ich werde sofort Verbindung mit ihm aufnehmen«, sagte sie statt dessen.

Nur Augenblicke später fand sie sich in der Position einer Schiedsrichterin in einem Kampf, in dem jeder sein Ego allem anderen voranstellte. Sharon hatte Dr. Anderson unmittelbar, bevor dieser sein Büro für das Wochenende schließen wollte, erreicht und ihm erklärt, welche Probleme sie habe, die gerichtliche Anordnung zu bekommen. »Nun«, erwiderte der Mediziner, »dann bitten Sie die Staatsanwältin doch, daß sie mich am Montag anruft.«

Nervös und beunruhigt erklärte ihm Sharon, daß Yenne ausdrücklich darum gebeten hatte, daß er sie anrufen solle. »Vor fünf«, fügte sie zögernd hinzu.

Dr. Anderson lachte, der sarkastische Klang seiner Stimme war schwer zu überhören. »Das ist ja wirklich nett«, sagte er. »Wohl sehr beschäftigt, die Dame, hm?«

Sharons Geduld war fast am Ende. »*Bitte,* Dr. Anderson ...«

»Ich rufe sie sofort an«, sagte er. »Geben Sie mir die Nummer.«

Sharon atmete erleichtert auf und mußte jetzt nur noch ein Hindernis überwinden. Die Kosten für neue Gewebeproben und Dünnschliffe, so hatte man ihr erklärt, würden 637 Dollar betragen, wesentlich mehr, als sich im Augenblick auf ihrem Scheckkonto befanden.

Sie würde sich das Geld für den Bankscheck, den sie persönlich im Büro des Gerichtsmedizinischen Instituts abliefern wollte, leihen müssen.

Ein paar Tage später rief P. G. Walls Sharon an und berichtete ihr, daß er mit Sergeant Todd Arendell, dem Leiter der Mordkommission von Alvin gesprochen habe. »Ich habe gute und schlechte Nachrichten.«

»Die schlechten bitte zuerst«, stöhnte Sharon. »Bringen wir es hinter uns.«

»Der Schlafsack«, sagte er, »der angeblich im Büro für Öffentliche Sicherheit getestet wird – die Polizei hat ihn nie aus dem Haus der Goodes mitgenommen. Sie hat ihn nie beschlagnahmt, geschweige denn zur Untersuchung weggeschickt.«

Die Wut, die ihn Sharon aufstieg, lähmte jede ihrer Bewegungen. Wieso versuchten die ihr weiszumachen, daß irgendwo jemand etwas unternahm, wo sich doch in Wirklichkeit keiner auch nur irgendwie bemühte? Sie stieß halblaut eine Verwünschung aus.

Mit ausdrucksloser Stimme frage sie nach der guten Nachricht, die Walls für sie habe.

»Der Fall«, erklärte er, »ist einer Kriminalbeamtin namens Sue Dietrich neu zugeteilt worden. Sie möchte gern so bald wie möglich mit Ihnen und Annette zusammenkommen.«

Sharon empfand keinerlei Begeisterung. Wenn man ihr die Wahl ließe, würde sie den Rest ihres Lebens niemanden mehr von der Polizeibehörde von Alvin zu Gesicht bekommen wollen.

13

Sue Dietrichs Aufstieg zum Rang eines Detective Corporal in der Polizeibehörde von Alvin war ein langer und nicht immer angenehmer Weg gewesen.

Seit ihrem sechsten Lebensjahr in Alvin ansässig, hatte sie die örtliche High-School und im Anschluß daran das Community College abgeschlossen, geheiratet, Kinder großgezogen und sich nie ernsthaft mit dem Gedanken befaßt, je aus der angenehmen Umgebung, in der sie sich heimisch fühlte, wegzuziehen.

Anfang der achtziger Jahre, nach ihrer Scheidung, hatte sie im Zivildienst die Tätigkeit einer Einsatzdisponentin für die Polizeibehörde angenommen, und damals war in ihr der Wunsch entstanden, die Laufbahn einer Polizeibeamtin einzuschlagen. Als drei Stellen für Streifenbeamte frei geworden waren, hatte sie entsprechende Kurse besucht und dann auch die erforderliche Prüfung abgelegt, nur um später zu erfahren, daß sie auf der Liste der Bewerber für die zur Verfügung stehende Position als Vierte abgeschnitten hatte. Enttäuscht war sie zu ihren Aufgaben als Einsatzdisponentin zurückgekehrt und hatte sich vorgenommen, sich erneut zu bewerben, sobald wieder eine Stelle frei werden sollte.

Zwei Wochen später hatte ihr ein Beamter, der in Alvin aus dem Dienst ausschied, ein Geheimnis anvertraut, das sie dazu veranlaßte, sich sofort einen Anwalt zu suchen. Der Beamte, der aus Alvin wegzog, hatte ihr gestanden, daß er vom Polizeichef angewiesen worden sei, die Testergebnisse abzuändern, um auf die Weise sicherzustellen, daß die Polizei von Alvin eine rein männliche Institution blieb. Tatsächlich, so erfuhr sie von dem ausscheidenden Kollegen, war ihr Prüfungsergebnis das beste aller Bewerber gewesen.

Der Polizeichef wurde nach einem Verfahren, das Dietrich gegen die Stadtverwaltung von Alvin anstrengte, wegen sexueller Diskriminierung entlassen. Der Anwalt der Stadt hatte wenig später mit ihr Verbindung aufgenommen und ihr ein Angebot gemacht, mit dem er hoffte, die Angelegenheit einvernehmlich beilegen zu können. Er hatte ihr eine Stelle bei der Polizei angeboten, die sie sogleich hätte antreten können – doch Dietrich lehnte es sofort ab. Sie sei nicht daran interessiert, den Job auf diese Weise zu bekommen, sie sei aber damit zufrieden, daß der Mann, der die Fälschung angeordnet hatte, entlassen worden war. Damit hatte sie ihre Anzeige zurückgezogen und eine Stelle als Einsatzdisponentin im nahe gelegenen League City angetreten. Darüber hinaus immatrikulierte sie sich an der Polizeiakademie am Houston Community College und war jetzt mehr denn je entschlossen, Polizeibeamtin zu werden.

Zwei Jahre sollten verstreichen, bis sie sich erneut in Alvin City bei der Polizei bewarb. Im Juli 1983 wurde sie schließlich als Streifenbeamtin angestellt und beendete damit die ›Good-old-boy‹-Ära der Polizeibehörde von Alvin.

Es dauerte nur kurze Zeit, bis die Mutter zweier Kinder sich bewähren und den Respekt ihrer Kollegen erwerben konnte. Falls es irgendwelche Vorbehalte gegeben hatte, daß eine Frau nicht imstande sein würde, sich auf wirksame Weise mit der bedrückenden Routine von häuslichen Streitigkeiten, Einbrüchen und gelegentlichen Trunkenheitsdelikten am Samstagabend auseinanderzusetzen, so sollten diese schnell widerlegt werden. Officer Dietrich wurde nach kurzer Zeit vom Streifendienst in eine für die ganze County zuständige Ermittlungseinheit befördert und war bald darauf für die für Schlagzeilen sorgende Verhaftung eines prominenten Geschäftsmanns aus Angleton verantwortlich. Kurz darauf war von einem Informanten zu hören, eine Gruppe zwielichtiger Unterweltsgestalten aus Brazoria County habe einen Profikiller damit beauftragt, sie zu töten. Sue begrüßte die Nachricht mit der Bemerkung, daß sie offenbar etwas richtig machen mußte, wenn die lokalen kriminellen Elemente wegen ihrer ermittlerischen Fähigkeiten so besorgt waren.

Drei Jahre lang war sie als Rauschgiftermittlerin tätig, und nach ihrer Beförderung zum Detective übernahm sie als zusätzliche Aufgabe die Ausbildung neu eingestellter Beamter. 1994 galt Detective Dietrich nicht nur als eine der erfahrensten Beamtinnen der ganzen Behörde, sondern auch als eine der angesehensten.

Sie hatte den Fall Goode aus vorsichtiger Distanz beobachtet, stets eingedenk der strengen Regel, die es jedem Beamten der Behörde verbot, sich in den Fall eines anderen einzumischen. Das hielt sie freilich nicht davon ab, bestimmte Dinge zu hören: daß das Gerichtsmedizinische Institut von Harris County mit seiner Feststellung ›Todesursache unbestimmt‹ ein Ermittlungsverfahren praktisch zum Stocken gebracht hatte; daß der Vater des Kindes mindestens inoffiziell im Verdacht stand, irgendwie die Hände im Spiel gehabt zu haben; und daß die Familie von Renee Goode darüber empört war, daß der mit den Ermittlungen beauftragte Beamte aus ihrer Sicht keinerlei echtes Interesse an dem Fall zeigte.

Sue Dietrich behielt ihr Interesse für den Fall für sich und auch das Mitgefühl, das sie für Sharon und

Annette empfand: für zwei Frauen, die sie nur aus der Ferne einmal gesehen hatte, als sie auf dem Polizeirevier gewesen waren, um mit Duckworth zu sprechen. Sie erinnerte auch niemanden im Kollegenkreis daran, daß auch sie einmal ein Kind verloren hatte.

Doch Sue verstand das Leid und die Bedrückung nur zu gut, die eine solche Tragödie auslösen konnte.

Der Junge hatte Tommy geheißen und war gerade erst siebzehn Monate alt gewesen, als ihn ein seltenes Virus, das nur die Organe ganz junger Kinder angreift, aus dem Leben gerissen hatte. Es war ganz plötzlich aufgetreten, hatte sich in seinen Lungen festgesetzt und seinen Atem beeinträchtigt. Sue Dietrich hatte ihn sofort zur Kinderärztin gebracht, dieser die ständige Reizbarkeit ihres Sohnes geschildert und erzählt, daß der Kleine sich weigere, Nahrung zu sich zu nehmen, und jedesmal, wenn sie ihn auch nur berühre, vor Schmerz aufschreie. In der ersten Reaktion äußerte die Ärztin die Vermutung, daß das Kind an schwerem Asthma leide, aber dann schlug sie vor, Bluttests vorzunehmen, ehe sie eine endgültige Diagnose stellen würde. Keine zwei Stunden später, nachdem sie sich die Tests angesehen hatte, rief sie Sue an und drängte sie, ihren Sohn so schnell wie möglich in ein Krankenhaus zu bringen. Die Ärztin gab zu, daß sie sich nicht sicher war, was dem Kleinen eigentlich fehlte, hielt aber seinen Zustand jedenfalls für sehr bedenklich.

Im Kinderkrankenhaus von Houston wurde Tommy als Asthma-Patient behandelt, man legte ihn unter ein Sauerstoffzelt und versuchte damit, seine von Minute zu Minute schlimmer werdenden Atemschwierigkeiten zu beheben.

Sue Dietrich war in Tommys Krankenzimmer gewesen, als das Kind – nur einen Tag später – ins Koma sank. Ein berühmter Spezialist aus Chicago wurde zu Konsultationen eingeflogen, gab aber bald zu verstehen, daß er nichts tun konnte, um das Unvermeidbare zu verhindern. Eine weitere Woche verstrich, bis einer der Ärzte schließlich an Sue und ihren Mann herantrat, um ihnen zu erklären, daß jegliche Anzeichen von Hirnaktivität aufgehört hatten. Er fragte sie, ob sie den Wunsch hätten, das Atemgerät, an dem ihr Sohn hing, abschalten zu lassen. Sie brachte nicht den Mut auf, diese Entscheidung zu treffen.

Im späteren Tagesverlauf unternahm das verzweifelte Paar einen kurzen Abstecher zurück nach Alvin, damit Sue duschen und saubere Kleidung mitnehmen konnte, um dann wieder bei ihrem Kind zu wachen. An der Tür trat ihnen ihre Mutter entgegen. Tränenüberströmt berichtete sie ihrer Tochter von einem Anruf des Krankenhauses, den sie soeben entgegengenommen hatte. »Tommys Herz hat ausgesetzt«, sagte sie.

Diese schlimme Zeit lag zwanzig Jahre zurück, als Sue Dietrich an diesem trüben Samstagnachmittag im Juli allein in ihrem Zimmer saß. Zumindest hat man mir irgendwann erklärt, was den Tod meines Kindes verursacht hat, dachte sie. Trotzdem war ihr nie richtig bewußt geworden, wie sehr einen dieses Wissen beruhigen konnte, bis sie sich die Qual derer auszumalen versucht hatte, die Renee geliebt hatten und jetzt ständig von unbeantworteten Fragen eingeholt wurden.

Schließlich griff sie nach dem Telefon und wählte die Nummer ihres Sergeants. Die Familie, so entschied sie für sich, hat Anspruch auf eine Antwort.

Todd Arendell war überrascht, daß Detective Dietrich sich an ihrem freien Tag bei ihm meldete. Der Wunsch, den sie äußerte, überraschte ihn freilich nicht. »Ja«, erklärte er, »nachdem Detective Duckworth dem Rauschgiftdezernat zugeteilt wurde, ist der Fall Goode zu den unerledigten Fällen gelegt worden.«

»Würde es Ihnen etwas ausmachen, wenn ich mir den Fall vornehme?« fragte sie.

»Ganz und gar nicht«, erwiderte Arendell.

Am Morgen des darauffolgenden Montags holte sie Duckworth' Unterlagen aus dem Archiv, fertigte Kopien an und saß die nächsten Abende an ihrem Küchentisch, um die Berichte der Beamten, die Zeugenaussagen und schließlich den Autopsiebericht immer wieder durchzulesen. Letzterer machte ihr am meisten zu schaffen, nicht so sehr wegen seines Inhalts, sondern vielmehr, weil er in keiner Weise aus dem üblichen Schema fiel. Sie verglich ihn mit zahlreichen Routine-Autopsieberichten über Erwachsene, die zu den Akten gelegt worden waren, und fand überall denselben Jargon und denselben Stil. Hauptsächlich schien es darauf anzukommen, die leeren Spalten auszufüllen. Für ein unschuldiges Kind, ein Baby, dachte sie, sollte es etwas anderes geben: etwas mit mehr Mitgefühl, mehr Fürsorge. Doch der Tod von Renee Goode war allem Anschein nach mit nichts ausgewertet worden, was über die vom Gesetz vorgeschriebene ärztliche Routine hinausging. Und das ärgerte sie.

Eine Weile starrte sie auf das Deckblatt des Berichts und prägte sich die kurze, den Fall abschließende Erklärung ein: »Ich bin der Auffassung, daß Ursache und Todesart der verstorbenen Katherine Renee Goode unbestimmt sind.« Darunter stand die Unterschrift von Dr. Eduardo Bellas, des forensischen Pathologen.

Sie hatte keine Ahnung, was man mehr hätte tun können. Und doch mußte es etwas geben, wodurch die Ergebnisse aus der unbefriedigenden Grauzone von »unbestimmt« herausgeführt werden könnten; jemand mußte bereit sein, genauer hinzusehen und eindringlicher zu fragen, bis schließlich eine definitive Antwort gefunden wäre.

Sie nahm Verbindung mit P. G. Walls, dem Privatdetektiv, auf. Man hatte ihr gesagt, daß er für die Familie des Opfers tätig sei, und sie hörte erneut von den bitteren Gefühlen, die Mutter und Großmutter für die Polizei von Alvin hegten. »Ich weiß», meinte sie Walls gegenüber, »daß sie glauben werden, daß alles weiter im Kreis laufen wird, aber ich würde trotzdem gern mit den beiden Frauen sprechen.«

»Zunächst möchte ich, daß Sie sich darüber klar sind«, begann Sue Dietrich das Gespräch, »daß man mich nicht auf diesen Fall angesetzt hat. Ich habe vielmehr darum gebeten, ihn bearbeiten zu dürfen. Und das hätte ich nicht getan, wenn ich nicht der Ansicht wäre, daß man in der Sache mehr tun kann, als bisher geschehen ist.« Sue Dietrich saß wieder an ihrem Eßtisch, diesmal mit Sharon und Annette, die ihr gegenüber Platz genommen hatten. Sie war der Ansicht gewesen, daß sie ein angenehmeres Klima schaffen würde, wenn sie die Frauen nicht auf das Polizeirevier, sondern zu sich nach Hause kommen ließe. Außerdem schaffte sie damit einen Abstand zwischen ihren Besuchern und den vertrauten Bildern und Geräuschen des Polizeialltags, die sonst ganz sicherlich ihre negativen Gefühle hinsichtlich des bisherigen Verlaufs der Entwicklungen von neuem entfacht hätten.

Sie wolle ganz von vorn anfangen, erklärte Sue. Obwohl sie die Berichte gründlich gelesen habe, wolle sie alles noch einmal hören. Vor ihr lag ein linierter gelber Block, auf dem sie sich auf mehreren Seiten die Fragen notiert hatte, die sie stellen wollte.

In den nächsten zwei Stunden hörte sie zu, wie Annette die Ereignisse schilderte, die Renees letzten

Besuch bei ihrem Vater vorausgegangen waren, den Telefonanruf, in dem sie erfahren hatte, daß etwas Schreckliches passiert war, und schließlich die Situation im Hause der Goodes. Annette sprach über ihre turbulente Beziehung zu Shane und spielte das Tonband ab, das sie von dem Telefonat mit ihrem Ex-Ehemann angefertigt hatte und in dem er leugnete, mit Ausnahme einer kleinen Police irgendwelche Versicherungen für Renee abgeschlossen zu haben. Und dann erzählte sie auch, was Sunny Bradley erzählt hatte.

Annette zeigte sich fest davon überzeugt, daß Shane Goode ihre Tochter ermordet hatte.

Sue beobachtete ihre Besucherin, während diese redete, und bemerkte, wie ihre Gefühle blitzschnell zwischen ruhiger Selbstkontrolle und Wut und Tränen hin und her sprangen. Was sie vor sich sah, war eine zerbrechliche junge Frau, die unter gewaltigen Schuldgefühlen litt, weil sie ihrer Tochter jenen tödlichen Übernachtungsbesuch erlaubt hatte – eine Frau, die immer noch mit ihren Gefühlen für den Mann kämpfte, mit dem sie einmal verheiratet gewesen war. Manchmal schien es, als koste es Annette bewußte Anstrengung, ihre Wut und ihren Zorn unter Kontrolle zu halten. Sue hatte solches schon früher erlebt: Frauen, die ihre Männer wegen der seelischen und körperlichen Mißhandlungen haßten, die diese ihnen ständig zufügten, und die dennoch aus ihnen selbst unerklärlichen Gründen immer noch tiefe Gefühle für sie empfanden.

Sharon Couch andererseits hatte sich völlig unter Kontrolle. Sie verlangte ebenso eindringlich wie ihre Tochter nach Aufklärung, war aber durchaus bereit, so lange abzuwarten, bis sämtliche Teile des Rätsels zusammengefügt wären und ihr Verdacht sich bewahrheitete. Sue war beeindruckt, mit welcher Sorgfalt Sharon sich eine Akte über den Vorgang zusammengestellt hatte – ein umfangreicher Ordner lag auf dem Küchentisch. Sharon hatte, so wie Walls es sie gelehrt hatte, eine Vielzahl von Dokumenten zusammengefügt, angefangen bei den ärztlichen Unterlagen Renees bis hin zu einer detaillierten chronologischen Schilderung der letzten Monate der Ehe ihrer Tochter mit Shane Goode. Sie besaß schriftliche Aufzeichnungen über jedes Telefongespräch, das sie mit der Polizei, dem Gerichtsmedizinischen Institut und Ärzten im ganzen Land geführt hatte. Dann gab es auch noch eine Mappe mit fotokopierten Artikeln aus ärztlichen Fachzeitschriften, die sich alle mit Symptomen befaßten, die denen ähnelten, die zum Tod ihrer Enkeltochter geführt hatten.

Sharon Couch hatte ganz offensichtlich ihre Hausaufgaben gemacht.

Sie berichtete Sue Dietrich von ihren Gesprächen mit Dr. Anderson, dem Pathologen in Orlando, der die Autopsiefotos und Gewebeproben überprüfen würde, die man ihm schließlich zugesandt hatte. Sue schrieb sich seine Telefonnummer auf und versprach, ihn ebenfalls anzurufen.

Am wichtigsten für sie war im Augenblick jedoch, ein Gefühl für die handelnden Personen in dem tragischen Geschehen zu entwickeln, das ihr hier geschildert wurde. Sue war bald klar, daß jede von ihr gestellte Frage ein halbes Dutzend weiterer auslöste.

»Nachdem Sie Shane mitgeteilt hatten, daß Sie schwanger waren, und er den Vorschlag gemacht hatte, daß Sie abtreiben –«, fragte sie, »wie war da Ihre Reaktion?«

Annette blieb einen Augenblick lang stumm, hob dann den Kopf und sah der Kriminalbeamtin gerade in die Augen. »Ich habe gesagt, daß ich das nicht noch einmal für ihn tun würde.«

»Noch einmal?«

Annette nickte. »Ich war, kurz nachdem wir geheiratet hatten, schwanger geworden, und damals hatte er mich davon überzeugt, daß das nicht der richtige Zeitpunkt war, um ein Baby zu haben. Wir konnten uns eine Weile nicht einigen, aber dann habe ich schließlich der Abtreibung zugestimmt.«

Die Frage, die Sue Sharon stellen wollte, wurde beantwortet, ehe sie sie aussprechen konnte. Sharons Gesichtsausdruck ließ klar erkennen, daß sie davon nichts gewußt hatte.

Sharon hatte die ganze Zeit Shane die Schuld für die ›Fehlgeburt‹ gegeben, die Annette ihr geschildert hatte, einfach weil er zugelassen hatte, daß sie sich während jenes lang zurückliegenden Umzugs überanstrengte. Jetzt hatte sie neuen Grund, auf ihn wütend zu sein. Und dazu kam ein Gefühl der Bedrückung, weil ihre Tochter ihr keine Gelegenheit gegeben hatte, sie in ihrem Leid nach der Abtreibung zu trösten.

Zwischen den beiden Frauen, die hier sitzen, hat es ganz offenkundig in der Vergangenheit große Spannungen und nicht genügend Kommunikation gegeben, dachte Sue Dietrich. Welche Ironie des Schicksals ist es, daß es einer so unsäglichen Tragödie bedarf, um sie schließlich zusammenzubringen.

In Orlando hatte Dr. William Anderson gespannt auf das Eintreffen der Gewebeproben gewartet. Obwohl er immer noch nur lückenhaft über Einzelheiten informiert war, hatte der Fall ihn von seinem ersten Telefongespräch mit Sharon Couch an interessiert. Als stellvertretender Chef der Gerichtsmedizin für Orange County hatte er über 3.000 Autopsien durchgeführt. Anderson hatte zwar schon lange jeden Versuch aufgegeben, Leuten, die seine Arbeit als Leichenfledderei und widerwärtig betrachteten, zu erklären, was ihn daran faszinierte, aber das änderte nichts daran, daß er auf seinen Beruf sehr stolz war. Das Leben enthielt keine größere

Herausforderung als die Suche nach der verborgenen Wahrheit, das hatte für ihn schon während seines Studiums an der Medizinischen Fakultät der University of Miami festgestanden.

Und diese Faszination war es auch gewesen, die ihn dazu veranlaßt hatte, sich 1989 einer Expedition von Experten der Gerichtsmedizin nach Colorado anzuschließen. Sie hatten es sich zum Ziel gesetzt, vor langer Zeit begrabene Leichen von Mitgliedern eines Bergbautrupps auszugraben. Vor mehr als hundert Jahren war dieser unter der Leitung eines Mannes namens Alfred Packer in den Bergen von San Juan auf Goldsuche gegangen; nach dem Kampf gegen einen brutalen Winter war nur Packer in die Zivilisation zurückgekehrt. Die fünf anderen Männer, die ihn begleitet hatten, so hatte er erklärt, seien wahnsinnig geworden und hätten sich gegenseitig umgebracht. Im Laufe der Jahre hatten sich Gerüchte aufgebaut, Packer habe in Wirklichkeit seine Begleiter ermordet und sie anschließend verzehrt. Die Geschichte war freilich eine häufig wiederholte Legende geblieben, bis Dr. Anderson und seine Kollegen die Überreste untersucht und die Gerüchte über Packers scheußliche Tat wissenschaftlich untermauert hatten.

Freilich basierte Dr. Andersons wachsender Ruf keineswegs auf solchen forensischen Abenteuern. Er betätigte sich jetzt schon seit beinahe zehn Jahren überwiegend in einem Bereich der Pathologie, in dem es nur wenige Spezialisten gab. Daß er Hunderte von Autopsien an Säuglingen und kleinen Kindern durchgeführt hatte, hatte ihm in den Medien einen Spitznamen eingetragen, der ihm allerdings nicht sonderlich zusagte. Die Presse Floridas hatte angefangen, ihn als den ›Dead Baby Doctor‹, ›Tote-Babys-Doktor‹, zu bezeichnen.

Als Sue Dietrich ihn anrief und ihm mitteilte, daß sie neuerdings für die Ermittlungen im Falle Goode zuständig sei, war er darauf bedacht gewesen, bei ihr keine falschen Hoffnungen aufkommen zu lassen. »Alles, was ich im Augenblick sagen kann«, erklärte er, »ist, daß das, was ich gesehen habe, deutlich darauf hinweist, daß bei der Kleinen vor ihrem Tode keine Krankheitssymptome vorlagen.«

Sue hatte die Möglichkeit einer zweiten Autopsie als Vorschlag genannt.

»Das«, so hatte der Doktor geantwortet, »ist die einzige Möglichkeit, um die Todesursache herauszufinden.« Doch dann hatte er gewarnt: »Wenn die Leiche exhumiert und an ihr eine weitere Autopsie vorgenommen werden soll, dann muß das so schnell wie möglich geschehen.« Er wußte, daß die Beerdigung von Renee Goode vor acht Monaten stattgefunden hatte, und deshalb würde infolge des natürlichen Gewebezerfalls schon bald eine gründliche pathologische Untersuchung unmöglich sein.

»Ich melde mich wieder bei Ihnen, sobald ich einen Gerichtsbeschluß für die Exhumierung erwirkt habe«, erwiderte die Kriminalbeamtin.

Dr. Anderson fragte sich, ob sie wohl ahnte, wie schwierig das möglicherweise sein würde.

Auf den verschlungenen Wegen des amerikanischen Justizsystems herrscht eine politische Hackordnung, die sowohl für ländliche wie für städtische Zuständigkeiten gilt. Der Rang innerhalb der einzelnen Behörde – sei es nun Polizei, Sheriffbüro oder Staatsanwaltschaft – wird eifersüchtig gehütet, häufig in geradezu kindischem Ausmaß. Das gleiche gilt für territoriale Rechte. Äußerst selten – meist nur unter Zwang – reicht eine Behörde einer anderen die Hand zur Zusammenarbeit. Es existiert eine schützende, argwöhnische Grenze des Mißtrauens, was zwar nur selten zugegeben wird, die aber dennoch eine erwiesene Tatsache in der Arbeit jeglicher Couleur von Ordnungshütern ist. Und es gibt so manche heilige Zehen, auf die niemand treten darf.

Zu den heiligsten gehört das Büro des Gerichtsmediziners. Dort werden von Ärzten wichtige Entscheidungen getroffen, die für die Ermittlungen maßgebend sind, und Expertengutachten entwickelt, die die Entscheidung von Geschworenen beeinflussen können. Gerichtsmediziner operieren häufig jenseits jeglicher politischer Einflußnahme und Regierungsaufsicht. So manches Gerichtsmedizinische Institut maßt sich daher eine gottgleiche Autorität und Machtfülle an, und diejenigen, die auf seine Zusammenarbeit angewiesen sind, beugen sich dieser Autorität meist rasch.

Assistant District Attorney Jeri Yenne schüttelte den Kopf, als sie ihre Freundin Sue Dietrich über ihren Schreibtisch hinweg ansah. »Ist dir klar, was du da verlangst? Sue, das hier ist Brazoria County. Das geht einfach nicht.«

»Das muß es aber«, wandte die Kriminalbeamtin ein. »Es gibt eine Menge Hinweise, daß dieser Kerl sein eigenes Kind umgebracht hat – und wenn wir nicht herausfinden, wie das kleine Mädchen gestorben ist, wird er damit durchkommen.«

Yenne lehnte sich, umgeben von dem vielen Kram in ihrem kleinen Eckbüro, in ihren Sessel zurück und verschränkte die Finger ineinander. »Dann sagt dir dein Bauch also, daß er es getan hat?«

»Eindeutig.«

Die Staatsanwältin seufzte tief, schwieg ein paar Augenblicke und nickte schließlich langsam. »Okay, laß mich darüber nachdenken und sehen, was ich tun kann.«

Jeri Yenne hatte durchaus Verständnis für die starken Gefühle, die bei den Ermittlungen am Tod eines Kindes aufkommen können. Sie war zu Anfang ihrer Tätigkeit in der Staatsanwaltschaft der Kinderwohlfahrt zugeteilt gewesen und hatte oft mit jener Mischung aus Bedrückung und Zorn kämpfen müssen, die sich einstellt, wenn man erfährt, daß ein Erwachsener absichtlich einem unschuldigen, hilflosen Kind Schaden zufügt.

Zugleich war ihr bewußt, daß Staatsanwälte sich häufig davor scheuen, die Entscheidung eines Gerichtsmediziners anzuzweifeln, ganz gleich, wie fragwürdig diese auch erscheinen mag.

Sie war gerade ein Jahr im Amt gewesen, als der Fall eines 17 Monate alten Mädchens auf ihren Tisch gekommen war. Man hatte das Kind, das unter plötzlichen epileptischen Anfällen litt, in aller Eile in ein Krankenhaus in Lake Jackson gebracht, wo es noch in der Notaufnahme gestorben war. Als dann später ernste Fragen hinsichtlich des Rauschgiftgebrauchs der Eltern aufgekommen waren, hatte Yenne sich an District Attorney Jim Mapel gewandt und vorgeschlagen, daß man die Leiche exhumieren und eine zweite Autopsie durchführen solle. Obwohl sie überzeugt war, über zwingende Beweise zu verfügen, die eine so drastische Maßnahme rechtfertigten, hatte ihr Vorgesetzter ihren Vorschlag rundweg abgelehnt. Er wollte, wie er ihr erklärte, sich nicht dem ›Druck‹ aussetzen, der mit Sicherheit durch eine Exhumierung ausgelöst werden würde.

Erst Wochen nach dem Begräbnis sahen sich die Eltern aufgrund der Ergebnisse verspäteter toxikologischer Tests zu einem Geständnis veranlaßt: Sie hatten ihrem Kind in der Todesnacht eine Überdosis Kokain verabreicht. Während Yennes Vorgesetzte sich begeistert darüber äußerten, daß die Mörder am Ende doch noch verurteilt worden waren, wurde Yenne einfach nicht damit fertig, daß die Laborergebnisse allein wahrscheinlich nicht ausgereicht hätten, die Eltern aufgrund der weiteren Untersuchungen für ihre Tat zu bestrafen. Das Geständnis war entscheidend gewesen.

Seitdem hatte sie nie wieder eine Exhumierung oder eine zweite Autopsie beantragt.

Jetzt freilich wollte ihr eine Formulierung, die Sue Dietrich gebraucht hatte, einfach nicht aus dem Kopf gehen. Dr. Anderson hatte keinen Zweifel daran gelassen, daß es in der Sache nur ein »kleines Zeitfenster« gab, in dem gehandelt werden konnte.

Vielleicht, so entschied Yenne für sich, gibt es mehr als nur ein solches Fenster.

Zum ersten Mal in den neun Jahren, in denen sie jetzt bei der Staatsanwaltschaft tätig war, gab es keinen politischen Druck. Ihr Chef hatte bereits angekündigt, daß er nach Ende seiner derzeitigen Amtszeit nicht erneut kandidieren würde. Vielleicht könnte sie sich von daher leichter durchsetzen.

Während Yenne sich den Fall durch den Kopf gehen ließ, den Sue Dietrich ihr vorgetragen hatte, erwog sie eine Vielzahl von Problemen, die diese zweifellos nicht in Erwägung gezogen hatte. Die Berichte, die sie gelesen hatte, gaben sicherlich Anlaß zu einem gewissen Verdacht, aber es lag auch nicht der leiseste Hinweis auf solches Beweismaterial vor, das einem Anklagevertreter Zuversicht verleiht. Sue hatte versprochen, daß sie bald stichhaltige Unterlagen über die von Shane Goode abgeschlossene Lebensversicherung in Händen halten würde. Eine solche Versicherung mochte zwar als logisches Mordmotiv dienen, würde aber in juristischer Hinsicht nicht auswertbar sein. Das Gesetz verlangte konkrete Indizien und Beweise dafür, daß der Vater einen Mord begangen hatte – und abgesehen von den Beschuldigungen einer trauernden Familie und einer ehemaligen Freundin war in den Unterlagen, die Sue ihr gezeigt hatte, nichts zu finden, was Goode mit irgendeiner Straftat in Verbindung brachte. Genauer gesagt nichts, was darauf hindeutete, daß überhaupt eine Straftat verübt worden war.

Und doch war da dieses »Gefühl im Bauch«, etwas, worauf sie sich während ihrer ganzen juristischen Karriere verlassen hatte, zuerst in den dreieinhalb Jahren als Strafverteidigerin und dann auch in ihrer Tätigkeit als Vertreterin der Anklage. Sie hatte oft die Kritik ihrer Kollegen zu hören bekommen, die sie vor ihrer Tendenz zu »Überreaktionen« gewarnt hatten, und wußte, daß manche ihren intensiven Einsatz, wenn es um Straftaten an Kindern ging, als »Mama-Instinkt« bezeichneten.

Sie setzte sich mehrere Tage lang mit den langfristigen Perspektiven des Falles auseinander und zwang sich dazu, die geradezu überwältigend negativen Eindrücke, die aus Sues Akte förmlich in die Augen sprangen, objektiv zu bewerten. Yenne versuchte vergeblich, an ihrem Prinzip festzuhalten, sich in ihrem professionellen Handeln nicht von Gefühlen leiten zu lassen.

Trotzdem nahm sie Verbindung zu Dr. Anderson auf und hörte interessiert seine Argumente an, die sie als überzeugend empfand. Sie betonte immer wieder, daß ihr Interesse rein hypothetischer Natur sei, und erkundigte sich bei ihm, welche Kosten durch eine mögliche zweite Autopsie auf die County zukommen würden. Auch fragte sie, wie groß die Chance sei, dabei etwas herauszufinden, das eine Anklage wegen Mordes rechtfertigen würde. Was er darauf antwortete, klang für sie nicht gerade ermutigend: Die Exhumierung, so schätzte er, würde etwa 3.000 Dollar kosten. Sein Honorar für die Durchführung der Autopsie würde 250 Dollar pro Stunde plus Reisespesen betragen. Und er ließ auch keinen Zweifel daran, daß er ihr keinerlei Zusage geben konnte, bei der Autopsie etwas zu finden, was das Gerichtsmedizinische Institut von Harris County nicht schon entdeckt hatte.

Falls Dr. Anderson vor der Durchführung wissenschaftlicher Untersuchungen »im Bauch« irgendwelche Gefühle hatte, so vertraute er diese Yenne jedenfalls nicht an. Die Entscheidung, so erklärte er, liege ganz bei ihr.

Yenne war immer noch damit beschäftigt, Pro (wofür sie sehr wenige Punkte fand) und Kontra (wozu jetzt auch finanzielle Erwägungen gehörten) abzuwägen, als ihr Telefon klingelte und sie nach dem Abheben Sue Dietrichs Stimme hörte.

Obwohl die beiden Frauen sich im Laufe der Jahre miteinander angefreundet hatten – beide hatten ihre Berufslaufbahn als Einsatzdisponentinnen bei der Polizei begonnen und häufig ihre Erlebnisse in einer überwiegend von Männern bevölkerten Umgebung ausgetauscht –, klang Dietrichs Stimme kühl und distanziert. Der Anruf war offenkundig dienstlicher Natur.

»Was braucht's noch, Jeri?« fragte die Kriminalbeamtin.

Yenne studierte ein paar Sekunden lang die Decke ihres Büros, wobei sie den Telefonhörer mit der Schulter ans Ohr preßte. Schließlich antwortete sie: »Ich werde so ziemlich jeden, dem ich einmal eine Gefälligkeit erwiesen habe, einschalten müssen. Ich spreche heute noch mit Jim.«

Generalstaatsanwalt Jim Mapel von Brazoria County war in Wahrheit viel weniger Politiker als so mancher andere, der ein öffentliches Amt bekleidet. Im Laufe der Jahre hatte er mit großer Sorgfalt einen Stab von Anklägern um sich versammelt, auf deren Fähigkeit und Instinkte er vertraute, und hatte sie dann, ohne ihnen übermäßig viel dreinzureden, arbeiten lassen. Er hatte nur ein einziges Prinzip, wenn es um die Ausübung seines Wahlamtes ging: Tu das Richtige. Als

Veteran des Vietnamkrieges waren seine beiden einzigen Laster das Rauchen – was ihn dazu veranlaßt hatte, eine Tafel auf seinen Schreibtisch zu stellen, auf der man lesen konnte: »Vielen Dank, daß Sie nicht atmen, während ich rauche« – und gelegentliche Reisen nach Las Vegas, um dort seiner Spielleidenschaft zu frönen.

Und genau auf diese Spielerinstinkte Mapels hoffte Yenne, als sie jetzt in seinem Büro saß und ihm den Fall vortrug.

»Sie glauben also wirklich, daß er es getan hat?« sagte Mapel.

»Ja, das tue ich«, bestätigte sie, »aber die einzige Möglichkeit, das zu beweisen ... wird eine Menge Geld kosten ... wenn wir nur ...«

Mapel lächelte, als er sich Yennes unvollständige Sätze anhörte. Er erlebte sie heute nicht das erste Mal so – ihr Verstand arbeitete schneller als ihre Zunge, und Energie und Emotionen sprudelten förmlich aus ihr heraus. Er hatte sie schon mehr als einmal aufgefordert, sich doch Zeit zu lassen und gelegentlich Luft zu holen, während sie einem Richter oder einem Geschworenenkollegium ihre Argumente vortrug. Zugleich aber bewunderte er auch die Leidenschaft, mit der sie sich in jedem Fall, den sie übernahm, engagierte.

»Selbst wenn Sie in einer zweiten Autopsie auf etwas stoßen, wird das nicht einfach sein«, warnte er sie. »Im übrigen wird Sie das auch nicht gerade sehr populär bei ...«

»Ich weiß, ich weiß. Aber Jim, ich sage Ihnen, hier stimmt etwas nicht, hier muß ...«

Er hob kapitulierend beide Hände und sagte: »Ich denke, wir können das Geld auftreiben. Was soll's? Ich kandidiere ja nicht wieder. Gut, tun Sie es.«

Yenne rief Sue Dietrich an, um ihr die gute Nachricht durchzugeben.

Bald, das wußte die Anklägerin, würden sie über

etwas reden müssen, was bei Sue bei weitem nicht solche Begeisterung auslösen würde.

»Kannst du Anfang nächster Woche herkommen?« fragte Yenne. »Wir müssen etwas besprechen.«

»Sicher.« Es lag schon eine ganze Weile zurück, daß Sue Dietrich ein solches Hochgefühl empfunden hatte. Ihr Leben, das in den letzten Monaten ohne richtiges Ziel gewesen war, schien plötzlich eine neue Richtung genommen zu haben.

In der juristischen Gemeinde von Brazoria County löste Tom Selleck, wenn er jemandem vorgestellt wurde, schon lange kein Stirnrunzeln durch seinen Namen mehr aus. Der Reiz des Besonderen, denselben Namen wie der bekannte Fernseh- und Kinoschauspieler zu tragen, hatte sich schließlich abgenutzt, und an seine Stelle war der beneidenswerte Ruf getreten, den er sich als oberster Anklagevertreter im Büro des Generalstaatsanwalts von Brazoria County erworben hatte.

Selleck sah gut aus, war kontaktfreudig und genoß wegen seiner präzisen und häufig dramatischen Plädoyers einen hervorragenden Ruf. Seit Beginn seiner Tätigkeit hatte er noch keinen einzigen Mordfall verloren.

Im Laufe der Jahre hatte er enge Beziehungen zu den meisten Polizeibeamten in der County aufgebaut; er fuhr häufig mit ihnen Streife und redete ihnen zu, mit ihm Kontakt aufzunehmen, falls sie Ratschläge in Verfahrensfragen oder juristischen Rat brauchten. Daß er sich vor Jahren eine kleine Schußverletzung zugezogen hatte, als er einen Polizeibeamten bei einer improvisierten Rauschgiftrazzia begleitet hatte, hatte bei seinem Vorgesetzten große Wut ausgelöst. Er hatte ihm Vorhaltungen gemacht, daß er in jener Phase der Verbrechensbekämpfung nichts verloren habe. Zugleich hatte der

Vorfall aber sein Ansehen in Polizeikreisen verfestigt, die in ihm nicht nur einen vertrauten Verbündeten, sondern auch einen mutigen Kumpel sahen, der keine Angst davor hatte, sich auch in die vorderste Schußlinie zu begeben.

Er und Sue Dietrich hatten sich vor fünf Jahren kennengelernt, und aus gegenseitiger Bewunderung war allmählich eine wesentlich persönlichere Beziehung entstanden. Sue, die sich schon vor langer Zeit von ihrem ersten Mann hatte scheiden lassen, war selbst überrascht gewesen, wie schnell und bereitwillig sie nach einer längeren Zeit des Zusammenlebens Sellecks Heiratsantrag angenommen hatte.

Freunde und Kollegen hatten in ihnen das ideale Paar gesehen und ihnen gute Chancen eingeräumt, daß ihnen die üblichen Probleme von »Cop-Ehen« erspart bleiben würden. Beide kannten die Arbeit ihres Partners bis ins letzte Detail und waren der Rolle, die sie in ihrer jeweiligen Position zu spielen hatten, loyal ergeben. Jeder suchte routinemäßig den Rat des anderen – Sue bei Ermittlungen, die sie betrieb; Tom, wenn es darum ging, wie man einen bestimmten Fall am besten anpackte.

Diese scheinbar idyllische Zweisamkeit hatte etwa ein Jahr angedauert – bis Sue den Anruf eines wütenden Mannes erhielt. Seine mit ihm seit vierzehn Jahren verheiratete Frau, die mit Selleck im Gerichtsgebäude von Brazoria County zusammenarbeitete, so erklärte er, habe ihm gestanden, mit »diesem Mistkerl von Anwalt« eine Affäre zu haben. Kurz darauf erfuhr Sue, daß diese Anschuldigung nicht nur den Tatsachen entsprach, sondern schon eine ganze Weile im Gerichtsgebäude allgemein bekannt gewesen war.

Wütend und gedemütigt zugleich beantragte sie sofort die Scheidung und legte sich wieder ihren alten Namen zu.

Nur ein einziges Mal hatte sie kurz die Möglichkeit einer Versöhnung in Erwägung gezogen – in einem Augenblick, als ihre emotionalen Kräfte sie plötzlich völlig verlassen hatten. Einige Monate nach ihrer Trennung hatte sie einen Knoten in ihrer Brust entdeckt. Vor Angst wie gelähmt hatte sie Selleck an dem Abend angerufen und ihn gebeten, nach Hause zurückzukehren, und wäre es nur, um ihr bei dem beizustehen, was ihr vermutlich bevorstand. Er hatte abgelehnt. Sue Dietrich hatte sofort bedauert, ihn angerufen zu haben, und den Augenblick der Schwäche verwünscht, der sie zu dem Anruf veranlaßt hatte.

An jenem Abend hatte sie sich vorgenommen, daß Tom Selleck für sie immer nur eine böse Erinnerung sein würde.

Mit dem Entschluß, sich mit dem Fall Goode zu befassen, hatte sie den Knoten und die unheilverheißende Warnung, die er bedeutete, verdrängt. Der Mut und die Entschlossenheit, die manche Frauen in solcher Situation treibt, die Wahrheit zu erfahren, wollten sich bei ihr nicht einstellen. Dies war eine der wenigen Situationen in ihrem Leben, in der sie mit untätigem Abwarten auf ein belastendes Thema reagierte. Und so erzählte sie niemandem von dem Knoten – nicht einmal ihrer Mutter, die zu der Zeit im Begriff war, langsam an Krebs zu sterben.

Jeri Yenne hatte mit Sue nie über deren Eheprobleme gesprochen, hatte aber wie alle anderen im Büro des District Attorney die Klatschgeschichten über Sellecks Affäre lange vor Einleitung des Scheidungsverfahrens gehört. Sie hatte es bedauert, daß die einst so vergnügte und energische Sue das Büro des District Attorney jetzt nur mehr dann aufsuchte, wenn es unbedingt nötig war, und auch dann nur so kurz wie möglich. Yenne fand es äußerst unfair, daß ihre Freundin in eine so peinliche Lage gebracht worden war, und fürchtete, daß das, was sie mit Sue würde besprechen müssen, die Dinge für niemanden angenehmer machen würde.

Sie saß hinter ihrem Schreibtisch und sah auf den Bildschirm ihres Computers, als Sue an ihre offene Tür klopfte. Yenne bedeutete der Kriminalbeamtin, sie solle Platz nehmen, und starrte zunächst weiter auf den Bildschirm. So schob sie das, was sie sagen mußte, noch ein paar Augenblicke hinaus.

Genau in dem Augenblick steckte Tom Selleck seinen Kopf durch die Tür herein. »Hallo Sue«, sagte er.

Ohne darauf einzugehen, daß sie seinen Gruß nicht erwidert hatte, fuhr er fort: »Scheint, daß du in diesem Goode-Fall wirklich gute Arbeit geleistet hast«, sagte er. »Gratuliere.«

Jetzt drehte Sue sich endlich halb herum, sah ihn an und richtete zum ersten Mal seit Monaten das Wort an ihn. Tatsächlich hatte sie nur sehr wenig zu sagen: *»Fuck you«,* erwiderte sie.

Selleck zwang sich zu einem Grinsen, nickte und ging weiter, ohne das schwache Lächeln zu bemerken, das kurz über Jeri Yennes bisher ernste Züge gehuscht war. »Nun«, sagte sie dann wieder mit ausdrucksloser Miene, »das wäre ja schon einmal ein guter Anfang.«

Sue Dietrich runzelte die Stirn. »Was soll das heißen?«

»Was würdest du sagen, wenn …«

Sie hatte den Satz noch nicht zu Ende gesprochen, als Sue schon die Augen verdrehte, weil sie ahnte, was gleich kommen würde.

»… Tom in den Fall eingeschaltet würde?«

Der District Attorney, erklärte Yenne, hatte ihr in mehreren Gesprächen klargemacht, daß er, wenn sie schon in einem so schwierigen Fall Anklage erheben wollten, seinen erfahrensten Ankläger einschalten müßte, insbesondere dann, wenn es zum Prozeß kommen sollte.

»Schau, ich bin ja nicht gerade blöd«, fuhr Yenne fort, »aber um ehrlich zu sein: Ich habe in den sieben Jahren, die ich jetzt hier tätig bin, nur einen einzigen stinkenden Mordfall bearbeitet. Das qualifiziert mich nicht gerade als Expertin. Und deshalb würde ich, offen gestanden, seine Hilfe begrüßen. Aber damit es funktioniert –«

Sue fiel ihr ins Wort. »Schau«, sagte sie, »ich weiß, daß das unangenehm ist. Persönlich kann ich den Mistkerl nicht ausstehen. Aber Tatsache ist, daß er der beste Ankläger ist, den ich je gekannt habe. Und wenn wir ihn brauchen, um die Sache durchzuziehen, dann soll mir das recht sein. Ich kann damit umgehen.«

»Ich weiß nicht, ob ich das könnte«, erwiderte Yenne.

Sue lächelte. »Doch, das könntest du, wenn du auf die Weise sicher sein könntest, daß Shane Goode seine Strafe für das bekommt, was er diesem kleinen Mädchen angetan hat.«

In dem Augenblick begann Yenne zu begreifen, wie wichtig der Fall für ihre Freundin geworden war. Und auch, daß Sue Dietrichs Versessenheit auf den Fall schnell ansteckend wurde.

Bald würden auch andere die hartnäckige Entschlossenheit Sues zu spüren bekommen.

Üblicherweise wird bei Behörden die Zuteilung von Mitteln für Projekte jeder Art durch bürokratische Schwerfälligkeit aufgehalten. Zwar hatte der District Attorney die Mittel für die zweite Autopsie freigegeben, was aber keineswegs schon die Einladung war, zur Kasse zu gehen und sich dort jeden beliebigen Betrag abzuholen. Was Jim Mapel tatsächlich genehmigt hatte, war nur die Teilfinanzierung, die seine Behörde beisteuern konnte.

Zuallererst hatte Yenne mit Sharon Couch Verbindung aufnehmen und ihr erklären müssen, daß die Kosten für die Exhumierung von Renees Leiche, falls das Verfahren weitergeführt werden sollte, von der Familie übernommen werden müßten.

Die Staatsanwaltschaft war zwar bereit, den Löwenanteil der Kosten zu übernehmen, die mit der Autopsie in Verbindung standen, es bedurfte jedoch eines zusätzlichen Betrages von 2.000 Dollar, die die Kinderschutzbehörde des County zur Verfügung stellen mußte, um das von Yenne ermittelte Budget aufzufüllen.

Trotzdem fehlten noch 1.000 Dollar, und sie rief Sue an und bat sie, die Behörden von Alvin aufzufordern, diesen Betrag beizusteuern. Sue ging sofort zu ihrem Vorgesetzten.

Police Chief Mike Merkel von Alvin war nicht gerade begeistert. Erst vor einer Woche war ein Aktenvermerk des City Managers auf seinen Schreibtisch geflattert, in dem dieser mit sofortiger Wirkung einen Ausgabenstop angeordnet hatte. »So wie ich das lese«, erklärte er Sue, »können wir im Augenblick nicht einmal eine Schachtel Büroklammern kaufen, geschweige denn einen Beitrag zu einer privaten Autopsie leisten. Tut mir leid.« Er verzichtete darauf, die Argumente gegen einen solchen Antrag vorzutragen: Warum einen Pathologen – selbst in Zeiten finanziellen Überflusses – aus Florida holen, um Arbeit zu leisten, für die schließlich das Gerichtsmedizinische Institut von Harris County reichlich bezahlt wird?

»Haben Sie etwas dagegen, wenn ich mit dem City Manager spreche?«

Chief Merkel wünschte ihr Glück.

Sue Dietrich stellte an ihrem Schreibtisch ihre Präsentation mit äußerster Sorgfalt zusammen. Die Sekretärin des City Managers hatte ihr gesagt, daß er um 16 Uhr kurz frei sein würde, und jetzt saß sie da, blickte unverwandt auf die Uhr und wartete darauf, den kurzen Weg über die Straße in die City Hall von Alvin zurücklegen zu können.

In einem Aktendeckel lagen: ein Exemplar des Fluglatts, das Sharon in der Hoffnung verteilt hatte, zusätzliche Informationen über Renees Tod zu erhalten, ein aus einem Block gerissenes Blatt, auf dem sie den Fall kurz zusammengefaßt hatte, und ein Farbfoto von Renee, die, mit einem Pyjama und einer verkehrt herum aufgesetzten Baseballmütze bekleidet, wie ein Engel in die Kamera lächelte.

City Manager Marvin Norwood hatte, wie Dietrich wußte, eine Enkeltochter, die etwa genauso alt war wie Renee zu der Zeit, als die Aufnahme gemacht worden war. Als Absolvent der Militärakademie von West Point überwachte Norwood die Finanzen der Gemeinde objektiv und geschäftsmäßig. Er machte kein Hehl aus seinem militärischen Wesen, unterstrich es durch seinen Bürstenhaarschnitt, und wenn es seinen Kritikern Spaß machte, ihn als geizigen Erbsenzähler zu bezeichnen, dann sollte ihm das recht sein. Das war sein Job, und dafür wurde er bezahlt.

Small talk, insbesondere während der Bürozeit, betrachtete er als unverzeihliche Zeitvergeudung. »Was kann ich für Sie tun, Detective?« fragte er, als Sue Dietrich ihm gegenüber Platz nahm.

»Ich bin hier, um Sie um Geld zu bitten«, erwiderte sie. »Man hat …«

Nordwood schüttelte schon den Kopf, ehe sie ihren Satz zu Ende sprechen konnte. »Gehaltserhöhungen kommen so lange nicht in Frage«, sagte Norwood, »bis der Ausgabenstop aufgehoben ist.«

»Ich bin nicht hier, um Sie um eine Gehaltserhöhung zu bitten«, erwiderte Sue schnell. »Ich leite eine Mordermittlung, und wenn diese ordentlich durchgeführt werden soll, brauche ich tausend Dollar von der City.« Sie schob den Aktendeckel über seinen Schreibtisch.

Der City Manager las ihre Zusammenfassung des Falles und starrte eine Weile das Foto des lächelnden Kindes an. Dann lehnte er sich in seinem Sessel zurück und musterte seine Besucherin ein paar Augenblicke lang stumm. »Erzählen Sie mir etwas mehr über den Fall«, bat er schließlich.

Sue schilderte ziemlich nervös die Folge von Ereignissen, die sie in sein Büro geführt hatte, und schloß ihren Bericht mit den Worten: »Wir glauben, daß der Vater sie ermordet hat, um an die Versicherungssumme zu kommen.«

Der City Manager beugte sich vor und stützte beide Ellbogen auf seine Schreibtischplatte. »Wie gut ist Ihr Material?«

»Sir, ich glaube aus ganzem Herzen, daß dieses kleine Mädchen ermordet worden ist.«

»Und Sie sind absolut davon überzeugt, daß der Vater der Schuldige ist?«

»Mr. Norwood«, erwiderte sie, »ich würde meine Dienstplakette darauf verwetten.«

»Und was ist, wenn ich Ihnen sage, daß die Stadt das Geld nicht hat, das Sie brauchen?«

Ihre schnelle Antwort überraschte sie selbst. Da war nichts, was sie sich zurechtgelegt hatte, die Frage gehörte nicht zu der Präsentation, die sie so sorgfältig geplant hatte. Es kam ihr ganz spontan. »Dann gehe ich zur Sparkasse und nehme ein persönliches Darlehen auf«, antwortete sie.

»Sie bekommen meine Antwort noch vor heute abend«, sagte Norwood und sah auf seine Uhr. Es war 16 Uhr 20.

Sue ging langsam zum Polizeirevier zurück und ließ das soeben stattgefundene Gespräch noch einmal vor sich ablaufen, fragte sich, ob sie vielleicht irgendein wichtiges Argument vergessen hatte, etwas, womit sie noch deutlicher hätte signalisieren können, wie wichtig es ihr mit ihrem Antrag war. Sie war nur zwanzig Minuten im Büro des City Managers gewesen, aber ihr war es wie eine Ewigkeit vorgekommen.

Als sie das Stationsgebäude betrat, sah sie Chief Merkel über den Flur auf sie zukommen. Sein breites Lächeln verriet, was er ihr sagen wollte, noch ehe es über seine Lippen kam.

»Der City Manager hat gerade angerufen«, sagte er. »Er hat gesagt, Sie kriegen Ihre tausend Dollar.«

14

Auf viele seiner Kollegen wirkte Shane Goode, als sei er ein anderer Mensch geworden. Er hatte nicht nur angefangen, nach der Arbeit gelegentlich auf ein Bier oder zwei mitzukommen, sondern hatte sich auch begeistert ihrer Angewohnheit angeschlossen, hie und da eine Tischrunde zu bestellen.

Es hatte einiges überraschte Flüstern gegeben, als er nur wenige Tage nach der Beerdigung wieder bei der Arbeit erschienen war, aber das war bald vergessen. Schließlich sei Arbeit das beste Mittel, um Kummer zu vergessen, argumentierten manche. Shane, so nahmen sie an, gehörte zu den Menschen, die mit ihrem Unglück am besten fertig wurden, indem sie sich beschäftigten.

Er ging nicht nur mit einer neuen Einstellung an seine Arbeit heran, sondern schien außerdem auch von seinen Aktivitäten bei der Nationalgarde stärker in Anspruch genommen als zuvor. Erst vor kurzem hatte er Urlaub genommen, um auf Militärstützpunkten wie Fort Bliss in Texas, Fort Benning in Georgia und dem Luftwaffenstützpunkt Eglin in Florida an einigen Ausbildungslehrgängen teilzunehmen. Dabei hatte er Fallschirmspringen und neue Überlebenstechniken in seine wachsende Liste von Fähigkeiten aufgenommen.

Gerüchte über die Anschuldigungen seiner Ex-Frau hatten sich bei seinen Kollegen von der Post herumgesprochen, waren aber im großen und ganzen nicht sehr ernst genommen worden. Shane Goode mochte seine Schattenseiten haben, er mochte gelegentlich sogar ein wenig eigenartig wirken, aber ein kaltblütiger Killer war er ganz sicherlich nicht.

Eine Frage hielt sich freilich hartnäckig, wenn über das tragische Geschehen gesprochen wurde. Shane hatte ständig von seiner Tochter Tiffany geredet, war jederzeit schnell bei der Hand gewesen, ein Bild von ihr zu zeigen oder sie seinen Kollegen und Kolleginnen vorzustellen, wenn er sie mit aufs Postamt brachte. Aber wenn man einmal von Sunny Bradley absah – die bewußt Gesprächen über Shane aus dem Wege ging –, konnte keiner der anderen Angestellten sich daran erinnern, von ihm je etwas über ein zweites Kind gehört zu haben.

Mit dem Abschluß der Finanzierung und der Festsetzung eines Termins für Dr. Andersons Durchführung der Autopsie galt es nur noch ein Hindernis zu überwinden: Es war von entscheidender Wichtigkeit, darüber waren sich Yenne und Sue einig, daß Shane nichts von ihrem Plan erfuhr. Es war für ihn ohne Zweifel beruhigend, daß die Ermittlungen offensichtlich ein Ende gefunden hatten. Sein Leben verlief jetzt wieder in normalen Bahnen, und er traf sich seit einiger Zeit mit einer verheirateten Frau, die ebenfalls im Postamt tätig war. Sharon Couch konnte sich dafür verbürgen, denn sie hielt sich über alles, was er unternahm, auf dem laufenden, häufig mit Hilfe von Sunny. Falls Shane von der geplanten Exhumierung und der zweiten Autopsie hören sollte, so war es durchaus möglich, daß er wieder einen Ausbildungskurs bei der Nationalgarde belegte und einfach verschwand.

»Wir möchten ihn in dem Glauben lassen, daß in der Welt alles in schönster Ordnung ist und seinen geregelten Gang geht«, hatte Yenne gesagt.

Für Sue Dietrich entwickelten sich die Ermittlungen völlig anders, als sie es bisher erlebt hatte. Nie zuvor hatte sie sich so große Mühe gegeben, einem Verdächtigen aus dem Wege zu gehen. So sehr es sie danach drängte, Shane Goode gegenüberzutreten, ihn zum ersten Mal aus unmittelbarer Nähe zu erleben und seine Antworten auf ihre Fragen zu hören, so sehr bot sie ihre ganze Willenskraft und Geduld auf, um sich von ihm fernzuhalten.

Das ging so weit, daß sie bei ihrem Anruf bei der State-Farm-Versicherungsgesellschaft ungewöhnlich viel Zeit darauf verwandt hatte, die Versicherungsagentin auf strikte Geheimhaltung zu drängen. Sie informierte die Gesellschaft über ihre Ermittlungstätigkeit und empfahl, die Auszahlung der Versicherungsprämie hinauszuschieben.

»Ich bin sicher«, hatte Sue gemeint, »daß Sie genügend Erklärungen für eine Verzögerung finden werden.«

Die Versicherungsagentin hatte gelacht und ihr beigepflichtet. Tatsächlich, so stellte sie rasch fest, hatte Shane mit ihnen wegen der Auszahlung noch gar keine Verbindung aufgenommen. Als sie sein Konto auf ihrem Computer überprüfte, entdeckte sie sogar, daß er nach Renees Tod noch eine weitere Prämienzahlung geleistet hatte.

Daß Shane keinerlei Anstalten gemacht hatte, sich die Versicherungssumme auszahlen zu lassen, beunruhigte die Kriminalbeamtin zunächst. Wenn Geld das Motiv für den Mord an Renee gewesen war, weshalb sorgte er dann nicht dafür, daß er es bekam? Weshalb leistete er weiterhin Zahlungen?

Doch was ihr die Agentin erklärte, beruhigte sie. Der Besitzer einer Police kann die Auszahlung der Versicherungssumme erst dann beantragen, wenn er eine Sterbeurkunde vorlegen kann. Offensichtlich, so hatte sie hinzugefügt, habe der Leichenbeschauer die entsprechenden Formulare noch nicht komplett ausgefüllt. Das dauere manchmal Monate.

Je länger, desto besser, dachte Sue Dietrich.

Ein Antrag auf Exhumierung einer Leiche, das wußte Jeri Yenne, war nur mit schriftlicher Zustimmung eines Ehepartners oder Elternteils zulässig. Annette, der während der Scheidungsauseinandersetzung das vorläufige Sorgerecht für Renee zugesprochen worden war, hatte zwar sofort ihre Unterschrift geleistet, aber Yenne kam einfach nicht von der Sorge los, daß Shane irgendwie Wind bekommen und dann versuchen würde, den Plan scheitern zu lassen – oder, was noch schlimmer wäre, zu fliehen.

Nicht einmal Sue Dietrichs Kollegen erfuhren davon, als sie heimlich das Büro des Justice of the Peace, des Friedensrichters Jerome Jozwiak, aufsuchte, um auch dessen Unterschrift für den Antrag zu erhalten.

Mit Rücksicht auf Dr. Andersons andere Termine wurde die Exhumierung auf den 7. Oktober 1994 anberaumt.

Allen Beteiligten sollten die nächsten drei Wochen schier endlos erscheinen. Da jeder weitere Fortschritt in den Ermittlungen ganz vom Ergebnis der Autopsie abhing, gab es nur wenig, was Yenne oder Sue bis dahin tun konnten. Es blieb ihnen lediglich, sich wieder ihren anderen Aufgaben zuzuwenden. Sharon Couch verbrachte ihre Zeit damit, einen Lagerschuppen im hinteren Teil ihres Gartens zu bauen, ein Projekt, das sie schon geraume Zeit vor sich hergeschoben hatte. Annette gab sich alle Mühe, ihre wachsende Besorgnis vor ihrem Mann und ihrer Tochter zu verbergen, indem sie sich ganz auf ihre Arbeit und Abendkurse konzentrierte.

Am Morgen der Autopsie sollte diese gespannte Erwartung einen neuen Höhepunkt erreichen.

Sue Dietrich hatte, ganz wie Dr. Anderson verlangt hatte, Kontakt zur Verwaltung des Alvin Community Hospital aufgenommen und dort einen Raum für die Autopsie reserviert. Der geschlossene Sarg war in der Nacht zuvor in einen der Untersuchungsräume des Krankenhauses gebracht und dort von Beamten der Polizei von Alvin bis zum Eintreffen des Pathologen bewacht worden.

Die Gegebenheiten im Untersuchungssaal entsprachen jedoch überhaupt nicht seinen Erwartungen. Der Raum verfügte nicht über fließendes Wasser, und die Beleuchtungsverhältnisse waren alles andere als befriedigend. Außerdem befand der Raum sich unmittelbar neben der Notaufnahme, was natürlich jederzeit zu Lärmbelästigungen führen konnte.

Von daher schlug Dr. Anderson eine Änderung der Vorgehensweise vor.

Nach einem längeren Telefonat mit dem Direktor des nahe gelegenen Oak-Park-Bestattungsinstituts kam man überein, die Untersuchung im dortigen Präparationsraum durchzuführen, der im Grunde mit denselben Anlagen und Vorrichtungen ausgestattet war, wie sie gewöhnlich in einem Leichenhaus vorzufinden sind.

Als Sharon und Annette im Krankenhaus eintrafen und dort weder den Pathologen noch die Kriminalbeamtin vorfanden, eilten sie nervös zu einer Schwesternstation, um nähere Auskünfte zu erhalten.

Sharon setzte an: »Wir sind Mitglieder der Familie …«

Die schon etwas ältere Schwester fiel ihr ins Wort. »Tut mir leid«, sagte sie, »aber ich bin nicht befugt, Ihnen irgendwelche Informationen zu geben.«

»Sie verstehen nicht, wir sollen …«

»Tut mir leid«, wiederholte die Schwester resolut.

Beunruhigt und wütend zugleich machte sich Sharon auf die Suche nach einem Telefon und wühlte in ihrer Handtasche herum, um die Piepsernummer von Sue Dietrich zu finden. Während sie durch einen langen Korridor eilten, trat eine andere Schwester neben sie und flüsterte, ohne sie dabei anzusehen: »Uns sagt ja keiner etwas«, meinte sie, »aber die haben vor vielleicht einer halben Stunde das Haus durch eine Hintertür verlassen … mit etwas, das mit einem Laken bedeckt war.«

In dem Augenblick, in dem ihr Piepser ertönte, wurde Sue entsetzt bewußt, was sie vergessen hatte. Sie wählte sofort die Nummer des Fernsprechers im Krankenhaus, die Sharon ihr genannt hatte, und entschuldigte sich, erklärte, daß es ganz schnell zu der Änderung des Planes gekommen war, die den beiden Frauen jetzt so große Schwierigkeiten bereitete. Dann beschrieb sie der beunruhigten Frau den Weg zu dem Bestattungsinstitut.

Sharon Couch gab die Erklärung der Kriminalbeamtin an ihre Tochter weiter, während sie beide zum Parkplatz eilten. Ihr Zorn war schnell verflogen, und an seine Stelle war tiefe Sorge um die vor ihnen liegenden Ereignisse getreten. Als sie den Wagen in Richtung Bestattungsinstitut lenkte, kreisten plötzlich all ihre wirren Gedanken um Sue Dietrich.

Die Beamtin hatte während ihres kurzen Telefonats den Eindruck vermittelt, sie wisse nicht mehr weiter, und Sharon fragte sich, ob sie die unangenehmen Stunden, die ihnen bevorstanden, wohl würde ertragen können. Sie waren inzwischen enger miteinander bekannt geworden. Sue hatte Sharon vom Verlust ihres eigenen Kindes erzählt, und von daher kamen Sharon diese Bedenken, ob Sue wohl die Kraft aufbringen würde, eine Untersuchung zu überwachen, die ganz sicherlich in ihr alte Wunden aufreißen würde.

Auch Sergeant Arendell war beunruhigt. Seit er ihr den Fall zugeteilt hatte und Zeuge geworden war, wie intensiv sie daran arbeitete, machte er sich über sie Gedanken. Auch er wußte von dem tragischen Schicksal ihres Sohnes.

In diesem Bewußtsein hatte er so unauffällig wie möglich angeboten, zum Friedhof von Hallettsville zu fahren und die Exhumierung und den Transport des Sarges nach Alvin zu überwachen. Er hatte ihr auch angeboten, an ihrer Stelle an der Autopsie teilzunehmen. Sue hatte gegen seine Anwesenheit nichts einzuwenden, hielt es aber für ihre Pflicht, ebenfalls dabeizusein. Das gehöre mit zum Job, hatte sie erklärt.

Doch im Innern hatte sie große Angst vor dem Anblick, der sich ihr beim Öffnen des Sarges bieten würde, und sie war froh, daß Arendell an ihrer Seite stehen würde.

Die erste Phase der Untersuchung hatte sich als viel stärkere Belastung erwiesen, als sie erwartet hatte. Sue war an das fahrbare Gestell getreten, auf dem der nun geöffnete Sarg stand. Ihr Blick war sofort auf die immer noch leuchtenden Bänder in Renees Haar gefallen. Sie hatte stumm auf die winzige, von Plüschtieren und Spielsachen umgebene leblose Gestalt hinuntergeblickt, und dann waren ihr die Tränen in die Augen gestiegen, und sie war einen Schritt zurückgetreten und hatte sich der Tür genähert. Sie würde das nicht ertragen.

Nachdem sie einige Minuten lang allein in einem Nebenzimmer gesessen hatte, kam Sergeant Arendell zu ihr und zog sich einen Stuhl heran. Er legte ihr die Hand auf die Schulter und überbrachte eine Nachricht von Dr. Anderson. »Er hat bis jetzt noch nichts unternommen«, sagte Arendell. »Er wartet auf Sie. Ich soll Ihnen sagen, das sei für Renee die einzige Möglichkeit, Ihnen zu sagen, was mit ihr passiert ist.«

Sue stand auf, atmete tief durch und folgte dann ihrem Sergeant in den Untersuchungsraum. Dort hielt sie Wache über die jetzt entkleidete Leiche, hörte zu, wie der Arzt sorgfältig jeden seiner Schritte erklärte und seine Beobachtungen in ein Tonbandgerät diktierte. Während der ganzen Zeit ging sie nur zweimal kurz hinaus, um Sharon und Annette über den Stand der Untersuchung zu unterrichten.

»Die Leiche ist die eines normal entwickelten weißen Kindes weiblichen Geschlechts, anscheinend des angegebenen Alters von zwei Jahren … fünfunddreißig Zoll in der Länge messend, im Einklang mit einem Gewicht von sechsundzwanzig Pfund«, sagte der Doktor mit ruhiger, gemessener Stimme. »Der Leichnam zeigt Beerdigungsspuren mit schwarzem Schimmel auf der Gesichtshaut, im Brust-, Bauch- und Extremitätenbereich …«

Sue Dietrich sah zu, wie er vorsichtig den Schimmel abwusch und dann seine sorgfältige Suche nach der Todesursache begann.

Es wurde früher Nachmittag, bis er schließlich die letzte Untersuchungsphase erreicht hatte. Er durchschnitt die zarten Muskeln der Leiche und entfernte das Zwerchfell, um die Hinterseite des Brustkorbes untersuchen zu können. Diese Prozedur, die bei der ursprünglichen Autopsie unterlassen worden war, ließ vielsagende dunkle Spuren von Blutungen im Muskelgewebe in der Nähe der neunten und zehnten Rippe erkennen.

An diesem Punkt unterbrach er seine Arbeit, ging zum Telefon an der Wand und führte ein Ferngespräch mit einer Kollegin in Dallas. Er kannte Dr. Linda Norton bereits aus seiner Collegezeit und hielt sie für eine der fähigsten Pathologinnen. Schon vor seinem Aufbruch aus Florida hatte er mit ihr Verbindung aufgenommen, die geplante Autopsie durchgesprochen und sie gebeten, sich für eine möglicherweise notwendig werdende Konsultation bereitzuhalten. Die beiden Ärzte kamen überein, seine Erkenntnisse telefonisch während des Verlaufs der Autopsie zu diskutieren. Später würde er ihr Gewebeproben zur Untersuchung zukommen lassen.

Er schilderte ihr recht ausführlich und systematisch den Ablauf seiner Untersuchung und schloß mit einer detaillierten Beschreibung seines Fundes im Brustinneren.

Eine derartige Blutung, darin stimmten beide Ärzte überein, konnte nur durch extremen, über einen längeren Zeitraum auf den Unterleib des Kindes ausgeübten Druck verursacht worden sein. Aller Wahrscheinlichkeit nach hatte Renee Goode fünf bis sieben Minuten gebraucht, um zu sterben.

Dr. Anderson wußte bereits, was er nach seiner

Rückkehr nach Florida in seinen Obduktionsbericht schreiben würde: Die Ursache von Renee Goodes Tod war kompressive Asphyxie, resultierend aus nachhaltiger Druckausübung auf den Unterleib und den unteren Thoraxbereich.

Laienhaft ausgedrückt: jemand hatte dem Kind buchstäblich den Atem aus dem Leibe gequetscht.

Sharon und Annette standen sofort von ihren Stühlen im Flur des Begräbnisinstitutes auf, als Sue Dietrich auf sie zugeeilt kam. Diesmal wirkte ihre Eile zielstrebig, und ihr Gesicht zeigte einen Ausdruck von Ruhe, den man vorher nicht an ihr hatte bemerken können.

Sue wartete ihre Fragen nicht ab. »Dr. Anderson hat gesagt«, erklärte sie, »daß Renees Tod durch einen Mord verursacht wurde.«

Annette brach in Tränen aus, und ihre Mutter nahm sie in die Arme. Dann streckte Sharon Sue beide Hände entgegen. »Sie haben so viel getan«, sagte sie.

»Es gibt noch eine ganze Menge mehr zu tun«, erwiderte die Kriminalbeamtin.

»Ich verstehe«, antwortete Sharon. »Aber es hat so viel Mühe gekostet, bis zu diesem Punkt zu kommen.«

Darauf zog sie Sue beiseite, damit Annette nicht hören konnte, was sie sagte. »Darf ich Sie noch um eine Gefälligkeit bitten?«

Sue nickte.

»Würden Sie sie bitte anziehen, ehe sie wieder in den Sarg zurückgelegt wird?«

Obwohl sie wußte, daß das eine der qualvollsten Aufgaben in ihrer ganzen Polizeikarriere sein würde, versprach Detective Dietrich, das zu tun.

Jeri Yenne hatte in Erwägung gezogen, das kurze Stück nach Alvin zu fahren, um an der Autopsie teilzunehmen, sich dann aber dagegen entschieden. Die letzten Wochen ihrer Schwangerschaft hatten angefangen, ihren Tribut zu fordern, und ihre Knöchel waren – wie vor der Geburt ihrer anderen Kinder – stark angeschwollen. In zehn Tagen sollte ein Kaiserschnitt an ihr vorgenommen werden, und sie konnte es kaum mehr erwarten, diesen Zustand hinter sich zu bringen.

Und mit ähnlicher Ungeduld erwartete sie eine Nachricht mit Dr. Andersons Ergebnissen.

Den ganzen Tag über hatte sie immer wieder ein Stoßgebet vor sich hin geflüstert: *Lieber Gott, ich möchte niemanden zu Unrecht eines schrecklichen Verbrechens bezichtigen. Ich muß es sicher wissen. Ich brauche einen Beweis …*

Sie saß auf der von einem hauchdünnen Moskitonetz umgebenen Terrasse hinter ihrem Haus und mischte eine Marinade für die Steaks, die sie und ihr Mann abends grillen wollten, als ihr Handy klingelte. Sie meldete sich und hörte gleich Sues Stimme.

Atemlos schilderte die Beamtin, was der Doktor festgestellt hatte. »Es hat eine Blutung gegeben, Jeri. Er hat sie gefunden … die Antwort.«

Yenne schloß die Augen und nickte langsam mit dem Kopf.

»Hast du gehört?« fuhr Sue fort. »Er sagt, daß es Mord war.«

»Ich höre«, erwiderte Yenne schließlich. Dann machte sie den Vorschlag, auf den Sue seit Wochen gewartet hatte. »Ich denke«, sagte sie, »jetzt ist es an der Zeit, daß du Shane Goodes Bekanntschaft machst.«

Sues erster Impuls war, sofort zu Goodes Wohnung zu fahren und dort endlich mit dem Verhör zu beginnen. Doch der Adrenalinschub, den sie verspürte, war für sie ein Warnsignal. Von jetzt an mußten die Ermittlungen mit äußerster Sorgfalt geführt werden, da die Ergebnisse ja einer Grand Jury vorzulegen waren.

Während Dr. Anderson nach Florida zurückkehrte, um dort seinen schriftlichen Bericht zu verfassen, verbrachte Sue Dietrich den Sonntag zu Hause und ließ noch einmal den gesamten Fall Revue passieren. Diesmal widmete sie ihre besondere Aufmerksamkeit dem, was Goode gleich nach dem Tod seiner Tochter ausgesagt hatte.

»Je weniger er sich in dieser Phase bedroht fühlt, desto besser«, warnte Yenne, als sie Sue am Nachmittag anrief. »Spiel ihm das blonde Dummchen vor. Sag ihm, sie hätten dir den Fall angehängt, und du wolltest bloß ein paar letzte Unstimmigkeiten klären. Wenn ich das alles richtig einschätze, wird er sehr froh sein, daß die Sache jetzt so belanglos geworden ist, daß eine Frau das Ganze bearbeitet.«

Zum ersten Mal seit Tagen lachte Sue Dietrich herzhaft und antwortete dann mit affektiert süßlicher Stimme: »Nun, dann kann ich nur hoffen, daß ich nicht großen Mist baue und Mr. Goode böse auf mich ist.«

Yenne lachte ebenfalls, als sie den Hörer auflegte. In den Tagen, die ihnen jetzt bevorstanden, würde für lockere Reden kaum mehr Platz sein. Trotz der Erkenntnisse aus der zweiten Autopsie hatten sie bestenfalls Indizien an der Hand. Weiterhin keinerlei greifbare Beweisstücke, die eine Verbindung zwischen dem Verdächtigen und der Tat herstellten. Die Vorstellung, daß zu einem Zeitpunkt, an dem nicht weniger als sechs potentielle Zeugen anwesend waren, ein Mord stattgefunden haben sollte, würde ohne Zweifel die Phantasie selbst des erfinderischsten Verfassers von Detektivgeschichten strapazieren.

Und die Tradition der Gerichtsmedizin ließ wenig Hoffnung, daß die Pathologen von Harris County umgehend ihren Fehler zugeben und sich plötzlich die

Erkenntnisse von Dr. Anderson zu eigen machen würden.

»Ehe das alles vorbei ist, wird noch so manches Ego einen Knacks bekommen«, sagte sie zu ihrem Mann am Abend, als sie dabei waren, zu Bett zu gehen.

Bill Yenne legte zärtlich die Arme um seine Frau. Es beunruhigte ihn, daß sie gerade während der anstrengendsten Phase ihrer Schwangerschaft einen so schwierigen Fall bearbeiten mußte. Zugleich war ihm wohl bewußt, mit welcher Hingabe sie die Doppelrolle empfand, die sie sich selbst ausgesucht hatte. Er hatte volles Vertrauen zu ihr, als Mutter und als Vertreterin der Anklage. Er streckte die Hand aus, um die Lampe auszuknipsen, und lächelte ihr zu.

»Du wirst tun, was du tun mußt«, sagte er.

Sue Dietrich hatte beschlossen, Shane ohne vorherige Ankündigung aufzusuchen. Sie wußte, daß er mehrfach Verabredungen mit Bodie Duckworth nicht eingehalten hatte, als es um den Lügendetektortest gegangen war, und hatte Sorge, er könnte, sobald er von ihrem Besuch erfuhr, einen kleinen Ortswechsel vornehmen.

Es war 19 Uhr 30, als Shane, nur mit einer Turnhose bekleidet, der lächelnden Sue Dietrich seine Tür öffnete.

Sue stellte sich vor und erklärte Shane dann schnell, daß sie erst kürzlich auf den Fall angesetzt worden sei. Als Goode keine Anstalten machte, sie zum Eintreten aufzufordern, fuhr sie fort: »Hören Sie, ich möchte das schleunigst hinter mich bringen«, sagte sie. »Mein Captain sitzt mir im Nacken und mein Sergeant auch. Wenn Sie daher bloß ein paar Minuten Zeit für mich hätten …«

Shane nickte schließlich, lächelte ebenfalls freundlich und ließ sie in seine Wohnung eintreten. Er bedeutete ihr, auf einem der beiden blauen Lehnsessel, zwischen denen ein kleiner Couchtisch stand, Platz zu nehmen. Daraufhin entschuldigte er sich kurz, um ins Schlafzimmer zu gehen und Hemd und Schuhe anzuziehen. In seiner Abwesenheit sah sich Sue in dem bescheiden eingerichteten, aber ordentlichen Raum um. Außer den beiden Sesseln, dem Tisch und einer Lampe bestand das einzige Mobiliar des mit Teppichboden ausgelegten Wohnzimmers aus einer kleinen Kommode mit Fernseher, die in einer Ecke stand. Die Wände waren offensichtlich erst kürzlich getüncht worden und zeigten keinerlei Schmuck oder Bilder. Die einzige Fotografie, die zu entdecken war, zeigte ein junges Mädchen. Sue nahm an, daß es sich um Goodes Tochter Tiffany handelte. Sie war in einem Rahmen über dem Fernseher angebracht.

»Ich war auf der Schule für Fallschirmspringer«, erklärte er, als er wieder erschien, und deutete dabei auf das National-Guard-T-Shirt, das er sich übergestreift hatte, »und bin gerade erst eingezogen. Der Großteil meiner Sachen liegt noch im Lagerhaus.«

In der Absicht, das Gespräch möglichst locker anzugehen, zog ihn die Beamtin in eine kurze Unterhaltung über die von ihm soeben absolvierte Schulung. Ihr Interesse an den Gefahren bei einem Sprung aus dem Flugzeug ließ seine Darstellung lebhaft werden, was sich allerdings schnell änderte, als sie das Thema wechselte und auf ihre Ermittlungsarbeiten zu sprechen kam.

Wie auf ein Stichwort hin nahm Shane dieselbe Haltung ein, die sie kurz bei ihm gesehen hatte, als er auf dem Polizeirevier mit Detective Duckworth gesprochen hatte. Er rutschte auf dem Sessel nach vorn, stützte die Ellbogen auf die Knie und blickte starr zu Boden.

Sue ertappte sich dabei, wie sie schweigend den jungen Mann musterte, der ihr gegenübersaß. Shane Goode war der Typ Mann, den jede Mutter sich als Schwiegersohn wünscht: anständig, adrett, gute Manieren, körperlich sichtlich fit. Man sah ihm seine vierunddreißig Jahre nicht an. Er wirkte scheu auf sie, sprach leise. Sie hatte immer Schwierigkeiten gehabt, zu definieren, was man unter ›gutaussehend‹ verstand, mußte aber einräumen, daß Goode diesem Begriff wohl in jeder Hinsicht gerecht wurde.

Eine halbe Stunde lang antwortete er auf ihre Fragen und lieferte knappe, wie auswendig gelernte Antworten, die fast exakt denen seiner Aussage vor einigen Monaten entsprachen. Sue kam in den Sinn, daß es noch ein paar andere Attribute gab, die sie vielleicht ihrer Liste hinzufügen sollte: Shane Goode besaß ein erstaunliches Gedächtnis und, falls er zu echten Gefühlen fähig war, verbarg er diese besser als jeder andere Verdächtige, mit dem sie bisher zu tun gehabt hatte.

»Ich weiß, daß Sie das schon einmal getan haben«, sagte sie, »aber wenn es Ihnen nichts ausmacht, hätte ich gerne eine schriftliche Aussage von Ihnen, solange ich noch hier bin.« Sie ließ ihm keine Zeit zu widersprechen und zuckte die Achseln, wie um sich für die Belästigung zu entschuldigen. »Das ist reine Routine, wenn ein Fall von einem Ermittler auf einen anderen übertragen wird.«

Mit diesen Worten reichte sie ihm ein leeres Aussageformular, erklärte ihm, daß er nicht unter Arrest stehe und daß alles, was er jetzt schreibe, freiwillig sei.

»Meine Handschrift ist ziemlich schwer zu lesen«, sagte er und vermied immer noch jeglichen Augenkontakt. »Wie wär's, wenn ich es einfach Ihnen sage und Sie schreiben es für mich hin?«

Sue legte das Formular auf einen Block und stützte ihn auf ihre Knie. »Okay«, sagte sie, »aber wenn wir fertig sind, müssen Sie es sorgfältig durchlesen, um sicher zu sein, daß der Wortlaut genau stimmt, und es dann unterschreiben.«

Seine Aussage, kurz und sichtlich einstudiert, nahm nicht viel Zeit in Anspruch.

AN DEM ABEND, AN DEM ICH RENEE UND MICHELLE ABHOLTE UND SIE ZUM HAUS MEINER ELTERN IN ALVIN BRACHTE, FÜHLTE RENEE SICH WOHL. SIE MACHTE AUF MICH NICHT DEN EINDRUCK, ALS OB SIE KRANK WÄRE, UND SIE UND TIFFANY, MICHELLE UND CHRISTY SPIELTEN, BIS ES ZEIT ZUM SCHLAFENGEHEN WAR. MEIN VATER WAR AUF DER ARBEIT UND KOMMT GEWÖHNLICH GEGEN 2 UHR 30 MORGENS NACH HAUSE, UND MEINE STIEFMUTTER WAR SCHON ZU BETT GEGANGEN, ALS ICH DIE KINDER INS BETT BRACHTE. GEGEN MITTERNACHT FING ICH AN, RENEE ZUM SCHLAFENGEHEN FERTIG ZU MACHEN. ALLE ANDEREN SCHLIEFEN SCHON.

SIE WOLLTE EINEN SCHLAFSACK WIE TIFFANY UND MICHELLE, ALSO HOLTE ICH EINEN VON DEN MEINEN UND LEGTE IHN AUF DEN BODEN. RENEE WAR EIN WENIG AUFGEGKRATZT, ALSO HABE ICH MICH ZU IHR AUF DEN BODEN GELEGT. SIE KRABBELTE AUF MEINE BRUST UND BLIEB DORT EINE WEILE UND KRABBELTE DANN WIEDER AUF DEN BODEN. EIN WENIG SPÄTER SCHLIEF SIE EIN. ICH DENKE, MICHELLE WAR NOCH NICHT EINGESCHLAFEN. ICH STAND AUF UND GING IN MEIN SCHLAFZIMMER UND LEGTE MICH SCHLAFEN. AM NÄCHSTEN MORGEN KAM TIFFANY IN MEIN ZIMMER UND SAGTE MIR, DASS RENEE ETWAS AUS DEM MUND FLIESST. ICH

STAND AUF UND GING INS WOHNZIMMER UND FAND RENEE. ALS ICH RENEE AUFHOB, WUSSTE ICH GLEICH, DASS SIE TOT WAR. SIE LAG AUF DEM BAUCH. ICH WEISS NICHT, WAS RENEE PASSIERT IST. ICH WAR DER LETZTE, DER SIE LEBEND GESEHEN HAT, UND AUF MICH WIRKTE SIE GANZ NORMAL. WÄHREND DER NACHT HABE ICH NICHTS GEHÖRT. RENEE IST EIN SEHR GESUNDES KIND.

DETECTIVE DIETRICH HAT DIESE AUSSAGE HANDSCHRIFTLICH AUFGENOMMEN, UND SIE ENTSPRICHT DER WAHRHEIT UND IST KORREKT.

RENEE WAR UM NEUJAHR KRANK, ABER AM 23. JANUAR 1994 MACHTE SIE AUF MICH KEINEN KRANKEN EINDRUCK.

Es war, fand Sue Dietrich, als würde er vom Tod einer Person berichten, die er nie gekannt hatte. Da waren keine Tränen gewesen, keine Pausen, um sich zu fassen, nicht die leiseste Andeutung, daß er noch unter dem Verlust seines eigenen Kindes litt. Sue verspürte ein Gefühl eisiger Kälte, als sie ihm vorlas, was sie aufgeschrieben hatte.

»Ja, das ist es, woran ich mich erinnere«, bestätigte er.

»Ich möchte, daß Sie es sich durchlesen – sehr gründlich –, ehe Sie unterschreiben«, sagte sie und hielt ihm die Aussage hin. »Bloß um ganz sicher zu sein …«

Sue Dietrich versicherte dann Goode, daß sie jetzt alles habe, was sie brauche, und war schon auf dem Weg zur Tür, als er ihr eine Frage stellte: »Haben Sie eine Ahnung, ob die Gerichtsmediziner noch zusätzliche Tests vornehmen wollen?«

»Nicht daß ich wüßte.«

Shane nickte. »Wann, glauben Sie denn, werde ich von State Farm hören?«

Die Frage überraschte die Kriminalbeamtin. Das Thema Versicherung hatte sie während des ganzen Gesprächs kein einziges Mal erwähnt. Jetzt, in der Tür stehend, überlegte sie ihre Antwort sorgfältig. »Mr. Goode«, sagte sie dann, »ich bin sicher, daß Sie bald von jemandem hören werden.«

Auf dem Parkplatz der Wohnanlage blieb Sue eine Weile in ihrem Wagen sitzen, ohne loszufahren, und ließ die Begegnung noch einmal an sich vorbeiziehen. Sie fragte sich, ob sie all das erreicht hatte, was sie sich erhofft hatte. Tatsächlich waren ihre Erwartungen eingeschränkt gewesen: Hauptgrund ihres unangekündigten Besuchs war es gewesen, endlich ihren Verdächtigen einmal aus der Nähe zu Gesicht zu bekommen. Neue Erkenntnisse für die Ermittlung hatte diese Aussage nicht geliefert, wenn man einmal von Shanes Bekräftigung absah, daß er derjenige gewesen war, der Renee als letzter lebend gesehen hatte.

Am meisten beschäftigten sie die beiden Fragen, die er am Schluß gestellt hatte. Der Mann, der Annette gegenüber darauf beharrt hatte, abgesehen von einer kleinen Police bei der Post keine Versicherung für Renee abgeschlossen zu haben, war jetzt stark interessiert, wann State Farm ihm die 50.000 Dollar bezahlen würde.

Wie sie so im Dunkeln saß, nahm sie im Geiste eine Art Inventur ihres Falles vor: die Aussagen, die Goode unmittelbar nach dem Tod seiner Tochter gemacht hatte, die Antworten, die er ihr gegeben hatte, die Berichte, Dr. Andersons Erkenntnisse – und allmählich bildete sich in ihr eine Theorie, wie der Mord verübt worden war.

Wenn Shane nicht gerade ein Geständnis ablegte, würde es unmöglich sein, diese Theorie zu beweisen, aber Sue Dietrich nahm Folgendes an:

Irgendwann, nachdem die Kinder sich schlafen gelegt hatten, hatte er einen Schlafsack für Renee geholt und sich zu ihr gelegt. Als alle anderen Kinder eingeschlafen waren, hatte er das Baby in sein Schlafzimmer getragen und die Kleine dort getötet. Dann war er ins dunkle Wohnzimmer zurückgegangen, hatte sie auf den Schlafsack gelegt und selbst geduscht. Vermutlich um den blutigen Schaum abzuwaschen, der auf seiner Brust zurückgeblieben war, nachdem er sie an sich gepreßt hatte, bis sie schließlich zu atmen aufgehört hatte.

Und dann war er zu Bett gegangen, um darauf zu warten, daß jemand die grausige Entdeckung machte.

Sue Dietrich ließ den Motor ihres Wagens an, verließ den Parkplatz und spürte, wie sich erneut jenes eisige Gefühl einstellte. Wie konnte jemand etwas so Schreckliches, so Unmenschliches tun? Etwas so absolut Böses?

Während sie nach Hause fuhr, ertappte sie sich dabei, wie sie darüber nachdachte, ob Shane Goode wohl in der Nacht, nachdem er den Mord verübt hatte, noch geschlafen hatte. Am darauffolgenden Nachmittag stand Annette wieder neben ihrer Mutter, und eine Brise vom Golf trug die ersten Andeutungen des bevorstehenden Herbstes über den Friedhof von Hallettsville City. Annettes Mann und Tochter waren bei ihr.

Sie hörten stumm zu, wie der Priester einen Abschnitt aus der Heiligen Schrift vorlas und dann ein Gebet sprach, als Renees Sarg wieder in die Erde gesenkt wurde.

15

Die Energie, die Jeri Yenne an den Tag legte, und ihre Art, selbst winzigste Details zu beachten, beeindruckten Sue Dietrich sehr. Die Staatsanwältin hatte sich von dem Augenblick an, an dem sie sich bereit erklärt hatte, den Fall zu übernehmen, mit vollem Einsatz seiner angenommen, hatte sich mit möglicherweise richtungsweisenden Präzedenzfällen auseinandergesetzt, sich eine Fülle von Notizen gemacht, die teilweise erst Monate später zum Tragen kommen würden, und darauf bestanden, daß sie ständig auch über scheinbar belanglose neue Entwicklungen informiert wurde.

Die Sorgfalt, mit der sie die zweite Autopsie geplant hatte, war dafür ein Beleg. Sie hatte sich nicht nur im Vorfeld gründlich vergewissert, daß alle erforderlichen Formulare vorlagen, sondern auch einen Kameramann damit beauftragt, die Exhumierung auf Videoband aufzuzeichnen. Anschließend hatte sie schriftliche Erklärungen aller Beteiligten – vom Friedhofspersonal bis zu den Polizeibeamten, die zur Wache im Krankenhaus eingeteilt waren – besorgt, um beweisen zu können, daß der Sarg nicht geöffnet worden war, bevor Dr. Anderson mit seiner Untersuchung begonnen hatte. Yenne hatte keinen Aufwand gescheut, um später nachweisen zu können, daß Renees Leiche ständig und ununterbrochen unter Bewachung gestanden hatte. Auf diese Weise war sie imstande, jegliche Behauptung, jemand habe sich daran zu schaffen gemacht, zu widerlegen.

Seitdem die Erklärung des Pathologen vorlag, daß das Kind mit hoher Wahrscheinlichkeit ermordet worden war, hatte Yenne in den nächsten Gang geschaltet. Gerichtliche Anforderungen für Dokumente und Vorladungen wurden ausgestellt, angefangen bei Shane Goodes finanziellen und militärischen Unterlagen bis hin zu Renees ärztlichen Daten. Yenne wollte über jeden Beteiligten alles in Erfahrung bringen, was ihr möglich war, ehe sie vor die Grand Jury trat.

Auch diese Verfahren hatten sich zu einer komplizierten Planungsaktivität ausgewachsen, was sie erneut vor die Notwendigkeit stellte, auch das politische Umfeld ihres Amtes zu berücksichtigen. Wieder war der Handlungsspielraum kritisch. Daß sie die Erlaubnis für die zweite Autopsie bekommen hatte, war – ihr sehr wohl bewußt – eine unmittelbare Folge der Entscheidung ihres Vorgesetzten, sich nicht noch einmal zur Wahl zu stellen. Jetzt, wo der Wahlkampf bereits im vollen Gange war und ein neuer District Attorney binnen weniger Monate sein Amt antreten sollte, war es von entscheidender Bedeutung, daß Anklage gegen Shane Goode erhoben wurde, ehe der Nachfolger von Jim Mapel sein Amt antrat. Bekam der Gelegenheit, sich den Fall gründlich anzusehen, würde er vielleicht zu dem Schluß gelangen, daß keine sehr guten Erfolgsaussichten bestanden, und sich möglicherweise deshalb gegen eine Anklageerhebung aussprechen.

Diese Möglichkeit bestand ihrer Überzeugung nach durchaus, zumindest, wenn man die Einstellung ihrer Kolleginnen und Kollegen dafür als Indiz verwendete. Einige von ihnen hatten einfach nur ablehnend den Kopf geschüttelt, als sie versucht hatte, über den Fall zu sprechen, und sie gewarnt, daß ihr ein Kampf gegen Windmühlen bevorstehe.

Eines Morgens erwähnte sie beim Kaffee gegenüber Ron Helson, einem Staatsanwalt, dessen Büro sich neben dem ihren befand, daß sie mit dem Fall einige Probleme habe. Helsons Reaktion auf diese Bemerkung war alles andere als ermutigend gewesen. »*Einige* Probleme?« sagte er. »Jeri, ich würde eher sagen, es gibt so gut wie kein Problem, daß Sie nicht haben.«

Am Vorabend des Tages, an dem sie sich im Krankenhaus einfinden sollte, damit man ihr Kind per Kaiserschnitt zur Welt brachte, saß Yenne fast bis Mitternacht an ihrem Küchentisch und stellte eine Liste von potentiellen Zeugen auf, die sie in den nächsten Tagen persönlich verhören wollte.

Der Fall, das hatte sie Sharon und Annette versprochen, würde noch vor Ende 1994 vor der Grand Jury zur Verhandlung kommen.

Sue war unterdessen die nicht gerade beneidenswerte Aufgabe übertragen worden, das Gerichtsmedizinische Institut von Harris County mit den neuen Erkenntnissen von Dr. Anderson vertraut zu machen.

Sie rief Dr. Bellas an und erklärte ihm, daß man ihr den Fall Goode übertragen habe. Im Laufe ihrer Ermittlungen sei sie zu der Überzeugung gelangt, daß der Tod des Kindes von dessen Vater herbeigeführt worden sei. Sie berichtete von der kürzlich zum Vorschein gekommenen Versicherungspolice, von Shane Goodes finanziellen Schwierigkeiten und daß er schon früher damit geprahlt habe, er sei dazu ausgebildet, Menschen zu töten, ohne Spuren zu hinterlassen.

»Das ist alles sehr interessant, Detective«, erwiderte der Pathologe, »aber ich kann nicht erkennen, welche Beziehung das zu mir oder meiner Dienststelle haben sollte.«

»Ich hatte gehofft«, sagte Sue, bemüht, einen freundlichen Ton beizubehalten, »daß Sie vielleicht in Betracht ziehen würden, sich Ihren Autopsiebericht noch einmal anzusehen.«

Dr. Bellas antwortete, ohne zu zögern, und man konnte ihm anhören, daß er ihren Vorschlag äußerst ungehörig fand: »Meine Entscheidung«, sagte er, »ist endgültig.«

»Ich verstehe.«

»Ist sonst noch etwas, Detective?«

Sue bemühte sich, ruhig zu bleiben und die Wut zu zügeln, die sich in ihr aufbaute. »Ja«, erwiderte sie. »Wir haben eine zweite Autopsie durchführen lassen …«

»Sie haben *was*?« Dr. Bellas' Stimme schnappte über.

»… und ich hatte gehofft, daß Sie sich vielleicht den Bericht ansehen würden, den der Pathologe …«

»Nein«, sagte der Doktor ungehalten. »Unter gar keinen Umständen.« Er versicherte ihr erneut, daß er mit seinen eigenen Ergebnissen durchaus zufrieden sei, erklärte ihr, daß er viel zu tun habe und beendete dann das Gespräch abrupt.

Keine Stunde später rief der Chefermittler des Gerichtsmedizinischen Instituts, Cecil Wingo, Yenne an und verlangte wütend eine Erklärung für die, wie er es nannte, »geheime Autopsie«.

Das Gespräch wurde schnell laut, und jeder Teilnehmer versuchte, den anderen zu übertönen – Yenne, die sich vergebens bemühte, Dr. Andersons Ergebnisse zu erklären, und Wingo, der darüber empört war, daß man die Arbeit seines Instituts in Zweifel zog – ehe es ebenfalls recht abrupt endete.

Die Staatsanwältin lehnte sich in ihrem Sessel zurück und war sich darüber im klaren, daß die von ihr befürchtete Konfrontation jetzt eingetreten war.

In einem Korbkinderwagen neben ihrem Schreibtisch schlief friedlich ihre vier Wochen alte Tochter Samantha mit einem glücklichen Lächeln im Gesicht. Jeri sah kurze Zeit auf die Kleine hinab und spürte, wie sich in ihr langsam wieder ein Gefühl der Ruhe aufbaute.

»Nun, junge Dame«, sagte sie und beugte sich über ihr Baby, um ihm einen Kuß zu geben, »der Schußwechsel hat begonnen.«

Sue Dietrich wußte, daß es unerläßlich war, mit dem Gerichtsmedizinischen Institut in irgendeiner Weise Frieden zu schließen. Dr. Andersons Untersuchungsergebnisse hatten zwar die notwendige Voraussetzung für einen Haftbefehl geliefert und es auch wahrscheinlich gemacht, daß es zur Anklageerhebung kam. Ihre Arbeit war damit einen entscheidenden Schritt weitergekommen. Aber Dr. Bellas' Weigerung, den Fall noch einmal aufzugreifen, würde sich als wesentliches Hindernis erweisen, wenn es schließlich zum Prozeß kam. Wenn Bellas sich nicht bereit erklärte, seine eigene Autopsie noch einmal auszuwerten und zuzugeben, daß die wichtige Prozedur versäumt worden war, die Dr. Anderson zu seiner Entdeckung geführt hatte, würden die Geschworenen einen verbalen Sparringskampf zwischen zwei zerstrittenen Pathologen erleben.

Und das Ergebnis, so hatte Yenne sie gewarnt, würde mit hoher Wahrscheinlichkeit ein Unentschieden sein.

Sue nahm sich fest vor, Dr. Bellas zu überreden, sich die Resultate der zweiten Autopsie anzusehen. Sie nahm Verbindung mit Cecil Wingos Büro auf und vereinbarte einen Termin, in der Hoffnung, daß er ihr vielleicht helfen würde, die Wogen etwas zu glätten.

Tom Selleck und der Chefermittler waren langjährige Freunde, die gelegentlich Polizeibeamte auf deren Streifenfahrten begleiteten oder sich Wingos Sohn anschlossen, einem Ermittler der Staatsanwaltschaft von Brazoria County, wenn dieser irgendwelche Fälle bearbeitete. Sue hatte Wingo während der Zeit ihrer Ehe mit Selleck kennengelernt und hielt ihn für einen zwar etwas reservierten, aber vernünftigen Argumenten durchaus zugänglichen Mann.

Sie traf ein gutes Stück vor dem vereinbarten Zeitpunkt im Gerichtsmedizinischen Institut ein, wo ihr eine Empfangsdame mitteilte, Wingo sei wegen einer plötzlichen Erkrankung in der Familie abberufen worden. Darauf bat Sue, ob Dr. Bellas vielleicht für sie Zeit haben würde, worauf ihr nach längerem Warten mitgeteilt wurde, daß das nicht der Fall sei. Die Kriminalbeamtin versprach wieder anzurufen und einen neuen Termin zu vereinbaren und fuhr, etwas verstimmt darüber, den ganzen Nachmittag vergeudet zu haben, nach Alvin zurück.

Am Morgen darauf war sie gerade erst an ihrem Schreibtisch eingetroffen, als Jeri Yenne sie wütend anrief: »Warum zum Teufel bist du nicht bei ihm erschienen?« wollte sie wissen.

»Wovon redest du denn?«

»Ich habe gerade mit Cecil Wingo telefoniert, und der hat mir gesagt, daß du den Termin nicht eingehalten hast.«

Jetzt wurde auch Sues Ton scharf: »Ich war dort. Sogar vor der Zeit.« Sie schilderte, was ihr die Empfangsdame gesagt hatte.

Als die Staatsanwältin antwortete, war ihrem Tonfall die Enttäuschung deutlich anzuhören: »Du solltest sofort einen neuen Termin verabreden«, redete sie ihr zu. »Er hat gesagt, einmal darfst du noch kommen.«

»Darf?«

»So hat er es formuliert. Sue, verdammt noch mal, du mußt alles tun, was in deiner Kraft steht, damit das klappt, okay? Wir haben schon genug Feinde.«

»Er hat gesagt, ich *darf* ihn besuchen?«

»Tu es einfach«, forderte Yenne sie auf.

Sue rief an und verabredete einen Besuch am darauffolgenden Nachmittag bei Wingo.

Mit den Testergebnissen Dr. Andersons und Fotos der zweiten Untersuchung in der Hand saß sie im Vorzimmer und wartete darauf, in das Büro des Ermittlers gerufen zu werden. Dieser kam schließlich heraus, makellos, mit Anzug und Krawatte, und jedes einzelne Haar seiner vollen weißen Mähne sorgfältig gekämmt.

Er schloß die Tür hinter sich. »Was Sie mir zu sagen haben, Detective, können Sie mir im Fahrstuhl sagen. Ich habe eine andere Verabredung.«

Kurz von der Schärfe seines Tonfalls verblüfft, hatte Sue alle Mühe, ihre Gedanken zu ordnen. »Ich hatte gehofft«, sagte sie dann, »Sie würden sich ein wenig Zeit nehmen, damit ich die ganze Sache mit Ihnen besprechen kann. Ich würde es gern sehen, wenn Sie sich mein Material, das ich hier mitgebracht habe, näher anschauen würden.«

Während sie das sagte, betraten sie die Fahrstuhlkabine, und als die Türen sich hinter ihnen schlossen, fixierte Wingo sie. »Sie sollten wissen«, sagte er, »daß ich es überhaupt nicht schätze, wenn man eine mit mir getroffene Verabredung nicht einhält.«

An dem Aktendeckel, den sie in der Hand hielt, zeigte er keinerlei Interesse.

»Ich war hier«, versuchte Sue zu erklären. »Fragen Sie doch die Empfangsdame …«

Doch es war, als ob Wingo sie überhaupt nicht gehört hätte; er sah konzentriert auf die kleinen weißen Lämpchen an der Wand, von denen abzulesen war, wie die Liftkabine sich in die Tiefe senkte. Dann hielt der Fahrstuhl an, und er trat nach draußen und drehte sich zu ihr um. »Nehmen Sie bitte zur Kenntnis«, sagte er, »daß ich der meistbeschäftigte Mann in Harris County bin.«

Sue stand in der offenen Lifttür und spürte, wie sie am ganzen Körper vor Wut zitterte. Wingo hatte schon beinahe die Tür nach draußen erreicht, bis sie sich endlich beruhigt hatte. »Mr. Wingo«, rief sie und wartete darauf, daß er sich nach ihr umsah.

Als er das schließlich tat, zeigte sie mit dem Finger auf ihn. »Bitte nehmen Sie zur Kenntnis, daß *ich* die meist beschäftigte *Frau* in Brazoria County bin«, sagte sie.

Während sie in Richtung Süden nach Alvin fuhr und

das soeben Erlebte noch einmal vor ihrem inneren Auge ablief, spürte sie, wie sie von Unruhe erfaßt wurde. Trotz der mehrfachen Hinweise Jeris hatte Sue sich einfach nicht eingestehen wollen, daß das Gerichtsmedizinische Institut von Harris County so feindselig darauf reagieren würde, wenn jemand seine Untersuchungsergebnisse in Zweifel zog.

Und dann stellte sie sich die bange Frage, ob die Staatsanwaltschaft von Brazoria County und ihre eigene Abteilung wohl die Kraft aufbringen würde, die ihnen die bevorstehende Auseinandersetzung abverlangen würde.

Das Gespräch, daß sie dann am Abend mit Yenne führte, ließ diese Zweifel verstummen. Sie würden weitermachen, mit oder ohne die Gerichtsmedizin von Harris County, erklärte Jeri. »Darüber hinaus«, fügte sie hinzu, »kann ich dir nur noch eines garantieren.«

»Und das wäre?« wollte Sue wissen.

»Du wirst mit niemandem aus dem Gerichtsmedizinischen Institut sprechen, wenn ich nicht dabei bin. Ist das klar?«

Yenne sagte, sie würde selbst anrufen und einen weiteren Termin vereinbaren.

»Würdest du mir einen Gefallen tun?« fragte Sue zurück. »Bitte dieses Arschloch darum, ob wir das Gespräch vielleicht woanders als in einem Lift führen können.«

Darüber mußte Yenne so lachen, daß Sue schließlich davon angesteckt wurde, und ihre Laune besserte sich schlagartig.

Wie sehr Sue Dietrich der Aufmunterung bedurfte, wußten in Wirklichkeit nur wenige. Ihre Ermittlungsarbeiten, so viele Enttäuschungen sie auch mit sich bringen mochten, lenkten sie wenigstens von der bedrückenden Erkenntnis ab, daß ihre Mutter bald an den Krebsgeschwüren sterben würde, die sich in ihrem ganzen Körper ausgebreitet hatten.

Marie und Dutch Coker waren sich zwar instinktiv dessen bewußt, daß ihre Tochter es sorgfältig vermied, die mit ihrer Arbeit einhergehenden Gefahren zu erwähnen, doch es machte ihnen immer Freude, Sue von den von ihr bearbeiteten Fällen erzählen zu hören. Dutch war stolz auf das, was sie geleistet hatte, und machte daraus auch kein Geheimnis. Er prahlte häufig bei Kollegen, wenn sie befördert oder belobigt worden war. Marie war zurückhaltender, aber nicht weniger erfreut darüber, daß ihr Kind sich zu einer starken, tatkräftigen Frau entwickelt hatte.

Gerade diese Stärke wurde im Augenblick auf eine schwere Probe gestellt, als Sue sich mit nur wenig Erfolg bemühte, ihrer leidenden Mutter in deren letzten Tagen Trost und Stütze zu sein. Anfang November hatten die Ärzte der Kriminalbeamtin gesagt, daß das Ende nun jeden Tag kommen könne.

Nachts lag Sue neben ihrer gebrechlichen Mutter im Bett, und die beiden Frauen redeten – erzählten sich gegenseitig Erinnerungen aus ihrer gemeinsamen Vergangenheit oder redeten darüber, wie es wohl im Himmel sei, und sprachen auch über den Fall, den sie gerade bearbeitete. Marie hatte besonderen Anteil an den Ermittlungen ihrer Tochter in bezug auf den Tod von Renee Goode genommen.

»Wie kann jemand nur so böse sein?« fragte sie eines Abends, als sie nebeneinander im dunklen Schlafzimmer lagen. »Ich kann das einfach nicht verstehen.«

»Ich auch nicht, Mama«, stimmte Sue zu.

»Es muß so schwer für dich gewesen sein.« Marie strich ihrer Tochter zärtlich über das Gesicht, war trotz ihrer eigenen Schmerzen immer noch die Trösterin.

Sie sprachen mittlerweile ganz offen über den Tod.

Eines Abends hatte Sue ihre Mutter gefragt, welche Musik sie sich für ihr Begräbnis wünsche. »Dein Daddy wird damit wahrscheinlich nicht einverstanden sein«, sagte Marie, »aber ich war schon immer ein Fan von Elvis Presley. Er hatte eine so wunderschöne Stimme. Die sollen *Love Me Tender* spielen. Das war mein Lieblingsstück.«

Sue lächelte in der Dunkelheit. »Du kannst dich darauf verlassen.«

»Und noch etwas mußt du mir versprechen«, sagte ihre Mutter. »Gib in dem Fall, an dem du gerade arbeitest, nicht auf. Das ist für so viele Leute wichtig.«

Sue lag ein paar Augenblicke lang stumm da, und die Tränen liefen ihr warm über die Wangen. »Mama«, sagte sie schließlich, »wenn du in den Himmel kommst, wirst du Renee sagen, daß wir dafür sorgen werden, daß das Nötige geschieht?«

»Ich werde mich um Renee kümmern«, hörte sie ihre Mutter flüstern.

Das war das letzte Gespräch, das Sue Dietrich mit ihrer Mutter führte. Am Tag darauf sank Marie Coker ins Koma.

Fast drei Wochen verstrichen, bis Sue Dietrich wieder zum Jachimczyk Forensic Center fuhr, diesmal mit Jeri Yenne neben sich.

Auf Ersuchen der Staatsanwältin hatte Dr. Anderson Kopien der Gewebeproben aus seiner Autopsie an die zuständigen Personen von Harris County geschickt. Yenne hatte es sich verkniffen, einen neuen Termin zu vereinbaren, bis man dort ihrer Ansicht nach genügend Zeit gehabt hatte, um diese weiteren Ergebnisse zu studieren.

Ihre Geduld wurde jedoch nicht belohnt.

Sie saßen zusammen in einem großen Konferenzsaal. Yenne legte dasselbe Material vor und äußerte denselben Verdacht, den Sue schon hatte vorbringen wollen, mußte aber gleich in den ersten paar Minuten der Besprechung erkennen, daß ihre Argumente auf taube Ohren stießen. Wingo und Dr. Bellas gaben sich nur wenig Mühe, ihren Unmut zu verbergen.

Sue schwieg, bis Wingo auf eine von Yennes Feststellungen antwortete. Erneut verglich er den Tod Renees mit dem eines Filipino-Kindes, das plötzlich gestorben war, nachdem es mit Staubkörnern in Berührung gekommen war. Dietrich lachte laut auf und schüttelte immer noch angewidert den Kopf, als Yenne ihr unter dem Tisch einen wohlgezielten Tritt gegen das Schienbein versetzte.

Wingo warf der Kriminalbeamtin einen bösen Blick zu und wandte sich dann an Yenne. »Wir haben uns die Gewebeproben angesehen und können uns Dr. Andersons Diagnose nicht anschließen«, sagte er. »Und das ist unser letztes Wort.«

Dr. Bellas zeigte seine Zustimmung, indem er stumm nickte.

Sue sah keinen Anlaß, Yennes Anweisung, ihre Gefühle zu zügeln und den Mund zu halten, zu befolgen. »Gentlemen«, stieß sie hervor, »für mich klingt das hier nach reiner Schadensbegrenzung.«

Auf diese Worte hin erhoben sich die beiden Männer gleichzeitig und gingen zur Tür. Dort angekommen, drehte sich Wingo zu der Staatsanwältin um. »Jeri«, sagte er, »mußtest du wirklich einen zusätzlichen Doktor ins Spiel bringen?«

»Ja, das mußte ich.«

Wingo schüttelte den Kopf. »Es tut mir wirklich leid, daß du dich so blamierst.«

Falls es die Absicht der beiden gewesen war, damit Jeri Yenne davon abzuhalten, den Fall weiterzuverfolgen, so waren sie darin gescheitert. Für Yenne stand fest, daß sie das Thema Autopsie noch einmal aufs Tapet bringen würde. Für den Augenblick freilich hatten ihre Bemühungen, Michael Shane Goode vor eine Grand Jury zu bringen, Vorrang.

Während sie sich ihren Weg durch den dichten Verkehr von Houston bahnten, bat Yenne Sue, den Parkplatz eines Shopping Centers anzusteuern. Sie rannte in den Supermarkt und kaufte dort eine große Packung M&Ms. In Zeiten von Streß, so gestand sie, waren diese kleinen Schokoladenkugeln ihre größte Schwäche.

»Mit meiner Nach-Schwangerschafts-Diät fange ich erst etwas später an«, sagte sie, während sie den Beutel aufriß.

Abgesehen von gelegentlichen M&M-Orgien schien Yenne recht gut mit dem wachsenden Druck fertig zu werden. Sie konzentrierte sich darauf, ein Profil des Mannes aufzubauen, dem sie in nicht allzu ferner Zukunft im Gerichtssaal gegenüberzustehen hoffte. Manchmal hatte sie dabei das Gefühl, als würde sie das Leben zweier völlig unterschiedlicher Menschen betrachten.

Die Akten der Nationalgarde über Shane beispielsweise wiesen ihn als einen geradezu musterhaften Soldaten aus. Sein Umgang mit Geld dagegen war die reine Katastrophe.

Sharons Sohn Steven hatte mehrere Briefe aus dem Gefängnis geschrieben und seine Rolle in dem Autoversicherungsbetrug zugegeben. Er war bereit, vor Gericht über den nach seiner Darstellung von Shane ausgeheckten Plan auszusagen.

Gleichzeitig erfuhr die Staatsanwältin, daß Goodes

Arbeitskollegen sich ihm sofort zur Seite stellten. Sie äußerten ihre Bereitschaft, eine Vielzahl von Gründen dafür zu liefern, weshalb er unmöglich mit dem Tod seiner Tochter zu tun gehabt haben könne. Es ging sogar das Gerücht um, daß seine Kollegen Geld für seine Verteidigung sammelten.

Auch im Büro wurde in zunehmendem Maße über den Fall geredet. Kollegen, die sich über die Verbissenheit wunderten, mit der Yenne ausgerechnet diesen Fall vorantrieb, äußerten Zweifel daran, ob man ihn überhaupt vor ein Geschworenengericht bringen sollte. Die Unsicherheit hinsichtlich des Grand-Jury-Termins war es auch, die Jeri am stärksten belastete – und verblüffenderweise ging der Druck nicht von ihren Gegnern, sondern von den wenigen Verbündeten aus, die sie hatte.

Seit Renees Tod war ein Jahr verstrichen, und Annette und Sharon wurden langsam ungeduldig. Ebenso übrigens auch Detective Dietrich. Annette und Sharon hatten angenommen, daß, sobald Dr. Anderson Hinweise auf einen Mord gefunden hatte, die Anklageerhebung und die Verhaftung Goodes schnell erfolgen würden. Sie hatten Verständnis dafür gezeigt, daß Yenne nach der Geburt ihres Kindes eine gewisse Schonzeit brauchte, und wußten auch, daß Dr. Anderson für die Fertigstellung seines schriftlichen Berichts Zeit benötigte. Sie sahen ein, daß Unterlagen von der Versicherungsgesellschaft benötigt wurden, die die Police für Renee ausgestellt hatten.

Aber Yenne hatte darüber hinaus immer wieder zum Abwarten gedrängt in der Hoffnung, daß sich vielleicht doch noch eine Klimaverbesserung gegenüber dem Gerichtsmedizinischen Institut würde herbeiführen lassen, ehe sie den nächsten Schritt tat. »Dazu wird es nicht kommen«, hatte Sue wiederholt eingewandt, »laß uns also einfach weitermachen.«

Der Versuch, Annette und Sharon davon zu überzeugen, daß Fortschritte gemacht wurden, geriet zur Katastrophe.

Tom Selleck war zwar bis jetzt noch nicht aktiv in den Fall eingestiegen, aber Yenne drängte ihn nun, persönlich Kontakt zur Mutter und Großmutter des Opfers aufzunehmen. Zu erfahren, daß der beste Anklagevertreter der ganzen County auf den Fall angesetzt war, so hoffte Yenne, würde für die beiden Frauen ein gewisser Trost sein und vielleicht die ständigen Anrufe, die sie von Sharon erhielt, etwas weniger werden lassen.

Doch von dem Augenblick an, in dem Sharon mit ihrer inzwischen dick angeschwollenen Akte über den Fall das Konferenzzimmer betreten hatte und dem Anklagevertreter Selleck gegenübergetreten war, war alles schief gelaufen. Jeder einzelne Hinweis auf von ihr durchgeführte Ermittlungen löste Sellecks Zorn aus. Sie hätte keinen Kontakt mit der Nationalgarde aufnehmen sollen, um zu erfahren, wo Shane Goode sich aufhielt, wenn er an Ausbildungskursen teilnahm, sagte er. Es sei nicht ihre Aufgabe, mit Leuten wie Sunny Bradley zu sprechen, um Hintergrundinformationen über den Verdächtigen zu gewinnen. Und wer ihr eigentlich die Vollmacht erteilt habe, das Gerichtsgebäude aufzusuchen und dort die Unterlagen über Goodes Scheidung von seiner ersten Frau einzusehen? Oder das Gerichtsmedizinische Institut anzurufen?

»Von nun an«, erklärte er, »möchte ich nicht, daß Sie bezüglich dieser Ermittlungsangelegenheit mit irgend jemandem Verbindung aufnehmen. Das ist nicht Ihre Aufgabe, haben Sie das verstanden?«

Yenne war über Sellecks aggressive Haltung erstaunt und hatte das Gefühl, etwas sagen zu müssen, wollte ihm klarmachen, daß es Sharon gewesen war, die praktisch sämtliche brauchbaren Informationen über den Fall beigebracht hatte. Sie entschied sich aber dann, bis zu einem günstigeren Zeitpunkt zu warten. Wenn die Familie des Opfers bemerkte, daß es zwischen den Angehörigen der Staatsanwaltschaft, die ihren Fall betreuten, Reibungen gab, könnte das alles nur noch schlimmer machen.

Sharon hielt sich wie benommen zurück, als Sellecks Standpauke schließlich ihr Ende gefunden hatte. »Ich verstehe«, sagte sie.

Und in dieser Stimmung war das Gespräch beendet worden. Es wird Zeit, entschied Yenne für sich, einen Blick auf den Terminkalender von Brazoria County zu werfen.

Um 5 Uhr am Morgen des 7. Dezember traf ein Streifenbeamter der Polizeibehörde von Alvin im Haus von Donald und Carolyn Goode an der Meadowview ein. Er überbrachte eine Vorladung, in der zu lesen stand, daß sie sich um 9 Uhr im Gerichtsgebäude von Brazoria County in Angleton einzufinden hätten.

Dort würde, so hatte Yenne entschieden, in knapper und präziser Form das bisher bekannte Material des Falles präsentiert werden.

Sie verzichtete darauf, Dr. Anderson noch einmal nach Texas kommen zu lassen, und plante statt dessen, selbst seine Ergebnisse darzulegen. Danach war infolge einer starken Druckeinwirkung ein Trauma erzeugt worden, das zum Tod Renees geführt hatte. Somit handelte es sich, seiner Ansicht nach, um Mord. Anschließend würde sie Shanes Vater und Stiefmutter in den Zeugenstand rufen und ihnen eine Anzahl von Fragen stellen, die den Geschworenen ein Bild von den Ereignissen in ihrem Hause vor und nach Renees Tod vermitteln sollten. Schließlich würde Detective Dietrich das Motiv aus dem finanziellen Bereich darlegen müssen, das zu dem Mord geführt hatte.

Das ganze Verfahren nahm weniger als vier Stunden in Anspruch. Als Sue den Saal verließ, überraschte der Geschworenensprecher sie mit seiner Bitte, sie möge nicht sofort nach Alvin zurückkehren. »Detective«, bat er, »würde es Ihnen etwas ausmachen, ein paar Minuten draußen vor dem Saal zu warten?«

Normalerweise hört die Grand Jury im Laufe des Vormittags und bis in den Nachmittag hinein eine längere Liste von Fällen an, ehe sie über ihre weiteren Dispositionen diskutiert und dann das Ergebnis der Anklagevertretung bekanntgibt. Aus diesem Grunde hatten weder Dietrich noch Yenne vor dem späten Nachmittag mit einer Entscheidung über den Fall Goode gerechnet.

Auch Yenne lächelte siegessicher, als sie schließlich ebenfalls den Saal verließ und zu Sue Dietrich trat. »Die haben gesagt, sie wollen gleich abstimmen«, erklärte diese und gab damit die ihr vom Geschworenensprecher übergebene Nachricht weiter. Sie fügte hinzu: »Die möchten wohl, daß du die Anklage mitnehmen kannst, wenn du das Gerichtsgebäude verläßt.«

Die Staatsanwältin ballte in einer kurzen Geste des Triumphs die Faust. »Sue«, sagte sie, »so etwas ist noch nie zuvor passiert.« Damit war ihr positives Gefühl, das sie in bezug auf den Ausgang des Verfahrens hatte, bestätigt worden.

Ganz offensichtlich wollten die Männer und Frauen auf der Geschworenenbank, daß Michael Shane Goode verhaftet wurde. Binnen weniger Minuten sprachen sie sich einstimmig dafür aus, daß das vorgetragene Beweismaterial ausreichend sei, um eine Anklageerhebung zu rechtfertigen.

Noch bevor es Mittag geworden war, hatte Detective Dietrich sich bereits wieder auf den Weg zum Polizeirevier von Alvin gemacht, während Jeri Yenne in ihr Büro zurückkehrte, wo eine besorgte Sharon Couch auf Neuigkeiten wartete.

Als Sue auf den Parkplatz hinter dem Polizeigebäude fuhr, sah sie Bodie Duckworth auf seinen Pick-up zugehen. Sie kurbelte die Scheibe herunter, rief seinen Namen, stieg aus dem Wagen und eilte auf ihn zu. Die beiden Beamten hatten sich kaum zu Gesicht bekommen, seit Duckworth dem Rauschgiftdezernat zugeteilt worden war. Sie hatten nicht mehr über den Fall Goode gesprochen, seit Sue ihn übernommen hatte. Trotzdem fand sie, daß Duckworth zu den ersten gehören sollte, die von der Anklageerhebung erfuhren.

»Holen wir ihn doch ab«, schlug sie vor. »Wir brauchen keine Uniform. Bloß wir beide. Wir knobeln, wer ihm die Handschellen anlegt.«

Duckworth' einzige Reaktion darauf war ein Kopfschütteln. Und dann meinte er: »Nein, danke. Das ist dein Fall.«

»Verdammt noch mal, Bodie, das ist *unser* Fall«, verbesserte sie ihn, um ihn umzustimmen, aber er hatte bereits kehrtgemacht und ließ sie stehen.

Sue zuckte die Achseln und ging hinein, um Chief Merkel und Sergeant Arendell über die schnelle Entscheidung der Grand Jury zu informieren. »Holen Sie ihn«, sagte der Chief. Er schlug vor, daß Detective Carol Atkins, die schon früher als ihr Partner tätig gewesen war, und Bobby Taylor, ein uniformierter Beamter, sie begleiten sollten.

Vor allem der noch recht junge Taylor freute sich über den Auftrag. Auf dem Weg zum Streifenwagen gab er seiner Begeisterung freien Lauf. »Darf ich ihm die Handschellen anlegen?« fragte er Detective Dietrich.

Sue lächelte. »Ja, ich werde ihm seine Rechte verlesen, und Sie legen ihm die Handschellen an.«

Der Adrenalinschub, der sich immer bei einer Verhaftung einstellt, durchzuckte Sue, als sie Shanes Pick-up auf dem Parkplatz stehen sah. Aber er legte sich ebenso schnell wieder, als mehrmaliges Klopfen an der Tür seiner Wohnung keine Wirkung zeigte. Plötzlich durchzuckte es sie eisig. Er war doch wohl nicht geflohen … Seine Eltern hatten ihm ohne Zweifel von ihrem morgendlichen Erscheinen bei der Grand Jury erzählt.

Ein Anruf beim Postamt ergab, daß er sich den Tag freigenommen hatte, um einen Arzt aufzusuchen. Er habe sich beim Gewichtheben den Rücken verletzt, erfuhr Sue.

Die Kriminalbeamtin machte einen Beamten der Polizei von Houston ausfindig, der in dem Komplex als Sicherheitsbeauftragter tätig war, zeigte ihm ihren Haftbefehl und bat ihn, die Tür zu Goodes Wohnung mit einem Universalschlüssel zu öffnen.

Drinnen gab es weder eine Spur von Shane noch irgendwelche Hinweise darauf, daß er die Wohnung in Eile verlassen hatte. Allerdings entdeckte der Streifenbeamte Taylor im Schlafzimmer etwas Ungewöhnliches. Als Sue, von ihm gerufen, das Zimmer betrat, deutete Taylor auf eine Neun-Millimeter-Pistole, die auf dem ordentlich gemachten Bett lag. Der Detective hob die Waffe wortlos auf, entlud sie und legte sie wieder hin. »Wir wollen draußen auf ihn warten«, sagte sie und legte die Patronen auf den Nachttisch.

Der Sicherheitsbeauftragte kam auf dem Parkplatz auf sie zu, um zu erfahren, was man Goode zur Last legte. »Hey, ich kenne den Mann doch«, sagte er. »Wir waren einmal im selben Bataillon bei der Nationalgarde.«

Jetzt war Sues Neugierde geweckt. »Wir haben gehört«, meinte sie, »daß er verschiedene Spezialkurse mitgemacht hat, Guerillakriegsführung, Nahkampf … angeblich kann er einen Feind töten, ohne Spuren zu hinterlassen.«

Der Wachmann lachte, ehe sie ganz zu Ende sprechen konnte. »Sie sprechen von *diesem* Shane Goode?« sagte er und deutete auf die Tür seiner Wohnung.

»Ganz bestimmt nicht. Der war bloß immer ein ganz gewöhnlicher Funker. Er schleppt bei Manövern das Funkgerät in einem Tornister herum.«

Weitere zwei Stunden verstrichen, bis Sue schließlich Donald Goodes Wagen erkannte, der sich dem Parkplatz näherte. Auf dem Beifahrersitz saß Shane.

Als Goode, mit Jeans und einem T-Shirt der Nationalgarde bekleidet, aus dem Wagen stieg, ging Officer Taylor mit schnellen Schritten auf ihn zu und wies ihn an, sich umzudrehen und beide Hände auf die Motorhaube zu legen. »Sie sind wegen Mordes verhaftet«, sagte er. Während er Goodes Arme auf dem Rücken zusammenhielt und ihm die Handschellen anlegte, las Sue ihm die Miranda-Rechte vor.

Shanes Vater, der ihn zum Arzt begleitet hatte, schaute stumm und wie vom Schlag gerührt zu. Schließlich drehte er sich zu Detective Dietrich herum und fing wütend zu schreien an: »Verdammte Motherfuckers!« brüllte er.

»Sir«, erwiderte sie ruhig, »wir bringen Ihren Sohn nach Pearland, wo er von einem Friedensrichter zur Anklage vernommen wird. Anschließend wird er der Polizeibehörde von Alvin überstellt. Wenn Sie irgendwelche Fragen haben, können Sie mich im späteren Verlauf des Abends dort anrufen.«

Auf der Fahrt nach Pearland, einen Vorort am nördlichen Rand von Brazoria County, sagte Shane kein Wort. Sue hatte sein Schweigen bei der Verhaftung auf dem Parkplatz sehr interessiert registriert. Als man ihm die Anschuldigung, die gegen ihn erhoben wurde, mitgeteilt hatte, hatte er keinerlei Anzeichen von Überraschung erkennen lassen. Und auch die bei anderen übliche Empörung und das Leugnen waren ausgeblieben. Irgendwie war Shane Goode der Kriminalbeamtin seltsam erleichtert vorgekommen.

Als die Anklageerhebung durch den Friedensrichter

vollzogen war und der Gefangene in Alvin ankam, zeigten sich schon die Medienvertreter in voller Kriegsstärke neben dem Polizeigebäude. Kameracrews von Fernsehstationen aus Houston hatten sich auf dem Parkplatz aufgebaut. Eine Gruppe von Zeitungsreportern, mit Tonbandgeräten und Notizbüchern bewaffnet, war ausgeschwärmt. Ein paar Fotografen suchten nach den besten Standorten, um ein Foto von dem Mann zu schießen, der eingeliefert werden sollte.

Sue Dietrich war zwar nicht sonderlich überrascht, daß die Medien von Goodes Verhaftung gehört hatten, verdrehte aber trotzdem die Augen, als sie auf den Parkplatz rollten.

Ihre Ermittlungen, die sie bisher fast unbemerkt von der Öffentlichkeit, beinahe geheim geführt hatte, sollten sich zu etwas entwickeln, was die Reporter des *Houston Chronicle* und die Anchor-Leute in den Sechs-Uhr-Nachrichten gerne als ›High Profile‹ bezeichneten.

Schließlich zogen die Reporter ab, und Detective Dietrich ließ Goode aus seiner provisorischen Zelle holen und in einen Raum zum Verhör bringen. Sie nahm sich ein paar Minuten Zeit, die Gestalt zu studieren, die ihr mit auf dem Tisch gefalteten Händen gegenübersaß. Sie wartete darauf, daß er seinerseits den Blickkontakt herstellte, gab es aber schließlich auf und verlas ihm seine Rechte.

»Shane«, sagte sie, »möchten Sie darüber reden, weshalb Sie verhaftet worden sind?«

Goode hob langsam den Kopf und starrte die Kriminalbeamtin einen Augenblick lang an. Seine Augen ließen nicht die leiseste Andeutung von Sorge oder Angst erkennen, wie sie sie bei den meisten Gefangenen, die sich im Laufe ihrer Karriere verhört hatte, immer wieder erlebt hatte.

»Nein«, antwortete er. »Ich möchte meinen Anwalt sprechen.«

16

Wie viele Anklagevertreter seines Ranges betrachtete Assistant District Attorney Tom Selleck von Brazoria County ein gutes Zeitmanagement als einen der wesentlichen Aspekte seines Berufes. Manchmal mit bis zu einem halben Dutzend in Bearbeitung befindlicher Fälle jonglierend, verstand er sich in den frühen Phasen als Delegierer und Berater. Ermittler wurden eingesetzt, um Beweismaterial zu sammeln, und ihm unterstellte Staatsanwälte reichten Routineanträge ein oder erschienen zu Gerichtsterminen vor dem eigentlichen Prozeßbeginn.

Erst wenn der Tag der Hauptverhandlung herannahte, nahm er sich des Falles mit voller Konzentration an und schloß sich manchmal auf Wochen von der Welt ab, ehe er vor ein Geschworenenkollegium trat und ein präzises, wohldurchdachtes Eröffnungsplädoyer hielt. In solchen Tagen intensiver Vorbereitung pflegte Selleck keine Telefonanrufe entgegenzunehmen, nur wenig zu schlafen und selbst die winzigsten Details des von ihm zu betreuenden Falles buchstäblich auswendig zu lernen.

Dieser Stil machte ihn bei den Ermittlern seiner Behörde nicht gerade beliebt, da Selleck immer wieder in letzter Minute irgendwelche Fragen entdeckte, die nach sofortiger Antwort verlangten, und sie sich deshalb praktisch rund um die Uhr bereithalten mußten. Seine Methode ähnelte stark der von Collegestudenten, die für ein wichtiges Examen büffeln – und er wollte, daß alle Kursteilnehmer ihm bei der Vorbereitung halfen.

Ernsthafte Argumente gegen seine Methoden gab es nicht – Selleck ging wohlpräpariert in seine Prozesse und verlor nur selten.

Abgesehen von knappen Informationen, die er sich auf dem Flur von Yenne über die Fortschritte der Ermittlungen hatte geben lassen, und dem einen, nicht gerade angenehmen Zusammentreffen mit der Familie des Opfers, hatte Selleck sich bis zur Anklageerhebung und der sich daran anschließenden Verhaftung kaum um den Fall Shane gekümmert.

Jetzt, zwei Monate nach dem Jahreswechsel, stand das Verfahren unmittelbar bevor, und sein Interesse hatte sich gesteigert. Er saß neben Yenne im Büro des neugewählten Generalstaatsanwalts Jerome Aldrich, und die Zeit war gekommen, eine kritische Entscheidung zu treffen: Würden sie für Shane Goode die Todesstrafe fordern – wozu sie berechtigt waren, da die Anklage auf Mord lautete –, oder sollten sie sich darauf einigen, die Geschworenen im Falle eines Schuldspruchs von dem Urteil zur lebenslangen Haft zu überzeugen?

Wenn die Anklagevertretung verlangte, daß Goode für sein Verbrechen mittels einer tödlichen Injektion exekutiert werden sollte, würde sie nicht nur die Geschworenen von seiner Schuld überzeugen, sondern darüber hinaus auch den Beweis antreten müssen, daß er eine ständige Bedrohung für die Gesellschaft darstellte. Da es in Goodes Vergangenheit kaum Beweise für kriminelles Verhalten gab und er bisher keinerlei Straftaten begangen hatte oder vorbestraft war, würde das schwierig sein.

Andererseits wußte selbst der naivste Geschworene, daß das Urteil auf eine lebenslängliche Freiheitsstrafe nach den Gesetzen des Staates Texas ein Etikettenschwindel war und daß Goode, falls er jetzt verurteilt wurde, mit hoher Wahrscheinlichkeit irgendwann – im Durchschnitt nach zwölf Jahren – begnadigt werden würde. Die Erfahrungen lehrten, daß Geschworene schnell mit Kritik an einem Gerichtssystem bei der

Hand waren, das solche Dinge zuließ; andererseits aber fällten sie mit sehr viel größerer Wahrscheinlichkeit einen Schuldspruch, wenn ihnen die Angst genommen wurde, sich damit die Hände blutig zu machen.

Für die meisten Anklagevertreter lag die Entscheidung in diesem Fall klar auf der Hand. Sie würden in dem Verfahren des Bundesstaates Texas gegen Michael Shane Goode als Höchststrafe lebenslänglichen Freiheitsentzug fordern.

Im Einklang mit der langen Tradition seines Amtes wies Aldrich die Anklagevertreter an, die Familie des Opfers über ihren Beschluß zu informieren. Er wußte, daß die getroffene Entscheidung bei Angehörigen, die den Verlust eines geliebten Familienmitglieds erlitten hatten, nur selten Verständnis fand. Fast ausnahmslos erwarteten sie jene biblische Gerechtigkeit, die die Strafe nach dem Satz Auge-um-Auge verhängte, und ware, selten mit weniger zufrieden. Selbst eine noch so detaillierte Schilderung der Besonderheiten des Gesetzes würden, sie von diesem Wunsch abbringen.

Dennoch, so argumentierte Aldrich, je früher sie es wußten, desto schneller konnten sie sich auch mit dem abfinden, was in den nächsten Tagen folgen würde.

Jeri Yenne hatte Angst vor dem Telefongespräch, das sie führen sollte. Seit der Verhaftung war ein ständiger Strom von Briefen in ihrem Büro eingetroffen, sämtlich von Mitgliedern von Organisationen wie ›Gerechtigkeit für alle‹ und ›Hinterbliebene von Mordopfern‹. Sie alle forderten die Todesstrafe für Shane Goode. Yenne war ziemlich sicher, daß Sharon Couch diese Kampagne in Gang gesetzt hatte.

Am Ende eines langen, auf Hochglanz polierten Tisches im Konferenzraum des District Attorney sitzend, sah Selleck die beiden Frauen an, die zu dem Termin am Freitagmorgen eingetroffen waren. Er ließ sich seinen Unmut über das allgegenwärtige Ringbuch mit Akten nicht anmerken, das Sharon Couch, die neben Annette saß, wie üblich mitgebracht hatte.

Er erklärte ihnen, daß er hoffe, irgendwann im April einen Prozeßtermin zu bekommen, und daß er dann die Anklage vertreten und sich dabei von Jeri unterstützen lassen würde.

»Wir haben den Fall ausführlich diskutiert«, sagte er, »und sind zu dem Schluß gelangt, daß es nicht im Interesse aller Beteiligten liegt, die Todesstrafe –«

Sharon beugte sich vor. »Aber es geht doch um Mord«, unterbrach sie ihn.

»Aber einen Mord mit einer ganzen Menge von Problemen«, erwiderte Selleck. »Wir haben keinen Zeugen, keinerlei greifbares Beweismaterial, das eine direkte Verbindung zwischen dem Angeklagten und dem Verbrechen herstellt, und schließlich auch einander widersprechende Autopsieberichte. In diesem Fall die Todesstrafe zu verlangen, wäre Selbstmord.«

Sharon ließ sich ihre Empörung unverholen anmerken. »Wenn die Wände mit Blut bespritzt gewesen wären … wenn Sie schreckliche Tatortaufnahmen hätten, die Sie zeigen könnten … dann würden Sie ganz bestimmt die Todesstrafe fordern, oder?« Und ehe Selleck darauf antworten konnte, fuhr sie fort: »…aber weil es so aussieht, als ob Renee ganz friedlich eingeschlafen wäre, werden Sie das nicht tun. Und das ist nicht richtig. Sie haben einfach die Pflicht, dafür zu sorgen, daß das, was man ihr angetan hat, gesühnt wird.«

Sellecks Gesicht rötete sich. »Meine Pflicht ist es«, sagte er, »einen Schuldspruch zu erreichen.«

Sharon wandte sich erregt an Yenne, in der Hoffnung, diese würde sie unterstützen. Jeri kannte die scheußlichen Details des Falles, sie kannte das düstere Böse, das Renees Tod verursacht hatte; als Mutter konnte sie das Leid begreifen, das Annette erlitten hatte.

Annette saß schweigend da und beobachtete das Geschehen, das um sie herum ablief.

Zunächst hatte Yenne das scheinbare Desinteresse Annettes überrascht. Erst als sie sie und Sharon besser kennengelernt hatte, begann sie zu begreifen. Annette litt immer noch schwer unter Renees Tod und hatte Mühe, mit ihren Gefühlen zu Rande zu kommen. Sharon Couch war es, von der ihre Tochter ihre Kraft bezog.

»Wir haben darüber lange diskutiert«, meinte Jeri schließlich, »und sind übereingekommen, daß dies die beste Lösung ist. Sharon, ich weiß, daß Shane Goode schuldig ist, schuldig wie die Hölle, und ich möchte, daß wir diesen Prozeß gewinnen. Und die beste Chance dafür ist, nicht die Todesstrafe zu verlangen. In dem Punkt bin ich mit Tom völlig einer Meinung.«

Sharon sah auf die zitternden Hände ihrer immer noch wortlosen Tochter und atmete tief durch, um ihre Fassung zurückzugewinnen. Dann legte sie den Arm um Annettes Schulter und sah Jeri über den Tisch hinweg an. »Ihnen ist doch klar«, sagte sie, »daß diese Entscheidung nicht gerade populär sein wird.«

»Ich weiß, Sharon, aber das ist für uns die einzige Möglichkeit, diesen Prozeß zu gewinnen.«

Noch während sie das sagte, war Tom Selleck aufgestanden und zur Tür gegangen.

Es dauerte nicht lange, bis Sharons Enttäuschung in ihrem ganzen Ausmaß an die Öffentlichkeit gelangte. Mit Hilfe von P. G. Walls hatte sie nur wenige Stunden, nachdem sie das Büro des District Attorney verlassen hatte, eine Pressekonferenz einberufen und ihrer Empörung über die Entscheidung Ausdruck gegeben.

Als Yenne am Samstagmorgen mit ihrer Tochter im Arm auf der Terrasse saß und zur *Houston Chronicle* griff, fiel ihr Blick sofort auf eine Überschrift im unteren Bereich der Titelseite. Sie lautete: ›Säuglingsmord: Staatsanwaltschaft beantragt nicht die Todesstrafe. Verwandte verärgert.‹

»Ich habe das Gefühl, daß wir Renee im Stich lassen, indem wir nicht einmal den Versuch unternehmen, die Todesstrafe zu erwirken«, wurde Sharon zitiert. »Ich glaube, daß jeder Mensch, der schuldig befunden wird, sein Kind getötet zu haben, die Todesstrafe verdient hat.«

Der Reporter, mit dessen Namen der Zeitungsartikel gezeichnet war, hatte auch mit dem Houstoner Anwalt Skip Cornelius Verbindung aufgenommen, der die Verteidigung von Shane Goode übernehmen sollte. »Der Fall«, so lautete seine Stellungnahme, »ist die am geringsten fundierte Mordanklage, die ich in meinen dreiundzwanzig Jahren als Rechtsanwalt je erlebt habe.«

Jeri saß ein paar Minuten da und starrte auf den Artikel, wobei ihr Blick vom Text zu den nebeneinander angeordneten Fotos von Shane und seiner ermordeten Tochter wanderte. Zum ersten Mal verspürte sie eine Aufwallung von Zorn, der sich gegen Sharon richtete. Und dazu kam das ausgeprägte Gefühl, daß ihr Unrecht geschah. Weißt du denn wirklich nicht, daß ich die einzige in der ganzen verdammten Staatsanwaltschaft bin, der deine ermordete Enkeltochter etwas bedeutet? dachte sie. Weißt du nicht, daß es ohnehin schon schwer genug sein wird, auch ohne jetzt Mist zu bauen und jeden sauer zu machen?

Sie griff nach dem schnurlosen Telefon, das neben ihr auf einem Stuhl lag, und wählte die Nummer Selecks. »Hast du die Zeitung schon gelesen?« fragte sie.

Der Schwall von Verwünschungen, der ihr aus dem

Hörer entgegenschlug, ließ keine Zweifel daran, daß er das sehr wohl getan hatte.

Was Yenne an jenem verunglückten Samstagmorgen freilich am meisten mit Besorgnis erfüllte, war nicht ihr eigener Zorn und auch nicht Sellecks lautstark gegen Sharon Couch vorgebrachte Verwünschungen. Es war vielmehr die Einstellung, die sie an Tom bezüglich des Falles bemerkte. So sehr sie es sich auch gewünscht hatte – es war nichts von ihrer eigenen Leidenschaft auf den Mann übergesprungen, der jetzt die Anklage vertreten sollte.

Auch hinsichtlich des Gerichtsmedizinischen Instituts von Harris County hatte er bereits eine klare Entscheidung getroffen. Yenne hatte ihn darüber informiert, daß Dr. Bellas sich weigerte, Renees Todesursache noch einmal zu überprüfen. Sie hatte auch Bedenken geäußert, daß mancher die Anklageerhebung durch die Staatsanwaltschaft als einen Angriff auf das Gerichtsmedizinische Institut empfinden könnte. »Wir legen uns mit denen nicht an«, hatte Tom daraufhin gesagt. »Ich werde Dr. Bellas oder seine Behörde nicht vorladen. Ich denke doch gar nicht daran, wegen dieses einen Falles alle anderen Mordfälle, die wir in der Schwebe haben, zu gefährden.

»Verdammt, Jeri«, meinte er, ehe er ihr Gespräch beendete, »wir werden schon genug Mühe damit haben, den Beweis zu liefern, daß *überhaupt* ein Mord vorliegt, geschweige denn zu erklären, wer zum Teufel diesen Mord verübt hat.«

Bei diesen Worten hatte er auf sie erregter gewirkt, als sie ihn je zuvor erlebt hatte.

Sharon erwies sich auch nicht gerade als hilfreich, als sie ein paar Wochen später Selleck telefonisch darüber informierte, daß sie gerade mit Dr. Bellas gesprochen habe. »Er lehnt es ganz entschieden ab, sich Dr. Andersons Erkenntnissen anzuschließen«, sagte sie.

»Warum in drei Teufels Namen haben Sie ihn angerufen?«

Sharon blockte sofort ab und antwortete: »Weil ich wissen möchte, wo wir in dieser Geschichte stehen. Ich möchte gern wissen, was Sie davon halten, einen dritten Pathologen einzuschalten, der sich Bellas' und Andersons Ergebnisse ansieht und sich dazu äußert. Wenn er mit Dr. Anderson übereinstimmt, könnten Sie seine Aussage nutzen.«

Selleck kochte fast vor Wut. »Und wenn er Dr. Bellas recht gibt, sagen wir ihm einfach, er soll heimlich verschwinden und den Mund halten? Wissen Sie, welche Strafe darauf steht, Beweismaterial zu manipulieren? Ich hatte gedacht, Sie hätten mir versprochen, sich da rauszuhalten. Waren wir uns darüber nicht einig?«

Das Schweigen am anderen Ende der Leitung schien ihn nur noch mehr zu reizen. »Tatsächlich wissen Sie eben auch nicht alles«, sagte er.

»Da haben Sie recht«, erwiderte Sharon mit scharfer Stimme. »Und genau das ist es, was mir solche Angst macht. Und Sie sollte es noch mehr beunruhigen.«

Dann lief das Gespräch völlig aus dem Ruder, und die beiden schrien sich gegenseitig an – Selleck wies Sharon darauf hin, daß sie schließlich keine juristische Ausbildung habe, und Sharon konterte mit der Frage, ob er es nicht ertragen könne, wenn eine Frau eine eigene Meinung habe. »Vielleicht«, erklärte Selleck dann, »sollte ich mich einfach aus diesem Fall zurückziehen und es einem anderen Anklagevertreter überlassen, Sie unter Kontrolle zu halten.«

Das wäre vielleicht gar keine so schlechte Idee, dachte Sharon.

Für Yenne wurde die Schiedsrichterrolle, in die sie sich gedrängt sah, allmählich unerträglich. Sie konnte Sharons wilde Entschlossenheit begreifen, den Fall weiterzubringen, zugleich aber konnte sie Sellecks Ärger gut nachfühlen, wenn Sharon dauernd versuchte, sich einzumischen.

Es ist von entscheidender Wichtigkeit, die beiden davon abzuhalten, sich gegenseitig an die Gurgel zu gehen, dachte Jeri. Aber sie wußte nicht, wie sie es anstellen sollte. Auch Sue Dietrich konnte ihr dabei nicht helfen.

Sie hatte die Kriminalbeamtin angerufen und ihr von dem jüngsten verbalen Duell zwischen Sharon und Tom berichtet und gemeint: »Sharon läuft wieder einmal Amok.«

Sue hatte nur gelacht, dabei aber keine Zweifel aufkommen lassen, auf wessen Seite sie stand. »Sharon Amok«, sagte sie. »Das gefällt mir.«

Dieser neue Spitzname sollte ihr bei der Staatsanwältin und den Kriminalbeamten bleiben.

Sharons Entschlossenheit ließ nicht nach. Es verging nur wenig Zeit, bis sie Yenne anrief und ihr berichtete, daß Selleck gedroht habe, aus dem Fall auszusteigen. »Ich denke nicht, daß er glaubt, diesen Fall gewinnen zu können«, sagte sie, »ich werde also Jerome Aldrich anrufen und ihn bitten, einen neuen Anklagevertreter zu bestimmen.« Sie redete schnell, und ihre Stimme klang schrill.

»Sharon, Augenblick.«

»Jeri, mit Ihnen hat das gar nichts zu tun«, fuhr sie fort. »Ich möchte, daß Sie beteiligt bleiben. Ich weiß wirklich zu schätzen, was Sie alles schon getan haben. Aber wenn Tom Selleck nicht den Mumm hat, durchzuhalten, dann kann ich ihn wirklich nicht brauchen.«

»Doch, wir *brauchen* ihn, Sharon. Glauben Sie mir. Bei allen Differenzen, die Sie vielleicht mit Tom haben, müssen Sie doch begreifen, daß er wirklich in seinem Fach absolute Spitze ist. Er ist ein großartiger Prozeßanwalt, das kann ich Ihnen versichern. Unternehmen Sie nichts, bis Sie wieder von mir gehört haben, okay?«

Am Montag darauf rief Yenne Sharon an, um ihr zu sagen, daß Selleck ihr versichert habe, er würde den Fall weiter betreuen.

Was sie nicht erwähnte, waren die immer lauter werdenden Gerüchte in der Staatsanwaltschaft, daß es zwischen dem neuen District Attorney und Selleck Differenzen gab. Es waren Spannungen aufgetreten, weil nach Aldrichs Ansicht Tom ihn in manchen seiner Entscheidungen bezüglich anderer Fälle übergangen habe.

Wie es schien, war Sharon Couch nicht die einzige, die in letzter Zeit mit der Entwicklung der Dinge unzufrieden war.

17

In Juristenkreisen von Houston galt Skip Cornelius als Mitglied der Elite von Strafverteidigern. Und er hatte sich seinen Ruf als begabter Anwalt aufgrund seiner Überzeugungskraft und seines geschliffenen Stils vor Gericht ehrlich verdient. Wie die meisten seiner Kollegen hatte er sich seine ersten Sporen als Anklagevertreter im Büro des District Attorney von Harris County erworben, ehe ihn die verheißungsvolle Aussicht auf sechsstellige Honorare in eine private Anwaltspraxis gelockt hatte.

Unmittelbar nach der Anklageerhebung und der sich daran anschließenden Verhaftung hatte Donald Goode nach einem Anwalt für seinen Sohn gesucht. Häufig war ihm der Name Cornelius genannt worden.

Cornelius sei teuer, so sagte man ihm, aber ein ausgezeichneter Anwalt: Goode belieh also seine Rentenansprüche und nahm eine zweite Hypothek auf sein Haus auf, um die finanziellen Mittel bereitzustellen, die Cornelius für die Übernahme der Verteidigung verlangte.

In den 20 Jahren, die er jetzt in seinem Beruf tätig war, hatte Cornelius noch nie erlebt, daß ein Fall mit weniger greifbarem Beweismaterial vor eine Grand Jury gebracht wurde. Und ebensowenig, so sollte er sich in den Monaten vor dem für April angesetzten Prozeß eingestehen, waren ihm bisher Anklagevertreter begegnet, die hartnäckiger und verbissener arbeiteten als die Frau im Büro des District Attorny von Brazoria County, die das Beweismaterial vorbereitete.

Jeri Yenne, so wurde ihm bald klar, war nicht nur auf Details versessen, sondern hielt sich auch mit schier religiösem Eifer an die Offenlegungsregel. Mit schöner Regelmäßigkeit trafen im Houstoner Büro von Cornelius Federal-Express-Sendungen ein, die Kopien der Bankauszüge Shane Goodes, eingelöste Schecks und Militärakten enthielten. Jeder einzelne Arztbesuch, den Renee Goode in ihrem kurzen Leben gemacht hatte, war dokumentiert, es gab Unterlagen über die vom Gericht angeordneten Unterhaltszahlungen, die sein Mandant hatte leisten müssen, und eine Zeugenliste, die ständig überarbeitet und ergänzt wurde.

Schließlich hatte Skip Yenne angerufen und mit einem Lächeln in der Stimme gemeint, er verfüge in seinem Büro nur über beschränkte Ablagemöglichkeiten, und ihre fast täglichen Sendungen würden diese über Gebühr beanspruchen.

Doch das Gespräch trug wenig dazu bei, den Papierstrom einzudämmen. Ganz offensichtlich maß die Staatsanwältin winzigen Entdeckungen, von denen Cornelius ernsthaft bezweifelte, daß sie ihr in irgendeiner Weise nützlich sein würden, Bedeutung bei. Die

Tatsache beispielsweise, daß Shane in keinem der Fragebögen, die er für die Nationalgarde hatte ausfüllen müssen, Renee erwähnt hatte, interessierte Yenne wesentlich mehr als Shanes Verteidiger. Ein solches Versäumnis würde nach Cornelius' Überzeugung wohl kaum den Beweis dafür liefern, daß Shane Goode ein Mörder war.

Aber für Yenne war die Vorbereitung auf einen Prozeß – ganz besonders, wenn etwas so Bequemes wie eine noch rauchende Waffe oder ein Augenzeuge oder ein unterzeichnetes Geständnis fehlten – so wie das Zusammensetzen eines Puzzles. Solange es nicht endgültig zusammengefügt war, wußte man nie, welches kleine Stückchen das Bild schließlich zu einem Ganzen zusammenfügen würde. Unter Strafandrohung forderte sie manche schriftlichen Unterlagen an. Sie hielt auch sehr viel davon, eine persönliche Beziehung zu denjenigen aufzubauen, die schließlich und endlich in den Zeugenstand gerufen werden würden. »Ich habe mich nie wohl dabei gefühlt«, erklärte sie Sue Dietrich, »jemanden, dem ich wichtige Fragen stellen muß, nur Minuten vor dessen Erscheinen im Zeugenstand kennenzulernen.«

Und so war sie um so häufiger unterwegs, je näher der Zeitpunkt für Goodes Prozeß rückte, und arbeitete manchmal bis spät in die Abendstunden hinein. Die Art und Weise, wie Bill Yenne sich abends meist am Telefon meldete, wenn sie ihn anrief, entwickelte sich allmählich zum Witz. »Wo bist du jetzt?« pflegte er zu fragen, anstatt wie sonst üblich einfach nur »Hallo« zu sagen.

Solche Anrufe waren schon aus Houston gekommen, wo seine Frau geduldig abwartete, bis Donald Goode seinen Dienst in der Nachtschicht beim Postamt antrat, oder aus den Wohnungen von Leuten, die auf ihrer Zeugenliste standen. Bill Yenne wußte, wie wichtig seine Frau ihren Beruf nahm. Er fühlte sich dadurch beruhigt, daß John Blankenship, ein Ermittler aus dem Büro des Staatsanwaltes, sie stets begleitete und war daher geduldig und warnte sie nur gelegentlich, sie solle vorsichtig sein. Dann wandte er sich wieder ganz der Aufsicht über die Kinder zu, bis sie schließlich nach Hause kam.

Manchmal war es schon fast Mitternacht, wenn sie schließlich auf Zehenspitzen in die Zimmer ihrer Kinder trat, um ihnen einen Gutenachtkuß zu geben und sich im Flüsterton dafür zu entschuldigen, daß sie sie nicht ins Bett gebracht hatte.

»Du mußt eben Geduld mit mir haben«, bat sie ihren Mann. »Bald ist es vorbei.«

Selbst als sie im dunklen Flur einmal über den Autositz ihrer Tochter stolperte und sich dabei die Zehe brach, konnte das ihren Schwung nicht bremsen. Noch auf Krücken fuhr sie mit Tom Selleck nach Orlando, um sich dort mit Dr. Anderson zu treffen und seine Untersuchungsergebnisse und seine Zeugenaussage mit ihm zu besprechen.

Bill Yenne hatte noch nie erlebt, daß seine Frau von einem einzigen Fall so in Anspruch genommen wurde. Aus den Wochenenden, an denen sie bisher häufig im Garten gegrillt oder sich ganz der Familie gewidmet hatten, waren lange Werktage geworden.

Bill Yenne saß auf der Terrasse und sah seiner Frau dabei zu, wie sie mit einer Tasse Kaffee in der Hand die frühe Morgensonne genoß. Er ließ sich nicht anmerken, daß ihn Jeris müder Ausdruck beunruhigte.

Am Nachmittag würden Jeri Yenne und Skip Cornelius nach Dallas fliegen, wo sich Cornelius mit einem seiner Zeugen treffen wollte. Es handelte sich um Dr. Charles Petty, den ehemaligen Leiter des Southwest Forensic Laboratory. Cornelius wollte, daß der Experte sich das forensische Material ansah, das für den Prozeß bisher zusammengetragen worden war, und hatte darum gebeten, Gewebeproben aus beiden Autopsien an sein Büro zu schicken.

Jeri hatte Cornelius gegenüber nichts davon erwähnt, daß sie Pettys Abneigung gegen Linda Norton kannte. Die Pathologin, von Dr. Anderson hinzugezogen, hatte nun ebenfalls die Gewebeprobe untersucht. Jeri hatte deshalb ganz unschuldig erklärt, sie würde die Proben nur ungern aus der Hand geben, aus Sorge, daß sie irgendwie verlorengehen könnten. So schlug sie Cornelius vor, sein Zeuge möge doch statt dessen Dr. Nortons Büro aufsuchen, das nur ein paar Meilen von seinem entfernt sei, und sich dort ein Bild von den Proben machen. Es überraschte Cornelius, daß der schon ältliche Petty diesen bequemen und durchaus logischen Vorschlag rundweg ablehnte.

Jeri zeigte sich über Pettys Einstellung erstaunt und hatte dann eine zweite Lösung vorgeschlagen: Sie würde Cornelius auf der Reise begleiten. Dann könnten sie ja bei Dr. Nortons Büro vorbeifahren, das Material abholen und es zu Dr. Petty bringen. Wenn sie dabei war, so erklärte sie, würde sie hinsichtlich des wichtigsten Beweisstücks, das sie den Geschworenen vorlegen konnte, beruhigt sein. Sie verschwieg dabei, daß sie auf diese Weise auch die seltene Gelegenheit haben würde, einen wichtigen Zeugen der Verteidigung persönlich kennenzulernen.

Sie war angenehm überrascht gewesen, als Cornelius ihrem Vorschlag sofort zustimmte. Trotzdem freute sie sich nicht gerade darauf, mit dem Anwalt, der ihr bald im Gerichtssaal gegenüberstehen würde, soviel Zeit verbringen zu müssen.

»Ich bin es allmählich wirklich leid, daß dieser arrogante Schnösel mich wie ein nettes kleines Dummchen behandelt«, erklärte sie ihrem Mann, als sie aufstand, um ihre Sachen für die Reise zusammenzusuchen. »Ich könnte manchmal ganz wütend werden, wenn er mit mir redet, als ob ich nicht alle Tassen im Schrank hätte. Verdammt noch mal, mir kommt bei diesem Scheißkerl manchmal richtig die Galle hoch.«

Bill lächelte über die Verstimmung seiner Frau – und eine Redeweise, die bei ihr nur dann zu hören war, wenn sie sich auf einen besonders schwierigen Fall vorbereitete.

Vor seiner Pensionierung war Dr. Charles Petty über zwanzig Jahre lang oberster Gerichtsmediziner von Dallas County gewesen und hatte sich in dieser Zeit den Ruf, einer der führenden Pathologen des ganzen Landes zu sein, erworben. Er war in Montana geboren und hatte seine Ausbildung in Harvard absolviert. Während seiner langen Karriere hatte er über 13.000 Autopsien durchgeführt oder zu verantworten gehabt.

So wichtig auch sein Ruf als Pathologe für jeden Strafverteidiger war – daß er ein so gesuchter Zeuge war, war Pettys höflich elegantem Auftreten zuzuschreiben. Kein Geschworener würde jemals an ihm jene Selbstgefälligkeit erleben, welche Fachkollegen nur zu oft zeigten. Vielmehr stand vor den Geschworenen ein sanfter, grauhaariger Mann, der häufig lächelte und mit angenehmer Stimme fundiertes Wissen und ruhiges Selbstvertrauen vermittelte. Dr. Petty war, wenn er wollte, ein regelrechter Charmeur.

Obwohl Jeri Yenne ihn nur vom Hörensagen kannte, hatte sie seine Nominierung als Zeuge beunruhigt. Dr. Norton hatte sie angerufen und darauf hingewiesen, es gäbe Gerüchte, daß er für die Verteidigung aussagen würde. »Wenn er das tut«, hatte Dr. Norton sie gewarnt, »sollten Sie ihn unter keinen Umständen ins Kreuzverhör nehmen. Der Mann versteht mehr von Pathologie als wir anderen alle zusammen. Er ist brillant – und im Zeugenstand nicht zu schlagen. Er kann Sie bei lebendigem Leib auffressen und wird dabei die ganze Zeit lächeln.«

Bei ihrem Besuch in Dallas konnte Yenne nur wenig von Pettys Charme erkennen. Sie und Cornelius hatten die Gewebeproben von Dr. Norton abgeholt und waren dann die zwanzig Minuten zu Pettys Büro gefahren. Dort warteten sie geduldig, während Petty zuerst die Autopsieberichte las und sich dann die Gewebeproben unter seinem Mikroskop ansah.

Schließlich blickte er auf, nahm seine Hornbrille ab und begann zu reden. »Wenn Sie mich fragen, ist das alles nichts als Firlefanz.« Er sah Cornelius an und meinte dann: »Ich habe mir die drei Stücke angesehen, die Sie mir vorgelegt haben, und bin mit Dr. Bellas völlig einig. Ich kann hier nichts erkennen, das mir sagen würde, wie das kleine Mädchen gestorben ist.«

Dann wandte er sich mit einem schwachen Lächeln Yenne zu. »Ma'am, haben Sie irgendwelche Fragen?«

Das kam für die Staatsanwältin so unerwartet, daß sie einen Augenblick sprachlos war und nicht gleich antworten konnte. »Nur eine«, meinte sie schließlich. »Hatten Sie Gelegenheit, sich die Obduktionsfotos anzusehen, die Dr. Anderson gemacht hat?«

»Nein«, antwortete er, »man hat mich nicht gebeten, mir diese Fotos anzusehen.«

»Danke, Dr. Petty«, sagte Yenne und beendete das Gespräch mit einem sehr formellen Händedruck. Sie hatte zwar noch eine weitere Frage auf der Zunge, während sie sich bereits zum Gehen anschickten, aber sie wagte nicht, sie zu stellen. Dafür würde später Zeit sein, wenn eine Jury seine Antwort hören konnte.

Sie fragte sich nur, weshalb ein Mann mit dem Ruf größter Gründlichkeit und Sorgfalt eine Meinung abgab, nachdem er sich nur drei der vierzehn forensischen Beweisstücke angesehen hatte, die sie während des Verfahrens vorzulegen beabsichtigte.

Vermutlich hatte Cornelius, siegessicher wie er war, es nicht für nötig gehalten, seinen Zeugen mit unnötigem Ballast zu belästigen.

»Sie sind sich natürlich darüber im klaren, daß seine Aussage Ihrer Argumentation sehr schaden wird«, meinte Cornelius, als ihr Flugzeug über dem Love Field von Dallas aufstieg und zu dem dreiviertelstündigen Flug zurück nach Houston ansetzte.

Yenne blickte nicht von der Zeitschrift auf, in der sie geblättert hatte. »Er hat genau das gesagt, was ich von ihm erwartet habe«, erwiderte sie.

Cornelius konnte nicht umhin, ihre hartnäckige Entschlossenheit zu bewundern.

Jedenfalls hatte sie ihn von etwas überzeugt, wogegen er ursprünglich jede Wette gehalten hätte, nachdem Donald Goode ihn engagiert hatte. Es gab absolut keinen Zweifel, daß der Prozeß stattfinden würde, und dies trotz der schier unüberwindlichen Schwächen, die er in ihrem Beweismaterial sah.

»Schauen Sie«, sagte er, »wir sind beide erwachsene Menschen. Wir kennen beide das Gesetz. Der einzige Unterschied ist, daß ich dieses Gewerbe schon wesentlich länger betreibe als Sie ...«

»Und?«

»Und deshalb sollten Sie bitte eines bedenken. Als Prozeßanwalt muß man sich mit der Tatsache abfinden, daß immer einer gewinnt und einer verliert. Es gibt keine Kompromisse, keinen Handel. Jeder Deal ist ausgeschlossen, und es heißt alles oder nichts, sobald man einmal einen Fall vor die Geschworenen in den Gerichtssaal bringt. Wenn Sie das nicht akzeptieren können, haben Sie Ihren Beruf verfehlt.«

Er fängt bereits an, mich zu trösten, dachte sie. »Da bin ich voll und ganz Ihrer Meinung«, erwiderte sie. Dann ließ sie eine kleine Pause eintreten, ehe sie von ihrem Magazin aufblickte. »Der Grund dafür, daß dieser Prozeß stattfinden wird, liegt darin, daß ich keinen Zweifel an der Schuld Ihres Mandanten habe.«

Cornelius verdrehte die Augen. Diese Frau neben ihm gab ihm ein Rätsel nach dem anderen auf. »Jeri«, versuchte er ihr zuzureden, »Sie werden allein schon ein riesiges Problem haben zu beweisen, daß der Tatbestand eines Mordes vorliegt. Und wenn Sie diese Hürde genommen haben, wie werden Sie dann beweisen, daß mein Mandant diesen Mord verübt hat?« Er machte eine kurze Pause und fügte dann hinzu: »Und damit sage ich keineswegs, daß mein Mandant irgend etwas getan hätte.«

»Ich schätze«, antwortete Yenne, »es wird mein Problem sein, mich damit auseinanderzusetzen. Das einzige, was ich im Augenblick sicher weiß, ist, daß Ihr Mandant ein eiskalter Kindermörder ist und daß das, was ich tue, richtig ist.«

Den Rest des Fluges saßen sie schweigend da, und beide wußten, daß sie nie würden Freunde sein können. Erst als die Maschine zur Landung ansetzte, ergriff Cornelius noch einmal das Wort.

»Wissen Sie«, sagte er, »vor vielen Jahren, als ich noch in der Staatsanwaltschaft tätig war, hatte ich diesen Fall von Vergewaltigung, in dem ich mich emotional sehr stark engagiert hatte. Das Opfer war eine Frau, von der bekannt war, daß sie seit vielen Jahren psychische Probleme hatte und labil war. Sie hatte sich schon mehrere Male eingebildet, vergewaltigt worden zu sein, obwohl in Wirklichkeit nichts dergleichen vorgefallen war. Aber diesmal *war* es vorgefallen. Sie war vergewaltigt worden. Ich wußte das. Und ich wußte, daß der Mann, gegen den wir das Verfahren führten, schuldig war. Alle in meinem Büro sagten mir, daß ich in dem Augenblick verloren haben würde, in dem die Vorgeschichte der Frau herauskam. Und wissen Sie, ich war überzeugt, daß sie recht hatten. Aber ich bin trotzdem vor die Geschworenen getreten – vielleicht hoffte ich auf ein wenig göttliche Hilfe, obwohl ich die ganze Zeit davon ausging, daß die Geschworenen den Kerl laufenlassen würden.

Aber wissen Sie was? Die Geschworenen haben tatsächlich meiner Mandantin ihre Geschichte geglaubt und sind mit einem Schuldspruch in den Gerichtssaal zurückgekehrt.«

Während Cornelius das sagte, sah er nicht zu Yenne hinüber. Jetzt war sie diejenige, die ihn beobachtete. Ihr war deutlich bewußt, daß das, was er ihr gerade erzählt hatte, keineswegs Prahlerei gewesen war. Was ihn zu diesen Sätzen bewegt hatte, wußte sie nicht. Sie spürte aber deutlich, daß er ihr das wohl mehr aus eigensüchtigen Motiven erzählt hatte.

Jetzt hatte sich Cornelius' Stimmung sichtlich gelockert, und ein Lächeln zog über sein Gesicht. »Also«, schloß er, »wenn Sie recht haben – und ich sage ganz sicherlich nicht, daß das der Fall ist –, wird Gott vielleicht so etwas Ähnliches für Sie tun.«

Jeri Yenne dachte noch tagelang über diese Bemerkung nach. Und jedesmal, wenn sie ihr wieder in den Sinn kam, ertappte sie sich bei dem Wunsch, sie hätte Cornelius etwas anvertraut, was sie sonst niemandem gesagt hatte.

Sie hatte, seit sie den Fall übernommen hatte, regelmäßig Rat bei einer höheren Macht gesucht.

Eine der schwierigsten Aufgaben in der Ermittlung hatte Yenne selbst übernommen: Es mußten die anderen Kinder befragt werden, die in der Nacht, in der

Renee den Tod gefunden hatte, im Hause der Goodes gewesen waren. Die Jahre, in denen sie Fälle von Kindesmißbrauch bearbeitet hatte, hatten ihr reichliche Erfahrungen dafür geliefert, aber leichter war es damit auch nicht geworden. Die Vorstellung, ein unschuldiges Kind in die Mühlen der Justiz hineinzerren zu müssen, lastete schwer auf ihr.

Und doch fühlte Jeri sich, obwohl Detective Dietrich ihr bereits Aussagen der Kinder geliefert hatte, verpflichtet, selbst mit ihnen zu sprechen.

Als sie in Kaye Goodes Haus mit Tiffany sprach, wurde ihr schnell klar, daß das junge Mädchen seinen Vater innig liebte. Und auch, daß sie Renee geliebt hatte.

Die Tränen traten Tiffany in die Augen, als sie erwähnte, daß sie unter den älteren Kindern die einzige gewesen war, die an jenem Abend tatsächlich mit Renee hatte spielen wollen. »Sie fehlt mir sehr«, sagte sie.

Sie und nicht ihr Vater sei es gewesen, die Renee ins Schlafzimmer gebracht und ihr dort die Windeln gewechselt hatte. Tiffany konnte sich nicht vorstellen, weshalb er in einer solchen Kleinigkeit die Unwahrheit sagte.

Jeri saß dem hübschen Mädchen gegenüber und hörte ihr zu. Sie gab sich alle Mühe, sich die Sorge nicht anmerken zu lassen, die sie hinsichtlich der Kleinen empfand. In ihren Akten gab es Aussagen von Freunden und Arbeitskollegen von Shane, die darauf hindeuteten, daß an der Vater-Tochter-Beziehung etwas nicht ganz stimmte. Tiffany selbst hatte in aller Unschuld zugegeben, daß Shane sie öfter zum Tanzen mitnahm.

Obwohl Jeri fest entschlossen war, jeden Makel an Shane Goodes Charakter ausfindig zu machen, den es gab, war da doch auch eine gewisse Hoffnung, daß wenigstens dieser Teil ihres Verdachtes unbegründet sein würde.

Der Besuch bei Michelle war nicht weniger bedrückend. Zwischen ihrer Mutter und Großmutter sitzend, die ihr beide versicherten, daß Yenne es gut mit ihr meinte, schilderte sie noch einmal die Ereignisse um den Tod ihrer Schwester in allen Einzelheiten. Auch sie fing zu weinen an, vertraute ihrer Mutter aber erst, nachdem Jeri gegangen war, an, was sie so mitgenommen hatte.

»Ich fühle mich so schlecht«, erklärte die Kleine. »Als ob es meine Schuld wäre.«

Annette hatte sie getröstet, weil sie annahm, daß Michelles Schuldgefühle daher kamen, daß sie den Auftrag gehabt hatte, auf Renee aufzupassen, und im Grunde genommen für ihre Sicherheit verantwortlich gewesen war.

Michelle hörte nicht auf zu weinen und schüttelte den Kopf . »Mommy«, fragte sie schließlich, »hast du dir je gewünscht, daß jemand tot sein soll?«

Annette drückte das weinende Kind an ihre Brust.

»Einmal«, schluchzte Michelle, »war ich richtig böse auf Renee, und da habe ich mir das gedacht. Ich hatte gewünscht, sie wäre tot.«

»Du mußt nicht weinen«, flüsterte Annette und strich dem Mädchen übers Haar. »Renee weiß, daß du sie lieb gehabt hast.«

»Das habe ich auch«, rief Michelle. »Und wie.«

Christine Goode – Shanes Nichte, die bei Renees Tod bei seinen Eltern gewohnt hatte – war kurz nach dem tragischen Vorfall in ein Mädcheninternat im Panhandle von Texas gebracht worden. Nach Berichten, die Yenne von Freunden der Familie gehört hatte, war sie gleich nach dem Ereignis in jener Nacht trotzig und widerspenstig geworden, hatte sich ständig mit Carolyn Goode gestritten und in der Schule schlechte Leistungen gezeigt. Auf den Vorschlag eines Kinderpsychologen hin hatte man Christine auf die Cal Farley Girls' Ranch geschickt.

Das Internat befand sich in der Nähe des kleinen Dorfes Whiteface, das hauptsächlich vom Baumwollanbau lebte. Es war eine Art Ableger einer nur für Jungen bestimmten Anstalt, die von einem wohltätigen, berufsmäßigen Wrestler gegründet worden war, der seine Institution nach dem Vorbild der berühmten Boys' Town von Father Flannigan aufgebaut hatte. Zu den Einrichtungen der ›Ranch‹, wie sie von ihren Bewohnern genannt wurde, gehörte eine öffentlich anerkannte Schule, die in einem streng reglementierten Stil geführt wurde und die es sich zum Ziel gesetzt hatte, durch Einsatz strikter Disziplin schwierige Kinder wieder zu einem akzeptablen Verhalten zurückzuführen.

Christine hielt sich seit drei Monaten auf der Ranch auf, als Yenne und Detective Dietrich sie in Begleitung von Valerie Wright, einer speziell für den Umgang mit Jugendlichen ausgebildeten Beamtin, besuchten.

Während des kurzen Fluges nach Lubbock – wo sie vorhatten, ein Auto zu mieten und damit die etwa eine Stunde dauernde Fahrt quer durch die von Staubschwaden erfüllte Landschaft des Pandhandle zurückzulegen – zog Yenne einen großen Umschlag aus ihrem Aktenkoffer. Der Umschlag enthielt sämtliche Autopsiefotos, die sie beim Gerichtsmedizinischen Institut von Harris County angefordert hatte.

Während sie in den Bildern blätterte, spürte sie plötzlich, wie Sue Dietrich ihr den Ellbogen in die Rippen drückte. Sie sah zu der Kriminalbeamtin hinüber, worauf diese mit einer leichten Kopfbewegung nach hinten deutete.

Yenne drehte sich um und sah in das aschfahl gewordene Gesicht eines jungen Mitreisenden, der über ihre Schulter hinweg die grausigen Bilder betrachtete, die sie vor sich ausgebreitet hatte. Yenne schob sie hastig und verlegen in den Umschlag zurück, während Sue sich alle Mühe gab, ein amüsiertes Lächeln zu unterdrücken.

Der Besuch bei Christine sollte wenige neue Erkenntnisse liefern. Was das Mädchen ihnen über das Geschehen im Haus ihrer Großeltern berichtete, unterschied sich nur wenig von ihrer Aussage bei der Polizei. Sie war nachts in ihr Zimmer gegangen. Sie erinnerte sich, daß Shane den Kopf durch die Tür gesteckt und ihr gute Nacht gesagt hatte. Später hatte sie gehört, wie er geduscht hatte.

Erst als Yenne sie fragte, ob sie von Shane oder ihren Großeltern irgendwelche Briefe bekommen habe, seit sie sich auf der Ranch befinde, war an ihr eine Gemütsbewegung zu erkennen gewesen. Ja, das habe sie, erklärte das Mädchen und rannte in ihr Zimmer, um sie zu holen.

Sie kehrte mit einem Fotoalbum zurück, in das sie die Briefe sorgfältig eingeklebt hatte. Die beiden Frauen spürten, wie bedrückt sie war. In den drei Monaten, die sie jetzt auf der Ranch lebte, hatte sie zwei Briefe von ihrer Großmutter und einen von Shane bekommen. Alle drei waren kurz und im Plauderton geschrieben, offensichtlich Antworten auf Briefe, die sie geschickt hatte.

Yenne, die an dem Abend müde nach Hause zurückkam, machte keine Anstalten, leise zu sein, als sie in das Zimmer ihres dreijährigen Sohnes trat. Vielmehr weckte sie ihn und nahm ihn auf den Schoß. »Logan«, sagte sie, »Mommy ist wieder zu Hause. Du hast mir gefehlt.«

Der Kleine drückte sich schläfrig an seine Mutter. Er war zwei Wochen vor Renee zur Welt gekommen und hatte nie so richtig verstanden, weshalb seine Mutter so oft weg sein mußte.

»Warum hast du wegfahren müssen?« fragte er.

Yenne drückte ihn an sich. »Weil ich einem kleinen Mädchen helfen muß, Liebes«, sagte sie.

Der Prozeß gegen Goode rückte näher, und allmählich legte sich die ständige Bedrückung, die Yenne wegen des Verfahrens verspürte. Im Zuge ihres sorgfältigen Arbeitsstils hatte sie Tom Selleck über jeden einzelnen Schritt auf dem laufenden gehalten. Bald, so versprach sie, würde sie ihm das Material liefern können, das er als Hauptanklagevertreter benötigte.

Das berauschende Gefühl der Spannung, das sie verspürte, sollte freilich bald verfliegen, weil sich ein neues Problem entwickelte.

Annette und ihr Mann erwarteten im Frühling ihr erstes Kind, und die Schwangerschaft war in den letzten Monaten zunehmend schwierig geworden. Der Arzt, so erklärte Vince Campise der Staatsanwältin, habe ernste Zweifel geäußert, ob seine Frau die physische und emotionelle Belastung des bevorstehenden Verfahrens gut überstehen würde.

Er hatte ihr ausdrücklich davon abgeraten, als Zeugin aufzutreten.

Sue Dietrich dachte nur kurz an ihre Telefonrechnung, als sie die Nachricht vorfand, sie solle Yenne zurückrufen – seit sie und Yenne ihre nächtlichen Diskussionen über die Fortschritte der Ermittlungen angefangen hatten, war diese auf beinahe 300 Dollar im Monat angestiegen –, dann erwiderte sie Jeris Anruf.

»Wir haben ein Problem«, sagte Yenne sichtlich aufgeregt.

»Was du nicht sagst«, erwiderte die Kriminalbeamtin, bemüht, die Stimmung aufzulockern.

»Wir werden eine Verschiebung beantragen müssen.«

Sues Stimmung paßte sich sofort der Niedergeschlagenheit ihrer Freundin an. »Warum?«

Die Staatsanwältin berichtete, was ihr über die Einwände von Annettes Arzt mitgeteilt worden war.

»Wir dürfen unter keinen Umständen das Risiko eingehen, mit dem Verfahren anzufangen, um dann im schönsten Schwung festzustellen, daß sie gerade im Kreißsaal liegt und nicht aussagen kann. Oder uns den Kopf zerbrechen, in welcher Stimmung sie gerade ist, selbst wenn sie aussagen könnte. Wir müssen abwarten, bis Annette ihr Baby zur Welt gebracht hat«, sagte sie. »Ich habe mit Sharon gesprochen, und die sagt, ihre Tochter sei schon jetzt das reinste Nervenbündel. Uns bleibt gar keine andere Wahl.«

Die Staatsanwältin brauchte Sue nicht zu erklären, daß sie ohne Annettes Aussage über keinerlei Material verfügten. Sie brauchte auch nicht darauf hinzuweisen, was Cornelius jetzt mit Sicherheit unternehmen würde. Indem sie eine Terminverschiebung beantragte, öffnete die Staatsanwaltschaft Goode und seinem Anwalt Tür und Tor, um sofort eine Anhörung mit dem Ziel einer neuen Kautionsfestsetzung zu beantragen.

Der Richter würde mit hoher Wahrscheinlichkeit den ursprünglich festgesetzten Betrag drastisch herabsetzen.

»Wir müssen diesen Schweinehund wohl oder übel aus dem Gefängnis lassen«, sagte Sue, als ob sie Yennes Gedanken gelesen hätte.

»Dazu könnte es kommen«, erwiderte Yenne.

Und das tat es auch.

Am 12. April wurde Shane Goode gegen eine Kaution von 80.000 Dollar, die sein Vater aufbrachte, freigelassen und konnte nach vier Monaten im Bezirksgefängnis von Brazoria wieder die frische Luft von Angleton atmen. Das Prozeßdatum wurde neu auf August festgesetzt.

Für Sue Dietrich war der noch nicht einmal zur Hälfte verstrichene Monat eine reine Katastrophe gewesen. Die Freilassung Goodes war dabei noch nicht einmal das schlimmste.

Bei ihrem Vater, so erfuhr sie, hatte man ebenfalls Krebs diagnostiziert, und die Ärzte nahmen an, daß er nur weniger als ein Jahr zu leben hatte. In die Sorge darüber, jetzt auch den anderen Elternteil zu verlieren, mischte sich Beklemmung hinsichtlich ihres eigenen Gesundheitszustandes. Der Knoten in ihrer Brust war, wie sie befürchtete, inzwischen größer geworden, aber sie war immer noch nicht bereit, etwas dagegen zu unternehmen. Für den Augenblick, so entschied sich Sue, konnte sie mit der Unsicherheit besser leben als mit einem weiteren Trauma.

Nachdem sie Yenne während eines ihrer abendlichen Telefonate vom Zustand ihres Vaters erzählt hatte, erklärte die Kriminalbeamtin ihrer Freundin, daß sie sicher am besten mit der schlimmen Nachricht zu Rande kam, wenn sie sich beschäftigte.

»In dem Fall«, sagte Yenne, »solltest du vielleicht sehen, ob du unseren jungen Freund ein wenig beobachten kannst, um zu sehen, was er jetzt unternimmt, wo er wieder in Freiheit ist. Vielleicht kriegst du auf die Weise auch heraus, ob es jemanden gibt, der etwas über ihn weiß, was uns noch nicht bekannt ist.«

Die Wahrscheinlichkeit, daß Detective Dietrich durch Zufall auf irgend etwas für ihre Ermittlungen Wichtiges stieß, war, wie Yenne wußte, äußerst gering. Aber manchmal half solche Arbeit immerhin, eine Vielzahl beruflicher und persönlicher Gebrechen zu heilen.

Sue stürzte sich mit Verve auf ihren neuen Auftrag und behielt Goode diskret aus einiger Distanz im Auge. Die meisten von Goodes Arbeitskollegen scheuten sich zwar davor, mit ihr zu sprechen, aber immerhin hatte einer den Namen einer Frau erwähnt, zu der Shane unmittelbar vor seiner Verhaftung nähere Beziehungen aufgenommen hatte. Die Kriminalbeamtin hatte schon mehrfach versucht, während der Arbeitszeit Kontakt zu der Frau aufzunehmen, doch ihre Bemühungen waren erfolglos geblieben. Sue hatte jedesmal eine Telefonnummer hinterlassen und die Frau gebeten, möglichst bald zurückzurufen.

Als ihr schließlich klar wurde, daß sie auf diese Weise nicht weiterkommen würde, rief Sue bei ihr zu Hause an. Der Ehemann der Frau meldete sich.

Die Kriminalbeamtin gab sich zu erkennen und erklärte dann, weshalb sie anrief. »Ich bin mit den Ermittlungen am Tode von Renee Goode beauftragt«, sagte sie, »und Sie wissen sicher, daß gegen den Vater des Kindes Anklage wegen Mordes erhoben worden ist.«

»Keine Ahnung«, antwortete der Mann desinteressiert.

»Nun«, fuhr Sue fort, »ich wurde darüber in Kenntnis gesetzt, daß Ihre Frau und Shane Goode gut befreundet sind, und ich hatte gehofft, mit ihr darüber sprechen zu können.«

»Meine Frau kennt keinen Shane Goode«, erwiderte der Mann, plötzlich mit feindselig klingender Stimme.

»Allem Anschein nach doch«, wandte Sue ein. »Man hat mich darüber informiert, daß sie mit ihm korrespondiert hat, während er sich im Gefängnis befand, und daß sie ihn dort mehrmals besucht hat. Außerdem habe ich gehört, daß sie regelmäßige Zahlungen auf sein Geschäftskonto geleistet hat. Ich habe Grund zu der Annahme, daß Ihre Frau und Mr. Goode recht gute Freunde waren. Wenn Sie sie also freundlicherweise bitten würden, daß sie mich anruft, sobald –«

»Ich habe Ihnen schon gesagt, verdammt, daß meine Frau keinen Shane Goode kennt.« Und damit knallte er den Hörer auf die Gabel.

Am frühen Morgen des darauffolgenden Tages wurde ein im Büro eingegangenes Gespräch zu Sue nach Hause weitergeleitet, als diese gerade dabei war, sich den Mantel anzuziehen. Die Frau, die sie tagelang erfolglos zu erreichen versucht hatte, war am Apparat und beschimpfte die Kriminalbeamtin wütend. »Wegen Ihres Anrufs«, schrie sie, »hat mein Mann mich verlassen. Sie haben meine Ehe zerstört, und dafür werde ich Sie anzeigen. Das wird Sie teuer zu stehen kommen.«

Sue Dietrich, die für untreue Ehepartner nicht viel übrig hatte, machte der Anruferin mit ruhiger Stimme den Vorschlag, sie sollten »eine Nummer ziehen und sich hinten anstellen«.

Davon abgesehen, daß der Leiter des Postamtes entschieden hatte, Shane Goode erst nach Klärung der gegen ihn vorgebrachten Anschuldigungen wieder zur Arbeit zurückkehren zu lassen, hatte es den Anschein, als würde dieser sein Leben wieder dort aufnehmen, wo es durch die Verhaftung unterbrochen worden war – und dies ohne besondere Anzeichen dafür, daß der Gefängnisaufenthalt irgendwelche Auswirkungen auf ihn gehabt hätte.

Arbeitslos und über reichlich freie Zeit verfügend, zog er ein rigoroses Trainingsprogramm in einer der Sporthallen von Pasadena durch, erschien gelegentlich in Country- and Western-Tanzclubs und nahm voller Begeisterung seine Aktivitäten bei der Nationalgarde wieder auf.

In diesem Frühjahr trat der nahe gelegene San Jacinto River über seine Ufer und vertrieb die Menschen aus ihren Häusern. Shane wurde von der Nationalgarde einberufen und mußte Dämme aus Sandsäcken bauen und mithelfen, Familien aus tiefgelegenen Gegenden zu evakuieren.

Ebenfalls im Frühjahr hielt der Gouverneur von

Texas, George Bush, auf dem Ellington-Luftwaffenstützpunkt eine Rede, um die Unterzeichnung eines neuen Gesetzes für die Opfer von Verbrechen bekanntzugeben. Shane Goode stand ironischerweise inmitten der uniformierten Gruppe von Beamten, die nur wenige Schritte vom Gouverneur entfernt eine Ehrenformation bildeten.

Am Tag darauf rief ein besorgter Ermittler der Staatsanwaltschaft von Travis County, der ebenfalls der Nationalgarde angehörte, Yenne aus Austin an. Er habe eine anonyme Nachricht erhalten, wonach ein auf Kaution freigesetzter Angehöriger der Nationalgarde sich nur wenige Schritte entfernt vom höchsten Amtsträger des Staates befunden habe.

Yenne lachte und sagte, er beziehe sich damit ganz offensichtlich auf Shane Goode. »Sie können dem Gouverneur sagen«, meinte sie, »daß er sich keine Sorgen zu machen braucht. Für den Burschen ist er viel zu alt.«

Als befände er sich auf einer Mission zum Beweis seiner Unschuld, suchte Goode ehemalige Arbeitskollegen auf und versicherte ihnen, daß an der gegen ihn erhobenen Anklage nichts Wahres sei und er bald wieder seine Tätigkeit aufnehmen würde. Einige von ihnen sagten ihm sofort ihre Unterstützung zu, und ein paar fragten sogar, ob sie sich an einem Fonds für seine Verteidigung beteiligen könnten. Doch es gab auch solche, die Zweifel äußerten.

Als Shane eines Morgens durch ein Wohngebiet fuhr, bemerkte er den dort zuständigen Briefträger, einen Arbeitskollegen, den er nur flüchtig kannte. Er hielt an und begann ein Gespräch mit dem Mann, das er wie üblich schnell auf seine Unschuldsbeteuerungen lenkte. Der Briefträger, der in seiner Kirche Diakon war, hörte ihm nur kurz zu und fiel ihm dann ins Wort. »Hören Sie«, sagte er, »ich muß meine Post austragen. Was auch immer sich zwischen Ihnen und diesem kleinen Mädchen abgespielt hat, geht mich nichts an. Das ist etwas, das Sie mit sich und Gott austragen müssen.«

Und mit diesen Worten ließ er Shane stehen.

Diese und ähnliche Geschichten trug Sue Dietrich zusammen, während sie sich die Zeit bis zum August vertrieb. Als Beweismaterial, das war ihr wohl bewußt, waren die Geschichten nicht zu gebrauchen. Trotzdem war sie immerhin damit beschäftigt, sie zu sammeln. Und vielleicht half es außerdem mit, ihr ihren Seelenfrieden zu erhalten.

Yenne war ebenfalls ständig auf der Suche nach zusätzlichem Material, das sie zur Vorbereitung des Prozesses nutzen konnte, und überprüfte immer wieder ihre Unterlagen, ob sie vielleicht etwas übersehen hatte oder ob es vielleicht einen potentiellen Zeugen gab, mit dem sie noch nicht Kontakt aufgenommen hatte. Tatsächlich hatte ihr die Verzögerung nicht nur reichlich Zeit verschafft, um wirklich alles perfekt vorzubereiten, sondern ihr auch einige Muße gelassen.

Eines Nachmittags, als sie an ihrem Schreibtisch saß und wieder einmal Akten las, die sie praktisch schon auswendig kannte, griff sie kurz entschlossen nach dem Telefon und rief John Barnes an, der als freier Ermittler für sie tätig war. »Es gibt da etwas zu erledigen«, teilte sie ihm mit.

Es war keine Stunde vergangen, da saßen sie schon in ihrem Wagen und fuhren nach Süden in Richtung Hallettsville. Das einzige, was Jeri Yenne noch nicht getan hatte, war Renee Goode zu besuchen.

Am Fuße der Grabstätte stehend, blickte sie stumm auf den Marmorgrabstein und wurde sich wohl zum erstenmal darüber klar, welche enge Bindungen inzwischen in ihr zu einem Kind entstanden waren, das sie nie gekannt hatte. Ehe sie wieder wegging, machte sie ein Foto von der Grabstelle und wandte sich dann ihrem Ermittler zu. »Ich denke«, meinte sie lächelnd,

»jetzt sind wir soweit, um mit dem Prozeß zu beginnen.«

Sechs Wochen bevor die Auswahl der Geschworenen beginnen sollte, sollte diese Feststellung durchaus in Zweifel gehüllt bleiben.

Wie es so häufig der Fall ist, verbreitete sich die Nachricht durch den Buschtelegraphen im Büro, lange bevor es zu einer offiziellen Ankündigung kam. Tom Selleck, so hörte Yenne von einem Kollegen, hatte seinen Posten zur Verfügung gestellt.

Ob das nun seine Idee gewesen war oder ob District Attorney Aldrich ihm diese Lösung als Alternative angeboten hatte, wurde heftig diskutiert – ebenso die Gründe, die zu der Meinungsverschiedenheit geführt hatten. Es hatte jedenfalls hinter den verschlossenen Türen von Aldrichs Büro hitzige Diskussionen über Sellecks Entscheidung gegeben, die Anklage gegen einen D. W. I.*-Täter zu vertreten.

Wenige Minuten darauf stand Yenne in Aldrichs Büro. »Das dürfen Sie nicht tun«, forderte sie aufgeregt. »Sie dürfen nicht zulassen, daß er jetzt aufgibt. Verdammt, Jerome, ich brauche ihn. Wir sollen in sechs Wochen unseren Prozeß führen.«

Aldrich zuckte bloß die Achseln. »Ich weiß gar nicht, weshalb Sie so aufgeregt sind«, sagte er. »Nach allem, was ich gehört habe, haben doch Sie die ganze Arbeit getan, und Tom hat sich kein einziges Mal die Finger schmutzig gemacht.«

»Aber Sie wissen doch, daß er die Anklage leiten sollte.«

»Das wird er aber nicht«, erwiderte der District Attorney. »Das ist jetzt Ihre Aufgabe.«

* D. W. I. Driving While Intoxicated – Fahren unter Alkoholeinfluß

Yenne ließ sich in einen Sessel sinken und atmete tief durch, während ihr die ganze Tragweite dieser neuen Wendung bewußt wurde.

»Sie kriegen das ganz bestimmt hin«, versicherte ihr der Vorgesetzte.

»Ich werde Hilfe brauchen«, brachte sie schließlich heraus. Plötzlich von Platz zwei auf Platz eins vorgerückt, lähmte sie die Vorstellung, selbst die ganze Verantwortung übernehmen zu müssen.

»Wir werden schon jemanden für Sie finden.«

Die Anwälte, die daraufhin als Unterstützung für Yenne vorgeschlagen wurden, hatten alle ihre eigenen Fälle zu betreuen. Sie gaben sich zwar redlich Mühe, ihr zu helfen, aber ihre sonstigen Verpflichtungen machten es ihnen schwer bis unmöglich, während des ganzen Verfahrens vor Gericht anwesend zu sein. »Ich möchte nicht, daß die Geschworenen einen der Staatsanwälte ständig kommen und gehen sehen«, hatte Jeri eingewandt. »Wenn sie erkennen sollen, wie wichtig dieser Prozeß ist, müssen sie auch den ganzen Tag die Anwälte am Tisch der Anklagevertretung vor sich haben, den ganzen Tag und jeden Tag. Finden Sie jemanden für mich, der seine ganze Arbeitskraft auf diesen Fall konzentrieren kann.«

Sie hatte Tony Latino, einen hünenhaft gebauten, aber dezent auftretenden Anwalt, der erst vor wenigen Wochen in den Stab des District Attorney eingetreten war, vorher noch nicht kennengelernt. Seine Hauptaufgabe sollte sein, die ganze Beweisführung auf Schwachstellen zu überprüfen. Wie Aldrich erklärte, hatte er zudem bereits einige Erfahrung in Mordfällen gesammelt.

Latino hatte sein neues Büro kaum bezogen, als Yenne schon bei ihm auftauchte und ihm einen Stapel

Akten auf den Schreibtisch legte. »Lesen Sie sich die durch«, sagte sie, »und dann sagen Sie mir, was Sie davon halten.«

»Wann findet der Prozeß statt?« fragte er, als sie sich bereits zum Gehen wandte.

»In zwei Wochen.«

Am Morgen darauf erschien er in Yennes Büro. Auch diesmal vergeudeten die beiden keine Zeit mit Small talk, sondern er stellte sofort gezielt Fragen und nahm Stellung zu den entsprechenden Unterlagen. Er hatte seine Hausaufgaben gemacht.

»Können wir gewinnen?« fragte Yenne.

»Ich glaube schon«, antwortete er schnell.

Der Mann, den man ihr als Mitarbeiter zugeteilt hatte, war Yenne sympathisch, aber sie befürchtete, daß die Vorbereitungszeit nicht ausreichen würde. Sie hatte praktisch über Monate hinweg nur für ihre Ermittlungen und das Zusammentragen des Beweismaterials gelebt und sich wie nie zuvor darauf konzentriert. Wie konnte man erwarten, daß ihr Mitarbeiter binnen zwei Wochen begreifen sollte, wie wichtig dieser Fall wirklich war.

»Vielleicht ist es vorteilhaft«, meinte er, als hätte er ihre Gedanken gelesen, »wenn Sie jemanden haben, der die Dinge aus einem neuen Blickwinkel sehen kann.«

»Willkommen an Bord«, sagte Yenne und streckte ihrem neuen Partner lächelnd die Hand entgegen.

Mit dem näherrückenden Prozeßdatum nahm die Schlaflosigkeit bei Yenne zu; sie wachte nachts häufig auf und ging dann im Haus herum und sah nach ihren Kindern. Eines Nachts wachte ihr Mann auf und fand sie im Bett sitzend, das Gesicht in den Händen vergraben.

»Alles in Ordnung bei dir?« sagte er.

»Ich hatte gerade einen Traum«, sagte sie. »Ich war im Gerichtsmedizinischen Institut und wollte die dazu bringen, daß sie mir erklären, was es mit Blutungen auf sich hat und solches Zeug. Und die haben mich in den Untersuchungsraum geführt und mir Renees Leiche gezeigt.«

Bill Yenne legte seiner Frau tröstend den Arm um die Schulter.

»Die kleine Kinderleiche lag da auf dem Tisch«, fuhr sie fort, »und ich habe darauf hinuntergeblickt. Und plötzlich hat sie die Augen aufgeschlagen und mich angesehen.« Jetzt liefen ihr Tränen über die Wangen.

»Du lieber Gott, Bill«, sagte sie, »es war, als würde sie mir sagen, ich müßte etwas tun, um ihr zu helfen.«

»Das wirst du«, sagte er und wischte seiner Frau die Tränen weg. »Bald.«

Sue Dietrich hatte sich angewöhnt, gelegentlich am Haus von Donald und Carolyn Goode vorbeizufahren, und wurde irgendwann unruhig, da sie keinerlei Spuren ihrer Anwesenheit entdeckte. Es stand nie ein Auto in der Einfahrt, und die Vorhänge des bescheidenen Ziegelhauses waren stets zugezogen. Erst als die Kriminalbeamtin mit einem Freund, der in der näheren Umgebung wohnte, Verbindung aufnahm, versicherte ihr dieser, daß die Goodes immer noch an der Adresse in der Meadowview wohnten. Allerdings, so vertraute ihr der Nachbar an, ging das Gerücht, daß sie Urlaubspläne hatten und während der Verhandlungen gegen ihren Sohn nicht vor Ort sein wollten.

Man mußte ihnen also so schnell wie möglich eine Vorladung zustellen. Der Nachbar erklärte sich bereit, Sue sofort anzurufen, wenn er sicher war, daß sich Goodes zu Hause aufhielten.

Am folgenden Samstagmorgen war Sue gerade

damit beschäftigt, sich die Haare zu waschen, als ihr Piepser ertönte. Sie wählte die angegebene Nummer und hörte die Stimme des Nachbarn. »Hier spricht Ihr Spion«, witzelte der Mann. »Mr. Goode mäht gerade seinen Rasen.«

Sie nahm sich nicht einmal die Zeit, sich die Haare zu trocknen oder Make-up aufzulegen, sondern fuhr schnell die kurze Strecke zu der Adresse an der Meadowview. Donald Goode schaltete den Motor seines Rasenmähers ab, als die mit Jeans und einem Sweatshirt bekleidete Frau mit der Sonnenbrille auf ihn zuging, sagte aber nichts, als sie ihm die Vorladung hinhielt. »Sir«, sagte sie, »ich habe auch noch eine für Ihre Frau.«

»Sie ist nicht da.«

»Dann komme ich ein anderes Mal.« Doch das hörte Goode wahrscheinlich schon nicht mehr, weil er bereits wieder seinen Rasenmäher angelassen hatte.

Zwei Tage später fuhr Sue erneut am Haus vorbei und sah Carolyn Goode Lebensmitteltüten aus dem Kofferraum ihres Wagens laden. Als sie den Wagen mit der Aufschrift Alvin Police hinter sich in der Einfahrt bemerkte, ließ Mrs. Goode eine der Tüten fallen und ging eilig auf ihre Garage zu.

Sue sprang aus ihrem Wagen und rief: »Mrs. Goode, ich habe hier eine Vorladung. Wenn Sie sie nicht annehmen, kann ich die Vorladung in den Kofferraum Ihres Wagens legen. Sie sind hiermit jedenfalls offiziell vorgeladen.«

Carolyn Goode drehte sich um, ging langsam zu der Kriminalbeamtin zurück und streckte die Hand aus, um das Dokument entgegenzunehmen. Damit war sie gezwungen, gemeinsam mit ihrem Mann als Zeugin bei dem Prozeß gegen ihren Stiefsohn zu erscheinen.

Ohne ein Wort zu sagen, drehte sie sich um und

hastete ins Haus. Im Wegfahren registrierte die Kriminalbeamtin die Tüte mit den Lebensmitteln, die im Kofferraum des Wagens liegengeblieben war.

18

Der Prozeß

Und so endete es – an einem grauen Morgen, an dem die regennassen Straßen von Angleton dampften, während die Menschen dem willkommenen Schutz des Gerichtsgebäudes von Brazoria County entgegenhasteten. Einige blieben kurz stehen, um ihre Regenschirme auszuschütteln und mit den Gerichtsdienern zu sprechen, die im Schutz des Vordachs eine letzte Zigarette rauchten, ehe sie ihren Arbeitstag begannen. Andere eilten mit verschlossenen Gesichtern durch die Doppeltüren, sichtlich nicht erbaut davon, daß man sie in das mit Marmor verkleidete Gebäude geladen hatte, das zwei ganze Häuserblocks einnahm.

Drinnen in der Nähe der kleinen Cafeteria, gleich neben dem Eingangsfoyer, hing der Duft von frisch gebrühtem Kaffee in der Luft. Die Holzbänke füllten sich schnell mit den einzelnen Akteuren, die dafür sorgten, daß im Gerichtsgebäude der County stets reger Betrieb herrschte: Grimmig blickende Männer, die darauf hofften, daß ein Richter gutgelaunt aufgewacht war und ihre verschiedenen Übertretungen nicht zu unfreundlich beurteilen würde; Frauen, die darauf hofften, daß endlich eine Scheidung ausgesprochen oder eine Sorgerechtsfrage geklärt würde; gut gekleidete Anwälte, die in ihre Aktentaschen schauten und ihren besorgten Mandanten zum letzten Mal ihre Taktik erklärten; uniformierte Polizeibeamte, die sich bereithielten, um auszusagen, und unverhohlen ihre Ungeduld erkennen ließen, und schließlich eine Vielzahl von Familienangehörigen, jung und alt, bereit, soweit wie möglich moralische Unterstützung zu leisten.

An diesem Dienstagmorgen gab es klare Anzeichen dafür, daß etwas Ungewöhnliches bevorstand. Die Anwesenheit von Fernsehübertragungsfahrzeugen auf dem Parkplatz und das kleine Grüppchen noch schläfrig blickender Reporter an einem Tisch neben dem Eingang zur Cafeteria, die sich die Zeit damit vertrieben, die Morgenzeitung zu lesen oder aus Plastikbechern Kaffee zu trinken, waren ein eindeutiges Indiz dafür, daß dies kein routinemäßig ablaufender Tag sein würde. Ein weiteres Indiz war die Tatsache, daß die Gerichtsdiener im zweiten Stock Anweisung hatten, jeden zu durchsuchen, der den Gerichtssaal betreten wollte, in dem die Kammer unter dem Vorsitz von Bezirksrichter J. Ray Gayle tagte.

Der junge Mann, der Ursache dieser spätsommerlichen Geschäftigkeit war, stand mit seinen Eltern und einer attraktiven Frau, mit der er sich seit kurzer Zeit regelmäßig traf, in einer Ecke des Foyers im Erdgeschoß. Mit einem anthrazitfarbenen Blazer, dunkler Hose und Krawatte bekleidet, die Schuhe auf Hochglanz poliert, sah Shane Goode eher wie ein erfolgreicher Anwalt aus als wie der Angeklagte in einem Mordprozeß.

Obwohl Shane diesen Vergleich vermutlich nicht als schmeichelhaft empfand, äußerten einige Reporter, daß er und John Wayne Bobbitt einander auf verblüffende Weise ähnelten. Bobbitt war der unselige Ehemann, der es im ganzen Lande zu Prominenz gebracht hatte, nachdem seine verärgerte Frau ihm den Penis abgeschnitten hatte.

Falls Shane wegen des unmittelbar bevorstehenden Prozesses, dessen Beginn sich so verzögert hatte, beunruhigt war, verbarg er das jedenfalls gut. Donald und Carolyn Goode schienen deutlich nervöser als ihr Sohn. Während Shane sich locker mit seiner Freundin unterhielt, blickten seine Eltern ohne ein Wort zu sagen starr auf einen Punkt irgendwo auf der anderen Seite der Halle.

Oben, im Büro des District Attorney, ging Jeri Yenne auf und ab und schaute immer wieder auf die Uhr. Fünf Minuten waren verstrichen, seit sie zum letzten Mal auf das Zifferblatt gesehen hatte. Auf ihrem Schreibtisch lagen sorgfältig aufgestapelt die Akten und Nachschlagewerke, die sie mit in den Gerichtssaal nehmen würde. »Meine Munition«, sagte sie.

Das Lächeln, zu dem sie sich zwang, um Sue Dietrichs Eintreffen zur Kenntnis zu nehmen, war knapp. Sie wußte, sie brauchte ihre Nervosität vor dem einzigen Menschen auf der ganzen Welt, der sich außer ihr voll und ganz über die Bedeutung des bevorstehenden Ereignisses klar war, nicht zu verbergen.

»Du wirst das großartig machen«, meinte die Kriminalbeamtin.

Yenne ging zur Tür und schloß sie, ehe sie antwortete. Dann griff sie nach Sues Hand und sagte: »Ich möchte, daß du etwas für mich tust.«

»Was denn?«

»Etwas, das ich viel zu selten tue«, erwiderte Yenne. »Ich möchte, daß du mit mir betest.«

In dem kleinen Büro, das ihr Schutz vor dem lärmenden Treiben bot, das jetzt ein Stück weiter den Flur hinunter im Büro des District Attorney einsetzte, suchte Yenne Beistand, hoffte auf göttliche Gerechtigkeit und göttlichen Rat.

Mit ihren Worten griff sie in die Tasche und reichte Sue eine Schnur mit undurchsichtigen Kugeln. »Du weißt«, erklärte sie, »ich bin keine praktizierende Christin. Aber das hier hat mir eine Freundin von einer

Reise ins Heilige Land mitgebracht. Ich möchte dir die Kette geben.«

Sue griff danach. »Kann nicht schaden«, meinte sie, bemüht, die Stimmung etwas aufzulockern. Noch nie, seit sie in den Polizeidienst eingetreten war, hatte sie eine Staatsanwältin erlebt, die sich mit solcher Entschlossenheit auf die Aufgabe konzentrierte, die vor ihr lag.

Vier Frauen und acht Männer waren bei der Vorvernehmung, die am Tag zuvor stattgefunden hatte, als Geschworene ausgewählt worden. Sie hatten ihre erste Kostprobe des völlig gegensätzlichen Stils der beiden Anwälte bekommen, die den Prozeß führen würden: Cornelius – geschliffen, elegant und – die wichtigste Waffe eines Strafverteidigers – selbstbewußt –, Yenne hingegen nervös, sie hatte ständig gestikuliert, um das zu unterstreichen, was sie sagte.

Sie hatte sich im Laufe des Tages einige Male dabei ertappt, daß sie zu schnell redete, Sätze nicht zu Ende führte, und sich jeweils mit einem Lächeln bei der Geschworenenbank entschuldigt. Doch auch sie besaß eine Waffe, die ihr im Laufe des Verfahrens höchstwahrscheinlich gute Dienste leisten würde: Die Geschworenen erkannten schnell, daß die Staatsanwältin ihre Aufgabe mit großer Leidenschaft wahrnahm.

Eine Leidenschaft, die man auch in ihrem Eröffnungsplädoyer spüren würde.

Vor der Geschworenenbank stehend, legte Yenne systematisch ihren Fall dar: die unglückliche Beziehung zwischen Shane und Annette, die Umstände der Scheidung, die finanziellen Probleme Shanes und schließlich Renees Tod und das Motiv.

»Dieser Mann«, sagte Yenne und drehte sich zu dem Angeklagten um, »hatte dieses Kind nicht gewollt, hatte Annette aufgefordert, es abzutreiben. Auch noch nach Renees Geburt bezeichnete er die Kleine immer nur als ›Annettes Baby‹, und beinahe eineinhalb Jahre lang zeigte er keinerlei Interesse an ihr, besuchte seine Tochter kein einziges Mal. Aber dann, nachdem er eine Versicherungspolice über 50.000 Dollar erworben hatte ...«

Shane saß starr am Tisch der Verteidigung, die Hände vor sich gefaltet, und hörte zu, als ob die Staatsanwältin von jemand anderem spräche.

Yenne lieferte einen kurzen Abriß der Zeugenaussagen, die die Geschworenen hören würden, und schloß mit dem Versprechen, daß »Dr. William Anderson, einer der führenden Fachleute unseres Landes zum Thema Kindstod, herkommen wird, um Ihnen die schreckliche Geschichte darzulegen, wie Renee gestorben ist«.

Sie war sich nicht bewußt, daß sie während der letzten Viertelstunde ihres Plädoyers vor den Geschworenen auf und ab ging. Ihre Augen waren ihr gefolgt, als ob sie Zuschauer eines Tennismatches wären.

Cornelius' Eröffnungsplädoyer war kürzer, und er malte, wie zu erwarten war, ein Bild seines Mandanten, in dem dieser als das Opfer eines wütenden Rachefeldzugs einer verschmähten Ex-Ehefrau dargestellt wurde. Annette sei es gewesen, die verzweifelt versucht habe, ihre Ehe zu kitten; Annette, die, von paranoider Angst erfüllt, Shane könnte zu seiner ersten Frau zurückkehren, wütende Drohungen ausgestoßen habe, Kaye Goode zu töten. Er behauptete, wenn es jemanden gäbe, der Mordgedanken im Herzen trage, sei dies Annette und nicht sein Mandant. Er versprach, Beweismaterial vorzulegen, das Dr. Andersons Erkenntnis, wonach Renee an kompressiver Asphyxie gestorben sei, widerlegen würde. Die traurige Wahrheit sei, daß Renee ein weiteres tragisches Opfer des Plötzlichen-Kindstod-Syndroms sei. Darüber hinaus sei es möglich, daß der Stoß gegen den Kopf, den sie bei dem Dreiradunfall im September erlitten hatte, eine Rolle gespielt habe.

»Wir werden es nie mit Sicherheit wissen«, erklärte er. Aber er versprach, ein forensisches Zeugnis vorzulegen, das die Geschworenen davon überzeugen würde, daß das, was Dr. Anderson als Blutung ansah, bloß eine Folge der durch die Schwerkraft verursachten Blutansammlung am Rücken des Kindes sei. Damit liege etwas vor, das man häufig in Autopsieberichten fände.

Und die 50 000 Dollar Versicherungspolice? Das sei etwas, was Tausende von verantwortungsvollen Eltern für ihre Kinder täten. Eine Investition. Für die Collegeausbildung.

Diese Behauptungen sollten weder Annette noch ihre Mutter, noch Detective Dietrich je mit eigenen Ohren zu hören bekommen. Als vereidigte Zeugen würden sie erst dann Zutritt zum Gerichtssaal haben, wenn sie in den Zeugenstand gerufen wurden. Während der Prozeß langsam in Gang kam, hielten sie sich in einem Konferenzraum neben dem Büro des District Attorney bereit und vertrieben sich die Zeit, indem sie mit Michelle auf einer Schiefertafel, die sie in dem Zimmer fanden, Tic-Tac-Toe* spielten.

Am meisten belastete Sue das Warten. Trotz der Ermahnung des Richters an die Zeugen, nicht über den Prozeß zu sprechen, versuchte Annette wiederholt, ihr Fragen über die vorzulegenden Beweisstücke zu stel-

* Kreidespiel auf der Tafel; Kreuzchen werden miteinander verbunden

len. Auch drängte sie Sue, in den Verhandlungspausen mit Yenne zu reden und sich nach der Entwicklung des Verfahrens zu erkundigen. Obwohl Sue sich alle Mühe gab, ihr die Gründe dafür darzulegen, fiel es Annette, die kürzlich einen Sohn zur Welt gebracht hatte, schwer zu begreifen, daß solche Gespräche, wie sie sie in den vielen Monaten zuvor geführt hatten, plötzlich nicht mehr zulässig waren. Dabei hatten doch diese Gespräche sie schließlich in dieses kleine Zimmer geführt.

Sharon ging unterdessen nervös auf und ab und spähte immer wieder verstohlen zur Tür hinaus, um zu sehen, wer im Flur stand und darauf wartete, zur Zeugenaussage in den Saal gerufen zu werden.

Sue erlebte an diesem Tag zum erstenmal aus eigener Erfahrung die Qualen, unter denen Familien leiden, wenn sie auf das Ergebnis eines Prozesses warten und von einem Gesetz daran gehindert werden, persönlich Zeugen von Ereignissen zu werden, die direkten Einfluß auf ihr Leben haben. Die Kriminalbeamtin empfand das als zutiefst ungerecht. Sie wünschte sich, Yenne hätte sie nicht gebeten, sich für den Fall bereitzuhalten, daß in letzter Sekunde irgendwelche Fragen aufkämen.

»Zumindest sind wir nicht die einzigen, die im dunkeln tappen«, sagte Sharon, nachdem sie wieder einmal einen Blick in den Flur geworfen und dabei Shanes Eltern entdeckt hatte, die Hand in Hand an einem Fenster standen und in den Regen hinausstarrten.

Yenne vergeudete wenig Zeit und kam gleich zum Kernpunkt ihrer Darstellung. Im Anschluß an die Aussage des Streifenbeamten der Polizeibehörde von Alvin, Terry Earl (der die Szene schilderte, die sich an dem Morgen im Hause der Goodes abgespielt hatte und die des Leichenbestatters Daniel Kubena aus

Hallettsville (der sich zu der Exhumierung äußerte, die im vergangenen Oktober vorgenommen worden war), rief die Staatsanwältin ihren Starzeugen in den Zeugenstand.

Yenne hatte im Rahmen ihrer Prozeßstrategie von Anfang an vorgehabt, Dr. Anderson so früh wie möglich in den Zeugenstand zu rufen. Die große Mehrheit aller Amerikaner pflegt bereitwillig zu glauben, was ein Doktor sagt – ganz besonders, wenn er die Gabe besitzt, sich Laien gegenüber verständlich auszudrücken. Sie war überzeugt, daß der Mediziner aus Florida das Bild einer höchst qualifizierten Autorität vermitteln würde, ohne dabei überheblich zu wirken. Er würde keiner jener Experten sein, die mit ihrer Ausbildung und mit ihrem Vokabular prahlen. Dr. Anderson würde sich den Geschworenen gegenüber nicht herablassend geben, davon war sie überzeugt.

Sie war voll Zuversicht, daß sie mit Hilfe seiner Aussage den ersten großen Schritt schaffen würde, den die Staatsanwaltschaft brauchte: Dr. Anderson würde die Geschworenen davon überzeugen, daß tatsächlich ein Mord stattgefunden hatte. Anschließend würde es Yenne zukommen, Shane Goodes verschlungenen Lügenpfad aufzudecken und damit darzulegen, daß er derjenige war, der das Verbrechen begangen hatte.

Immer wieder über den Rand seiner Lesebrille hinwegschauend, die er gelegentlich brauchte, um einen Blick auf seine Notizen zu werfen oder sich die Fotos anzusehen, die Yenne ihm hinhielt, schilderte der Pathologe die von ihm durchgeführte Autopsie. Er erklärte, daß die Blutung nicht entdeckt worden wäre, wenn er nicht auf chirurgischem Wege das Zwerchfell des Kindes entfernt hätte, um ungehindert die Innenseite der Rückenpartie des Kindes betrachten zu können. Er beantwortete gewissenhaft jede Frage der Anklagevertreterin und erklärte den Geschworenen, er sei sicher, daß er Spuren einer lokalen Blutung und nicht etwa von Lividität, also einer schwerkraftbedingten Blutansammlung, gefunden habe. Darüber hinaus scheide die Möglichkeit aus, daß Renee ein Opfer von Plötzlichem Kindstod geworden sei, da er ja Spuren eines Traumas gefunden habe.

»Nein«, sagte er, »es gibt absolut keine Anhaltspunkte dafür, daß der Tod des Kindes von einem relativ leichten Schlag gegen den Kopf verursacht worden ist, wie etwa durch den Sturz gegen einen Couchtisch.«

»Dieses Kind«, fuhr er fort, »ist in der Folge bewußter Gewaltanwendung gestorben. Ich nehme Mord als die Todesursache an.«

Bei diesen Worten griff Yenne in ein Fach unter der Platte des Anklagetisches und ging mit einer Puppe, die etwa die Größe von Renee zum Zeitpunkt ihres Todes hatte, auf den Zeugenstand zu. Als sie dem Zeugen die Puppe reichte, beugten die Geschworenen sich vor.

»Doktor«, sagte sie, »würden Sie uns bitte demonstrieren, auf welche Weise gegen das Kind Gewalt ausgeübt worden sein könnte?«

Vor der Geschworenenbank stehend, drückte er die Puppe mit beiden Armen gegen seine Brust und verstärkte dann langsam den Druck.

Zum ersten Mal, seit sie auf der Geschworenenbank Platz genommen hatten, blickten alle Geschworenen zum Tisch der Verteidigung und zu dem Mann hinüber, der hier unter Anklage stand.

Cornelius reagierte, indem er beim Kreuzverhör noch einmal auf das Thema Lividität zurückkam und die Frage stellte, wie derartige innere Schäden hätten entstehen können, ohne außen am Körper irgendwelche Blutergüsse oder Quetschungen zu hinterlassen. Dann setzte er zu einer aggressiven Folge von Fragen hinsichtlich des Honorars an, die Dr. Anderson von der Staatsanwaltschaft für die Durchführung der Autopsie und für seine Expertenaussage bekommen würde. Was er damit zum Ausdruck bringen wollte, war alles andere als feinfühlig: Der Mann im Zeugenstand sollte von den Geschworenen als eine Art Auftragskiller betrachtet werden, der angereist war, um gegen Geld für die Staatsanwaltschaft zu kämpfen.

Nach seiner Befragung setzte Cornelius sich auf den Stuhl neben Shane und beugte sich zu dem Angeklagten hinüber. »Ich denke«, flüsterte er, »wir haben ein paar Punkte gemacht.«

Yenne hatte sich am Tag der Prozeßeröffnung ganz auf technische und klinische Fragen konzentriert. Am Mittwoch würde sie die emotionale Seite anheizen.

Mit einem gut geschnittenen, cremefarbenen Kostüm bekleidet, ging Annette Campise zielbewußt auf den Zeugenstand zu und würdigte den Angeklagten dabei keines Blickes. Und auch während sie über ihr turbulentes Zusammenleben berichtete, sah sie nur selten zu Shane hinüber.

Ihre Antworten auf Yennes Fragen, manchmal so leise, daß die Geschworenen sich vorbeugen mußten, um sie zu hören, zeichneten das Bild eines bösartigen Ehemannes und eines Vaters, der während der kurzen Lebensdauer von Renee fast keinerlei Interesse an ihrem Kind gezeigt hatte. Erst als die Staatsanwältin ein Videoband als Beweismaterial vorlegte, das Annettes Schwiegereltern am letzten Weihnachtsfest, das Renee erlebt hatte, in ihrem Haus in Waxahachie aufgenommen hatten, brach Annettes mühsam bewahrte Fassung zusammen.

Auf einem Fernsehschirm sah man die kleine Renee tanzen, sie deutete vergnügt auf einen buntgeschmückten Weihnachtsbaum und posierte für die Kamera.

Annette vergrub ihr Gesicht in den Händen und schluchzte laut.

Yenne schwieg, bis ihre Zeugin langsam ihre Fassung wiedergewonnen hatte. »So«, fuhr die Staatsanwältin fort, »und jetzt wollen wir über die Ereignisse sprechen, die sich im unmittelbaren Vorfeld des 22. Januars vollzogen haben …«

Bis der Tag zu Ende ging, hörten die Geschworenen von dem Anruf, den Annette erhalten und der bei ihr dieses Entsetzen ausgelöst hatte, und sie hörten ihre Schilderung der Situation, die sie an jenem Morgen bei ihrem Eintreffen an der Meadowview vorgefunden hatte. Als sie das Verhalten ihres Ex-Ehemannes in dem Zimmer im Hause der Goodes schilderte, schaute sie zu ihm hinüber.

Was sie zu sehen bekam, war ein ausdruckslos starres Gesicht. Annette hatte das Gefühl, Shane habe sich bewußt vorgenommen, alles zu ignorieren, was sie sagte.

Am Nachmittag des darauffolgenden Tages bekam Cornelius die Gelegenheit zum Kreuzverhör. Ehe Yenne ihre Zeugin an ihn weitergab, bat sie Annette, die Auseinandersetzungen und die gerichtlichen Maßnahmen darzulegen, die nach Goodes Weigerung, die Unterhaltszahlungen für das Kind zu leisten, erforderlich gewesen waren.

Die Geschworenen hörten auch die Aufnahme des Telefonats vom Valentinstag, in dessen Verlauf Goode in Abrede gestellt hatte, mit Ausnahme einer kleinen, an seiner Arbeitsstätte erworbenen Police irgendwelche Versicherungen für Renee abgeschlossen zu haben.

In der nicht einmal zwei Tage dauernden Beweisaufnahme hatte Yenne medizinisch untermauertes Material vorgelegt, aufgrund dessen von einem Mord an Renee Goode auszugehen war. Sie hatte den Geschworenen ein abstoßendes Bild des Mannes geliefert, der für dieses Verbrechen jetzt vor Gericht stand. Mit dem Beweismittel des Telefonates fing sie jetzt an, das Gewirr von Lügen aufzudecken, das Shane Goode aufgebaut hatte, um seine Unschuld zu beweisen.

Cornelius, der seine Kreuzverhöre entschieden, aber höflich zu führen pflegte, sprach mit sanfter Stimme zu Annette. Er bedauere den Verlust sehr, den sie erlitten habe, sagte er, müsse ihr aber einige Fragen stellen. Dann arbeitete er sich allmählich zu der Behauptung vor, wonach sein Mandant es versäumt habe, Unterhaltszahlungen für das Kind zu leisten.

»Ist es nicht richtig«, fragte er, »daß Mr. Goode zum Zeitpunkt von Renees Tod Unterhaltszahlungen in einer Höhe von insgesamt 5.100 Dollar geleistet hat?«

Annette musterte den Anwalt finster. Sie sah in ihm ganz offensichtlich den Feind. »Ja«, bestätigte sie.

»Und hat er die Anweisung des Gerichts befolgt, die Anwaltsgebühren für die Anhörung wegen des Sorgerechts zu bezahlen?«

»Ja.«

»Und Ihr Schul-Darlehen?«

»Ja.«

Cornelius versuchte, ganz systematisch den Eindruck zu widerlegen, Shane Goode sei ein finanziell verzweifelter Mann, der seinem Kind den Rücken zugewandt hatte. Seine Zahlungen seien zwar sporadisch und manchmal mit großer Verspätung eingegangen, sein Mandant habe sich aber redlich bemüht, seinen Verpflichtungen nachzukommen. Er habe zu diesem Zweck sogar Geld von seinen Eltern geborgt. Die Tatsache, daß er um das Besuchsrecht gekämpft hatte, sei ein Pluspunkt, den die Geschworenen nicht ignorieren sollten.

Shane Goode mochte ja nicht gerade ein erfolgversprechender Kandidat für den Titel ›Vater des Jahres‹

sein, aber Cornelius war es immerhin gelungen, ihn in ein etwas besseres Licht zu rücken.

Yenne reagierte darauf schnell mit einer Reihe von Zeugen, die die Tatsache bestätigten, daß Shane das Leben seiner Tochter für 50.000 Dollar versichert hatte. Daran anschließend rief sie Renees Kinderarzt in den Zeugenstand und ließ ihn aussagen, daß Renee vor ihrem Tod nur die üblichen Kinderkrankheiten gehabt habe. Seiner Ansicht nach war Renee ein vollkommen gesundes Kind gewesen.

Donna Kinsel, eine leitende Mitarbeiterin im Personalrat der Postbehörde, legte Unterlagen vor, denen man entnehmen konnte, daß Goodes persönliche Lebensversicherung bei der Postbehörde auf 46.000 Dollar lautete, nicht auf 160.000 Dollar, wie er es gegenüber Mitarbeitern der State-Farm-Versicherung behauptet hatte. Eine weitere Lüge Shanes war damit aufgedeckt.

Tony Latino, der Assistent Yennes, beobachtete die Geschworenen aufmerksam und war bemüht, deren Reaktion auf jeden Zeugen einzuschätzen. Wenn die Reihe der wichtigen finanziellen und ärztlichen Unterlagen, die als Beweismaterial akzeptiert wurden – tragende Bausteine in dem Fundament, das Yenne mit Sorgfalt errichtete –, sie beeindruckte, so ließen sie dies jedenfalls kaum erkennen.

Leichter war ihre Reaktion zu beurteilen, als die dreizehnjährige Christine Goode, die vor kurzem im Gerichtsgebäude eingetroffen war, in den Zeugenstand trat und zunächst die Silvesternacht schilderte. Mit leiser Stimme und wiederholt zu ihrem Onkel hinübersehend, beantwortete sie Yennes Fragen und beschrieb, wie sie sich alle im Hause der Goodes versammelt hatten und wie Renee dann, nachdem Shane das Zimmer verlassen hatte, krank geworden war.

»Onkel Shane«, erzählte sie, »war richtig hübsch

angezogen.« Er ist zum Tanzen gegangen«, erinnerte sie sich.

Damit deckte sie eine weitere von Shanes Lügen auf, und Yenne hoffte, daß das den Geschworenen nicht entgehen würde. Selbst die Kinder wußten, daß Shane sie an jenem Abend nicht etwa deshalb allein gelassen hatte, weil er einem Freund plötzlich helfen mußte.

Christine sprach dann von der Nacht im Januar, in der Renee gestorben war, von einem Abend, an dem sie Verstecken gespielt, ferngesehen, Plätzchen und Pizza gegessen hatten und an dem ihr Onkel ihnen schließlich gesagt hatte, es sei jetzt Zeit, zu Bett zu gehen.

Es sei irgendwann gegen ein Uhr morgens gewesen, so sagte sie aus, als Shane in ihr Schlafzimmer geschaut und gute Nacht gesagt habe. Sie konnte sich nicht erinnern, daß er das je zuvor einmal getan hatte. Dann hatte sie im Bad Wasser laufen hören. Sie hatte sich im Bett aufgesetzt und im Glas eines Bildes im Flur Shanes Spiegelbild erkannt; er holte gerade Kleidung aus seinem Schrank.

Gegen Abend trat Goodes ehemalige Frau Kaye in den Zeugenstand und äußerte sich zu den Unterhaltszahlungen, die vom Gericht nach ihrer Scheidung festgesetzt worden waren. Ursprünglich, so sagte sie, habe Shane alle zwei Wochen 161 Dollar zahlen müssen. Später sei der Vertrag auf 200 Dollar angehoben worden, und er habe darüber hinaus ihre Anwaltsgebühren und den Aufwand für die Nachhilfestunden bezahlen müssen, die Tiffany benötigte.

Von der Lebensversicherungspolice, die Shane auch für ihre Tochter erworben hatte, habe sie erst erfahren, als Detective Sue Dietrich sie darüber informiert hatte. Zu Sues Überraschung hatte Kaye nicht den Eindruck gemacht, übermäßig um die Sicherheit ihres Kindes besorgt zu sein.

Shane lächelte seiner Ex-Frau zu, als diese aus dem Zeugenstand trat. Die Beweisaufnahme war damit für jenen Tag abgeschlossen.

Auf dem Parkplatz des nahegelegenen Homeplace Inn hatte sich Skip Cornelius – erleichtert darüber, daß das Wetter aufgeklart hatte – umgezogen und Laufshorts angelegt. Er machte ein paar Streckübungen, um sich damit auf einen fünf Meilen langen Trainingslauf vorzubereiten. Ein Reporter sprach ihn an und wollte von ihm wissen, was er vom Plädoyer der Anklagevertretung hielt. Er schüttelte den Kopf und lächelte. »Nicht sonderlich viel«, sagte er dann.

Jeri Yenne erzählte zu Hause ihrem Mann, wie der Tag gelaufen war, während sie das Geschirr vom Tisch räumte. Sie hatte bis jetzt ein recht gutes Gefühl. Ihre Zeugen hatten glaubwürdig und aufrichtig gewirkt, und das von ihr vorgelegte Beweismaterial würde von der Verteidigung nur schwer zu widerlegen sein.

»Dann würde ich bloß gern erfahren, warum du so finster dreinblickst?« fragte ihr Mann. Bill Yenne wußte, daß seine Frau neben der Zeugenaussage und der Reaktion der Geschworenen noch etwas auf dem Herzen hatte.

Schließlich räumte sie ein, daß die siegessichere Haltung, die Skip Cornelius an den Tag legte, sie beunruhigte. Die geruhsame Art, wie er Zeugen ins Kreuzverhör nahm, seine Haltung am Tisch der Verteidigung, das selbstbewußte Lächeln, das ihr jedesmal entgegenblitzte, wenn sie zu ihm hinübersah – all das beunruhigte sie wesentlich mehr, als sie sich eingestehen wollte. »Ich bin es einfach leid, daß er mit mir redet, als ob ich ein kleines Mädchen wäre«, sagte sie.

Bill Yenne konnte nicht verbergen, daß ihn der Zorn seiner Frau belustigte. Wenn ein Persönlichkeitskonflikt mit dem Anwalt der Verteidigung in der Auseinandersetzung, die sie auszufechten hatte, ihr die größte Sorge bereitete, gab es wirklich keinen Anlaß zur Besorgnis. »Er soll dich doch ruhig unterschätzen«, meinte er. »Das wird er zu büßen haben, noch ehe das alles vorbei ist.«

Um 9 Uhr am nächsten Morgen waren alle Anzeichen von Yennes Verärgerung verflogen. Sie geleitete Tiffany in den Zeugenstand, um mit ihr einen weiteren Tag der Zeugenvernehmung zu beginnen. Goodes zwölfjährige Tochter, die ihr Haar zum Pferdeschwanz gebunden trug, gab sich alle Mühe, gereift und ernsthaft zu wirken, während sie darauf wartete, daß die Staatsanwältin das Mikrophon für sie zurechtrückte.

Ihre Erinnerung an die ›Kissenparty‹ stimmte recht genau mit dem überein, was Christine ausgesagt hatte, und half den Geschworenen dabei, sich die Aussage des vergangenen Tages in Erinnerung zu rufen. Freilich war klar zu erkennen, daß ihr der Angeklagte wesentlich mehr bedeutete, und sie sah häufig zu ihm hinüber, worauf er jedesmal mit einem Lächeln reagierte. Sie sagte, ihr Vater habe sich an jenem Abend gut um alle gekümmert. »Er hat auch die Pizza für Renee in kleine Stückchen geschnitten, damit sie nicht daran erstickt«, erklärte sie ungefragt.

Sie erinnerte sich auch daran, wie Shane an jenem Morgen bitter geweint hatte, als ihm klar geworden war, daß Renee nicht mehr lebte.

Bei der Befragung des Mädchens ging Yenne unwillkürlich durch den Kopf, ob ihre Antworten vielleicht eingeübt waren; ob Goode vielleicht seiner Tochter dabei behilflich gewesen war, sich an gewisse Dinge etwas anders zu erinnern.

Die Staatsanwältin hoffte nur, daß sich den Geschworenen Tiffanys Antworten auf subtile, scheinbar unwichtige Fragen einprägen würden.

Bei der Schilderung der Ereignisse, bevor alle zu Bett gegangen waren, hatte Tiffany beispielsweise gesagt, daß sie und nicht etwa ihr Vater Renee ins Schlafzimmer gebracht hatte, um ihr dort die Windeln zu wechseln.

»Hat dein Daddy jemals Renees Windeln gewechselt?« fragte Yenne.

»Nein, das hat er nie.«

Dann schilderte Tiffany das hektische Telefonat mit der Notarztzentrale, in dessen Verlauf man sie gefragt hatte, ob Shane wisse, wie man Wiederbelebungsmaßnahmen durchführt. Ihre Aussage schloß ein, daß Shane das verneint hatte. Yenne hoffte, daß die Geschworenen es auch eigenartig finden würden, daß jemand mit militärischer Ausbildung, ein Mann, der sich mit großem Eifer um Schulungen in den Überlebenstechniken bemüht, mit einer solchen Selbstverständlichkeit nicht vertraut war.

Die Staatsanwältin sagte sich immer wieder, daß Shane Goode zu guter Letzt an seinen eigenen Lügen zugrunde gehen würde.

»An jenem Morgen im Spielzimmer«, sagte Cornelius während seines kurzen Kreuzverhörs, »was hat Annette da gesagt, als sie hereinkam?«

»Sie ging zu meinem Dad und hat gesagt ›Was hast du mit meinem Baby gemacht?‹«

»Und was hat dein Daddy zu der Zeit getan?«

»Er hat geweint und war ganz aufgeregt darüber, daß Renee tot war«, erwiderte Tiffany.

Dann entließ Cornelius die junge Zeugin, zufrieden damit, daß die von ihr beschriebene Reaktion wohl kaum die eines kaltblütigen Mörders war.

Die Art und Weise, wie in einem Prozeß die Beweisführung aufgebaut wird, erweist sich häufig als große Belastung für die Geduld der Geschworenen, die die Grundzüge des Gesetzes weder kennen noch an ihnen interessiert sind. Dem Laien bleibt es oft verschlossen, aus welchem Grund ganz bestimmte Leute, die von den zentralen Ereignissen eines Verbrechens scheinbar unberührt sind, dazu aufgefordert werden, in den Zeugenstand zu treten, bloß um ein Dokument einzubringen oder mit ihrem Auftritt für einen späteren Zeugen sozusagen die Bühne vorzubereiten. Und noch qualvoller sind die endlosen Wiederholungen der Aussagen für sie, die die Anwälte von Zeugen verlangen.

Die Aussage der Stiefmutter von Shane Goode warf nur wenig Licht auf die Ereignisse, die sich an jenem Januarabend in ihrem Haus abgespielt hatten. Von dem nachmittäglichen Zahnarztbesuch noch unter starken Schmerzen leidend, hatte sie sich in ihr Schlafzimmer zurückgezogen und war den ganzen Abend über nicht mehr gesehen worden.

Dennoch war es von entscheidender Wichtigkeit, daß Yenne sie in den Zeugenstand brachte. Um die Geschworenen davon zu überzeugen, daß Shane Goode Renee ermordet hatte, war es notwendig, daß die Anklagevertreterin systematisch alle anderen möglichen Verdächtigen ausschloß. Außerdem wollte sie, daß die Geschworenen von einem Telefongespräch erfuhren, das Carolyn Goode mit Sunny Bradley, der ehemaligen Freundin von Shane, geführt hatte.

»Ich habe im Frühjahr 1994 mit Sunny gesprochen«, sagte Carolyn Goode.

»Und hat sie Sie gefragt, wie Shane mit dem Tod Renees zu Rande kam?«

Die Zeugin wußte, daß Sunny der Staatsanwaltschaft eine Tondbandaufzeichnung des Gesprächs zur Verfügung gestellt hatte. »Ich habe Sunny gesagt, daß er ganz wild geworden ist, wenn wir versuchten, mit ihm über das, was Renee passiert war, zu sprechen. Er wurde dann ganz rot im Gesicht und weigerte sich, darüber zu reden.«

Yenne hielt Sunny Bradley für eine der Couragiertesten unter den Zeugen, die sie in den Zeugenstand holen wollte. Als Shanes Arbeitskollegen bei der Post in der Anfangsphase der Ermittlungen für ihn Partei ergriffen und ihn massiv verteidigt hatten, war Sunny dort so etwas wie eine Paria geworden, eine Ausgestoßene. Denn es war bekannt geworden, daß sie ihn für schuldig hielt.

Nach Goodes Verhaftung hatten einige ihrer Kolleginnen eine Petition verfaßt und ihrem Vorgesetzten vorgelegt. Goode, der Mann, den sie vorher so lautstark unterstützt hatten, machte ihnen jetzt offenbar Angst. Sie äußerten die Sorge, er wolle sich vielleicht an Sunny rächen, weil sie mit den Behörden zusammengearbeitet hatte. In der Petition wurde vorgeschlagen, Sunny im Interesse der Sicherheit aller zu entlassen.

Der Vorgesetzte hatte, was ihm hoch anzurechnen war, den Antrag nicht zur Kenntnis genommen.

Unterdessen hatte Sunny die Ablehnung ignoriert, die ihr von ihren Arbeitskollegen entgegenschlug, und bereitwillig die Vorladung angenommen, die ihr an ihrem Schalterfenster im Postamt übergeben worden war. Sie war bereit, Goodes Haltung gegenüber ›Annettes Kind‹ im Detail zu schildern.

Tony Latinos große Sorge war, Cornelius könnte vielleicht versuchen, einige der Geschworenen davon zu überzeugen, daß ihre Zeugin von anderen Motiven als Wahrheit und Gerechtigkeit bewegt gewesen war, als sie sich zur Aussage bereit erklärt hatte. »Er wird alles in seiner Kraft Stehende tun, um aus ihr eine verschmähte Geliebte zu machen, die sich rächen will«, hatte Latino Yenne gewarnt.

»Und wenn er das tut«, war Yennes Antwort darauf gewesen, »wird sie ihn in Stücke reißen.«

Latino hatte keine weiteren Einwände vorgebracht, sondern nur breit gelächelt. Das wachsende Selbstvertrauen, das seine Kollegin an den Tag legte, gefiel ihm.

»Als Mr. Goode Ihnen erzählte, daß Annette ein Kind zur Welt gebracht hatte«, fragte Yenne, »wie wirkte da sein Verhalten?«

»Jedenfalls gar nicht glücklich.«

»Hatte er das Kind jemals gesehen?«

»Nein«, erwiderte Sunny, »und er hat auch gesagt, er verspüre nicht den leisesten Wunsch danach.«

Die Staatsanwältin stellte ihr eine Reihe Fragen zu Goodes Eingeständnis, daß er seine Ex-Frau gedrängt habe, eine Abtreibung vornehmen zu lassen, und zu seiner wachsenden Verärgerung darüber, Unterhaltszahlungen für das Kind leisten zu müssen.

»Und wie war seine Reaktion, als das Gericht schließlich entschied, daß er diese Zahlungen leisten mußte?«

»Da hat er gesagt, wenn er schon Unterhaltszahlungen leisten müsse, würde er auch das Besuchsrecht verlangen.«

»Obwohl er seine Tochter bisher nie zu Gesicht bekommen hatte?«

»Er hat gesagt, daß er das tun würde, um Annette zu ärgern.«

Sie habe von dem Augenblick an ernsthafte Zweifel an der Ursache von Renees Tod gehabt, als sie an ihrer Wohnungstür einen Zettel gefunden hatte. Shane hatte ihr darauf mitgeteilt, daß seine Tochter tot sei. »Zuerst dachte ich, es handle sich um Tiffany«, sagte sie, »aber als ich ihn dann anrief, hat er mir erzählt, es sei das Baby. Er hat gesagt, er hätte keine Ahnung, was passiert sei.«

»War an dem Gespräch sonst noch etwas, was Ihnen auffiel?«

»Seine Stimme klang völlig ungerührt.«

Schließlich führte Yenne Sunny auf das Thema der Lebensversicherungspolice, von deren Existenz sie erfahren hatte. »Ich wußte einfach, daß er irgendwelchen Nutzen daraus ziehen würde«, erklärte die Zeugin.

Während der ganzen Aussage hatte Sunny auf Yennes Fragen ruhig und sachlich geantwortet, war kein einziges Mal laut geworden und hatte in keiner Weise die persönlichen Gefühle anklingen lassen, die sie gegenüber dem Angeklagten empfinden mochte. Als ihre Aussage schließlich beendet war und Richter Gayle die Sitzung über die Mittagspause vertagte, hatte sie den Geschworenen ein düsteres, beunruhigendes Bild von Shane Goode geliefert.

In der Mittagspause saß Yenne in ihrem Büro, nippte immer wieder an einer Cola, knabberte M&Ms und versuchte sich die Fragen auszumalen, die Cornelius gleich Sunny stellen würde. Ihre einzige echte Sorge war, daß es ihm gelingen könnte, Sunny so zu reizen, daß sie sich die Wut anmerken ließ, die sie auf Shane hatte. Sie wußte, daß bereits wenige Ausbrüche der Glaubwürdigkeit ihrer Zeugin ernsthaften Schaden zufügen konnten. Sunny, eine klardenkende, aber leicht reizbare Frau, würde sich bestimmt nicht einschüchtern lassen, wenn Cornelius es auf eine verbale Konfrontation anlegte.

Während sie so dasaß, die Zeit totschlug und die Minuten zählte, bis die Sitzung fortgesetzt werden würde, ging Yenne durch den Kopf, wie verblüffend unähnlich sich doch die Frauen waren, die sich zu

Goode hingezogen gefühlt hatten. Annette war emotionell leicht verletzbar gewesen, die perfekte Zielscheibe für jemanden, der eine Beziehung dominieren wollte. Sunny andererseits schien so selbstsicher, ja geradezu eigensinnig – also wohl kaum die Art von Frau, bei der Shane den Ton angeben konnte. Und doch hatten sich beide magisch zu ihm hingezogen gefühlt – bemüht, ihm zu gefallen, und von der Hoffnung erfüllt, ihr Leben mit ihm verbringen zu können.

Und darin, das war Yenne klar, lag das größte Problem für die Geschworenen. Ganz gleich, was sie auch an Aussagen hören würden, sie sahen vor sich einen Angeklagten, der einfach zu gut aussah, zu sehr ein typischer Vertreter der Mittelklasse war, um ein Mörder sein zu können. Shane Goode war kein Würger von Boston, war kein Charles Manson, er war einfach der nette Junge von nebenan.

Sunny Bradley saß nervös auf dem Zeugenstuhl, als die Geschworenen zum Beginn der Nachmittagssitzung in den Saal zurückkamen. Schließlich hatten alle Platz genommen, und Richter Gayle nickte zum Tisch der Verteidigung hinüber. »Ihre Zeugin, Herr Verteidiger.«

Cornelius zog sich sein Jackett zurecht, während er sich langsam erhob. »Ich habe keine Fragen an die Zeugin«, sagte er.

Seine Überlegung mußte gewesen sein, daß jeder Versuch, den Schaden zu reparieren, den Sunny angerichtet hatte, mit hoher Wahrscheinlichkeit alles nur noch schlimmer machen würde. Er hatte die Aussage gelesen, die sie vor der Polizei gemacht hatte: ein Dokument, das mit unbestätigten Verdächtigungen gegen seinen Klienten angefüllt war, mit Erinnerungen an seine abartigen sexuellen Neigungen, und schließlich ihre feste Überzeugung offenbarte, daß Shane Renee aus finanziellen Motiven getötet hatte. Yenne hatte sich in diesen Themen bei der direkten Befragung zurückgehalten, das war ihm bewußt. Sie hatte sich auf einen zweiten Angriff vorbereitet, falls sie Gelegenheit bekommen würde, die Zeugin ein zweites Mal ins Verhör zu nehmen.

Es mochte zwar wenig greifbares Beweismaterial geben, mit dem Sunnys Behauptungen untermauert werden konnten, aber sie war eine zu gute Zeugin, um das Risiko einzugehen, sie vor den Geschworenen in Mißkredit zu bringen. Cornelius hielt das für zu riskant.

Yenne reagierte mit einer Mischung aus Überraschung und plötzlicher Besorgnis. Sie drehte sich zu Latino um und flüsterte: »Ist unser nächster Zeuge da?«

Am Abend zuvor hatte Yenne noch einmal mit Dr. Bellas gesprochen. Obwohl er sich Dr. Andersons Gewebeproben, Fotos und auch seinen schriftlichen Bericht von der zweiten Autopsie angesehen hatte, war er nicht von seiner Einstellung in bezug auf die Todesursache Renees abgerückt.

Dennoch war ihr klar, daß er ihr den geringsten Schaden zufügen würde, wenn sie ihn als Zeugen der Anklage aufriefe. *Wir haben nichts zu verbergen, meine Damen und Herren Geschworenen. Wir bringen Ihnen das gesamte Beweismaterial, den Standpunkt eines jeden. Und dann können Sie entscheiden.*

Während ihres Gesprächs mit ihm war sie ganz offen gewesen .»Gibt es *irgend etwas*, das Sie aus voller Überzeugung aussagen können und das für die Anklage nützlich sein könnte?« hatte sie gefragt. »Können Sie sagen, daß Sie, falls Sie dasselbe chirurgische Verfahren angewandt hätten, das bei der zweiten Autopsie erfolgt ist, möglicherweise Anzeichen des Traumas gefunden hätten?«

Sie kannte die Antwort auf die Frage schon, ehe sie sie stellte.

»Es tut mir leid«, hatte der Pathologe gesagt. »Das kann ich nicht.«

Gut geschult im Ablegen von Zeugenaussagen, suchte der Mediziner Blickkontakt zur Geschworenenbank, als er Yennes Fragen der Reihe nach beantwortete. Mit nicht zu überhörendem spanischen Akzent lieferte er zunächst die vorgeschriebene Schilderung seiner Funktion und der professionellen Kompetenz des Gerichtsmedizinischen Instituts von Harris County. Dann beschrieb er, von Yenne dazu aufgefordert, die Autopsie, die er am Nachmittag des 31. Januar durchgeführt hatte. Jedes Detail stellte eine bedächtige Antwort auf eine Frage der Staatsanwältin dar; jedes Resultat nannte er erst, nachdem er dazu aufgefordert worden war.

»Dr. Bellas«, fragte Yenne schließlich, »konnten Sie feststellen, was den Tod von Renee Goode verursacht hat?«

»Ich war nicht imstande, die Todesursache des Kindes festzustellen«, antwortete er.

Nachdem Yenne den Zeugen aus ihrer Befragung entlassen hatte, ließ sie das, was er gesagt hatte, noch einmal vor ihrem Inneren ablaufen. Sie war sorgfältig darauf bedacht gewesen, ihm keine Fragen zu stellen, die ihm Gelegenheit geben würden, zu einer Tirade gegen Dr. Andersons Vorgehensweise anzusetzen. Ebenso hatte sie jeglichen Angriff vermieden, der vielleicht eine zornige Antwort hätte auslösen können. Sie hatte eigentlich gar nichts erreicht, hatte ihn nur zu dem Eingeständnis gezwungen, daß er nicht wußte, was die Todesursache gewesen sein könnte. Dennoch war ihr im Lichte der Tatsache, daß Dr. Bellas faktisch ein entscheidender Zeuge der Verteidigung war, alles zu glatt abgelaufen. Sie hatte mehr erwartet.

Noch während diese Gedanken Yenne durch den Kopf gingen, hatte Cornelius angefangen, dem Pathologen seine Fragen zu stellen. Stimme es etwa nicht, so fragte er, daß die Familie des toten Kindes und die Behörden starken Druck auf ihn ausgeübt hatten, um ihn dazu zu bewegen, seine Meinung zu ändern?

»Ich habe mehrere Male mit der Großmutter des Kindes gesprochen«, antwortete Dr. Bellas. »Und ich war auch mit Mrs. Yenne und einer Kriminalbeamtin zusammen, die mit den Ermittlungen zu tun hatte.«

»Und was wollten sie?«

»Sie wollten alle dasselbe: Sie wollten wissen, ob ich die Todesursache feststellen konnte. Und ich konnte nur immer wiederholen, daß es mir nicht möglich war. Das habe ich regelmäßig und konsequent allen gesagt: Ich weiß es nicht.«

»Und hat irgend etwas Ihre Ansicht geändert?«

Der Zeuge schob seine Brille zurecht und sah wieder zur Geschworenenbank hinüber. »Ich ziehe es vor, weiterhin zu erklären, daß ich es nicht weiß.«

»Dann haben Sie nichts gefunden, das für Sie darauf hindeuten würde, daß der Tod des Kindes die Folge unter Fremdeinwirkung erfolgter Erstickung war?«

»Ich kann weder bestätigen, daß es Tod durch Erstickung unter Fremdeinwirkung war, noch kann ich bestätigen, daß es das nicht war. Ich weiß es einfach nicht.«

Während der Nachmittagspause, die sich unmittelbar an die Aussage von Dr. Bellas anschloß, konnte man zum erstenmal seit Beginn des Verfahrens in Cornelius' Zügen leichte Besorgnis erkennen. Er trat neben Yenne und schüttelte den Kopf. »Ich verfüge über neun Seiten mit Notizen aus meiner Befragung von Dr. Bellas, die ich vor dem Prozeß durchführte«, sagte er, »und die würden Ihre Argumentation buchstäblich in Stücke reißen. Aber er hat nichts davon im Zeugenstand gesagt.«

Yenne gab darauf keine Antwort. Ist es möglich, fragte sie sich, daß der Pathologe endlich angefangen hat, an seinen eigenen Schlußfolgerungen zu zweifeln – trotz all der heftigen Weigerungen und wütenden Ausbrüche, wie sie in den letzten Monaten in ihren Gesprächen die Regel gewesen waren? Wollte er sich vielleicht mit seinem hartnäckig wiederholten: »Ich weiß es nicht« einfach abmelden und auf unterschwellige Art den Geschworenen signalisieren, daß sie über die Auswertung des anderen Mediziners nachdenken sollten?

Sie sollte seine Motive nie erfahren. Zumindest war es während der Aussage von Dr. Bellas nicht zu einem Ausbruch seines Dünkels gekommen. Da war keinerlei auf Dr. Anderson und seine Erkenntnisse gerichtete Verärgerung gewesen. Nur sein: »Ich weiß es nicht«.

Yenne hatte wochenlang unter Qualen die Befragung Dr. Bellas' vorbereitet und war nie ganz mit ihrer Taktik zufrieden gewesen. Stets war sie von Angst erfüllt, er könne ihrer Argumentation einen tödlichen Schlag versetzen. Plötzlich war das alles vorbei, und nichts war passiert. Als er den Zeugenstand verließ, war es, als habe man eine schwere Last von ihren Schultern genommen. Von einer neuen Aufwallung von Energie durchflutet, drängte es sie, weiterzumachen.

Den Rest des Tages bemühte sich Yenne, die Tatsache festzuzurren, daß niemand anderer im Hause der Goodes den Tod Renees verursacht haben konnte. Eine weibliche Geschworene betupfte sich mit einem Taschentuch die Augen, als die zehnjährige Michelle schilderte, wie man entdeckt hatte, daß Renee tot war.

»Als ich aufwachte«, sagte das Kind, »hat Tiffany sich im Fernsehen einen Zeichentrickfilm angesehen. Sie hat gesagt, sie würde sich eine Schale Cornflakes holen, und ich habe versucht, Renee zu wecken. Der ist etwas aus dem Mund gelaufen. Ich habe sie geschüttelt, aber sie ist nicht aufgewacht. Dann hat Tiffany Shane geholt, und ich habe meine Mutter angerufen.«

Der Nachmittag war schon ziemlich weit fortgeschritten, als Donald Goode in den Zeugenstand gerufen wurde. Er beantwortete Yennes Fragen knapp und gemessen. Eine Gefühlsregung zeigte er erst, als er über seinen Besuch vom Mai 1994 auf dem Polizeirevier von Alvin befragt wurde. Er war sichtlich wütend bei seiner Schilderung, wie er dorthin gegangen war, um sich wegen der Plakattafeln zu beschweren, die man in der Nähe seines Hauses aufgestellt hatte, sowie wegen der Flugblätter, auf denen um Mithilfe bei der Aufklärung von Renees Tod gebeten wurde und die ihm nachts immer in den Garten geworfen wurden.

Unmittelbar daran anschließend rief Yenne Detective Bodie Duckworth in den Zeugenstand, um ihn hinsichtlich dieses Besuchs zu befragen.

Donald Goode sei überzeugt gewesen, so erklärte der Kriminalbeamte, daß die Polizei irgendwie an einem Komplott beteiligt sei, um die Familie unter Druck zu setzen.

»Haben Sie mit Mr. Goode sonst noch über etwas geredet?« fragte Yenne.

»Ich sagte ihm, ich hätte die Befürchtung, sein Sohn könnte vielleicht in den Tod des Kindes verwickelt sein.«

»Und was hat er darauf geantwortet?«

»Er hat gesagt, daß er die gleiche Befürchtung habe.«

Am Abend jenes Tages verlängerte Skip Cornelius seine Joggingstrecke um einige Meilen und versuchte auf diese Weise, die unguten Gefühle loszuwerden, die ihn plötzlich beschlichen hatten. Er hatte darauf vertraut, daß Tiffany und Dr. Bellas' Antworten im Kreuzverhör dazu beitragen würden, die Position seines

Mandanten zu stärken, war jedoch enttäuscht worden. Jetzt würde er Donald Goode in den Zeugenstand rufen müssen, um die Aussage zu widerlegen, die Detective Duckworth in bezug auf das Gespräch im Polizeirevier gemacht hatte. »Dieser Mistkerl lügt«, hatte Goode ihm versichert.

Dieser Tag war jedenfalls ganz eindeutig an die Anklagevertretung gegangen. Am Freitag, so hoffte er, würde er den Schwung der Anklage bremsen.

Über den größten Teil des Vormittags führte Jeri Yenne Detective Dietrich bedächtig durch eine detaillierte Beschreibung ihrer Ermittlungen und konzentrierte sich schließlich auf Sues erste Begegnung mit Shane Goode. Die Erklärung, die Sue von dem Angeklagten entgegengenommen hatte, wurde verlesen.

»Wie würden sie Mr. Goodes Verhalten an jenem Abend beschreiben?« fragte Yenne.

Dietrich, die ihre Antworten bisher an die Geschworenenbank gerichtet hatte, drehte sich im Stuhl halb herum und sah zu Goode hinüber. »Es war nicht das Verhalten eines Vaters, dessen Tochter gestorben ist.« Sie fügte hinzu, daß ihn viel mehr interessiert hatte, wann die State-Farm-Versicherung wohl mit ihm Verbindung aufnehmen würde.

»Ihre Zeugin«, sagte Yenne und kehrte zu ihrem Platz zurück.

Sues Blick folgte Skip Cornelius, als dieser wortlos auf eine große Staffelei zuging, die in der Nähe der Geschworenenbank an der Wand lehnte. Er entfaltete eine stark vergrößerte Kopie der Aussage, die Shane im vergangenen Oktober der Kriminalbeamtin gegenüber gemacht hatte, befestigte sie an der Staffelei und drehte diese so herum, daß sie für alle Geschworenen deutlich zu sehen war.

»Detective Dietrich«, sagte er, »erkennen Sie in diesem Blatt hier eine Reproduktion der Aussage, die Sie von Shane Goode entgegengenommen haben?«

»Ja.«

»Und – ist das seine Handschrift?«

»Nein, Sir. Das ist meine.«

Auf der Galerie beugte sich eine Zuschauerin, die den Prozeßverlauf aufmerksam verfolgt hatte, zu ihrem Mann hinüber und flüsterte: »Worauf will er damit hinaus?« Der Mann hielt sich die Hand halb vor den Mund. »Das ist jetzt der Punkt«, prophezeite er, »wo die Polizei vor Gericht gestellt wird.« Tatsächlich ging Cornelius zielstrebig daran, Detective Dietrich in Verdacht zu ziehen. Um die Geschworenen davon überzeugen zu können, daß der unter Anklage stehende Shane Goode den Mord begangen hatte, war es von entscheidender Wichtigkeit für die Staatsanwaltschaft zu beweisen, daß alle im Haus anwesenden Personen zum entsprechenden Zeitpunkt schliefen.

Er wies Sue Dietrich auf eine Zeile auf der ersten Seite der freiwilligen Aussage hin und forderte sie auf, diese laut vorzulesen.

Das tat Sue mit fester Stimme. »Gegen Mitternacht fing ich an, Renee zum Schlafengehen fertig zu machen. Alle anderen schliefen schon ...«

»Alle anderen schliefen«, wiederholte Cornelius, ohne den Finger von der Vergrößerung zu nehmen. »Und das darunter ist doch Shane Goodes Unterschrift, richtig?«

»Ja.«

»Und Ihre Initialen. S. D.«

»Das ist richtig.«

Cornelius wies darauf hin, daß es für jemanden, der ein so schreckliches Verbrechen verüben wollte, wie man es seinem Mandanten zur Last legte, von entscheidender Wichtigkeit war, daß es keine Zeugen gab. »So jemand würde doch sicher sein wollen, daß alle schlafen«, erklärte er.

Dann fragte er die Zeugin, wann der letzte Satz auf das Blatt geschrieben worden war.

»Der ist geschrieben worden, als Mr. Goode mir gegenüber seine Aussage machte.«

»Nicht später? Vielleicht nachdem Sie Zeit hatten, sie durchzulesen, und Ihnen klar wurde, wie wichtig für Sie war, daß er sagte, alle hätten geschlafen?«

Sue ließ sich nicht aus der Fassung bringen. »Der Satz wurde hingeschrieben, als Mr. Goode seine Aussage machte.«

Cornelius machte die Geschworenen auf Shanes enge, kratzige Unterschrift am unteren Blattrand aufmerksam. Die Schrift in dem fraglichen Satz, hob er hervor, sei schräg nach oben gerichtet. »Wie um zu vermeiden, daß er an das Geschriebene stößt, das bereits an Ort und Stelle war«, meinte er.

Dann wandte er sich der letzten Seite der Aussage zu und deutete auf eine Zeile, deren Abstände nicht so gleichmäßig wie die übrigen waren. »Das ist ebenfalls Ihre Handschrift?« fragte Cornelius.

»Das ist richtig.«

»Würden Sie uns das bitte vorlesen.«

Sue wandte sich der Staffelei zu. »…während der Nacht habe ich nichts gehört. Renee ist ein sehr gesundes Kind.«

»Renee ist ein sehr gesundes Kind«, wiederholte der Anwalt. »Warum, nehmen Sie wohl an, hat er das gesagt?«

»Ich bin sicher, daß ich ihn nach seinem allgemeinen Eindruck hinsichtlich ihrer Gesundheit gefragt habe.«

»Aber es war ja auch für Ihre Argumentation günstig, wenn er bestätigte, daß sie ihm gesund erschienen war, bevor …«

»Ich habe das geschrieben, was er mir gesagt hat«, erklärte Sue mit fester Stimme.

Mit vor der Brust verschränkten Armen studierte Cornelius schweigend ihre Schrift, eine Geste, die bewirkte, daß die Geschworenen das gleiche taten. Es sah tatsächlich so aus, als sei der kurze Satz nachträglich eingefügt worden.

Aber war er zu einem späteren Zeitpunkt aufgenommen worden? Erst nachdem Shane Goode die Aussage unterschrieben hatte? Hatte die Kriminalbeamtin später beschlossen, die Aussage aufzuwerten? Und wenn ja, warum hatte sie nicht einen Nachsatz angebracht, der noch belastender gewesen wäre?

Sue Dietrich wartete, bis sie aus dem Zeugenstand entlassen wurde, und machte in Jeri Yennes Büro ihrem Ärger Luft. »Und das ist es also?« erregte sie sich. »Das ist seine Scheißargumentation?«

Yenne versuchte gar nicht erst, sie zu beruhigen.

»Eines sage ich dir«, fuhr Sue fort, »sobald ich wieder in Alvin bin, werde ich dem Chief sagen, daß er mir ein Tonbandgerät beschaffen soll. Ich werde nie wieder eine Aussage aufnehmen, die nicht auch auf Tonband festgehalten ist.«

Sue hatte nach neun Jahren Polizeidienst erkennen müssen, daß es immer noch etwas dazuzulernen gab.

Während die Wut der Kriminalbeamtin langsam verrauchte, überflog Yenne noch einmal eine Liste mit Fragen, die sie ihrer letzten Zeugin stellen wollte. Dr. Linda Norton, so hatte man ihr mitgeteilt, sei bereits zum Gerichtsgebäude unterwegs.

In der Anfangsphase seiner Untersuchungen im Falle Renee Goode hatte sich Dr. Anderson mit der Pathologin aus Dallas beraten, die er seit seinem Studium kannte. Der Fall, so hatte er sie wissen lassen, sei nicht nur besonders faszinierend, sondern schreie förmlich nach einer zweiten Meinung. Dr. Norton, die mit ihm über Jahre an mehreren Obduktionen zusammengearbeitet hatte, warnte ihn sofort. Die Wahrscheinlichkeit, Hinweise zu finden, die zu den Erkenntnissen des Gerichtsmedizinischen Instituts von Harris County im Widerspruch standen, war in ihren Augen äußerst gering. Trotzdem war sie bereit gewesen, sich seine Untersuchungsergebnisse anzusehen.

Tatsächlich hatte es sogar eine Weile in der Diskussion gestanden, sie an der zweiten Autopsie persönlich teilnehmen zu lassen. Doch dann waren sie schließlich übereingekommen, daß sie sich in Dallas am Telefon bereithalten sollte, um mit Dr. Anderson Fragen zu diskutieren, die sich vielleicht im Laufe der Untersuchung ergeben könnten. Sie würde sich dann später die Gewebeproben, die Fotografien und seinen schriftlichen Bericht ansehen und eine unabhängige Meinung liefern.

Dr. Anderson wußte, daß sie keine Sekunde zögern würde, eine von seinen Ergebnissen abweichende Meinung zu äußern, falls sie zu der Ansicht gelangte, daß er sich geirrt hätte.

Man konnte tatsächlich sagen, daß die 52jährige Dr. Linda Norton, Mutter zweier Kinder, wohl die einzige Pathologin im ganzen Lande war, deren Ruf sogar noch über den des Mediziners aus Florida hinausging.

Es war geradezu eine Ironie des Schicksals, daß ihr erstes Erscheinen im Rampenlicht nicht eine Folge der mehrjährigen Arbeit war, die sie im Zusammenhang mit Todesfällen von Kindern geleistet hatte – einer Arbeit, die ihre Kollegen im Gerichtsmedizinischen Institut von Dallas County ihr nur zu gern zugeteilt hatten. Vielmehr waren es die Exhumierung und zweite Autopsie des mutmaßlichen Präsidentenmörders Lee Harvey Oswald, die sie im Jahre 1981 durchführte und die ihr zu nationaler Bekanntheit verhalfen.

Ein britischer Journalist, Michael Eddowes, hatte ein Buch veröffentlicht, in dem er die Behauptung aufstellte, ein Sowjetagent, der Oswald wie ein Doppelgänger glich, sei in die Vereinigten Staaten übergelaufen und habe vor dem Mord an Präsident Kennedy die Identität Oswalds übernommen. Der Schriftsteller hatte einen Prozeß angestrengt, um die Exhumierung zu erzwingen und auf diese Weise die wahre Identität der Leiche feststellen zu lassen, die im Grab des mutmaßlichen Mörders beigesetzt worden war. Nach einem langwierigen juristischen Duell war Oswalds Witwe der ständigen Spekulationen müde geworden und hatte schließlich der Untersuchung zugestimmt. Die Anwälte, die den Schriftsteller vertraten, hatten Dr. Norton aus ihrer Arbeit in einem früheren, mit diesem in keinerlei Verbindung stehenden Fall gekannt und hatten darauf gedrängt, daß man ihr den Auftrag erteilen sollte, die Exhumierung zu überwachen und im Anschluß daran die äußerst kontrovers diskutierte Autopsie durchzuführen.

Damit war Dr. Norton plötzlich ins Licht der Öffentlichkeit gerückt – und versetzte Anhängern von Verschwörungstheorien auf der ganzen Welt einen vernichtenden Schlag, als sie ankündigte, daß die im Grab Oswalds begrabene Leiche tatsächlich die von Lee Harvey Oswald war.

Später hatte Norton mit dem aufsehenerregenden Fall einer Frau namens Waneta Hoyt aus dem Staate New York zu tun. Im Laufe von sechseinhalb Jahren zwischen 1965 und 1971, waren fünf von Mrs. Hoyts Kindern – im Alter zwischen 48 Tagen und 28 Monaten – gestorben, und jedes von ihnen war ein Opfer des Plötzlichen Kindstodes geworden, wie die Ärzte vor Ort behaupteten. Dr. Norton hatte von dem Fall aus einem Artikel in einer ärztlichen Fachzeitschrift erfahren, die der Kinderarzt der Familie verfaßt hatte, und war bald zu der Überzeugung gelangt, daß man die Todesfälle auch anders erklären könne. Sie bestand gegenüber den örtlichen Behörden mit Nachdruck auf ihrem Verdacht, daß im Hause der Hoyts ein Serienmörder lebe und daß es sich dabei mit hoher Wahrscheinlichkeit um die Mutter der Kinder handle.

Mehrere Jahre lang bemühte sie sich intensiv darum, daß Ermittlungen angestellt wurden. Schließlich gelang es ihr, die Aufmerksamkeit eines neu gewählten District Attorney auf sich zu ziehen, und es kam zum Prozeß gegen Waneta Hoyt. Nach kurzer Zeit gestand die Frau, ihre Kinder durch Ersticken ermordet zu haben.

Dr. Nortons Rolle bei der Aufdeckung dieser scheußlichen Verbrechen hatte bewirkt, daß sie seither als international anerkannte Expertin für Kindstod galt.

Als sie jetzt in den Gerichtssaal von Richter Gayle trat, um als letzte Zeugin in der Sache ›der Staat Texas gegen Shane Goode‹ auszusagen, ließ ihre aufrechte Haltung sie deutlich größer als ihre 1,63 Meter Körpergröße erscheinen. Sie trug ein schlichtes Kostüm und einen kurzen, fast männlichen Haarschnitt. Sie lächelte kurz, als sie hinter dem Mikrophon Platz nahm.

In der nächsten halben Stunde bekräftigte sie die Aussage, die ihr Kollege am Eröffnungstag des Prozesses abgegeben hatte. Ruhig und eine Aura sicherer Autorität ausstrahlend, wirkte sie wie eine freundliche Professorin, die aufmerksamen Studenten eine Vorlesung hält: Eine Frau, die sich ihrer selbst und ihres professionellen Könnens sicher war.

Wieder mußten sich die Geschworenen die schreckliche Serie von Fotos ansehen, die die Blutung im rückwärtigen Bereich von Renees Brustkasten zeigten. Dr. Norton hatte sich die vom Harris County durchgeführte Autopsie zuvor angeschaut und erklärte nun, daß diese ihrer Ansicht nach unvollständig sei. Wenn die von Dr. Anderson vorgenommene Untersuchung gleich bei der ursprünglichen Autopsie durchgeführt worden wäre, so erklärte sie, wäre nie eine Unklarheit hinsichtlich der Todesursache aufgekommen.

»Und nachdem Sie jetzt das Beweismaterial studiert haben, Doktor, wie lautet Ihre Diagnose der Todesursache?« fragte Yenne.

»In der Fachsprache der Medizin war die Todesursache eine kompressive Asphyxie. Auf den Leib des Kindes wurde extremer Druck ausgeübt und damit der Luftzufluß zur Lunge unterbrochen.« Sie wartete die nächste Frage der Staatsanwältin gar nicht ab. »Der Hirntod dürfte innerhalb von etwa fünf Minuten eingetreten sein, aber bis zum völligen Herzstillstand sind vermutlich zehn bis fünfzehn Minuten vergangen.«

Also nichts Geheimnisvolles. In keinem Fall ›Plötzlicher Kindstod‹. Sie hielt kurz inne, ließ den Blick über die Geschworenenbank schweifen und fügte hinzu: »Das war Mord.«

Als Yenne an den Tisch der Anklagevertretung zurückkehrte, schob Tony Latino ihr einen Block hin. Er hatte darauf seine Meinung über die Aussage von Dr. Norton festgehalten: *Die beste Expertenaussage, die ich je gehört habe,* stand dort in großen Blockbuchstaben.

Die Staatsanwältin nickte. Cornelius erhob sich, um seine Befragung zu beginnen. »Ihre *Theorie* basiert auf Ihrer Erfahrung mit anderen Fällen«, meinte er.

»Nein«, erwiderte sie. »Meine Aussage basiert auf dem Beweismaterial, das ich gesehen habe.«

»Fanden Sie während Ihrer Prüfung des Materials irgendwelche physischen Hinweise darauf, die erkennen ließen, daß der Mund- oder der Nasenbereich verstopft war …?«

Zu seiner Rechten begannen die Geschworenen

unruhig zu werden. Einer schlug die Beine übereinander, eine andere lehnte sich in ihrem Stuhl nach hinten. Mit Dr. Nortons Aussage während der direkten Befragung durch Yenne hatten sie eindeutig genug gehört. Jetzt wollten sie Mittagspause machen.

Im Flur stand Sharon Couch bereit und wartete auf Dr. Norton. Diese verließ eilig den Gerichtssaal, um möglichst schnell zum Flughafen zu fahren, wo sie die Nachmittagsmaschine nach Dallas nehmen wollte. Sharon streckte der Frau, der sie bisher noch nie begegnet war, die Hand entgegen und sagte: »Doktor, ich möchte Ihnen für alles danken, was Sie getan haben.«

Dr. Norton erkannte gleich die Stimme, die sie Monate zuvor am Telefon gehört hatte. »Sie sind Sharon Couch.« Sie lächelte. »Und ich möchte *Ihnen* danken. Sie sind eine sehr mutige Frau. Was mit Ihrem Enkelkind passiert ist, tut mir leid, aber Sie sollten wissen, daß Sie mit dem, was Sie getan haben, wahrscheinlich einem anderen kleinen Mädchen das Leben gerettet haben.«

Dr. Norton hatte vor ihrer Zeugenaussage die Unterlagen durchgesehen und war dabei darauf gestoßen, daß Shane Goode auch eine Lebensversicherungspolice für seine ältere Tochter erworben hatte. Sie war überzeugt, daß Tiffany Goode als nächste hätte sterben müssen.

Yennes Absicht war es gewesen, die Vorlage ihres Beweismaterials mit der Aussage Dr. Nortons als Höhepunkt zu beenden, sie sah sich aber während der Mittagszeit plötzlich in qualvolle Überlegungen verstrickt.

Am Vormittag hatte Yenne im Richterzimmer erklärt, daß sie aller Wahrscheinlichkeit nach ihre Beweisaufnahme am frühen Nachmittag beenden werde. Da der gerichtsmedizinische Experte der Verteidigung erst am Montagmorgen zur Verfügung stehen würde, war man übereingekommen, daß Cornelius seinen ersten Zeugen erst am Wochenanfang aufrufen würde.

Dieser Plan erfuhr eine kleine Änderung, als Donald Goode darauf bestand, noch an diesem Freitag seine Aussage machen zu dürfen. Yenne fürchtete diese Aussage, mit der die Verteidigung ihre Beweisführung beginnen würde, denn sie konnte schlecht abschätzen, wie die Geschworenen darauf reagieren würden.

Sergeant Arendell war aus Alvin eingetroffen und bereit, in den Zeugenstand zu treten, sobald die Nachmittagssitzung begann. Er hatte Dienst auf dem Polizeirevier gehabt, als Donald Goode dort erschienen war, um sich über die Belästigungen zu beschweren, denen er und seine Familie seiner Ansicht nach ausgesetzt waren.

Ob er sich an Mr. Goodes Reaktion erinnere, fragte Yenne, nachdem Detective Duckworth geäußert hatte, Shane könne möglicherweise etwas mit dem Tod seiner Enkeltochter zu tun haben.

»Mr. Goode ließ den Kopf sinken und räumte ein, daß er Ähnliches befürchte«, antwortete der Sergeant.

Nach diesen Worten wandte Jeri Yenne sich dem Richter zu. »Damit ist die Beweisaufnahme der Staatsanwaltschaft abgeschlossen, Euer Ehren.«

Aufgrund des geänderten Prozeßablaufs kam es, daß der erste Zeuge der Verteidigung kurz nach 15 Uhr am Freitagnachmittag in den Zeugenstand trat.

Donald Goode blickte finster zum Tisch der Staatsanwaltschaft hinüber und erklärte, er habe der Polizei gegenüber nichts getan oder gesagt, was darauf hingedeutet hätte, daß er glaube, sein Sohn habe mit dem Tod Renee Goodes zu tun.

Draußen hatte gerade wieder ein wolkenbruchartiger Regenguß eingesetzt und kündigte ein nasses Wochenende an.

Im Eingangsbereich des Gerichtsgebäudes blickten später Skip Cornelius und seine Frau verärgert auf die dunklen Wolken am Himmel. Im Oktober sollte in Lauras Heimatstadt Pennsylvania ein Marathonlauf stattfinden. Wenn sie das Trainingsprogramm aufrechterhalten wollten, das sie sich zur Vorbereitung darauf vorgenommen hatten, würden sie am Samstag mindestens zehn Meilen laufen müssen.

Während die Reporter ihre Resümees für das Wochenende vorbereiteten und Spekulationen darüber anstellten, ob Shane Goode bald zu seiner eigenen Verteidigung in den Zeugenstand treten würde, diskutierten sie auch einen ungewöhnlichen Aspekt des Verfahrens, der nicht in ihren Berichten erscheinen würde.

Üblicherweise nutzten Anwälte und ihre Mandanten die Verfahrenspausen und die Mittagszeit dazu, um die bisher gehörten Aussagen zu diskutieren und strategische Gespräche zu führen. Die Reporter wußten, daß es durchaus nicht ungewöhnlich war, wenn ein Verteidiger im Laufe eines Verfahrens damit in die Rolle eines beschwichtigenden Babysitters schlüpfte.

Doch im vorliegenden Fall sah es so aus, als würde die Beziehung zwischen Skip Cornelius und Shane Goode nicht über den Tisch der Verteidigung hinausgehen. Niemand hatte bis jetzt den Anwalt aus Houston früher eintreffen sehen, etwa um vor Verhandlungsbeginn Gespräche mit seinem Mandanten zu führen. In den Pausen hatte Goode die Gesellschaft seiner Freundin oder seiner Eltern und seines Bruders gesucht, die häufig im Gerichtsgebäude als Besucher erschienen waren. Mehrere Male hatte er auch mit Kameraden von der Nationalgarde gesprochen, die hereingekommen waren, um sich die Zeugenaussagen anzuhören oder ihm Zuspruch zu leisten. Cornelius plauderte unterdessen mit seiner Frau und seinen Kindern, die regelmäßig aus Houston angereist kamen, um dem Prozeß beizuwohnen.

Und am Ende eines Verhandlungstages ging Goode in eine Richtung und Cornelius in die andere. Falls durch ihre Zusammenarbeit so etwas wie eine persönliche Beziehung zwischen dem Anwalt und dem Angeklagten entstanden war, so war diese jedenfalls selbst für erfahrene Prozeßbeobachter nicht zu erkennen.

Doch eines schienen die beiden Männer gemeinsam zu haben: Jeder legte eine erstaunliche Zuversicht an den Tag.

Am Montagmorgen traf Dr. Charles Petty früh im Gerichtsgebäude ein und plauderte freundlich mit den Ordnungsbeamten, während er darauf wartete, daß Skip Cornelius erschien. Der Mann, der vor seiner Pensionierung fast 21 Jahre als Chef der Gerichtsmedizin von Dallas tätig gewesen war, würde an diesem Tag der zweite Zeuge der Verteidigung sein.

Dr. Norton hätte das nicht überrascht, wäre sie im Gerichtsgebäude gewesen. Sie hatte schon lange, bevor die Staatsanwaltschaft offiziell von Pettys Auftreten im Zeugenstand informiert worden war, vorausgesagt, daß es dazu kommen würde.

Dr. Petty war für sie in den Jahren, in denen sie unter seiner Leitung am Dallas Institut of Forensic Science tätig gewesen war, ein guter Freund und Mentor gewesen. Nach der Oswald-Autopsie war es jedoch zu Spannungen gekommen, und Dr. Norton hatte kurz darauf ihre Stelle gekündigt und eine besser bezahlte und weniger streßreiche Tätigkeit in Alabama angenommen. Langjährige Freunde der beiden hatten Mühe, die plötzliche Feindseligkeit zu begreifen, die Dr. Petty seiner Kollegin entgegenbrachte. Einige deuteten hinter vorgehaltener Hand an, es handle sich schlicht um verletzte Eitelkeit – Petty sei sehr verstimmt darüber gewesen, daß Dr. Norton dazu auserwählt worden sei, die Oswald-Autopsie durchzuführen, die ihr weltweites Ansehen eingetragen hatte.

Andere fragten sich, ob es Meinungsverschiedenheiten hinsichtlich der offiziellen Politik des Instituts gegeben habe, insbesondere hinsichtlich Dr. Pettys zum Prinzip erhobener Vorschrift, daß nicht mit Anwälten der Verteidigung kooperiert werden dürfe. Dr. Norton hatte betont, die ganze Sache sei ihr unverständlich, aber weder sie noch Petty äußerten sich zu ihrer gestörten Beziehung, selbst nicht vor engsten gemeinsamen Freunden.

Ganz offensichtlich handelte es sich um ein Zerwürfnis, das die Zeit wohl nicht heilen würde. Bald wußte die ganze Juristengemeinde, daß ein Anwalt, der einen Experten benötigte, um ein Gutachten von Dr. Norton zu widerlegen, in Charles Petty den geeigneten Mann fand. Das führte auch dazu, daß sich die Wege der beiden Pathologen in den letzten Jahren häufig kreuzten.

Auf dem Weg zum Gerichtsgebäude erinnerte Yenne sich an die Warnung, die Dr. Norton in bezug auf Dr. Petty ausgesprochen hatte. Sie hatte eine schlaflose Nacht damit verbracht, sich eine Strategie für ihr Kreuzverhör zurechtzulegen. Sie erinnerte sich an ihre gemeinsam mit Cornelius unternommene Reise nach Dallas und fragte sich wieder, welchen Zweck der Besuch in Dr. Pettys Büro gehabt habe. Sie hatte konkret wissen wollen, auf welche Beweisstücke er sein Gutachten stützen würde, und sie dachte daran, daß er sich nur drei der 14 von ihr als Beweismaterial eingebrachten Exponate aus der Autopsie angesehen hatte.

Bevor sie das Gerichtsgebäude betrat, war in ihr der Entschluß gereift, ein kurzes Kreuzverhör zu führen und dabei nach Möglichkeiten jede Konfrontation zu vermeiden.

Dr. Petty, eine charmante, großväterlich wirkende Gestalt, war mit der Situation, die ihn erwartete, wohl vertraut. Den Geschworenen zulächelnd, listete er zunächst die bemerkenswerten Leistungen seiner beruflichen Laufbahn auf. Kanonier im Zweiten Weltkrieg, Medizinstudent an der Harvard University und dann eine Karriere, in der er 13.000 Autopsien durchgeführt hatte.

Er erklärte Cornelius auf dessen Frage, daß er sich die Autopsieberichte angesehen habe, die von Dr. Bellas und Dr. Anderson erstellt worden waren.

Und was seine Reaktion auf die Autopsie des Gerichtsmedizinischen Instituts von Harris County sei?

»Die von Dr. Bellas durchgeführte Autopsie«, sagte er, »ist gut und korrekt durchgeführt worden.« Dann wandte er sich den Geschworenen zu und nannte die Probleme, die bei Autopsien kleiner Kinder auftreten. »Sie haben da von Anfang an ein echtes Problem«, erklärte er, »schlicht und einfach, weil man von Menschen in dem Alter nicht erwartet, daß sie sterben.«

Dann ging er auf die von Dr. Bellas hergestellten Gewebeproben ein. »Bei meiner Untersuchung«, stellte er fest, »habe ich keinen Hinweis auf die Todesursache gefunden.«

Cornelius fragte seinen Zeugen nach der zweiten Autopsie und ließ sich dabei bestätigen, daß Dr. Petty auch von Dr. Anderson hergestellte Gewebeproben untersucht hatte.

»Haben Sie bei der Betrachtung jener Gewebeproben irgendwelche Hinweise auf die Todesursache erhalten?«

»Nein, das habe ich nicht«, sagte der Doktor.

Und was er von Dr. Andersons Meinung halte, im Rückenbereich des Kindes gebe es Hinweise auf Blutungen?

»Was ich auf den von mir geprüften Fotografien feststellen konnte«, antwortete Dr. Petty, »sah wie eine kleine Blutlache aus. Ich konnte aber selbst unter dem Mikroskop nicht entdecken, daß es irgendwelche Hinweise auf Blutungen gegeben hätte.«

»Gar keine?«

Dr. Petty nickte. »Gar keine.«

»Nach Ihrem fachmännischen Urteil, Doktor, können Sie uns sagen, wie Renee Goode gestorben ist?«

»Ich kann nur sagen, daß ich es einfach nicht weiß.«

Cornelius wiederholte seine Frage, um der Antwort des Pathologen Nachdruck zu verleihen. »Können Sie die Todesursache nennen?«

»Es tut mir leid«, sagte der Doktor bedauernd. »Das kann ich nicht. Ich habe im Bericht von Dr. Bellas gelesen, daß es gewisse Hinweise auf eine leichte Verhärtung der Herzhaut gab. Das könnte, muß aber nicht auf Probleme mit dem Herzen hindeuten.«

Dann sprach Cornelius die Möglichkeit an, das Kind könne infolge eines epileptischen Anfalls gestorben sein, bei dem es sich in die Bettlaken verwickelt habe und daran erstickt sei.

Dr. Petty erklärte, daß er diese Meinung nicht teile.

Yenne reagierte darauf mit dem Vorlesen einer Liste des forensischen Beweismaterials, das die Staatsanwaltschaft vorgelegt hatte – Gewebeproben, Autopsiefotografien, schriftliche Berichte –, und fragte jedesmal, ob Dr. Petty sie studiert habe, ehe er zu seinem Schluß gelangt sei.

Der Doktor lächelte wiederholt und antwortete immer wieder mit »Nein«.

Richter Gayle war gerade zur Vormittagspause in sein Amtszimmer zurückgekehrt, als Detective Dietrich an seiner Tür erschien. Er bedeutete ihr lächelnd mit einer Handbewegung, sie solle eintreten.

Sie kam gleich zur Sache. »Wissen Sie, Richter Gayle«, sagte sie, »ich habe lange an diesem Fall gearbeitet. Und ich weiß, daß die Verteidigung es mit diesem Punkt sehr genau nimmt. Aber ich wäre gern im Gerichtssaal, wenn Shane Goode aussagt.«

Der Richter verschränkte die Finger ineinander und beugte sich an seinem Schreibtisch vor, als müsse er über Sue Dietrichs Bitte nachdenken. »Ich sehe keinen Grund, das nicht zuzulassen«, sagte er dann. Da Dietrich ihre Aussage bereits geleistet hatte, bestand keine Gefahr, daß sie durch irgend etwas, was sie vom Zeugenstand hörte, beeinflußt werden konnte.

Sie saß bereits, als Yenne in den Gerichtssaal zurückkehrte. Die Staatsanwältin ging mit schnellen Schritten zu ihr, beugte sich über ihre Schulter und flüsterte: »Ich wette mit dir um mein nächstes Monatsgehalt«, sagte sie, »daß Skip ihn nicht fragt, ob er es getan hat.«

Nach dieser Bemerkung ging Yenne nach vorn in den Gerichtssaal, ehe Sue antworten konnte.

Nur ein paar Schritte entfernt plauderte Shane Goode lässig mit einem Freund aus seiner Einheit bei der Nationalgarde, der ihm begeistert von einer Versammlung des vorhergehenden Abends erzählte. Shane sagte, er sei froh, daß das Verfahren bald zu Ende sei. Es wolle keine weitere Versammlung mehr verpassen.

Im Zeugenstand ließ sich Goode keinerlei Unruhe anmerken und beantwortete die Fragen seines Anwalts im lockeren Gesprächston. Seine Ehe mit Annette, so erklärte er, sei »von Anfang an ziemlich wackelig gewesen«. Er könne sich nicht erinnern, wann es in ihrer Beziehung wirklich richtig geklappt habe.

Die Abtreibung, die Annette zu Anfang ihrer Ehe habe vornehmen lassen, habe im Einvernehmen zwischen ihnen beiden stattgefunden. »Wir hatten damals eine Menge Schulden«, erklärte er. »Wir haben ausführlich darüber gesprochen und sind schließlich zu der Entscheidung gelangt, daß es einfach nicht der richtige Zeitpunkt für ein Baby ist.«

Sie hatten beide versucht, so erklärte er weiter, ihre Beziehung zu retten, selbst noch, als die Situation schier unerträglich geworden war. Anfang 1989, so erinnerte er sich, hatte er sich bereit erklärt, mit Annette eine Eheberatung aufzusuchen. Doch Annette sei ständig von der Angst besessen gewesen, er würde vielleicht eines Tages zu seiner ersten Frau zurückkehren.

»Und sie hat diese Besorgnis auch Ihnen gegenüber zum Ausdruck gebracht?« fragte Cornelius.

Shane nickte. »Sie hat mir gesagt, sie würde mich umbringen, wenn ich je zu meiner ersten Frau zurückginge, uns alle würde sie umbringen.«

Auf der Galerie fragte sich Sue Dietrich, weshalb Goode diese Drohung nie zuvor bei den Befragungen erwähnt hatte.

Die Geschworenen schauten unverwandt zum Zeugenstand hinüber, wo Shane nun seine vergeblichen Versöhnungsversuche schilderte. Er beschrieb, wie er erfahren hatte, daß Annette ein Baby bekommen würde.

»Ich wußte, daß es möglich war, daß es mein Kind ist«, gab er zu. »Wir waren in meiner Wohnung, als sie mir davon erzählte, wie sie in der Dusche gestürzt war und dann in der Notaufnahme der Klinik erfuhr, daß sie schwanger ist. Sie hat gesagt, sie wolle, daß wir wieder zusammen sind und daß sie unter keinen Umständen noch einmal einer Abtreibung zustimmen würde.

Sie hat mir gedroht, wenn ich das Baby nicht wollte, dann sollte ich ihr einfach gleich einen Tritt in den Bauch geben und es hinter mich bringen. Und dann ist sie weggerannt.«

Seine Stimme ließ keinerlei Bewegung erkennen, als er von diesem Wortwechsel berichtete.

Dann fragte Cornelius den Angeklagten nach Sunny Bradley und den Gründen der Trennung von ihr.

»In der Zeit, als ich mit ihr zusammenlebte, habe ich die Scheidungsklage von Annette bekommen«, erinnerte sich Shane. »Als feststand, daß die Scheidung vollzogen würde, fragte Sunny mich danach, wie es in unserer Beziehung weitergehen würde.«

»Und was war Ihre Antwort darauf?«

»Ich habe ihr gesagt, daß ich mir durchaus vorstellen könne, daß wir irgendwann einmal heiraten«, antwortete Shane. »Und dann, am nächsten Tag im Postamt, kam eine Bekannte auf mich zu, umarmte mich und sagte, sie habe gehört, daß Sunny und ich heiraten würden.«

Die Probleme in ihrer Beziehung steigerten sich, als er ihr zu Weihnachten anstelle eines Verlobungsrings einen Pullover und Ohrringe geschenkt hatte. »Sie hat gesagt, sie spüre, daß zwischen Annette und mir noch etwas läuft. Und da habe ich ihr gesagt, daß Annette schwanger ist.«

Einen Monat darauf, so berichtete er weiter, hatte Sunny ihn aufgefordert, er solle ausziehen.

Die Botschaft an die Geschworenen war, wenn auch unausgesprochen, deutlich: Eine verschmähte Sunny Bradley hatte aus Eifersucht vom Zeugenstand aus versucht, an Shane Goode Rache zu nehmen.

Schließlich lenkte Cornelius seine Fragen auf Renee.

Im Widerspruch zur Aussage seiner Ex-Frau vor den Geschworenen beharrte Shane darauf, daß er sich gefreut habe, Renee zu sehen, sobald ein Zeitplan für die Wahrnehmung seines Besuchsrechts aufgestellt worden wäre.

Warum er dann seinen ersten Besuchstermin nicht eingehalten habe.

Goode lächelte. »Ich bin nach Dallas gefahren, um mir das Spiel im Cotton Bowl anzusehen«, sagte er. »Ich hab' zugesehen, wie die Texas Aggies ihre Prügel bekamen.«

Von der Galerie aus studierte Sue Dietrich das Verhalten des Mannes im Zeugenstand und ärgerte sich über seine flapsigen Antworten und seine Lügen. Sie konnte nur hoffen, daß seine Arroganz die Geschworenen ebenso verärgerte wie sie. *Derselbe alte Shane,* dachte sie. *Keinerlei Gefühlsregung. Gleichgültig. Immer gelassen und kontrolliert. Herrgott noch mal, hat ihm denn niemand gesagt, daß es seiner Sache guttun würde, wenn er etwas Reue über seine Taten zeigte? Vielleicht sogar sich ein paar Tränen abringen würde?*

Während dieser Überlegungen war Shane dabei zu erklären, weshalb er die Lebensversicherung abgeschlossen hatte.

Ein Freund von der Nationalgarde, ein früherer Versicherungsvertreter, habe ihm gesagt, eine solche Police sei ein relativ preisgünstiges Mittel, um die Ausbildung seiner Tochter sicherzustellen. »Die Zahlungen auf Tiffanys Police leiste ich immer noch«, hob er hervor und blickte in den Zuschauerraum, wo seine Tochter neben ihrer Mutter in der vordersten Reihe saß.

Sein Gesichtsausdruck änderte sich nicht, als er über den Morgen berichtete, an dem Renees Tod entdeckt worden war. »Als ich sie aufhob«, erinnerte er sich, »war ihr Körper bereits kalt, ihre Beine steif, und ihre rechte Gesichtshälfte zeigte eine leichte Verfärbung. Selbst wenn ich imstande gewesen wäre, sie wiederzubeleben, hätte das in diesem Stadium nichts mehr genutzt.«

Als der Notarzt eintraf, sei er mit Renee auf dem Schoß auf der Couch gesessen.

Am Tisch der Anklagevertretung lehnte Tony Latino sich zu Yenne hinüber. »Er wird ihn nicht fragen«, erklärte er im Flüsterton und sprach damit den seiner Ansicht nach entscheidenden Aspekt des Verfahrens an. Jeri nickte stumm. In dem Augenblick stand für sie fest, daß Skip wußte, daß sein Mandant schuldig war. Aber er wird nicht zulassen, daß dieses jämmerliche Arschloch einen Meineid leistet, dachte sie.

Wie auf ein Stichwort forderte der Verteidiger Shane jetzt auf, die Gespräche zu schildern, die er an jenem Morgen mit der Polizei geführt hatte, dann die Befragung durch Detective Duckworth auf dem Polizeirevier und schließlich seine Begegnung mit Detective Sue Dietrich.

Cornelius erinnerte ihn daran, daß Sue Dietrich ausgesagt hatte, an dem Abend ihres Besuchs in Goodes Wohnung sei nirgends etwas zu sehen gewesen, was an Renee erinnerte. Der Anwalt legte zugleich einen kleinen Bilderrahmen aus Plexiglas mit einem Schnappschuß des Kindes vor und forderte seinen Zeugen auf, es zu identifizieren.

»Das ist ein Bild von Renee«, bestätigte Goode. »Es stand an dem Abend auf meinem Couchtisch, als Detective Dietrich zu mir kam, um meine Aussage aufzunehmen.«

Wieder kam es zu einer längeren Diskussion über das damalige Verhör. Cornelius trat an die Vergrößerung des Schriftstücks, die auf der Staffelei im Saal geblieben war, und forderte Shane auf, den Text sorgfältig zu lesen.

»Diese Zeile, in der steht: ›alle anderen schliefen schon‹, stand nicht in dem Protokoll, als ich es unterschrieben habe«, lautete seine Aussage.

Jeri Yenne hatte nicht vor, Shane während ihres Verhörs Gelegenheit zu geben, Tränen zu vergießen. Es war Zeit, diesen Prozeß zum Abschluß zu bringen.

Sie arbeitete sich zielstrebig zu dem Motiv vor, das sie in ihrem Eröffnungsplädoyer genannt hatte. Mit einer Folge kurzer Fragen stellte sie klar, daß Shane Goode zum Zeitpunkt des Todes seiner Tochter finanziell am Rande des Ruins gewesen war. Sie legte sein Einkommen offen und verglich es mit den Schulden, die er aufgenommen hatte – den Ratenzahlungen für sein Auto, Ausgaben für den Haushalt, das Darlehen, das er von seinem Vater erhalten hatte, Anwaltsgebühren und die Unterhaltszahlungen, die er gemäß Gerichtsbeschluß für Tiffany und Renee leisten mußte. Die vorgelegten Beweisstücke machten es ihm schwer, die von Yenne vorgetragenen Zahlen zu widerlegen.

Es gab nur eine Frage, bei der Yenne sicher war, daß er leugnen würde. Das Polaroidfoto, das sie versteckt in der Hand hielt, würde ihr einen dramatischen Abschluß für ihr Kreuzverhör liefern. Bei ihrem Besuch auf dem Städtischen Friedhof von Hallettsville, der jetzt so lange zurückzuliegen schien, hatte sie ein Foto von dem Grabstein Renees gemacht.

Sie würde Shane fragen, ob er je am Grab seiner Tochter gestanden habe. Wenn er die Frage bejahte, würde sie ihn auffordern, den Grabstein zu beschreiben, und dann ein Foto zu den Beweisakten geben, wodurch er sich als Lügner erweisen würde.

Yenne stellte die Frage und hielt das Bild des Grabsteins aus Granit mit den winzigen Engeln, die beiderseits der Worte ›Geliebte Tochter‹ eingraviert waren, fest in der Hand.

Goodes Antwort überraschte sie.

»Nein«, sagte er, »ich habe Renees Grab nie besucht.«

Sie beendete ihre Befragung.

Damit hatte die Schlacht der Juristen praktisch ein Ende gefunden. Cornelius führte in schneller Folge mehrere Zeugen vor, die den Geschworenen jedoch kaum wichtige Informationen lieferten. Die Frau, zu der Shane an jenem Silvesterabend gefahren war, als Renee krank geworden war, lieferte die Erklärung dafür, daß Goode sein Kind allein gelassen hatte. Der Freund, mit dem sie an jenem Abend ausgegangen war, hatte angefangen, mit einer anderen Frau zu flirten, und sie hatte Shane angerufen und ihn gebeten, sie abzuholen und nach Hause zu bringen. Da er bei seiner Ankunft gesehen hatte, wie aufgeregt sie war, hatte er eine Weile mit ihr geredet, ehe er schließlich nach Hause zurückkehrte.

Shanes Bruder Dennis erinnerte sich an ein Gespräch mit einer sehr verärgerten Annette, in dessen Verlauf sie gedroht hatte, Shane und Kaye umzubringen, falls Goode sie je verlassen sollte.

Schließlich trat ein Angehöriger der Nationalgarde in den Zeugenstand und beschwor, daß es nichts in ihren Ausbildungsplänen gab, was Shane Goode oder sonst jemandem beibringen könnte, wie man tötet, ohne eine Spur zu hinterlassen.

Am späten Nachmittag beendete die Verteidigung ihre Beweisführung, und der Richter teilte den Geschworenen mit, daß sie am nächsten Morgen die Abschlußplädoyers hören würden.

In einem hellblauen Kleid, bei dessen Auswahl ihr Sue Dietrich behilflich gewesen war, wollte Jeri Yenne den Geschworenen gegenübertreten. Das Gesetz sieht vor, daß die Anklagevertretung ihr Abschlußplädoyer in zwei Abschnitten vorträgt. Yenne also würde zuerst sprechen, dann der Verteidigung Platz machen und schließlich das letzte Wort haben.

Sie nutzte den ersten Teil ihres Schlußplädoyers dazu, noch einmal kurz das vorgelegte Beweismaterial zusammenzufassen und damit darzulegen, daß alle wesentlichen Elemente für die Anklageerhebung gegen Goode bewiesen worden waren.

Als es an ihm war, vor die Geschworenen zu treten, ließ Cornelius zum ersten Mal Gefühle erkennen. »Zunächst«, sagte er, »möchte ich Ihnen sagen, daß es mir leid tut, daß dieses Kind gestorben ist. Aber ich muß Ihnen auch sagen, daß mir dieser Prozeß wie eine lange Szene aus Alice im Wunderland vorkommt.«

Er frischte dann das Gedächtnis der Geschworenen hinsichtlich der Ergebnisse des Gerichtsmedizinischen Instituts von Harris County auf und wies noch einmal darauf hin, daß es keinerlei greifbare Beweise gebe, die eine Verbindung zwischen seinem Mandanten und dem Verbrechen herstellten. Seine Stimme wurde lauter. »Sie haben *keinerlei* echte Beweise zu hören bekommen«, beharrte er auf seiner Ansicht. »Was Sie gehört haben, war eine Menge an Theorien und Ansichten. Ich will mich gar nicht auf irgendwelche Haarspaltereien hinsichtlich des *Ausmaßes* des Beweismaterials einlassen. Die schlichte Tatsache jedenfalls ist, daß nichts von all dem, was wir gehört und gesehen haben, darauf hindeutet, daß der Angeklagte diesem Kind je Leid zugefügt hat.« Bei diesen Worten hob er beide Arme und streckte den Geschworenen die Handflächen entgegen. Ein Flehen um Vernunft. »Ich habe noch nie Geschworene erlebt, die jemanden aufgrund eines Beweismaterials wie dem, das in diesem Verfahren vorgelegt wurde, schuldig gesprochen haben«, erklärte er.

Der tiefe Bariton seiner Stimme war kaum verstummt, da erhob sich Yenne bereits. Ihre Stimme war weich, fast bittend, als sie an das Geländer vor der Geschworenenbank trat. Sie erinnerte die Geschworenen, daß es sehr wohl Beweise *gab*: Die überzeugenden Aussagen von Dr. Anderson und Dr. Norton. Die Versicherungspolice. Finanzielle Probleme. Die Lügen. Und die Worte des Angeklagten selbst, daß er der letzte Mensch gewesen sei, der das Opfer lebend zu Gesicht bekommen habe.

»Es gibt Beweise«, wiederholte sie.

»Wir haben die Erde aufgegraben, um dort unsere Fakten zu holen«, fuhr sie fort. »Wir haben die Leiche eines zweieinhalbjährigen Kindes exhumiert. Und was wir fanden, war eine tragische Geschichte, so alt wie die Menschheit selbst.

Sie erinnern sich sicherlich an die Geschichte von Kain und Abel. Sie erinnern sich, wie der Herr zu Kain ging, einem Mann, der seinen Bruder erschlagen hatte, und ihn fragte: ›Wo ist dein Bruder?‹ Und Sie erinnern sich doch an Kains Antwort? ›Ich bin nicht der Hüter meines Bruders‹. Aber er sagt auch, daß die Leiche seines Bruders aus der Erde nach ihm ruft.

Renee hat dasselbe getan.

Und jetzt lösen Sie dieses Rätsel mit mir: Es hat einen Mord gegeben, und Sie waren der letzte Mensch, der mit dem Opfer zusammen war. Wozu macht Sie das? Ich behaupte, meine Damen und Herren Geschworenen, das macht Sie zum Mörder.«

Die Wartezeit, bis ein Geschworenenkollegium sich beraten hat und seinen Spruch vor den Richter bringt, ist für jeden Betroffenen qualvoll. Der normale Lauf der

Zeit wird plötzlich zum Schneckentempo. Alle Teilnehmer an einem Verfahren – seien es der Angeklagte, die Familie des Opfers, die Anwälte, die Medien oder einfach nur die Besucher im Gerichtssaal, die ein Drama aus dem wahren Leben den nachmittäglichen Soap-Operas vorziehen – kämpfen mit dieser Qual des Wartens. Sie gehen auf und ab, lesen Zeitungen oder Taschenbücher, trinken Kaffee, rauchen Zigaretten oder scharen sich zu kleinen Grüppchen zusammen, um Spekulationen über das Ergebnis anzustellen. Üblicherweise diskutieren die Reporter über die Plus- und Minuspunkte der Beweisaufnahme und schließen Wetten ab, wie lange es dauern wird, bis eine Entscheidung gefunden ist.

Für Cornelius und Yenne, beide Veteranen in diesem Spiel, war der Wunsch groß, sich so weit wie möglich vom Verhandlungsraum von Richter Gayle zu entfernen, frische Luft in sich aufzunehmen, um klare Gedanken zu fassen und zu verdrängen, was auf dem Spiel stand. Gleichzeitig verspürten beide das Bedürfnis, in der Nähe zu bleiben, so als würde ihre Anwesenheit den Vorgang irgendwie beschleunigen.

Jeri Yenne entschied sich dafür, in ihrem Büro Wache zu halten. Und dort berichtete ihr Sue Dietrich, daß der Richter Deputies aus dem Sheriff-Büro in sein Richterzimmer gerufen und mit ihnen besprochen hatte, wie der Angeklagte in die Freiheit geleitet werden könnte, falls er für ›nicht schuldig‹ befunden werden sollte. Das ganze Verfahren war emotional so aufgeheizt, daß er es für das Beste hielt, wenn Shane Goode nicht an der Familie seiner verstorbenen Tochter vorbeigehen oder sich eines Schwarms von Reportern erwehren mußte.

Yenne begriff, daß solche Vorsichtsmaßnahmen notwendig waren, konnte aber einfach das quälende Brennen in ihrem Magen nicht ignorieren, das der Gedanke auslöste, Goode könne als freier Mann den Gerichtssaal verlassen.

»Dazu wird es nicht kommen«, erklärte Sue mit Nachdruck.

»Das darf es nicht«, antwortete Yenne. »Das darf es einfach nicht.«

Sue ging durch die hallenähnlichen Korridore, blieb kurz bei Sharon und Annette stehen, um mit ihnen zu reden, und schlenderte dann weiter, um mit verschiedenen Gerichtsbediensteten zu plaudern. Sie stattete der Cafeteria einen Besuch ab, trank dort eine Tasse Kaffee und ging dann ins Freie, um eine Zigarette zu rauchen.

Du mußt in Bewegung bleiben, sagte sie sich, dann läuft die Zeit vielleicht auch schneller.

Schließlich schlenderte sie in den Gerichtssaal zurück. Er war leer, mit Ausnahme des Gerichtsdieners, der vor der Tür des Geschworenenzimmers Wache hielt. Joe Lipscomb war schon seit Jahren in der Kammer von Richter Gayle tätig und kannte Sue Dietrich, praktisch seit sie ihren Polizeidienst angetreten hatte. Er betrachtete sie als eine Art Freundin.

Diese Freundschaft beruhte freilich weniger auf der Tatsache, daß ihre Berufe sie zu Kollegen machten, sondern vielmehr auf ihrem gemeinsamen Interesse am Football-Team der örtlichen High School. An den Freitagabenden, wenn Sues Sohn Adam für Alvin High spielte, war Lipscomb der Stadionsprecher.

Er setzte sich neben die Kriminalbeamtin und überflog die Schlagzeilen einer Zeitung, die jemand weggeworfen hatte.

Schließlich brach Sue das Schweigen. »Was meinen Sie?«

Lipscomb deutete mit einer Kopfbewegung auf das Geschworenenzimmer und sagte: »Ich kann mich nicht erinnern, jemals eine so stille Jury hier gehabt zu haben.« Er setzte hinzu, daß die Diskussionen der Geschworenen häufig hitzig würden und die Stimmen manchmal so laut, daß sie ohne Mühe den Schutz der geschlossenen Tür durchdringen. »Aber von dieser Gruppe habe ich noch keinen Piepser gehört.«

Seine Interpretation: Es gab allem Anschein nach kaum eine Meinungsverschiedenheit unter den Geschworenen über den Spruch, aber das Schweigen lieferte auch keinerlei Hinweise darauf, in welche Richtung sie tendierten.

Sue faltete die Zeitung zusammen und sah den Gerichtsdiener an. »Joe«, sagte sie, »dieser Fall bedeutet mir sehr viel.«

»Das weiß ich.«

»Und deshalb müssen Sie mir einen Gefallen tun«, fuhr sie fort. »Sie werden den Spruch kennen, ehe Sie die Geschworenen wieder hereinführen, stimmt's?« Lipscomb nickte.

»Dann bitte ich Sie um folgendes. Wenn die ihn für schuldig befunden haben, geben Sie mir ein Zeichen. Sie brauchen mich gar nicht anzusehen, es reicht, wenn Sie lächeln.«

Der Gerichtsdiener stand auf, ohne eine Reaktion zu zeigen, und kehrte an seinen Posten zurück.

Die Geschworenen waren drei Stunden weggewesen, da ertönte der Summer, und über der Tür des Geschworenenzimmers flackerte eine rote Lampe auf. Damit wurde signalisiert, daß sie sich auf einen Spruch geeinigt hatten.

Gleich darauf trat hektische Aktivität an die Stelle des Schweigens, das in dem Flur im zweiten Stockwerk des Gerichtsgebäudes geherrscht hatte. Die Anwälte eilten an ihre Plätze zurück, und die Zuschauer reihten sich ungeduldig auf, um die Sicherheitssperren zu passieren und in den Gerichtssaal zurückzukehren. Ein Summen reger Erwartung erfüllte den Raum.

Als folgten sie einem geheimnisvollen Ruf, traten viele, die als Zeugen ausgesagt hatten oder deren Namen im Zeugenstand erwähnt worden waren, in den Saal und nahmen schweigend ihre Plätze ein. Shane stand am Tisch der Verteidigung und redete leise mit Tiffany, die in der vordersten Reihe neben ihrer Mutter saß. Goodes Eltern und sein Bruder lächelten aufmunternd zu ihm hinüber. Sharon und Annette saßen unmittelbar neben dem Tisch der Anklagevertretung, umgeben von ihrer Familie und Bekannten. Reporter suchten hastig Plätze, von denen aus sie die Reaktion der Hauptakteure auf die Entscheidung der Geschworenen würden beobachten können.

Als der Richter seinen Platz auf der Richterbank einnahm, waren alle verfügbaren Plätze im Gerichtssaal gefüllt, und Zuschauer drängten sich in den Gängen. Der Richter gab dem Gerichtsdiener ein Zeichen, die Geschworenen hereinzuführen.

Sue Dietrich, die Jeris Rosenkranz umkrampft hielt, schienen die Sekunden, seitdem Joe Lipscomb ins Geschworenenzimmer verschwunden war, wie eine Ewigkeit. Schließlich erschien er wieder und führte die Geschworenen zum letzten Mal zur Geschworenenbank.

Ein schwaches Lächeln umspielte seine Lippen.

Die Geschworenen nahmen ihre Plätze ein. Sharon drehte sich um und griff über die Rückenlehne ihrer Bank nach Sues Hand. Ihr Gesicht wirkte plötzlich gespensterhaft. Sie hatte so lange auf diesen Augenblick gewartet, hatte versucht, sich auszumalen, wie es sein würde, und jetzt wußte sie es schließlich. Sie verspürte eine Art lähmender Angst, wie sie sie noch nie wahrgenommen hatte. »Was glaubst du?« flüsterte sie der Kriminalbeamtin zu.

Sue drückte ihre Hand und lächelte. »Ich denke«, erwiderte sie, »die Geschworenen werden das Richtige tun.«

Jeri Yenne, die sich am Tisch der Anklagevertretung erhoben hatte, hatte im Gegensatz zu Sue kein Geheimsignal vereinbart und deshalb keine Ahnung, wie der Spruch der Geschworenen lauten würde. Endlich vernahm sie das Wort. »Schuldig.« Als es ausgesprochen war, wurden ihr die Knie weich, und Tony Latino legte ihr sanft die Hand auf den Rücken.

Auf der anderen Seite des Saals behielt Shane Goode die gelassene Haltung, die er während des ganzen Verfahrens an den Tag gelegt hatte, bei und ließ sich seine Gefühle nicht anmerken.

Sharon Couch setzte sich und saß noch ein paar Sekunden, während rings um sie Freudentränen flossen oder Freunde sich umarmten, wie erstarrt da und blickte unverwandt nach vorn in den Saal. Schließlich ließ sie ihre Blicke über das Geländer wandern, kurz auf der Richterbank, der Geschworenenbank, dem Zeugenstand verharren – als wolle sie das, was sich gerade ereignet hatte, für immer ihrem Gedächtnis einprägen. Dann drehte sie sich zu ihrer Tochter um, und die beiden Frauen umarmten sich. Doch obwohl ihr die Tränen über die Wangen flossen, zeigte Annettes Gesicht einen solch befreiten Ausdruck, wie ihre Mutter ihn seit Monaten nicht an ihr gesehen hatte.

»Vor dir liegt noch eine Aufgabe«, sagte Sharon.

Annette hatte den größten Teil des vorangegangenen Abends damit verbracht, die Erklärung des Opfers vorzubereiten, die sie im Falle des Schuldspruchs würde abgeben dürfen. Obwohl der Gedanke ihr Angst machte, noch einmal in den Zeugenstand treten zu müssen, war ihr doch bewußt, daß dies eine Gelegenheit war, endlich in aller Öffentlichkeit die Gefühle auszudrücken, die sie so lange in sich eingeschlossen hatte.

Das war ihre Chance, für ihre verstorbene Tochter das Wort zu ergreifen.

Auf dem Weg zum Zeugenstand bemühte sie sich nicht, Shanes Blick zu meiden. Diesmal war er derjenige, der den Blickkontakt vermied.

»Der Angeklagte«, sagte sie und beugte sich zu dem Mikrophon nach vorn, das vor ihr stand, »sollte jetzt in die Augen der überlebenden Opfer sehen müssen, so, wie er in Renees Augen sah, als er ihr Leben auf so grausame Weise beendete.

Renees Geburtstag ist der 27. August. In nur zwei Wochen wäre sie vier Jahre alt geworden, aber ihre zweite Geburtstagsparty war ihre letzte. Renee wird vieles nicht erleben, was für andere Kinder wichtig ist – den ersten Schultag, ihren ersten Tanz, den High-School-Abschluß, die Heirat, Kinder, Enkelkinder.

Renee ist die Chance genommen worden, ihrem kleinen Bruder eine große Schwester zu sein. Und der hat eine wunderbare Schwester verloren. Er wird sie nur über Fotos und Videos kennenlernen.

Das Leben kann viele Freuden geben, aber nichts kann den Verlust von Renee ersetzen. Ein Stück von mir ist mit ihr gestorben, und daran wird sich niemals etwas ändern, daran nicht und an dem Schmerz nicht, der jeden Tag mein Begleiter ist.«

Sie hielt kurz inne und schluchzte auf, ehe sie fortfuhr: »Das Leben ist ihr so früh genommen worden. Sie hätte alles Mögliche werden können: Lehrerin, Ärztin, Anwältin, ja sogar Astronautin. Aber sie wird nie irgendwelche Ziele erreichen können, die sie sich selbst vielleicht gesetzt hätte – und das macht ihren Tod nicht nur zu einem großen Verlust für unsere Familie, sondern auch für die Gesellschaft.

Renee war ein intelligentes, fröhliches, liebenswertes Kind voll Energie und so lieb und arglos. Aber wir werden nie wieder die Berührung ihrer Hand spüren oder ihre Stimme hören. Sie ist stets in meinen Gedanken anwesend, aber alles, was mir von ihr geblieben ist, sind Erinnerungen.

Dieser Prozeß hat an die Herzen vieler Menschen gerührt, denen ich zutiefst danke.

Mein Leben wird ohne Renee nie mehr das sein, was es war. Der Schmerz ist ein ständiger Begleiter geworden, und nichts kann ihn kleiner machen oder lindern. In meinem Herzen ist eine große Leere, weil ein Stück von mir nicht mehr da ist – es ist mit Renee begraben worden. Ich habe einen neuen Sohn, aber er nimmt nicht die Stelle von Renee ein. Durch ihn ist mir bewußt geworden, wieviel jetzt in meinem Leben fehlt, seit Renee nicht mehr ist.«

Zum ersten Mal, seit sie zu sprechen begonnen hatte, war Wut und Zorn in ihrer Stimme zu hören. Sie sprach jetzt ganz offenkundig unmittelbar zu dem Mann, den man der Ermordung ihrer Tochter für schuldig befunden hatte. »Ich hoffe, daß Renee endlich in Frieden ruhen kann, in dem Wissen, daß ihr Mörder in dem Maß bestraft wird, wie das Gesetz es zuläßt. Ich hoffe, daß der Angeklagte in den Jahren, die er im Gefängnis verbringen wird, Menschen begegnet, die ihn mit derselben Liebe und demselben Mitgefühl behandeln, die er am 23. Januar 1994 für Renee gezeigt hat.«

Sie fuhr mit der traurigen Erinnerung an ihr Kind und der Beschreibung ihrer Schuldgefühle, die sie schon seit langer Zeit mit sich herumtrug, fort. »An manchen Tagen sehe ich mich immer noch nach ihr um, und schlagartig wird mir bewußt, daß sie nicht hier ist und das auch nie wieder sein wird. Ich werde nie den Blick in ihren Augen vergessen, als sie am 22. Januar wegging. Es war, als hätte sie gewußt, daß sie nie zurückkehren würde.

Ich sehe ihre Augen die ganze Zeit vor mir. Ich werde sie nie vergessen. Ich bitte sie nur um Vergebung dafür, daß ich sie an jenem letzten Abend ihres Lebens mit dem Angeklagten gehen ließ. Ich wünschte, ich könnte ihren Platz einnehmen und damit all den Schmerz ungeschehen machen, den sie erdulden mußte.

Ich möchte, daß Renee nie vergessen wird.«

Tiffany Goode hatte während der Verlesung des Schuldspruchs und Annettes Aussprache schweigend dagesessen. In den Tagen zuvor hatte sie gelegentlich ein kurzes Lächeln von Shane erwidert, wenn dieser sich zu ihr umgedreht hatte. Sie hatte die ganze Schwere der Ereignisse, die sich da vor ihr abspielten, offensichtlich nicht richtig begriffen.

Erst als Richter Gayle die Anordnung erteilte, Shane Goode in Gewahrsam zu nehmen, und sie zusah, wie ein Deputy ihrem Vater Handschellen anlegte, fing sie an zu weinen und streckte beide Hände über das Geländer nach ihm aus. Kaye Goode zog das verstörte Mädchen in ihre Arme und verließ mit ihr hastig den Gerichtssaal.

Ein paar Schritte entfernt nahmen Yenne und Latino die Gratulationen ihrer Kollegen entgegen, die ihre Büros verlassen hatten, um den Spruch der Geschworenen zu hören.

Später würden sie erfahren, daß das erste Votum der Geschworenen elf zu eins zugunsten eines Schuldspruchs gelautet hatte. Bei der zweiten Abstimmung war das Ergebnis dann einstimmig gewesen.

An den Verteidigertisch gelehnt und mit Blick auf die Feiernden, lockerte Skip Cornelius seine Krawatte und schüttelte den Kopf. »Offiziell«, sagte er zu einem Reporter, der auf ihn zutrat, »kein Kommentar. Inoffiziell: Eine Krähe hackt der anderen kein Auge aus.« Er hatte es sichtlich eilig, Brazoria County und eine Art von Gerechtigkeit, die ihm unbehaglich war, hinter sich zu lassen.

Im Flur stand Donald Goode mit vor Zorn gerötetem Gesicht vor einer Fernsehkamera. »Die haben meinen

Sohn in die Pfanne gehauen. Er hatte keine Chance«, beschwerte er sich wütend.

Sue Dietrich eilte an den Kameras und Tonbandgeräten vorbei, ohne einen Kommentar abzugeben, und hatte es plötzlich eilig, das Gebäude zu verlassen. Sie würde Jeri erst im Laufe des Abends anrufen und ihr gratulieren. Und Sharon und Annette würden mit ihrer Familie zusammensein wollen. Sie konnte morgen mit ihnen reden. Oder übermorgen. Auf einmal hatte sie eine Menge Zeit. Der ständige Zeitdruck, der sie so lange in Schwung gehalten hatte, war plötzlich verschwunden.

Sie verließ das Gerichtsgebäude und hielt einen Augenblick inne, um sich eine Zigarette anzuzünden. Plötzlich verspürte sie den Drang, zu weinen, all die aufgestauten Gefühle aus sich herauszulassen, die sie von jenem Tag an nicht mehr losgelassen hatten, an dem sie Sergeant Arendell angerufen und gebeten hatte, den Fall übernehmen zu dürfen. Doch sie vergrub bloß ihre Hände in den Jackentaschen und ging weiter zum Parkplatz. Nach ein paar Schritten blieb sie wieder stehen und zog den Rosenkranz, den Jeri ihr gegeben hatte, aus der Tasche. Sie umschloß ihn fest mit der Hand, und langsam zog ein Lächeln über ihr Gesicht.

Sie würde ihn zurückgeben müssen. Aber auch dafür war genug Zeit.

In den Tagen nach dem Urteilsspruch traf im Polizeirevier von Alvin ein wahrer Strom von Blumensträußen für Sue Dietrich ein. An manchen hingen Kärtchen mit Gratulationen von Freunden, doch die meisten stammten von Menschen, von denen sie noch nie gehört hatte, und bekundeten Anerkennung für ihre Arbeit. Auch Jeri Yennes Büro in Angleton glich inzwischen einem botanischen Garten.

Da waren Karten, Briefe, Ballons und Pralinenschachteln. Eine Frau aus Alvin, die nicht wußte, wie sie ihre Wertschätzung zum Ausdruck bringen sollte, rief schließlich an und ließ den Chief wissen, daß sie zu Ehren von Detective Dietrich in einem Donut-Laden eine Vorauszahlung in Höhe von 300 Dollar geleistet habe; sämtliche Polizeibeamte von Alvin könnten sich nun dort frei bedienen.

Eines Tages wurde Sue ins Foyer gerufen, wo eine Frau sie erwartete, die ihr irgendwie bekannt vorkam. »Ich wollte bloß vorbeikommen und Ihnen die Hand schütteln«, sagte sie, »und Ihnen sagen, was für eine großartige Arbeit Sie unserer aller Meinung nach geleistet haben«, sagte sie.

»Das ist sehr liebenswürdig«, erwiderte die Kriminalbeamtin und fragte dann, »und wer ist ›wir‹?«

»Ich war eine der Geschworenen«, sagte die Besucherin.

Sues Gedanken wanderten zu dem Tag zurück, an dem sie ihre Aussage gemacht hatte, und sie erinnerte sich an ein schwaches Lächeln, das sie bei einem kurzen Blickkontakt mit einer der Frauen auf der Geschworenenbank aufgefangen hatte. Sie nickte lächelnd und schüttelte der Besucherin die Hand. »Ja«, sagte sie. »Ich erinnere mich an Sie.«

Sharon und Annette wurden nicht vergessen. Tagelang trafen Blumenlieferungen in ihrem Haus ein, und ihr Telefon klingelte ständig. Erst als sie nach Hallettsville fuhren, um Renees Grab zu besuchen und das Wochenende auf dem Lande zu verbringen, fanden sie Gelegenheit, sich zu entspannen und über das Geschehene nachzudenken.

Doch mit der Zeit legte sich die Euphorie, und die Routine des Alltags setzte wieder ein. Eines Abends, einige Wochen später, saß Sue Dietrich in ihrem Wohnzimmer und unterhielt sich mit ihrer Schwester Kaye.

Sie erzählte ihr, wie wütend sie über einen Fall von Körperverletzung sei, mit dem sie am vergangenen Abend zu tun gehabt habe.

»Diese zwei alten Männer waren seit ihrer Kindheit die besten Freunde«, sagte sie. »Sie haben sich geradezu geliebt. Aber dann haben sie sich beide vollaufen lassen, haben zu streiten angefangen, und einer hat dem anderen vier Messerstiche versetzt und ihn damit beinahe umgebracht.

Mich macht das wirklich wütend – verdammt noch mal, so etwas gibt doch keinen Sinn. Manchmal denke ich wirklich, daß nichts von dem, was ich tue, einen Sinn macht. Es hört nie auf und wird nie besser. Ich bin es einfach leid.«

Ihre Schwester lächelte. »Ja«, sagte sie, »aber das ist eben dein Beruf«.

NACHWORT

Für eine Geschichte wie diese gibt es kein wirkliches Ende. Auch wenn es heißt, daß die Gerechtigkeit ihren Lauf genommen habe – der Schmerz bleibt zurück. Erinnerungen an einen solchen Alptraum schlafen nicht einfach ein; Wunden heilen nie völlig. Es ist, als wären die Leidenschaften, die mit dem Tode Renee Goodes zusammenhängen, in die Herzen und Seelen all jener eingebrannt, deren Leben mit dem ihren verbunden wurden.

Die Beteiligten sind ihren Weg weitergegangen, ertappen sich aber immer noch gelegentlich dabei, wie sie auf eine Tragödie zurückblicken, die man einfach nicht vergessen kann. Und so wird es wahrscheinlich immer sein.

Noch lange nach dem Prozeß hatte Assistant District Attorney Jeri Yenne einen Schnappschuß von Renee neben den Bildern ihrer eigenen Kinder auf ihrem Schreibtisch stehen. Ihr Mann erinnerte sie mehr als einmal sanft daran, daß das ganze Verfahren, der Prozeß und ihre Reaktion auf Shane Goodes Revisionsantrag der Vergangenheit angehörten. vielleicht, so meinte er, sei es Zeit, das Foto wegzulegen. Yenne pflichtete ihm immer bei, und doch blieb es in ihrem Büro, bis sie schließlich Ende 1996 den Dienst quittierte und eine private Anwaltskanzlei eröffnete.

Sharon Couch setzt sich inzwischen voller Hingabe für Verfahrensänderungen bei gerichtsmedizinischen Autopsien an Kindern ein. Sie ist als Lobbyistin tätig, schreibt Briefe und ist aktives Mitglied der Gruppe ›Gerechtigkeit für alle‹, die sich für die Rechte von Opfern einsetzt. Sie erhält mittlerweile regelmäßig Anrufe von Eltern und Verwandten, die all das erleben, was sie hinter sich gebracht hat, und voll Sorge und

Argwohn sind, daß der Tod eines geliebten Kindes vielleicht kein Unfall war.

Sharon besucht ihren Sohn regelmäßig im Gefängnis und freut sich auf den Tag, an dem er entlassen werden und Gelegenheit haben wird, sein Leben neu zu beginnen. Sie freut sich darüber, daß sie an seiner Einstellung zunehmende Reife wahrnehmen kann, und auch, daß er den für 1998 angesetzten Termin für seine Begnadigungsanhörung als Chance betrachtet, sein Leben wieder selbst in die Hand zu nehmen. Wenn es zutrifft, daß aus tragischem Geschehen Gutes erblühen kann, dann in dem neuen Gefühl der Zusammengehörigkeit, das sich in den qualvollen Tagen nach Renees Tod zwischen Sharon und Annette entwickelt hatte.

Es gibt immer noch Augenblicke, in denen Annette plötzlich ganz still und traurig wird, und diese sind dann immer ein Signal für ihren Ehemann Vince, sie alleine zu lassen. Solche Augenblicke verstreichen allerdings zunehmend schneller und werden gewöhnlich übertönt, wenn Michelle begeistert erzählt, was sie in der Schule erlebt hat, oder wenn der zweijährige Brandon lautstark seine Wünsche vorbringt.

Dennoch gibt es immer noch beunruhigende Hinweise darauf, wie grausam die Welt sein kann. Im vergangenen August, an Renees Geburtstag, klingelte das Telefon bei Annette. Sie meldete sich, und eine Frauenstimme fragte: »Kann ich bitte Renee sprechen?« Und dann lachte die Frau und legte auf.

Detective Sue Dietrich räumt ein, daß sie noch Monate nach der Verurteilung Goodes unter Depressionen gelitten habe und gelegentlich sogar erwog, den Polizeidienst zu verlassen, obwohl der *Brazoria County 100 Club* sie als ›Polizistin des Jahres‹ ehrte. Der emotionale Tribut, den der Fall ihr abverlangte, ging weit über ihre anfänglichen Erwartungen hinaus. Ihre trübe Stimmung wurde noch durch den Tod ihres

Vaters, wenige Monate nach dem Prozeß, verstärkt. Doch mit der Zeit stellte sich der alte Schwung wieder ein, und sie ist heute als Polizeichefin von Tiki Island, Texas, tätig, erteilt am örtlichen Junior-College Abendkurse über Strafrecht und freut sich auf die – viel zu seltenen – Wochenenden, an denen ihr jüngster Sohn zu einem kurzen Besuch vom College bei ihr erscheint.

Nach neun Monaten des Wartens suchte sie schließlich einen Arzt wegen des Knotens in ihrer Brust auf und erfuhr von diesem, daß es sich dabei lediglich um eine Gewebezyste handelte, die sich bei der Überprüfung im Labor als harmlos erwies.

Eines Abends, vor nicht allzu langer Zeit, besuchte sie mit ein paar Bekannten einen Country and Western Club und war einen Augenblick lang sprachlos, als plötzlich ein junger Mann vor ihr stand und sie zum Tanzen aufforderte. Für einen Moment stieg die alte Wut in ihr auf, in die sich eine Aufwallung von Angst und Verbitterung mischte, denn sie blickte in das Gesicht des Mannes, der unter ihrer Mithilfe ins Gefängnis geschickt worden war. Beim zweiten Hinsehen freilich erkannte sie, daß dieses schiefe Grinsen nicht zu Shane Goode, sondern zu seinem Bruder Dennis gehörte. Sue lehnte ab und verabschiedete sich bald von ihren Freunden; erklärte, sie wolle früh zu Bett gehen.

Die Familie Goode zeigt immer noch große Verbitterung. Nur wenige Tage nach dem Urteilsspruch nahm Donald Goode mit der Versicherungsgesellschaft Verbindung auf, die die Lebensversicherungspolice auf Renee ausgestellt hatte, und wies darauf hin, daß er als zweiter Begünstigter darin aufgeführt sei. Deshalb habe er ein Anrecht auf die Auszahlung von 50.000 Dollar. Außerdem wandte er sich an die Texas Rangers und übte heftige Kritik an der Polizei von Alvin und dem

Büro des District Attorney von Brazoria County. Er forderte sie auf, das Beweismaterial gegen seinen Sohn neu zu überprüfen, denn er ist nach wie vor von dessen Unschuld überzeugt.

Weder die Versicherungsgesellschaft noch die Rangers kamen Goodes Wunsch nach.

Shane befindet sich unterdessen im Gefängnis und wartet auf das Ergebnis des routinemäßig erfolgten Revisionsantrags, den Skip Cornelius gestellt hat. Kurz nach Antritt seiner Strafe erhielt er mit der Post einen Umschlag ohne Absenderangabe. Er war in Houston abgestempelt und enthielt lediglich ein halbes Dutzend Fotos von Renee, keinen Begleitbrief.

Das Gerichtsmedizinische Institut von Harris County ist kürzlich unter Beschuß der lokalen Medien geraten. Steve McVicker, ein Reporter der *Houston Press*, hat eine Artikelserie geschrieben, die sich mit verpatzten Autopsien, illegaler Gewebeentnahme, Bestechlichkeit von Pathologen und mangelhafter Erfüllung der Aufsichtspflicht durch die County auseinandersetzte.

Sowohl der Leiter des Gerichtsmedizinischen Instituts, Dr. Jachimczyk, als auch sein Chefermittler Cecil Wingo sind aus ihren Ämtern ausgeschieden, und man sucht jetzt nach einem neuen Institutschef. Auf der Liste von potentiellen Kandidaten, die bald in Umlauf geriet, stand Dr. William Anderson. Wingo ist inzwischen als diensttuender Polizeichef im nahegelegenen Dickinson tätig und hat angedeutet, daß er an dem Posten interessiert sei.

In Dallas führt Dr. Linda Norton ihre forensischen Arbeiten fort und fordert ihre Kollegen immer wieder mit Nachdruck auf, die Bedeutung gründlicher Kinderautopsien zu bedenken. Hie und da, wenn der Druck der Arbeit zuviel wird, flieht sie an die Küste, um dort zu tauchen und zu surfen. Wenn sie am Wasser ist, kann sie – wenn auch nur für die Dauer eines langen Wochenendes – die Shane Goodes dieser Welt vergessen, sagt sie.

Ein abschließendes Wort: Äußerst unbefriedigend für den Sachbuchautor ist es, daß er nicht imstande ist, alle Ungereimtheiten aufzulösen. Der Romanschriftsteller kann Personen und Ereignisse so zurechtbiegen, daß jede Frage gelöst wird und der Leser völlig zufrieden das Buch zuklappt – jene von uns hingegen, die tatsächliche Ereignisse aufzeichnen und nach besten Kräften bemüht sind, sich an die Fakten und die Wahrheit zu halten, genießen einen derartigen Luxus nicht.

Viele von Ihnen, die dieses Buch gelesen haben, wird vielleicht die Frage quälen, was in jener Januar-Nacht im Jahre 1994 in dem dunklen Zimmer des Hauses der Goodes wirklich abgelaufen ist. Mir geht es genauso. Die diesbezüglichen Spekulationen, die Sie gelesen haben, stammen von ausgebildeten Fachleuten, nicht von mir.

Ich bin sicher, daß es Kritiker geben wird, die darauf hinweisen, daß ich beim Erzählen dieser Geschichte der Verpflichtung nicht gerecht geworden bin, Goodes Beweggründe für ein so unsägliches Verbrechen besser zu erklären. Sicherlich werden diejenigen von uns, die ebenfalls die Angst finanzieller Nöte erlitten haben, einfach nicht glauben können, daß Shanes einziges Mordmotiv Geldsorgen waren. Es müssen auch andere Dämonen am Werk gewesen sein, aber ich kann sie nicht beschreiben, ebensowenig wie es jene können, die ihn viel besser gekannt haben. Ich muß mich mit der Tatsache abfinden, daß es Dinge gibt, für die es keine hinreichende Erklärung gibt.

Doch eines weiß ich: Das wirkliche Leben ist ein Labyrinth von Rätseln und unbeantworteten Fragen. Und in irgendeinem dunklen Korridor gibt es ein echtes Böses, das uns alle bedroht.

Es ist traurig und beängstigend und zugleich auch die größte Wahrheit, die diese Geschichte bieten kann.

Eine unerklärliche Flugzeugkatastrophe. Unter den Opfern: die Frau und die beiden kleinen Töchter des Reporters Joe Carpenter. Ein Jahr später ist Joe immer noch im Würgegriff der Trauer gefangen. Da begegnet er einer Frau namens Rose. Sie behauptet, den Absturz überlebt zu haben und ein Geheimnis zu kennen, das Joe seinen Seelenfrieden wiedergeben könnte. Getrieben von einer verzweifelten Hoffnung, macht sich Joe daran, Rose wiederzufinden. Bei seiner Suche gerät er einer mächtigen Organisation in die Quere, die alles daran setzt, Joe aufzuhalten, bevor er erfahren kann, wer wirklich hinter dem Absturz steckt – eine Wahrheit, die die Welt erschüttern und das Schicksal der Menschheit ändern könnte.

ISBN 3-404-14374-4

BASTEI LÜBBE